Robyn Carr

Für Gefühle ist es nie zu spät

Roman

Aus dem Amerikanischen von
Gisela Schmitt

mtb

MIRA® TASCHENBUCH

1. Auflage: September 2018
Deutsche Erstausgabe

Originaltitel: »Never too Late«
erschienen bei: MIRA Books, Toronto

Published by arrangement with
HARLEQUIN ENTERPRISES II B.V./SARL

Leseprobe

Originaltitel: »Wildest Dreams«
erschienen bei: MIRA Books, Toronto

Umschlaggestaltung: büropecher, Köln
Umschlagabbildung: Sunny Designs/Shutterstock
Lektorat: Susanne Zeyse
Satz: GGP Media GmbH, Pößneck
Printed in Germany
Dieses Buch wurde auf FSC®-zertifiziertem Papier gedruckt.
ISBN 978-3-95649-824-4

www.mira-taschenbuch.de

Dieses Buch ist Denise und Jeff Nicholl gewidmet,
voll tiefer Zuneigung und aufrichtiger Dankbarkeit.

Liebe Leserin, lieber Leser,

kennen Sie das? Diese leichte Nervosität, bevor man eine Reise antritt? Zum Beispiel zu einem Familientreffen – mit Verwandten, die Sie seit Jahrzehnten nicht gesehen haben – oder in ein fernes Land, über das Sie bisher nur gelesen haben – welche Kleidung nimmt man mit, wird man die Leute verstehen, wird man verloren gehen? Hilfe!

Ein Buch zu schreiben kann eine ganz ähnliche Erfahrung sein – ein Abenteuer. Eine neue Reise, die ich jedes Mal ein wenig verzagt beginne. Ein Unterschied ist jedoch, dass das Schreiben eines Romans auch einem Brettspiel ähnelt. Wenn man mal falsch abgebogen ist, kann man umdrehen und von vorne beginnen. Bis schließlich alle Wendungen stimmen.

Für Gefühle ist es nie zu spät, eines meiner Lieblingsabenteuer in der Frauenunterhaltung, bildet da keine Ausnahme. Es ist um eines meiner Lieblingsthemen aufgebaut: zweite Chancen. Im Mittelpunkt der Handlung steht Clare: Sie wird bald vierzig und braucht dringend einen Neuanfang nach einem traumatischen Verlust in ihrer Jugend, einer schlechten Ehe und einem beinahe tödlichen Autounfall. Wie könnte dieser Neubeginn aussehen? Ein begehrenswerter jüngerer Mann wäre gut. Vielleicht eine alte Liebe, um die Dinge etwas zu verkomplizieren. Und um das Chaos komplett zu machen – denn es geht ja darum, unsere Figuren letztendlich wieder auf den rechten Pfad zurückzuführen –, ein Ex-Mann, der auch unbedingt eine zweite Chance haben möchte. Mit Clare.

Doch natürlich ist Clare mit alldem nicht allein. Sie hat eine ältere und eine jüngere Schwester, und wie es bei abenteuerlichen Reisen und Zufällen so ist, brauchen die beiden ebenfalls gerade einen Neuanfang. Die ehrgeizige und erfolgreiche Maggie möchte frische Energie in ihre festgefahrene Ehe bringen, und die junge Sarah, die das Leben bisher eher von der Seitenlinie beobachtet hat, würde sterben für einen Bruchteil der Aufmerksamkeit, die ihre Schwester Clare auf einmal von den Männern erhält.

Aber Moment – Männer sind ja ganz gut und schön. Doch ihre Anwesenheit oder Abwesenheit sind wohl kaum ein Allheilmittel für das Leben einer Frau. Vor allem nicht für das Leben einer Frau, die auf eine zweite Chance hofft. Denn sie muss sich zunächst selbst finden, mit ihren Fehlern aus der Vergangenheit abschließen und ein neues Ich aufbauen – um aus diesem Prozess gestärkt und voller Selbstvertrauen herauszukommen, bereit, die Welt zu erobern. Ist sich eine Frau erst einmal ihrer selbst sicher, gibt es fast nichts, das stärker sein könnte als sie. Man nehme das Ganze mal drei, und schon hat man eine Explosion der Leidenschaft fürs Leben. Und für die Liebe. Aber ist es dafür vielleicht schon zu spät?

Nein. Es ist nie zu spät.

Ich hoffe, Sie haben beim Lesen von *Für Gefühle ist es nie zu spät* so viel Freude, wie ich beim Schreiben hatte.

Robyn Carr

1. Kapitel

Clare fuhr durch den Märzregen zu dem Haus, das einmal ihr gehört hatte. Das Haus, aus dem sie ausgezogen war, als sie sich von ihrem Ehemann trennte. Sie fühlte sich ein bisschen schuldig, weil dies ein weiterer von ihren sehnsüchtigen nächtlichen Streifzügen war zurück zu all dem, was sie vermisste. Allerdings unternahm sie diese Touren nur, wenn sie wusste, dass Roger nicht da war. Wobei sie diesmal eine Geburtstagskarte dabeihatte, die sie ihm dalassen wollte.

Vielleicht war sie zu nett zu Roger, wie ihr gemeinsamer Sohn Jason behauptete. Denn ihre Schwestern ärgerten sich auch darüber, wie nachsichtig sie mit ihm war. Vielleicht sollte sie wirklich versuchen, ein bisschen härter zu sein. Vielleicht hatten alle recht – Roger verdiente ihre Rücksichtnahme nicht, und sie benahm sich wie ein Idiot.

Aber heute war Rogers vierzigster Geburtstag, und er tat ihr ein bisschen leid. Er hatte eindeutig ein Problem mit dem Älterwerden, was für ihn typisch war. Das hatte er jedenfalls gesagt. Also hatte Clare, ganz die verständnisvolle zukünftige Ex-Frau, ihm angeboten, ihn an seinem Geburtstag zum Abendessen zu bekochen. Das hätte Roger außerdem die Gelegenheit gegeben, etwas Zeit mit dem gemeinsamen Sohn zu verbringen – was Roger sich wünschte, aber Jason eher nicht. Doch Roger hatte erklärt, er sei geschäftlich unterwegs und werde den Abend irgendwo in einer anderen Stadt allein im Hotel verbringen müssen.

Es war wahrscheinlich besser, dass das mit dem Abendessen nicht geklappt hatte, denn Jason war immer noch wütend auf seinen Vater. Clare hatte ihn regelrecht zwingen müssen, die Geburtstagskarte zu unterschreiben, die sie auf dem Küchentresen liegen lassen wollte, damit Roger sie nach seiner Rückkehr finden würde. Sie hätte sich gewünscht, dass Jason sie begleitete, aber wie sich herausstellte, war das Unterschreiben der Karte das Äußerste, wozu er bereit gewesen war.

Bevor sie Jason bei seinem Freund Stan abgesetzt hatte, hatte er zu ihr gemeint: »Du wirst wieder mit ihm zusammenkommen, oder?« Seine Stimme hatte so giftig geklungen, dass sie es nicht gewagt hatte, ihm zu antworten. Was dazu führte, dass er sich bestätigt fühlte. »Also ja!«

»Nein!«, hatte sie daraufhin behauptet. Und dies so vehement gesagt, wie sie konnte. »Aber ich denke, es wäre gut für uns alle – vor allem für dich –, wenn wir gut miteinander zurechtkämen.«

»Ich will nicht mit ihm zurechtkommen! Ich hasse ihn!«

Ihr Magen krampfte sich zusammen, wenn sie Jason so reden hörte.

Doch Roger hatte sich das selbst zuzuschreiben und sonst niemandem. Er war so naiv gewesen zu glauben, dass er seine Seitensprünge für immer vor seinem Sohn geheim halten könnte und nur Clare unter seinen Eskapaden zu leiden hätte. Aber er hatte es sich mit Jason verscherzt, und das war schlimm. Für Vater und Sohn.

Jason war vierzehn. Auf dem Weg zum Mann. Noch kämpfte er mit der Pubertät, seine Sommersprossen wichen Pickeln, seine große Erscheinung mit den großen Füßen wirkte tapsig und linkisch. Und er war ziemlich empfindlich, um es vorsichtig auszudrücken. Man nehme einen reizbaren Teenager, einen egozentrischen und ehebrecherischen Vater, mische das Ganze – und innerhalb weniger Sekunden kommt es zur Explosion.

Sie hätte Jason eine Menge Antworten darauf geben können, aber sie hatte sie sich gespart. Mit klugen Tipps hatte sie bereits einige Erfahrung gesammelt – und wusste mittlerweile, dass sie nicht funktionierten. *Du wirst ihn nicht für immer hassen. Ganz egal, was du denkst, er hasst dich nicht. Er hat es versaut, und das weiß er, und es tut ihm leid, Jason.*

Clare war es mittlerweile egal, dass Jason wütend auf Roger war – weil Roger es wirklich verdient hatte. Aber dieser *Hass* war gar nicht gut. Sie wollte nicht, dass ihr Sohn litt. Als sich Jason geweigert hatte, mit zum Haus zu fahren, um die Geburtstagskarte hinzubringen, hatte sie daher einfach gesagt: »Kein Problem, dann mach ich das allein. Ich setz dich auf dem Weg bei Stan ab. Ruf mich an, bevor ihr ins Bett geht. Wenn du dran denkst.«

Clare genoss den Anblick des Hauses, während sie in die Auffahrt einbog. Es war ein hübsches, zweistöckiges Backsteingebäude. Laternenlampen erhellten die dreitorige Garage und den Weg zur Haustür. Sie blieb kurz im Wagen sitzen und betrachtete das Gebäude. Wie sehr sie es vermisste, hier zu wohnen …

Es war ihre vierte Trennung von Roger. Sie hatte gedacht, es würde mit der Zeit einfacher werden, denn Roger war ein notorischer Fremdgeher. Doch als Clare ihn diesmal mit einer anderen erwischt hatte, hatte sie endgültig genug gehabt und wollte nicht mal mehr in dem schönen großen Haus bleiben, obwohl sie sich dort immer sehr wohl gefühlt hatte. Sie hatte einen räumlichen Neuanfang für eine gute Idee gehalten, aber der fiel ihr dann doch schwerer als gedacht. Sie hatte das Haus damals eingerichtet, vieles selbst gemacht. Die Trennung vom Haus kam ihr vor wie die Trennung von einer guten alten Freundin.

Wie aufs Stichwort hatte Roger angefangen zu zetern, dass er seine Familie zurückhaben wolle und eine weitere Chance verdient habe, eine letzte Chance. Er wolle sich ändern und alles wiedergutmachen für Clare und Jason und alle anderen aus ihrem Umfeld, die er mit seinem Verhalten verletzt hatte.

»Ich werde jetzt vierzig, Clare, und das ist wirklich traumatisch«, hatte er behauptet. »Glaub nicht, ich wüsste nicht, was ich getan habe, wie dumm ich war. Das weiß ich. Ich werde dir beweisen, dass ich mich ändern kann. Ich werde mir Hilfe holen, eine Therapie machen.«

»Ich glaube nicht, dass ich dir noch eine weitere Chance geben kann«, hatte sie geantwortet. »Und selbst wenn – meine Familie kann es ganz sicher nicht. Nicht mal unsere Freunde halten das noch mal aus.«

»Das ist deine Schuld!«, stieß er prompt hervor. »Weil du unsere privaten Probleme einfach nicht für dich behalten kannst!«

Da hatte er recht. Aber sie fand, dass er sich mal in ihre Lage hätte versetzen können. In einer relativ kleinen Stadt mit nur fünfzehntausend Einwohnern konnte sie davon ausgehen, dass so ungefähr jeder wusste, was er ihr angetan hatte. Niemand konnte verstehen, wieso sie zu ihm zurückkehrte. Und dann noch mal. Und noch mal. Aus Schuldzuweisungen Roger gegenüber war ungläubiges Staunen geworden und schließlich fehlender Respekt vor ihr. Ihre besten Freunde hatten sich inzwischen von ihr abgewendet.

Wieso hatte sie überhaupt nachgegeben und ihn zurückgenommen? Weil Roger dieses gewisse Etwas hatte – er sah nicht nur gut aus, er war auch lustig und im Grunde ein gutherziger Mensch. Er war großzügig und ein wunderbarer Tänzer. Und es hatte Zeiten in ihrem Leben gegeben – nach dem Tod ihrer Mutter zum Beispiel und als ihre kleine Schwester Sarah unter einer schlimmen Depression gelitten hatte –, da war Roger einfach für sie da gewesen. Er hatte sich immer gut um seine Familie gekümmert, und wenn er auch kein hingebungsvoller Vater war, liebte er Jason. Er war nie als Trainer oder Pfadfinderleiter aktiv gewesen, aber er hatte sich immer für die Sportveranstaltungen und Leistungen seines Sohns interessiert. Eigentlich hatte Roger nur einen Fehler – das war allerdings der schlimmste, den es geben konnte.

Dennoch überlegte Clare immer wieder, ob das nicht alles ihre Schuld war. Dass sie unfähig war, eine funktionierende Ehe zu führen, und genauso unfähig, einen Schlussstrich zu ziehen. Sie konnte Roger einfach nicht davon abhalten, andere Frauen zu haben, und sie konnte es anscheinend auch nicht lassen, ihn immer wieder zurückzunehmen. Sie hatte keine Ahnung, ob es die richtige Entscheidung gewesen war, Jason zuliebe die Familie zusammenzuhalten, oder genau die falsche? Irgendwie hatte Clare in diesem Spiel einfach nicht gewinnen können.

Offiziell war sie vor drei Monaten ausgezogen, gleich nach Weihnachten, und zwar in ein Townhouse, das genau die richtige Größe für sie und ihren Sohn hatte. Sie hatte zuerst nur mitgenommen, was sie wirklich brauchten, aber nach und nach immer mehr Sachen aus dem alten Haus abgeholt, wenn sie wusste, dass Roger nicht da war. Falls er bemerkt hatte, dass der Schrank mit der Bettwäsche oder die Küche leerer wurden, ließ er ihr gegenüber nichts verlauten. An diesem Abend wollte sie die Gugelhupfform, den Schongarer, ihr geliebtes Geschirr mit dem roten Rand und den Küchenläufer, der vor der Spüle lag, mitnehmen, außerdem ein paar von den Geschirrtüchern von Williams-Sonoma. Die Geburtstagskarte würde ihm zwar verraten, dass sie da gewesen war, aber das fand sie in Ordnung. Es wurde Zeit, dass Roger endlich begriff, dass ihre Trennung endgültig war.

Seufzend machte sie den Motor aus und stieg aus in den kühlen Nieselregen. Sie schlug den Jackenkragen hoch und erschauderte – vor Kälte, aber auch weil sie jetzt gleich ihr früheres Zuhause betreten würde. Beim Aufschließen wunderte Clare sich etwas, dass die Alarmanlage nicht eingeschaltet war, allerdings machte sich Roger um solche Dinge wenig Gedanken. Sie schaltete nur das Licht im Eingangsbereich und im

Flur an, schließlich kannte sie jeden Quadratzentimeter des Hauses und hatte sich mit jeder Küchenoberfläche, mit jedem Schrank, mit jeder Fußleiste und jedem Fußboden beschäftigt. Jetzt würde sie direkt in die Küche gehen, die Geburtstagskarte auf den Tresen legen, sich ihre Sachen schnappen und wieder nach Hause fahren. Auf keinen Fall würde sie länger als nötig dableiben und sich auch nicht umsehen. Dass das Haus perfekt sauber war, deprimierte sie immer ein bisschen. Es ärgerte sie, dass Roger allein offensichtlich super zurechtkam, obwohl er immer behauptete, wie sehr er sie doch brauchte.

Das Haus war immer ihr Reich gewesen, doch es war höchste Zeit, dass sie die Vergangenheit ruhen ließ und endlich von vorne anfing.

Auf einmal hörte sie ein Quietschen und erstarrte. Eine quietschende Diele im Obergeschoss? Ihr Herzschlag beschleunigte sich. War jemand im Haus? Ein Einbrecher? Da, ein anderes Geräusch, wie das Ächzen der Wasserleitung, wenn man den Hahn im Garten aufdrehte. Kurz dachte sie daran, die Flucht zu ergreifen. Dann hörte sie das Geräusch wieder, lauter diesmal. Gefolgt von einem eindeutig weiblichen Lachen.

Dieser Mistkerl!

Clare wurde auf einmal sehr wütend. Aber am meisten ärgerte sie sich darüber, dass sie Jason gebeten hatte mitzukommen. Meine Güte, wie viele Stunden beim Psychologen hätte er gebraucht, um *das hier* verarbeiten zu können?

Lautlos schlich Clare die Treppe hinauf. Aus dem Schlafzimmer sah sie einen Lichtschimmer dringen. Die Doppeltür stand halb offen. Sie warf einen Blick ins Zimmer und erspähte den schlanken Rücken einer Blondine, die auf Roger ritt. Die Frau bewegte sich rhythmisch vor und zurück, während Roger unter ihr stöhnte. Die Frau kicherte wieder. Am Fuß des Bettes stand ein Weinkühler mit einer geöffneten Flasche darin, auf dem Nachttisch entdeckte sie zwei Gläser.

Clare drückte vorsichtig die Tür ganz auf und sah einen Moment lang zu. Dann räusperte sie sich. Es dauerte etwas, bis die beiden begriffen, dass sie nicht mehr allein waren. Die Frau warf einen Blick über ihre Schulter und entdeckte Clare. Blitzschnell stieg sie von Roger herunter und verschwand unter der Bettdecke. Clare konnte nur einen kurzen Blick auf ihr Gesicht erhaschen. Zum Glück kannte sie sie nicht. Immerhin etwas.

Roger versuchte sich auf die Ellbogen zu stützen. »Clare …«

Sie marschierte aufs Bett zu. »Wie läuft's auf der Geschäftsreise, Roger?«

»Clare, sie wurde abgesagt. Auf die letzte …«

»Ach, halt den Mund, Roger!«, brüllte sie.

»Aber Clare! Wir sind getrennt! Und da dachte ich …«

Sie riss die Weinflasche aus dem Kühler, schleuderte sie auf den Teppich und kippte den Eimer mit den schmelzenden Eiswürfeln über Roger und seiner Begleitung aus. Er schrie laut auf, und auch die Frau unter der Decke fing an zu kreischen.

Clare drehte sich um und rannte aus dem Haus. Die Eingangstür ließ sie absichtlich offen stehen, in der Hoffnung, dass vielleicht ein paar Löwen und Tiger aus dem Zoo ausgebrochen waren und die Nachbarschaft durchstreiften. Oder dass ein Serienmörder die Gelegenheit nicht ungenutzt lassen würde.

Sie sprang ins Auto und fuhr mit quietschenden Reifen von der Einfahrt, dann raste sie die Straße entlang. Und weinte. Nicht, weil sie Roger so sehr liebte, sondern weil sie es satthatte, dauernd von ihm gedemütigt zu werden.

Es war das erste Mal, dass sie ihn in flagranti erwischt hatte, obwohl Roger sich nie um Diskretion bemüht hatte. Sie hatte Beweise gefunden, Hotelrechnungen, Quittungen für Geschenke, die sie nicht gekriegt hatte. Immer wieder hatte es seltsame Telefonnachrichten gegeben, und einmal hatte eine Frau bei Clare angerufen und sie angebettelt, Roger doch freizugeben. Immer, wenn sie ihn damit konfrontiert hatte, hatte er ihr reinen Wein eingeschenkt. Er war ein Charmeur, ein Flirtspezialist, ein Womanizer und ein ganz schlechter Lügner.

Sie hatte ihn mehr als einmal gefragt, warum er denn überhaupt geheiratet hatte. »Im Ernst, Roger – wieso bist du nicht Single? Du benimmst dich doch sowieso wie einer. Also los, befreie dich von mir!«

Roger hatte den Kopf hängen lassen und ehrlich gesagt: »Aber ich liebe dich, Clare. Ich habe dich immer geliebt. Ich weiß, ich hab's verbockt, doch ich glaube nicht, dass ich ohne dich zurechtkomme.«

In blinder Wut drosch sie jetzt aufs Lenkrad ein. Plötzlich sah sie blinkende Lichter im Rückspiegel und warf einen Blick auf den Tacho. Verdammt, sie war viel zu schnell.

Sie bremste ab und fuhr rechts ran, ließ den Kopf hängen und fing erneut an zu schluchzen. Tränen der Wut. Nur allzu bekannt.

Es dauerte ein paar Minuten, bis ein Polizist mit seiner Taschenlampe ins Fahrzeuginnere leuchtete und leicht gegen die Scheibe klopfte. Clare ließ das Fenster herunter und sah in das Gesicht eines attraktiven jungen Mannes, der sie mit einem väterlichen Stirnrunzeln anschaute.

»Haben Sie eine wichtige Verabredung?«, fragte er.

Sie wischte sich die Tränen ab. »Tut mir leid«, erwiderte sie, obwohl ihr klar war, dass er keine Entschuldigung hören wollte. »Ich war wütend und unvorsichtig. Schlechte Kombination.«

»Wütend, unvorsichtig und tot ist eine noch schlechtere Kombination.«

»Ich habe gerade meinen Mann im Bett mit einer anderen Frau erwischt«, platzte Clare heraus. Jetzt hatte sie es schon wieder getan! Roger war offensichtlich nicht der einzige indiskrete Mensch. Auch sie konnte einfach nicht den Mund halten.

»Wow«, sagte der Cop und leuchtete ihr ins Gesicht. »Der Kerl muss verrückt sein«, fügte er hinzu.

»Wir sind schon länger getrennt«, erklärte sie. »Ich bin einfach reingeplatzt. Das war dumm. Ich hätte es wissen müssen.«

»Ich muss Sie bitten, mir Führerschein und Fahrzeugpapiere zu zeigen.«

»Natürlich.« Sie brauchte ein bisschen, aber schließlich reichte sie ihm die Dokumente. »Versicherungsschein ist auch dabei.«

Er betrachtete die Papiere. »Haben Sie etwas getrunken?«, fragte er.

»Nein. Doch ich kann Ihnen versprechen, dass ich mir zu Hause einen schönen großen Drink einschenken werde.«

Er hatte ein umwerfendes Lächeln. Süße Grübchen. Ein gut aussehender Typ. »Wenn ich nicht im Dienst wäre, würde ich Sie einladen.« Er gab ihr die Papiere zurück. »Ich weiß zwar nichts über Ihren Mann, aber Sie sind eine wunderschöne Frau, und es wäre echt eine Schande, wenn Sie sich umbringen würden, nur weil er so ein Loser ist. Verstehen Sie, was ich sagen will?«

»Ja«, murmelte sie zerknirscht.

»Kriegen Sie es hin, sicher nach Hause zu fahren? Auf Stopp-Schilder zu achten und sich an die Geschwindigkeitsbegrenzung zu halten?«

Verwirrt nickte sie. »Bekomme ich keinen Strafzettel?«

»Ich denke, Sie haben heute Abend genug durchgemacht. Oder nicht?«

»Aber ich dachte, sobald man von der Polizei angehalten wird, muss man einen Strafzettel kriegen!«

»Keine Ahnung, wie die Leute auf so was kommen«, meinte er. Wieder dieses Lächeln. »Ich bin der Cop – ich entscheide. Also – fahren Sie weiter, aber bitte vorsichtig. Und bestrafen Sie den Mistkerl nicht damit, dass Sie sich wehtun.«

»Sie haben vollkommen recht«, sagte sie und war selbst überrascht, dass sie lachte.

»Natürlich. Sie haben eine Menge, wofür es sich zu leben lohnt. Fahren Sie vorsichtig!«

Er schritt zurück zu seinem Wagen, und sie legte den Gang ein. Blinkte, sah sich um und fuhr vorsichtig auf die Straße zurück. Es waren nur noch fünf Minuten bis nach Hause. Der Polizist folgte ihr, was sie amüsiert zur Kenntnis nahm. Die Ampel wurde rot, und sie hielt an. Sie winkte ihm im Rückspiegel zu, konnte allerdings nicht erkennen, ob er die Geste erwiderte. Die Ampel sprang auf Grün, und sie steuerte vorsichtig auf die Kreuzung zu.

Und dann wurde plötzlich alles schwarz.

Sam Jankowski lief zurück zu seinem Einsatzwagen. Oh, Mann, dachte er. Was für eine Frau! Hätte er sie woanders getroffen, hätte er sie um ein Date gebeten. Sie sah sogar gut aus, wenn sie weinte. Und dass sie ein bisschen älter war als er, mochte er auch. Die Frauen, mit denen er sonst ausging, waren in der Regel jünger als er, oft unreif und ein bisschen flatterhaft. Dabei mochte er eigentlich Frauen, die schon ein bisschen gelebt hatten. Frauen, die wussten, was sie wollten und wo es hinging. Clare Wilson, ein Meter zweiundsechzig, dreiundfünfzig Kilo, braune Haare, grüne Augen, bescheuerter Ex-Mann.

Clare bog wieder auf die Straße, inklusive Blinken, und er folgte ihr. Ordnungsgemäß blieb sie an der roten Ampel an der nächsten Ecke stehen, und als das Licht auf Grün sprang, fuhr sie auf die Kreuzung. Und in diesem Moment krachte es. Ein SUV war offensichtlich bei Rot gefahren und krachte Clare in die Seite, schob ihren Wagen quer über die Kreuzung in einen Laternenmast.

»Herr im Himmel!«, rief Sam.

Er schaltete das Blaulicht ein und fuhr auf die Kreuzung, um den Verkehr anzuhalten. Noch während er aus dem Wagen sprang, schaltete er sein Funkgerät ein. »Zentrale, DP-Drei-Fünf, Krankenwagen benötigt. Ich habe hier eine Vier-Null-Eins, Kreuzung Winston und Montgomery.«

»Verstanden. Schon unterwegs.«

»Kannst du zwei Nummernschilder überprüfen?«

»Verstanden.«

»Mary Nora Paul sieben sechs neun«, sagte Sam und wiederholte aus dem Gedächtnis Clares Nummernschild, während er auf die zusammengestoßenen Fahrzeuge zurannte. Eine junge Frau stieg aus dem SUV.

»Ma'am!«, rief er. »Bitte machen Sie die Kreuzung frei, gehen Sie auf den Bürgersteig.« Er stellte eine Warnfackel auf.

»Mein Baby!«, stieß die Frau weinend hervor.

»Zentrale, Notarzt informieren, dass ein Säugling in einem der Fahrzeuge ist.«

»Verstanden.«

»Nummernschild Union Zebra Henry zwei zwei neun.« Er ging zu der Frau, die jetzt auf den Rücksitz guckte. Die hinteren Scheiben des Wagens waren nicht geborsten, das Baby weinte – ein gutes Zeichen –, und die Scherben der zerstörten Windschutzscheibe hatten sich nur im vorderen Wagenbereich verteilt. »Ma'am, bitte lassen Sie das Kind in seinem Kindersitz, bis der Notarzt da ist.«

»Ich muss ihn rausholen«, widersprach die Frau panisch und mit zitternder Stimme.

»Es ist besser, wenn Sie ihn nicht bewegen.«

Sam stellte eine weitere Warnfackel auf. »Ma'am!« Er hörte Sirenen. »Bitte lassen Sie zuerst den Notarzt das Kind untersuchen.« Er rannte zu seinem Wagen, um einen Feuerlöscher zu holen, dann lief er zu Clare Wilsons kleinem, völlig zerstörten Toyota.

Der Wagen war mit der Fahrersitzseite gegen den Laternenmast geschoben worden, der aber zum Glück stehen geblieben war. Die rechte Wagenseite war durch den aufprallenden SUV komplett zerquetscht. Sam kam nicht an Clare heran, er konnte nur durchs Fenster der Fahrerseite gucken. Sie hielt immer noch das Lenkrad umklammert, ihr Kopf hing zu einer Seite. Sie stöhnte. Sam griff durch die zersplitterte Scheibe und nahm ihre linke Hand. »Clare?«, fragte er. »Können Sie mich hören?«

»Aah«, stöhnte sie, wobei sie ihre Augen geschlossen hatte.

Lieber Gott, dachte er. Das sieht gar nicht gut aus. Er hielt weiter ihre Hand. »Versuchen Sie sich nicht zu bewegen. Versuchen Sie es, okay? Alles wird gut.«

»Jason«, sagte sie.

»Nicht reden, Clare.«

»Mike. Mike!«

»Shh.« Einer von denen muss ihr Ex sein, dachte er, und dann wurde er auch schon vom Notarzt zur Seite geschoben. Also machte er sich daran, den Verkehr zu regeln, bis der SUV und der Toyota abgeschleppt werden konnten. Es dauerte lange. Clare musste von den Rettungskräften herausgeschnitten werden, und er hörte sie schreien, als sie auf die Krankentrage gelegt wurde. Das Geräusch fuhr ihm durch Mark und Bein.

Nachdem der Notarzt sie mitgenommen hatte, fragte er den Einsatzleiter der Feuerwehr: »Wird sie es schaffen?«

»Ich weiß es nicht. Die lebenswichtigen Organe wurden wohl stark in Mitleidenschaft gezogen. Haben Sie den Unfall gesehen?«

»Ich bin direkt hinter ihr gefahren. Sie hatte Grün. Der SUV ist bei Rot gefahren. Das werde ich auch in meinen Bericht schreiben.«

Und dann, dachte er, rufe ich im Krankenhaus an.

Clare befand sich in dichtem Nebel. Es fiel ihr schwer, ihre Gliedmaßen zu rühren, und sie wusste nicht einmal, ob sie die Augen geöffnet hatte. Irgendwo weit weg schien ein schwaches Licht zu brennen, und sie tat alles, um sich in seine Richtung zu bewegen, doch es war schwer. Irgendetwas hielt sie zurück und zog an ihr.

Eine Person kam auf sie zu, ein Schatten. Hinter der Person wurde das Licht heller, und sie sah jemanden. Sie keuchte, als sie Mike erkannte, die Liebe ihres Lebens. Er trug immer noch den Overall der Air Force, den er vor neunzehn Jahren getragen hatte. Ein paar Meter vor ihr blieb er stehen und schenkte ihr ein Lächeln, das sie wie immer dahinschmelzen ließ.

»Mike! Oh, Mike! Ich wusste, du würdest zurückkommen.«

»Hi, Clare.«

»O Gott!« Weinend streckte sie die Hand nach ihm aus.

Allerdings kam er nicht näher. Er hatte die Hände in den Hosentaschen und wirkte absolut friedlich. »Du musst zurückgehen, Clare. Du hast noch einiges zu erledigen.«

»Ich will bei dir sein! Alles, was ich immer wollte, war …«

»Ich kann nicht hierbleiben und du auch nicht. Wir sehen uns nächstes Mal.« Damit drehte er sich um und verschwand langsam wieder im Nebel.

Sie schrie vor Angst, da sie ihn ein zweites Mal verlieren würde. Zuerst drang kein Laut aus ihrer Kehle, dann nur ein schwaches Stöhnen. Vergeblich versuchte sie, ihm zu folgen, aber irgendetwas hinderte sie daran. Und dieses Etwas war angefüllt mit Angst und Wut.

Also schrie sie noch einmal – und erneut ohne Stimme.

Endlich begann sich der Nebel zu lichten. Von oben drang Licht ein, und weil es so hell war, musste Clare die Augen zusammenkneifen. Die Macht, die sie von Mike wegzog, war wild und ungezähmt – ganz unangenehm –, und aus Protest fing sie an, um sich zu schlagen.

Dann gingen auf einmal ihre Augen auf, und sie sah das Gesicht ihres Sohnes.

»Mom!«, sagte er. »Oh, Mom!«

Doch Jason wurde jäh aus ihrem Gesichtsfeld geschoben. Menschen in weißen Kitteln nahmen seinen Platz ein. Eine Frau injizierte etwas in einen Schlauch, der über ihr baumelte. Jemand stieß gegen die Oberfläche, auf der sie lag, und ein Mann rief: »CT ist positiv. Hundert Milliliter Fentanyl und ab nach oben mit ihr.«

Dann wurde die Welt wieder schwarz.

Das nächste Mal erwachte sie aus einem traumlosen Schlaf und blickte in das Gesicht ihrer älteren Schwester Maggie. Nichts hätte schöner sein können. Maggie vermittelte ihr immer ein Gefühl von Sicherheit, selbst wenn sie sie wegen irgendetwas zusammenstauchte. Clare versuchte zu lächeln, war sich aber nicht sicher, ob es ihr gelang.

»Wir sind alle hier, Clare«, meinte Maggie. »Dad, Sarah, Jason, Bob. Aber wir wollen uns nicht alle um dein Bett drängeln.«

Clare bemühte sich zu erklären, dass sie Mike gesehen hatte, doch aus ihrem Mund drang nur ein kehliger Laut.

»Versuch noch nicht zu sprechen. Du kommst wieder in Ordnung, aber du wirst Schmerzen haben. Lass einfach zu, dass sie dich mit Schmerzmitteln vollpumpen, und versuch zu schlafen. Bob und ich kümmern uns um Jason. Wir sind da.«

Eine Krankenschwester tat wieder irgendetwas mit den Schläuchen, und der Schlaf überwältigte sie.

Plötzlich spürte sie die Schmerzen. In ihrem Hals, ihrer Hüfte, ihrem Bauch, ihren Beinen.

Das Letzte, an das sie sich erinnerte, war, dass sie keinen Strafzettel bekommen hatte, aber was hatte sie falsch gemacht? Die Schmerzen waren schrecklich, allerdings war es genauso schrecklich, nicht zu wissen, wieso sie hier war. Sie öffnete die Augen, und da war wieder Maggie. Aber Maggie hatte doch so viel zu tun – sie konnte nicht einfach stundenlang im Krankenhaus hocken. Oder vielleicht sogar tagelang?

»Hey, wird auch Zeit«, begrüßte Maggie sie.

Zitternd hob Clare die Hand. »Au. Mein Hals.«

»Ich weiß. Das kommt vom Intubieren. Hier, trink einen Schluck Wasser.«

Die kühle Flüssigkeit war angenehm, jedoch fiel ihr das Schlucken schwer. »Was? Was?«, fragte sie.

»Ein Autounfall, Clare. Erinnerst du dich an etwas?«

Sie schüttelte den Kopf.

»Auf der Kreuzung ist dir jemand reingefahren. Du warst sehr schwer verletzt – deine Milz musste entfernt werden, und deine Hüfte ist gebrochen. Aber sei froh, du lebst noch.«

»O Gott«, presste Clare stöhnend hervor.

»Du wirst wieder vollständig genesen, aber es wird kein leichter Weg.«

»Wer ist mir denn reingefahren?«, gelang es ihr zu fragen. »Ein Betrunkener?«

»Nichts dergleichen«, antwortete Maggie. »Eine junge Frau in einem SUV hat sich mit ihrem Baby auf dem Rücksitz beschäftigt, als sie bei Grün losfuhr. Kaum dass sie wieder auf die Straße guckte, war Rot und dein Wagen auf der Kreuzung.«

»O Gott«, sagte Clare und senkte die Lider. »Und das Baby?«

»Den beiden geht es gut. Dem Baby fehlt nichts, die Mutter hatte nur ein paar blaue Flecken. Mit ihrem SUV hat sie deinen Toyota geschrottet. Du musstest aus dem Wrack geschnitten werden. Erinnerst du dich an gar nichts?«

Clare schüttelte den Kopf.

»Okay. Vielleicht ganz gut, dass du dich an nichts erinnerst.«

Clare döste wieder weg, und als sie aufwachte, war Maggie immer noch da und hielt ihre Hand. Sie stand von dem Stuhl auf, auf dem sie gesessen hatte, und beugte sich übers Bett. Clare war froh, dass ihre Schwester da war. Maggie war Anwältin, Ehefrau und Mutter – Clare konnte sich kaum vorstellen, dass sie einfach alles stehen und liegen gelassen hatte, um bei ihr zu sein. »Bist du schon lange hier?«

»Nur ein paar Stunden. Heute.«

»Du musst nicht hierbleiben«, flüsterte Clare.

»Ich gehe gleich«, erwiderte Maggie. »Ich wollte nur sicher sein, dass du wieder bei Bewusstsein bist.«

»Wäre ich fast gestorben?«, fragte sie.

»Deine Verletzungen waren definitiv lebensbedrohlich. Tut es schlimm weh?«

Tat es, aber Clare schüttelte den Kopf. »Roger?«, fragte sie.

Maggies Miene veränderte sich. Sie sah aus, als wollte sie spucken. »Er war hier. Soll ich ihm sagen, dass du ihn sehen möchtest?«

Clare schüttelte den Kopf. »Er soll wegbleiben.«

Ein zufriedenes Grinsen konnte Maggie sich nicht verkneifen, aber sie sagte nur: »Geht klar.«

Während die Zeit – langsam – verstrich, sah Clare die Gesichter all ihrer Lieben, die sich einer nach dem anderen über ihr Bett beugten. Alle gaben sich Mühe, sie nicht zu überanstrengen. Jason weinte und legte seinen Kopf auf ihre Hand. »Meine Güte, Ma, ich hatte solche Angst«, meinte er. »Was hätte ich nur gemacht, wenn du gestorben wärst?«

»Mach dir keine Sorgen. Ich geh nicht weg«, entgegnete sie, denn das hatte sie von anderer Stelle bestätigt bekommen. Sie hatte noch »einiges zu erledigen«. Zu erledigen? fragte sie sich.

Ihre jüngere Schwester Sarah hielt sich tapfer, aber hinter ihren dicken Brillengläsern sah sie etwas verstört aus. Sie war erst einundzwanzig gewesen, als ihre Mutter starb, und ihr fiel es am schwersten, mit dem Verlust umzugehen.

Clare berührte ihre Hand. »Alles gut, Schätzchen. Alles wird gut«, sagte sie.

Unsicher lächelte Sarah. »Typisch Clare«, entgegnete sie. »*Du* liegst im Krankenhaus, aber du tröstest *mich*.«

Clare schaute Sarah an. Dunkelblonde Haare, sorgfältig nach hinten frisiert, schwarzes, altmodisches Brillengestell, kein Make-up – da war nichts mehr zu erkennen von dem früheren Wildfang. »Schlampe in Ausbildung«, hatten Maggie und Clare sie immer genannt, doch seit dem Tod ihrer Mutter hatte Sarah hatte sich vollkommen verändert.

Clare hingegen hatte ein Trauma ganz anderer Art aus der Bahn geworfen. Es war kein Zufall, dass sie so viel darüber nachdachte, seitdem sie im Krankenhaus war. Sie hatte Mike in einer Art Nahtoderfahrung vor sich gesehen. Ihr Leben war noch einmal vor ihrem inneren Auge abgelaufen und hatte sie immer wieder auf diese seltsame Zeitreise geschickt.

Bis sie einundzwanzig war, hatte Clare ein unbeschwertes Leben geführt. Ein glückliches Kind aus einer glücklichen Ehe, sogar als Sandwich-Kind. Maggie kommandierte sie zwar herum, und Sarah war das typische Nesthäkchen, aber dafür war Clare mit gutem Aussehen, Humor, Intelligenz und Glück gesegnet. Sie war gut in der Schule, beliebt und furchtlos. Ihre Clique bestand aus Leuten, die zusammen aufgewachsen waren, und mit fünfzehn verliebte sie sich in Mike Rayburn, Star-Quarterback der Schulmannschaft und Ballkönig. Er war zwei Jahre älter als sie und ging in Reno aufs College, nicht allzu weit entfernt von ihrer Heimatstadt Breckenridge, einem schönen Ort am Fuß der Sierra Nevada am Lake Tahoe. Das grüne, fruchtbare Tal mit seinen Feldern und Viehweiden unterhalb von schneebedeckten Gipfeln erinnerte an die Schweiz. Sie hatte eine tolle Zeit an diesem magischen Ort, mit den herrlichen Sommern am See und Skifahren in den Bergen im Winter. Es stand außer Frage, dass Clare auch das College in Reno besuchte. Ihre Beziehung war gut und blieb spannend. Nach seinem Abschluss ging Mike zur Air Force, was sie für zwei Jahre voneinander trennte, da Clare ihr Studium beenden musste. Aber Mike schenkte ihr einen großen Diamantring und bat sie, während ihres letzten Jahres auf dem College schon mal ihre Hochzeit zu planen.

Doch dann kam ihnen etwas dazwischen. Ein Erdbeben.

Mikes jüngerer Bruder Pete, im selben Alter wie Clare, war während ihrer Schulzeit einer ihrer besten Freunde gewesen. Sie hatten zusammen ihren Highschoolabschluss gemacht. Pete hatte sich – im Gegensatz zu seinem Bruder, der immer ein glänzender Schüler gewesen war – nie viel um die Schule gekümmert und lieber seinen Spaß gehabt. Er und Clare hatten so viel und oft miteinander gelacht, dass Mike irgendwann richtig sauer geworden war. Wie sein großer Bruder war auch Pete ein exzellenter Sportler. Da er allerdings nicht gerade einen Spitzenabschluss gemacht hatte, hatte er nach der Schule eine Vollzeitstelle angenommen und sich für ein paar Kurse am Breckenridge Community College eingeschrieben. Mit einundzwanzig, kurz vor dem Abschluss, schaute er sich verschiedene Universitäten an. Unter anderen auch den Campus, an dem Clare studierte. Natürlich zeigte sie ihm voller Begeisterung alles.

Für Clare war Pete immer noch der Junge von damals – dünn, schlaksig, ein bisschen ungelenk. Sie war überrascht, dass ein erwachsener Mann aus ihm geworden war, als sie ihn wiedersah. Er war genauso attraktiv und sexy wie sein älterer Bruder. Vielleicht sah er sogar noch ein bisschen besser aus.

Pete übernachtete bei ihr und ihren zwei Mitbewohnerinnen, guckte sich die Uni an, redete mit Dozenten, Trainern und Beratern und schaute sich auf dem Campus um. Clare stellte ihn ihren Freunden vor und nahm ihn in den Pub mit, wo sich alle trafen. Er kam überall gut an, ihre Freundinnen standen auf ihn. Doch dann verreisten ihre Mitbewohnerinnen übers Wochenende. Clare kochte für Pete Spaghetti, und er brachte eine riesige Flasche Chianti mit. Sie aßen, tranken, lachten und redeten bis spät in die Nacht.

Und dann passierte es. Clare wurde bewusst, wie sehr sie Pete mochte. Und wie sehr sie ihn vermisst hatte. Sie waren beide ein bisschen betrunken, als er seinen muskulösen Oberschenkel an ihren presste. Er berührte ihre Hand, schaute ihr tief in die Augen – und küsste sie. Küsste sie noch mal. Es war nicht das erste Mal, dass sie zu viel getrunken hatte, und auch nicht das erste Mal, dass ein anderer Mann sie anmachte, aber sie hatte Mike nie betrogen, war noch nicht einmal in Versuchung geraten. Doch in diesem Moment auf der Couch überfiel sie eine wilde Leidenschaft. Für Pete, der nicht länger der kleine Bruder, sondern ein starker, erfahrener und attraktiver Mann war. Seine Küsse elektrisierten sie, seine Berührungen weckten ihr Verlangen. Verstand und Vernunft waren plötzlich ausgeschaltet.

Bevor sie es sich versah, gab sie sich ihm hin, wollte ihn in sich spüren, wollte alles von ihm. Er sagte, er wolle sie auch und er könne nicht aufhören. Dass er nicht ganz Herr seiner Sinne war, machte ihn in ihren Augen noch begehrenswerter. Er drang in sie ein, und sie wurde verrückt vor Lust. Er knabberte, streichelte, saugte, bis er gleichzeitig mit ihr kam.

Nur langsam kehrten sie wieder auf den Boden der Realität zurück, und plötzlich war sie fassungslos. Beschämt. Erschüttert.

»O Gott«, sagte sie nur.

»Clare, ich …«

Aber sie wollte nichts hören. Was hatte sie gemacht? Was hatte sie Mike angetan? Und Pete? Und sich selbst? Sie rannte aus dem Wohnzimmer hinüber in ihr Zimmer, knallte die Tür zu und heulte vor Reue und schlechtem Gewissen die ganze

Nacht durch. Wenn *sie* sich schon so schrecklich fühlte, müsste Pete sie nicht hassen für das, was sie seinem Bruder angetan hatte? Sie hatte ihn angefleht, mit ihr zu schlafen! Als sie am nächsten Morgen aufwachte, fand sie unter der Packung mit Kopfschmerztabletten einen Zettel: »Lass uns nie wieder darüber sprechen. Es ist nichts geschehen. Pete.«

Und sie sprach auch nicht darüber – schon allein deshalb, weil sie sich so sehr schämte. Sie hatte Schwierigkeiten damit, die Gästeliste für die Hochzeit zusammenzustellen, konnte es kaum ertragen, über den Empfang zu reden, ließ ihre Geschenkeliste nicht registrieren, und bei der Anprobe des Brautkleids brach sie in Tränen aus. Sie fühlte sich elend und war weit davon entfernt, die Sache hinter sich gelassen zu haben. Natürlich hörte sie nichts mehr von Pete – aber sie war sich nicht sicher, ob das die Sache besser oder schlechter machte. Denn falls er sie nicht hasste, hatte er doch sicher jeglichen Respekt vor ihr verloren.

Mike schien bei ihren Telefonaten nichts von ihrem Gefühlschaos zu bemerken. Entweder weil er wegen seiner Ausbildung so viel auf dem Schirm hatte oder weil sie eine Meisterin der Täuschung war. Am Ende spielte es keine Rolle, denn wenige Monate später stürzte er mit seinem F-16 Kampfflugzeug ab und starb.

Tiefe Verzweiflung, heftige Trauer und große Reue bestimmten von da an Clares Leben. Es war eine dunkle Zeit. Sie fragte sich oft, ob sie an ihrem Kummer zugrunde gehen würde. Während der Trauerfeier sah sie Pete nicht an, nicht einmal, als sie beide sich schluchzend umarmten. Es dauerte sehr, sehr lange, bis sie sich von dem Gedanken lösen konnte, dass sie eine Mitschuld hatte an Mikes Tod.

Zwei Jahre dauerte es, bis sie dazu in der Lage war, wieder mit ihren Freundinnen auszugehen. Und sie verbat sich jegliche Verkuppelungsversuche. Ihr Herzschmerz war noch zu groß.

Sie wollte nie wieder so verwundbar sein. Wenn sie zufällig Pete irgendwo begegnete, konnte sie kaum mit ihm sprechen, und er wich ihrem Blick aus. Offensichtlich war sein Schmerz genauso groß wie ihrer.

Und dann lernte sie Roger kennen. Den gut aussehenden Roger. Durch ihn tauchte sie wieder aus der Dunkelheit auf, konnte lachen, sich auf Veranstaltungen und Dates freuen. Er war versiert und clever, was das Flirten betraf, und unglaublich charmant. Er umwarb sie gekonnt, und so überraschend es für sie war – aber sie fühlte sich zum ersten Mal seit Mikes Tod wieder richtig lebendig. Als ihr klar wurde, dass ganze Tage am Stück vergingen, ohne dass sie an Mike dachte oder an das, was sie getan hatte, erkannte sie, dass Roger ihre Chance auf einen Neuanfang war. Mehr noch: Sie hatte sich in ihn verliebt, mit Haut und Haaren. In den liebenswerten, einfühlsamen, lebenslustigen Mann, der sie aus dem Dunkel zurück ins Licht geholt hatte. Dafür würde sie ihm ewig dankbar sein. Ihre Freunde und ihre Familie waren so erleichtert, dass sie wieder lächeln konnte, dass sie sie aus vollem Herzen ermutigten. Sie liebten Roger – so wie Clare. Also nahm sie seinen Antrag an, der zwar für ihren Geschmack ein bisschen schnell kam, aber das war eben Rogers Tempo. Nicht lange, da bekamen sie Jason.

Doch dann gab es auf einmal viele abendliche Meetings, Geschäftstermine außerhalb der Stadt. Tagsüber war Roger nicht erreichbar, weil er in Kundengesprächen war. Aber wenn er dann zu Hause war, machte er all das vergessen – das war seine Art. Unwiderstehlich und begehrenswert. Es gelang ihm immer, ihre Zweifel in Windeseile zu zerstreuen.

Allerdings war das Leben mit ihm anders, als sie es sich ausgemalt hatte. Es war auch anders als mit Mike, der weniger charmant und lebensfroh, aber zuverlässiger gewesen war. Es gab viele einsame Nächte, in denen Clare ihr Baby allein in den Schlaf wiegte – während sie auf Roger wartete, der viel später als erwartet nach Hause kam – und in denen sie davon träumte, dass sie auf Mike wartete und ihr gemeinsames Kind in den Armen hielt.

Wegen ihres kleinen Fehltrittes in der Vergangenheit bemühte sie sich besonders, eine gute Ehefrau zu sein. Clare hatte ein schlechtes Gewissen, weil sie sich immer wieder vorstellte, Jason wäre Mikes Kind – bis sie Jahre später erfuhr, dass Roger sie schon während ihrer Schwangerschaft das erste Mal betrogen hatte. Es gab einen Grund dafür, warum er nie Zeit hatte und immer so spät nach Hause kam. Und der Grund hieß Jill. Soweit Clare wusste, war Jill die Erste.

Statt ihr Prinz auf dem weißen Pferd zu sein, wurde Roger zu dem Kreuz, das sie zu tragen hatte. Zu der ihr auferlegten Buße dafür, dass sie mit dem Bruder ihres Verlobten geschlafen hatte. Immer, wenn sie Pete begegnete, blieb sie distanziert, während er sie mit traurigen Augen anschaute. Es sah nicht so aus, als ob sie beide sich jemals von dem erholen würden, was sie getan hatten. Clare versuchte es sogar mit einer Psychotherapie und erzählte in ihren Sitzungen alles ganz offen und ehrlich, aber dennoch strampelte sie sich weiter ab in ihrer verlogenen Ehe.

Und genau das war ein weiterer Grund dafür, warum sie Roger immer wieder zu ihr zurückkehren ließ: Wenn sie nicht vergeben konnte, würde auch ihr nicht vergeben werden. Und außerdem wollte sie, dass ihr Leben etwas wert war. Sie wollte, dass ihre Familie nicht auf der Strecke blieb. Und natürlich war Roger eben auch verführerisch und charmant – dem konnte sie sich nicht so leicht entziehen.

Doch dann wachte sie in Reno im Krankenhaus auf, und ihr ganzer Körper war ein einziger Schmerz. Da erkannte sie zum ersten Mal nach all den Jahren, dass ihre Ehe endgültig gescheitert war.

Es war Zeit weiterzuziehen.

2. Kapitel

Wenn es etwas gab, das damit vergleichbar war, halb tot aus einem Autowrack geborgen zu werden, dann war es die Physiotherapie. Jeder Schritt, den sie tat, durchschoss Clare wie eine Ladung Dynamit, jede Streckübung war die reinste Folter. Ihr erster Gedanke am Morgen war, dass sie die Leiden der Verdammten zu erdulden hatte. All diese Übungen wurden ihr von einer teuflischen kleinen Person aufgezwungen, die nicht größer als ein Waldgeist war. Sie hieß Gilda, und man tat gut daran, sie nicht zu unterschätzen. Sie hatte ein schwarzes Herz und Bärenkräfte.

»Noch einen Schritt, kommen Sie! Einen noch! Gut! Gut! Okay, und noch einen …«

»Ich … hasse … Sie … so … sehr…«

»Ah, süße Worte. Sie werden mir noch danken, wenn Sie wieder Rumba tanzen!«

»Ich … werde … Sie … verklagen …«

»Noch einen Schritt! Schluss mit dem Gejammer! Gut! Gut! Wie wär's mit noch einem?«

»Sie werden so leiden. Das schwöre ich bei Gott!«

Gilda küsste sie auf die Wange. »Sie sind ein harter Brocken, Clare. Gut, dass Sie so fit waren, als Sie den Unfall hatten – das macht sich jetzt bezahlt.«

»Sie sind eine gemeine Hexe.«

»Ja, das höre ich immer wieder.«

Die Belohnung für die durch Gilda erlittenen Qualen bestanden für Clare in einem starken Schmerzmittel, einem Schaumbad und einem Nickerchen. Dann kam schon wieder

Besuch. Und damit das Dilemma: Clare langweilte sich, und sie fühlte sich einsam, außerdem war es jämmerlich unbequem im Bett. Gleichzeitig war sie zu müde, um allzu viel Besuch zu ertragen, freute sich aber trotzdem über alle, die zu ihr ins Krankenhaus kamen.

Ihre jüngere Schwester Sarah kam täglich vorbei und Maggie an den meisten Nachmittagen. Oft brachte sie Jason mit. Ihr Schwager Bob schaute in der Regel kurz am Abend vorbei. Er arbeitete überwiegend in Carson City, der Hauptstadt des Bundesstaates Nebraska. Clares Vater George ging immer noch jeden Tag in seine Eisenwarenhandlung. Ruhestand war ein Fremdwort für ihn, auch wenn er schon weit über sechzig war. Eins hatte sich allerdings in seinem Tagesablauf verändert – er machte neuerdings eine Mittagspause, die er im Krankenhaus bei seiner Tochter verbrachte. Manchmal kam er auch noch mal abends vorbei, wenn er auf dem Weg nach Hause war. Seine Putzfrau Dotty kam auch fast jeden Tag, und immer hatte sie Süßigkeiten fürs Krankenhauspersonal dabei. »Damit bestechen wir sie«, meinte Dotty. »Sie sind netter zu dir, wenn sie was Süßes bekommen.«

Clares Mutter Fran war an Krebs erkrankt, als Jason drei Jahre alt war, und kurz darauf gestorben. Sarah hatte der Verlust schwer zu schaffen gemacht. Sie war damals erst einundzwanzig gewesen und wieder zurück zu ihrem Vater gezogen, dem sie aber alles andere als eine Hilfe war. Beide magerten ab und verwahrlosten etwas, deswegen plünderten Maggie und Clare ihre Konten und stellten Dotty ein, die zweimal in der Woche ins Haus kam und den Kühlschrank mit gesunden Lebensmitteln füllte. George protestierte zwar zuerst, nahm dann aber rasch wieder zu, und auch die Flecken und Knitterfalten auf seiner Kleidung gehörten bald der Vergangenheit an. Und Sarah, die so verloren gewesen war, hatte nun wieder eine Mutterfigur, die sich um sie kümmerte.

Dotty war Witwe und ein paar Jahre älter als George. Als Clare und Maggie sie einstellten, arbeitete Dotty noch für vier verschiedene Familien, inzwischen erledigte sie nur noch Georges Haushalt. »Ich mag ihn nicht besonders«, log sie durch ihre falschen Zähne, »aber es ist doch ganz klar, dass er alleine nicht zurechtkommt. Und wenn ich etwas Nettes für seine verstorbene Frau tun kann, ist es, dafür zu sorgen, dass er ihr nicht allzu bald folgen wird.«

Die einzige Person, die noch nicht an Clares Krankenbett aufgetaucht war, war Roger. Aber wie das so ist mit Dingen, die zu schön sind, um wahr zu sein – eines Tages tauchte er doch auf. Er hatte bis zum Abend gewartet, kurz vor dem Ende der Besuchszeit, und sich irgendwie am Personal vorbeigemogelt. Er sah sie mit einem Dackelblick an, der wohl bedeuten sollte: *Ich bin so ein Mistkerl, du musst einfach Mitleid mit mir haben, weil ich so leide.* Was der arme Roger nicht wusste: Kaum erblickte Clare ihn, hatte sie wieder dieses Bild vor Augen – die schlanke Blondine auf ihm. Und es machte sie rasend.

»Clare«, sagte Roger. »Ich habe schon mehrfach versucht, dich zu besuchen, aber deine Schwestern haben behauptet, dass du mich nicht sehen willst.«

Sie schaltete das Licht ein. »Das stimmt auch, Roger. Geh bitte. Ich bin schwer verletzt, und du machst es nicht besser.«

»Ich möchte mit dir über Jason reden.«

Sie schaltete das Licht wieder aus.

»Ich denke, er sollte zu mir ziehen«, verkündete Roger.

»Wieso das denn?«, fragte Clare völlig perplex. »Du arbeitest den ganzen Tag und abends meistens auch noch. Was soll Jason bei dir?«

»Wir organisieren im Elternpool die Fahrten zur Schule. Ich werde weniger arbeiten. Er kann sein altes Zimmer wiederhaben.«

Clare brauchte keine zehn Sekunden, um zu wissen, was sie

davon hielt. »Nein«, sagte sie. »Es geht ihm gut bei Maggie, und – falls du es noch nicht bemerkt hast – er ist immer noch ausgesprochen wütend auf dich. Du musst ihm mehr Zeit geben und dich erst mit ihm versöhnen, bevor du ihn zu dir nach Hause locken kannst.«

»Wie soll ich mich mit ihm versöhnen, wenn er mich nicht sehen will?«

»Es tut mir leid, Roger. Ich weiß, du fühlst dich mies deswegen, aber da ist er eisern. Er will einfach keine Zeit mit dir verbringen.«

»Sprich du doch mal mit ihm.«

Wenige Tage zuvor, vor der gebrochenen Hüfte und der großen Operation, hätte sie das vermutlich getan. Aber die Ursache der momentanen Trennung hatte bei Jason eine ungeheure Wut zur Folge gehabt. Es war abzusehen gewesen. Clare hatte den Tag gefürchtet, an dem ihr Sohn herausfinden würde, dass sein geliebter und bewunderter Vater seine Mutter dauernd betrogen hatte. Jason fühlte sich von ihm vollkommen im Stich gelassen, obwohl Roger alles versuchte, um sich wieder mit ihm auszusöhnen.

Der Abend, an dem es passiert war, war einfach nur schrecklich gewesen. Clare hatte für ihr Krisengespräch mit Roger extra einen Zeitpunkt gewählt, an dem Jason nicht zu Hause war, sondern bei einem Freund übernachtete. Dann konfrontierte sie Roger mit ihrem Wissen über seine neueste Affäre. Natürlich stritt er alles ab, doch sie legte ihm Beweise vor: Kopien von Rechnungen, Anruflisten seines Handys und so weiter. Sie wusste genau, wer die Frau war – eine seiner vielen Kundinnen, denen er Versicherungen verkaufte. Viele bedauernswerte Worte fielen an diesem Abend, aber die schlimmsten waren:

»Okay, vielleicht hatte ich eine dumme, bedeutungslose kleine Affäre – aber man darf ja wohl mal einen Fehler machen!«

»Eine bedeutungslose kleine Affäre? Du hattest über ein Dutzend! Oder noch mehr!«

»Ja! Und rate mal, wieso! Weil du so wahnsinnig viel Lust auf Sex hast, Eisprinzessin!«

»Was erwartest du? Ich will mir ja schließlich von dir nichts holen!«

»Wann hast du dir je bei mir …« Auf einmal hatte Roger die Augen aufgerissen und hatte an Clare vorbeigesehen.

Sie wirbelte herum. Da stand Jason, seine Inline-Skates in der Hand, die er nachträglich holen gekommen war.

»Mein Gott, Jason«, sagte Clare und rannte ihm hinterher, als er aus dem Haus stürmte.

Roger klapperte am Bettgestell, damit sie ihm wieder zuhörte. »Clare? Wirst du mit ihm reden und es ihm vorschlagen? Sag ihm, dass sein Platz bei seinem Vater ist – trotz der familiären Probleme.«

Sie sah wieder die Blondine vor sich. Und dachte an den Abend, an dem Jason ihren Streit mitbekommen hatte.

»Nein«, sagte sie noch einmal. »Nein, Roger. Wir haben keine *familiären Probleme*. Du hast ein Problem. Ich weiß nicht genau, wie man es am besten bezeichnet. Sexsucht? Pathologischer Lügner? Egal. Tatsache ist, ich habe kein Problem, und Jason geht es auch gut. Mein Unfall hat ihm einen riesigen Schrecken eingejagt, und ich werde das alles nicht noch schlimmer machen dadurch, dass ich ihn zu dir in dein Haus schicke. Die Klärung unserer Beziehung müssen wir auf später vertagen.«

»In mein Haus? Es ist immer noch unser Haus, Clare. Und es gibt gesetzliche …«

Sie schlug mit der Hand auf seine, sodass er sie jaulend wegzog. »Was zum …«

»Jetzt hörst du mir mal zu, Roger. Wag es ja nicht, mich jetzt verarschen zu wollen! Du lässt Jason in Ruhe, oder du wirst es bereuen, das schwöre ich dir! Und jetzt geh nach Hause und lass mich in Frieden! Niemand wird dich stören – du kannst dir mit jeder x-beliebigen deiner kleinen Freundinnen gerne das Hirn wegvögeln!«

Er sah sie an, als wäre er tief gekränkt. »Sehr nett von dir, Clare, wirklich sehr nett. Als wäre dein Unfall für mich kein Schock gewesen?!«

»Vergiss es, Roger!«

Traurig schüttelte er den Kopf. »Ich weiß echt nicht, was mit dir los ist.«

»Ganz einfach – ich habe einen Schlag auf den Kopf bekommen, und dein ganzer Scheiß ist dabei rausgefallen, und stattdessen ist Verstand eingedrungen. Und jetzt hau endlich ab!« Sie betätigte den Rufknopf für die Schwester.

»Gut«, sagte er. »Wie du willst.« Damit drehte er sich um und ging.

Es war erstaunlich, wie gut sich das anfühlte. Sie brauchte nicht mal mehr ein Schmerzmittel. Endlich, ein für alle Mal einen Schlussstrich zu ziehen war anscheinend die beste Betäubung.

Plötzlich bemerkte sie, dass jemand in der Tür stand. Es war George, und er hatte ein sehr zufriedenes Lächeln aufgesetzt. »Wunderbar, Clare«, begrüßte er sie. »Das war die beste Unterhaltung, die man deinem alten Vater in den letzten Jahren geboten hat!«

Wie würde sie nur das Trauma überwinden können, dass Jason alles mit angehört hatte? Er hatte die Nacht bei seinem Kumpel ausfallen lassen, und Clare war stattdessen mit ihm ins Hilton in Lake Tahoe gefahren, wo sie sich eine feudale Suite gönnten. Sie kaufte ihnen in einem der Shops Badesachen, dann bestellten sie etwas vom Zimmerservice und guckten einen Film. Um Mitternacht gingen sie schwimmen. Dann erzählte Clare ihrem Sohn so viel, wie sie es für richtig und für ihn erträglich hielt, doch sie spürte da bereits, dass sie ihn durch seine Wut kaum noch erreichte.

Am Ende war es George, der es irgendwie schaffte, seinen Schwiegersohn nicht umzubringen und gleichzeitig seinem Enkel zu erklären, dass Roger ein mieser Kerl war, der mit jeder Frau flirtete und dadurch Clare sehr gekränkt und enttäuscht hatte. Und dass es vermutlich eine gute Idee wäre, wenn seine Eltern sich dauerhaft trennten. Doch George wollte, dass Jason auch verstand, dass Roger nicht nur diese Schwäche, sondern auch viele Stärken hatte. Er sei immer ein guter Vater gewesen und stolz auf seinen Sohn. Er liebe ihn und leide fürchterlich, weil er auch ihn enttäuscht hatte.

»Na und?«, erwiderte Jason. »Das hätte er sich vorher überlegen können.«

»Da hast du recht, das hätte er wirklich. Aber jeder macht Fehler. Ich weiß, dass für dich eine Welt zusammengebrochen ist. Mein Rat an dich ist dennoch: Heg dieses Gefühl nicht allzu lange, Jason. Dein Vater liebt dich, und du bist nur deshalb so wütend, weil du ihn auch liebst.«

»Soll das etwa heißen, ich soll ihm verzeihen?«

»Das soll heißen, dass es hoffentlich bald so weit sein wird, ja. Denn ob du es mir glaubst oder nicht – ihr beide braucht einander.«

Clare unterstützte ihren Sohn auch dahin gehend, dass sie einen Beratungstermin für ihn machte. Sie wollte alles tun, was sie konnte, weil sie sich so schuldig fühlte. Wieso hatte sie an jenem Abend bloß nicht die Tür verriegelt, für den Fall, dass Jason überraschend zurückkommen würde? Eins war jedenfalls schnell klar: Nachdem Jason erfahren hatte, dass sein Vater untreu gewesen war, war ziemlich offensichtlich, dass Roger damit auch seinen Sohn betrogen hatte. Kein Wunder also, dass der Junge sauer war.

Im Krankenhaus hatte Clare genügend Zeit, um über ihre Familie nachzudenken. Vor allem über ihre Schwestern, die ihre besten Freundinnen waren. Zu ihrer Kinderzeit war das vielleicht anders gewesen, aber jetzt, als Erwachsene, nicht mehr. Als Clare mit unerträglichen Schmerzen im Krankenhaus lag und ihre Schwestern ihren Tagesablauf so umgestalteten, dass sie täglich an ihrem Bett sitzen konnten, wurde sie ständig daran erinnert, welches Glück sie mit den beiden hatte. Ohne Maggie und Sarah hätte sie diese schwere Zeit nicht so gut durchgestanden.

George und Fran McCarthy hatten drei hübsche grünäugige Töchter. Maggie war die älteste, Clare drei Jahre jünger, und schließlich kam das Nesthäkchen Sarah, die sechs Jahre jünger war als Clare. Wären sie auf unterschiedlichen Planeten geboren worden, hätten sie unterschiedlicher nicht sein können.

Maggie war die typische erstgeborene Streberin, die in der Schule und auf dem College super gewesen war, Jura studiert und ihr Examen mit Auszeichnung bestanden hatte. Sie hatte einen Rechtsanwalt geheiratet und zwei Töchter bekommen, die inzwischen dreizehn und fünfzehn waren. Manchmal waren die beiden Jasons engste Freundinnen, manchmal seine Heimsuchung. Sie hießen Hillary und Lindsey.

Maggie war zweiundvierzig und lebte ein perfektes Leben. Sie arbeitete viel und lang, trotzdem war sie immer todschick gekleidet, ihre superkurze Frisur stets bestens gepflegt, und ihre Fingernägel waren immer makellos. Sie hatte nie Ringe unter den Augen und wunderschöne hohe Wangenknochen, perfekt für eine Kurzhaarfrisur. Überhaupt sah sie supersexy aus. Ihren Sexappeal spielte sie mit Hosenanzügen herunter, wie es im Gerichtssaal erwünscht war. In ihrer nicht gerade bescheidenen Villa in Breckenridge hatte sie – natürlich – eine Haushaltshilfe. Doch selbst an Ramonas freiem Tag sah man in ihrem Haus nie ein Körnchen Staub oder ein Kissen, das nicht an der richtigen Stelle lag. Maggie liebte Perfektionismus und Kontrolle. Und trotzdem war sie ein liebevoller Mensch – wenn auch auf eher spröde und unerschütterliche Art. Unsentimental. Maggie war diejenige, die man anrief, wenn etwas erledigt werden musste oder es ein Problem zu lösen galt. Wenn man sich in Selbstmitleid suhlte, sich zu fett fand oder frisch verliebt war – dann musste es ohne Maggie gehen. Für belangloses Sich-gehen-Lassen hatte sie keine Zeit.

Und dann gab es noch Sarah, inzwischen dreiunddreißig. Als Teenager hatte sie ständig Ärger gemacht. Sie belog ihre Eltern, hielt sich nicht an Ausgehzeiten, ging auf Partys, die man ihr verboten hatte, verlor mit vierzehn ihre Unschuld und empfand die Schule als krasse Zumutung. Also schmiss sie in der Oberstufe hin und zog an dem Tag von zu Hause aus, an dem sie achtzehn wurde. Sie rauchte, trank zu viel Alkohol, trug enge, aufreizende Kleidung, und wenn sie zu den Familientreffen nach Hause kam, hatte sie jedes Mal einen Kerl dabei, der aussah wie ein Mitglied einer Motorradgang. Sarah wusste, dass ihre Mutter maßlos enttäuscht von ihr war; immer wieder gab es Streit über ihr wildes und zügelloses Benehmen. Doch dann wurde Fran krank und starb, ohne dass die beiden ihre Differenzen hatten beilegen können, und Sarah zerbrach fast daran. Sie verfiel in schwere Depressionen, die eine medizinische Behandlung nötig machten.

In der Therapie entdeckte Sarah für sich die Kunst als Ausdrucksform. Sie holte ihren Schulabschluss nach, studierte Kunst und arbeitete als freie Künstlerin und Lehrerin. Sie malte, töpferte, bildhauerte und webte Teppiche, Überwürfe und Wandbehänge. Es stellte sich heraus, dass sie sehr talentiert war und vollkommen in ihrer Kunst aufging. Sie eröffnete ein kleines Atelier, das sich zu einem Geschäft für Kunstbedarf entwickelte und in dem sie ab und zu sogar Gruppenkurse für aufstrebende Künstler gab. Durch diese neue Aufgabe ging es ihr nicht nur gesundheitlich besser, sie interessierte sich auch überhaupt nicht mehr für ihre früheren schlechten Gewohnheiten und ihre anstößige Art, sich zu kleiden. Sie trug jetzt wieder Brille statt Kontaktlinsen, damit ihre Augen nicht trocken wurden, wenn sie stundenlang an einem Objekt saß und arbeitete. Sie bevorzugte auf einmal weit geschnittene Kleidung, die bequem und praktisch war, hatte keine Zeit für aufwendiges Make-up und band ihre Haare zu einem schlichten Pferdeschwanz oder Knoten. Als sie dreiunddreißig wurde, lebte sie immer noch bei George und hatte sich zu einem nachlässig gekleideten Mauerblümchen entwickelt.

Von allen drei Schwestern führte Clare das durchschnittlichste Leben. Sie war eine nicht berufstätige Mutter, die ab und zu ehrenamtlich arbeitete und als Lehrkraft aushalf. Sie hatte ein Talent für Inneneinrichtung entwickelt, war eine exzellente Köchin und Hausfrau. Eine perfekte Ehefrau eben. Nicht, dass ihr das viel gebracht hätte.

Clare liebte ihre Schwestern sehr. Maggie fühlte sie sich noch etwas verbundener, da sie ihr im Alter näher war und sie beide für Sarah die Mutterrolle übernommen hatten. Sehr zu Sarahs Verärgerung taten sie das immer noch und versuchten sie zu beschützen, wann immer sie fanden, dass dies nötig sei.

Früher hatte Clare immer gedacht, sie müsste ihren Schwestern und ihrem Vater genau erklären, wieso sie Roger verließ. Dabei hatten alle anderen ihn schon lange vor ihr als hoffnungslosen Schwerenöter ausgemacht. Über die Nacht des Unfalls hatte sie bisher jedoch geschwiegen, denn zu diesem Zeitpunkt hatte sie Roger ja schon längst verlassen, und die ganze Familie wartete nur darauf, dass sie sich endlich von ihm scheiden ließ. Es war nicht nötig, dass sie ihn noch mehr durch den Schmutz zog und am Ende Jason noch schlimmer belastete.

Doch als sie eines Tages mit Maggie allein im Krankenzimmer war, vertraute sie es ihr an.

»Er hatte mir gesagt, er wäre an dem Tag geschäftlich unterwegs. Also bin ich rüber zum Haus gefahren, um mir noch ein paar Küchengeräte zu holen und ihm eine Geburtstagskarte hinzulegen. Ich habe Jason mehr oder weniger gezwungen, sie zu unterschreiben. Irgendwie tat Roger mir leid – so ganz allein an seinem Geburtstag. Doch kaum war ich angekommen, hörte ich Geräusche aus dem Schlafzimmer. Wie sich herausstellte, poppte er gerade eine kleine Blondine.«

Maggie überraschte sie mit einem Lachen. »Meine Güte! Dieser Mann ist so berechenbar!« Sie beugte sich näher zu Clares Bett. »Hast du etwa deswegen den SUV auf der Kreuzung übersehen? Weil du an diese miese Szene gedacht hast?«

»Nein, so war es nicht«, erwiderte sie. »Wenige Minuten vor dem Unfall hatte mich ein Polizist angehalten, weil ich zu schnell gefahren war. Er hat mir aber keinen Strafzettel ausgestellt, sondern ist mir einfach hinterhergefahren. Ich weiß noch, dass ich an einer roten Ampel angehalten habe, die dann grün wurde. Der Polizist war mit seinem Wagen direkt hinter mir.«

»Dann hat er den Unfallhergang also gesehen! Deswegen steht im Unfallbericht auch, dass die andere Fahrerin die rote Ampel überfahren hat.«

»Vermutlich. Ich sollte mich bei ihm bedanken. Aber wenn er mich nicht angehalten hätte …«

»Dann wäre es vielleicht *deine* Schuld gewesen.«

»Daran habe ich noch gar nicht gedacht.«

»Darf ich dich etwas fragen? Denkt Roger vielleicht, dass du dich seinetwegen nicht mehr richtig auf den Verkehr konzentrieren konntest und deshalb den Unfall hattest?«

Sie holte tief Luft. »Ich weiß nicht, was Roger denkt, und es ist mir auch egal. Du weißt ja, wie gut er darin ist, sich zerknirscht zu geben. Aber da sich sein Verhalten niemals ändert, ist wahrscheinlich sowieso alles nur gespielt.«

»Oh, Mann«, sagte Maggie. »Ich denke, du hast lange genug unter ihm gelitten.«

»Wir werden aber niemandem davon erzählen, was an diesem Abend los war.«

»Willst du Roger etwa auch noch beschützen?«

»Natürlich nicht! Aber meinst du nicht, dass das Jason zu viel werden würde?«

Entschieden nickte Maggie. »Stimmt auch wieder. Der Junge soll erst mal wieder ganz werden.«

Clare war mittlerweile seit über zwei Wochen im Krankenhaus, und der verregnete März wich einem sonnigen April, wie Clare durch einen Nebel von Schmerz feststellte. In einer Woche sollte sie entlassen werden. Dann würde sie für einige Zeit an Krücken gehen müssen, und ihr standen ein paar Monate Physiotherapie bevor.

Maggie informierte sie darüber, dass sie einen wahren Geldsegen zu erwarten hatte. Sie hatte ihre anwaltlichen Fähigkeiten dazu genutzt, sich mit der Versicherung der Unfallgegnerin zu einigen. »Ich muss sie also nicht erst verklagen?«, fragte Clare.

»Nein«, versicherte Maggie ihr. »Du bist schwer verletzt worden, und der Polizeibericht weist eindeutig ihr die Schuld zu, da werden sie von sich aus einlenken. Darum kümmere ich mich. Du wirst ein schönes Schmerzensgeld bekommen, das du übrigens auch mehr als verdienst. Aber die Ausarbeitung im Detail wird dauern.«

Der Polizeibericht. Ihr fiel wieder ein, dass sie den Polizisten ausfindig machen und sich bei ihm bedanken wollte, auch wenn sie nicht genau wusste, wie sie das anstellen sollte. Und dann, spät am Abend, als alle anderen Besucher schon weg waren, stand er auf einmal in der Tür. Es dauerte einen Moment, bis sie ihn erkannte, denn er trug nicht seine dunkelblaue Polizeiuniform, sondern Jeans und Pullover. Seine breite Brust und die starken Schultern wirkten auch ohne die schusssichere Weste noch imposant. Sie musterte unsicher das Gesicht des jungen Mannes, bis er ihr dieses gewinnende Lächeln schenkte, an dem sie ihn wiedererkannte.

»Sie!«, rief sie.

Er kam herein und zog hinter seinem Rücken einen in Zellophan eingewickelten Blumenstrauß hervor. Einen von der Art, wie man sie an der Tankstelle oder im Supermarkt bekam. »Hi«, sagte er. »Wie geht es Ihnen?«

Mühsam setzte sie sich auf. »Ich … Es ging mir schon besser, sagen wir so. Lustig, dass Sie hier sind. Ich habe gerade an Sie gedacht.«

»So ein Zufall! Ich habe auch an Sie gedacht.«

»Wegen dieses Abends … Ich glaube, ich muss mich bei Ihnen bedanken. Ich wollte mich schon bei Ihnen melden, aber ich kenne Ihren Namen ja gar nicht.«

»Sam Jankowski.« Er sah sich im Zimmer um. »Wo kann ich die Blumen hinstellen? Ich bin so doof, an eine Vase habe ich nicht gedacht.«

»Keine Sorge, legen Sie sie einfach da hin«, erwiderte sie und zeigte auf den Nachttisch. »Die Krankenschwester bringt nachher eine Vase. Also, vielen Dank.«

»Wofür?«

»Ich weiß auch nicht so recht. Dass Sie mich wegen überhöhter Geschwindigkeit angehalten haben, damit ich keinen Unfall verursache. Dass Sie mir trotzdem keinen Strafzettel ausgestellt haben. Dafür, dass … Waren Sie der Zeuge, der ausgesagt hat, dass mich keine Schuld trifft?«

»Ich habe in meinen Bericht geschrieben, was ich gesehen habe. Ihr Wagen sah schlimm aus. Ich bin wirklich froh, dass Sie den Unfall überlebt haben.«

Sie kicherte sinnlos, dann hielt sie sich den Mund zu. »Entschuldigung«, sagte sie. »Ich bin ein bisschen neben mir. Hab gerade mein Schmerzmittel bekommen.«

Er stand neben ihrem Bett, wo ihre Schwestern und Jason schon so viel Zeit verbracht hatten. Seine Anwesenheit wirkte seltsam fehl am Platz.

»Wie lange müssen Sie noch im Krankenhaus bleiben?«, fragte er.

»In ein paar Tagen komme ich raus. Je nachdem, was der Arzt sagt. Und dann gibt es erst mal ewig Physiotherapie. Vermutlich monatelang.«

»Puh, gut, dass ich heute noch vorbeigekommen bin. Ich hätte Sie ungern verpasst.«

»Danke. Aber wie Sie sehen, wird es mir bald wieder gut gehen – auch wenn ich im Moment noch nicht danach aussehe. Aber das wird schon.«

»Wenn ich ehrlich bin, sehen Sie jetzt schon ganz gut aus. Rechnen die Ärzte mit einer vollständigen Genesung?«

»Die Chance darauf besteht wohl zu fünfundneunzig Prozent, falls nicht noch etwas Unvorhergesehenes passiert.«

»Fantastisch. Da haben Sie echt Glück gehabt.«

»Kommt ganz auf die Perspektive an …«

»Ich meine, Sie hätten auch sterben können. Erinnern Sie sich eigentlich an den Unfall?«

»Kein bisschen. An gar nichts. Ich weiß nur noch, dass die Ampel auf Grün sprang. Danach nichts mehr.«

»Gut.«

»Ich war bewusstlos.«

»Nicht die ganze Zeit«, sagte er. »Sie waren mal da und mal wieder weg. Sie haben nach einem Jason gefragt.«

»Das ist mein Sohn.«

»Und … nach einem Mike, wenn ich mich recht entsinne.«

»O Gott«, sagte sie matt.

»Ihr Mann?«, fragte er.

»Nein.« Hatte sie etwa Mike im Angesicht des Todes gesehen? Gleich nach dem Unfall und nicht erst später, im Krankenhaus? War die Zeit vielleicht aufgehoben, wenn man schon kurz auf der anderen Seite war? »Mike«, wiederholte sie. »Mein ehemaliger Verlobter. Das ist viele Jahre her. Neunzehn, um genau zu sein. Er war bei der Air Force und starb bei einem Flugzeugabsturz.«

»Wow. Sie müssen sicher dauernd an ihn denken.«

»Nein, nicht mehr. Aber das war jahrelang natürlich anders. Es gelang mir einfach nicht, ihn aus meinen Gedanken zu verbannen, aber dann habe ich geheiratet und ein Kind bekommen und ... Darf ich Ihnen etwas Verrücktes anvertrauen? Ohne dass Sie einen Lachkrampf bekommen oder es jemandem erzählen?«

Er zuckte die Achseln. »Wenn Sie möchten.«

»Ich habe ihn gesehen. Mike. Kurz bevor ich im Operationssaal aufgewacht bin. Ich war an einem Ort voller Nebel, nur in der Ferne war ein Licht. Aus diesem Nebel kam Mike zu mir und sagte: ›Hi, Clare.‹ Und als ich versuchte, nach ihm zu greifen, sagte er: ›Du musst zurückgehen. Du hast noch einiges zu erledigen. Wir sehen uns beim nächsten Mal.‹«

Es machte ihm alle Ehre, dass er sie nicht mit großen, verwunderten Augen anstarrte und so verriet, dass er sie für eine Irre hielt. Nein, der junge Polizist lächelte sogar. »Ich habe schon davon gehört, dass so etwas passieren kann.«

»Vielleicht war es ja nur ein Traum«, meinte sie.

»Oder vielleicht ist es wirklich passiert«, sagte er. »Man darf nichts ausschließen.«

»Danke«, sagte sie und erwiderte sein Lächeln. »Nett, dass Sie das sagen.«

»Oh, ich wollte nicht nett sein. Im Ernst, ich hab so was schon mal gehört. Man weiß ja nie, oder?«

»Ja.«

Einen Moment lang schwiegen sie und sahen sich nur an. Dann räusperte er sich. »Mmm. Das ist jetzt vielleicht ein bisschen seltsam, aber wenn es Ihnen besser geht, würde ich Sie gern mal auf einen Kaffee einladen.«

Sie sah ihn verblüfft an, mit offenem Mund sogar. Bis ihr klar wurde, dass sie vermutlich aussah, als hätte man ihr gerade einen kräftigen Schlag auf den Kopf verpasst. »Kaffee?«

»Was auch immer.« Er zuckte die Achseln. »Geben Sie mir doch eine Telefonnummer, unter der ich Sie erreichen kann. Ich würde mich zumindest gern erkundigen, wie es um Ihre Genesung bestellt ist.«

Ach, darum geht es, dachte sie. Sie entspannte sich. Es war nicht so, dass er sie gerade zu einem Date eingeladen hatte. Er fühlte sich wegen des Unfalls mit ihr verbunden, vermutlich hatte der Vorfall ihn erschüttert. »Bitte entschuldigen Sie«, sagte sie. »Das muss an den Medikamenten liegen. Ich dachte gerade, dass Sie sich mit mir verabreden wollten.«

Da war sein strahlendes Lächeln wieder. »Nur ein Kaffee. Für ein Date braucht es schon mindestens zwei Tassen.« Dann lachte er. Und sie auch.

»Wenn ich fragen darf … Wie alt sind Sie?«

»Neunundzwanzig«, antwortete er. »Und Sie sind neununddreißig.«

»Woher wissen Sie das?«

»Weil ich mir Ihren Führerschein angeschaut habe!«, sagte er. »Also, wenn Sie Lust haben auf einen Kaffee …« Sie nickte. »Ihre Telefonnummer?«

Wie cool, dachte sie. Sie genoss kurz die Fantasie, dass dieser überaus attraktive junge Mann sich mit ihr verabreden wollte – obwohl sie sich gerade sehr alt fühlte, von den fettigen Haaren und dem fehlenden Make-up mal ganz abgesehen. Und so jung sah er auch wieder nicht aus. Er könnte auch für zweiunddreißig durchgehen.

Zweiunddreißig, Clare? Reiß dich zusammen! Der Junge will mit dir einen Kaffee trinken gehen, um sicherzugehen, dass die arme Frau, die sie aus dem Autowrack gezogen haben, wieder in Ordnung ist.

»Klar«, sagte sie. »Haben Sie einen Stift?«

Die Schwester steckte den Kopf zur Tür rein. »Sir, die Besuchszeit ist langsam zu Ende«, sagte sie.

»Okay«, sagte er und zu Clare gewandt: »Ich war kurz versucht, ihr meine Polizeimarke zu zeigen, damit ich länger bleiben kann, aber eigentlich bin ich ja nicht aus offiziellen Gründen hier. Und Sie brauchen jetzt sicher Ruhe.« Er streckte den Arm zum Nachttisch aus, wo das Klemmbrett mit Stift lag, nahm den Filzschreiber und schickte sich an, ihre Nummer in seine Hand zu notieren. »Kann losgehen.«

Clare diktierte ihm und fügte hinzu: »Das ist meine Handynummer.«

»Gut. Also, dann. Gehen Sie es ruhig an. Ich melde mich.«

Clare träumte die nächsten vierundzwanzig Stunden von dem jungen Sam, doch am nächsten Tag kam Maggie und brachte sie auf andere Gedanken. »Ich vergesse dauernd, es dir zu sagen. Pete Rayburn hat mich angerufen«, sagte sie. »Er hat von dem Unfall erfahren und wollte wissen, ob es dir gut geht.«

Clare drehte sofort den Kopf weg, wie im Reflex. Diese Schmach. Sie wollte nicht, dass man ihr in die Augen sehen konnte.

Maggie berührte ihr Haar. »Tut Mikes Tod immer noch so weh? Nach all den Jahren?«

Clare sah ihre Schwester an. »Manchmal kommt er in den seltsamsten Momenten zurück – irgendeine Situation oder ein Name, so wie jetzt der von Pete. Und dann erinnere ich mich, wie weh es damals getan hat. Verstehst du?«

»Natürlich.«

»Was hast du ihm gesagt?«

»Dass du dich wieder erholen wirst, aber noch eine lange Rehaphase vor dir hast, die Monate dauern wird.«

»Sehr gut. Und wie geht es ihm?«

»Ich hab gar nicht gefragt. Aber ich denke mal, es geht ihm gut. Vor ein paar Jahren hat er sich scheiden lassen, habe ich gehört, und er ist immer noch Lehrer und Trainer. Hast du ihn oder seine Eltern noch mal gesehen?«

»Ich bin ihm ein paar Mal zufällig begegnet«, sagte Clare. Hätte es damals ihren schrecklichen Akt der Illoyalität nicht gegeben, hätte sie vermutlich sehr viel Zeit mit den Rayburns verbracht. Sie hätten sich gegenseitig helfen können, über Mikes Tod hinwegzukommen. »Nett von ihm, sich nach mir zu erkundigen.«

Das ist auch so was, um das ich mich kümmern muss, dachte sie. Das kommt auf meine To-do-Liste. Mich scheiden lassen, mir einen Job suchen und mich mit Pete treffen, um diese ganze Geschichte endlich abzuschließen. Wahrscheinlich brauchte er das genauso sehr wie sie.

3. Kapitel

Sarahs kleiner Laden befand sich in der Innenstadt, und normalerweise verbrachte sie sehr viel Zeit dort. Es war ihr zur Gewohnheit geworden, um zehn Uhr morgens aufzumachen und um achtzehn Uhr zu schließen, aber nach dem Abendessen zu Hause mit ihrem Vater noch einmal zurück in ihr Atelier zu gehen, das sich hinter dem Laden befand. Meistens blieb sie bis in die Nacht hinein. Sie konnte sich in ihren Projekten verlieren – einem gewebten Bettüberwurf, einem Ölgemälde, einer Skulptur – und darüber völlig die Zeit vergessen. Sie hörte erst auf, wenn ihr vor Erschöpfung die Augen brannten und sie feststellte, dass es zwei oder drei Uhr morgens war. Sie arbeitete so konzentriert, wenn sie ein Werk erschuf, dass die Welt um sie herum gar nicht mehr zu existieren schien.

Zumindest war es bis vor drei Wochen so gewesen, vor Clares Unfall. Seitdem hatte Sarah deutlich weniger Zeit in ihrem Laden verbracht. Stattdessen hatte sie ein Schild ins Fenster gehängt: »Krankheitsfall in der Familie: Aktuelle Öffnungszeiten unter 555-2323.« Die meisten ihrer Kunden waren Stammkunden und wussten, was passiert war. In der Stadt hatten fast alle davon gehört – schließlich hatte es ja auch in der Zeitung gestanden. Deswegen machte Sarah den Laden nur für ein paar Stunden am Tag auf und verbrachte den Rest der Zeit bei Clare im Krankenhaus. Vor lauter Sorge hatte sie ohnehin nicht mehr künstlerisch arbeiten können.

Doch an diesem wunderschönen, sonnigen Apriltag, als sie gegen siebzehn Uhr den Laden abschloss, war sie voller Freude und sehr erleichtert: Clare kam nach drei Wochen im Krankenhaus endlich nach Hause. Da ihr eigenes Townhouse wegen der Treppen ins Schlafzimmer erst mal nicht infrage kam, zog sie vorübergehend bei George ein. Bei George und Sarah. Die ganze Familie würde sich heute bei ihnen versammeln, um sie willkommen zu heißen.

Natürlich war Clare alles andere als wiederhergestellt. Sie konnte zwar wieder laufen, aber hatte noch starke Schmerzen, und ohne Medikamente konnte sie nicht schlafen. Sarah war bereit, nachts aufzustehen, um nachzusehen, ob sie es bequem hatte und sie mit ihren Medikamenten versorgt war. Das Bett in ihrem alten Kinderzimmer war zu niedrig und zu weich, also hatte George ein Krankenhausbett gemietet. Vor ihnen lagen ein paar lange und schwierige Monate, durch die Clare sich mit Schmerzen und Physiotherapie quälen musste. Sie würde langsam, aber sicher Fortschritte machen, und Sarah würde alles tun, um sie darin zu unterstützen.

Aber Clare würde *zu Hause* sein. Nachdem sie sie fast verloren hatten, war das das Allerwichtigste. Natürlich würde Jason auch zu ihnen ziehen. Drei Wochen lang war er jetzt bei Maggie gewesen, und Lindsey und Hillary gingen ihm mittlerweile gewaltig auf die Nerven.

Als Sarah nach Hause kam, freute sie sich, die ganzen Autos zu sehen, die auf ihrem Grundstück und auf der Straße parkten. Anscheinend waren alle schon da, auch Clare. Niemand würde je erfahren, wie schrecklich es für sie gewesen war, Clare in diesem Krankenzimmer liegen zu sehen. Neben ihrer Kunst und ihrem Geschäft hatte sie nichts im Leben außer ihrer Familie. Sie hatte weder Freunde noch Freundinnen, was sie vollkommen in Ordnung fand, denn sie war ohnehin Tag und Nacht mit ihren kreativen Projekten und ihrer Arbeit beschäftigt. Ihr Vater, ihre Schwestern, ihre Nichten und ihr Neffe bedeuteten ihr alles! Ihre Schwestern versuchten zwar immer wieder, sie zu einem etwas geselligeren Lebensstil zu überreden, aber sie wusste wirklich nicht, woher sie die Zeit dafür nehmen sollte. Ganz sicher würde sie sie nicht von ihrer Zeit mit der Familie abzwacken.

Und außerdem waren ihre Schwestern ihre besten Freundinnen.

Als sie das Haus betrat, wurde sie von dem wunderbaren Lärm empfangen, den große Familien in Küchen veranstalten. Sie entdeckte Clare am Ende des langen Eichentischs in dem großen Raum. Viele Stunden hatte sie an dem Tisch mit Lernen verbracht, vor und nach dem, was sie als ihre dunklen Jahre bezeichnete. Clare saß auf einem Kissen, aber sie wirkte angestrengt, offensichtlich hatte sie Schmerzen. Sarah ging direkt zu ihr, beugte sich runter und küsste sie auf die Stirn. »Ich freu mich so, dass du wieder zu Hause bist. Alles in Ordnung?«

Clare verzog das Gesicht. »Die Schmerztablette wirkt leider noch nicht. Aber das wird schon.«

»Kann ich dir was holen?«

»Nein danke, Schätzchen.«

Sarah ging zum Herd, wo Maggie, Georges Haushälterin Dotty und Maggies dreizehnjährige Tochter Hillary in einen großen Topf guckten.

»Was gibt's denn?«, fragte sie.

»Eintopf. Auf Tante Clares Wunsch.« Hillary hob den Löffel. »Mal probieren?«

»Hmmm«, sagte Sarah. »Da fehlt noch Salz.«

»Hab ich doch gesagt«, sagte Hillary zu Dotty.

Maggie legte Sarah den Arm um die Hüfte und küsste sie auf die Wange. »Was macht der Laden, Süße?«

»Wie immer.« Sie zuckte mit den Schultern. »Alles gut.«

»Hast du abgenommen?«

»Das fragst du mich einmal in der Woche.«

»Und? Hast du?«

»Ich glaub nicht.« Aber sie hatte abgenommen, und das wusste sie. Sie war manchmal so eingenommen von ihrer

Arbeit, dass sie das Essen vergaß. Eine Büste oder ein Überwurf oder ein Bild, davon ließ sie sich verzehren. Ihre Arbeit brachte ihr nicht viel Geld ein, aber sie hatte einige Fans. Ihr jüngster Erfolg war ein Wandteppich mit einem Braunbären auf einem schneebedeckten Felsvorsprung, der jetzt in einem Ski-Hotel in Lake Tahoe hing.

Aber diesmal hatte sie nicht wegen ihrer Kunst abgenommen. Es waren die Angst und Sorge um ihre Schwester gewesen.

In diesem Moment kam Jason mit einem Pullover in die Küche, den er seiner Mutter um die Schultern legte. »Hallo, Tante Sarah«, begrüßte er sie.

Sie lächelte ihn an.

Maggie sagte ihren Töchtern, sie sollten zu neun Uhr den Tisch decken. Normalerweise trafen sie sich unter der Woche nicht, aber sonntags war es Tradition, dass man zusammen zu Abend aß, wenn es irgendwie möglich war. Maggie hatte zwar das größte Haus, und Clares und Rogers Haus war auch größer als das von George, aber trotzdem trafen sie sich am liebsten hier. Man verbrachte ein paar Stunden mit der Familie, kochte zusammen, saß gemeinsam am langen Eichentisch. Vor ein paar Jahren waren sie dazu übergangen, auch Dotty ab und zu einzuladen, immerhin gehörte sie auch zur Familie.

Maggies Ehemann Bob kam mit zwei Drinks in der Hand herein. Einen gab er Maggie, dann legte er den Arm um Sarah. »Wie geht's meiner kleinen Künstlerin?«

Sie lehnte sich an ihn. Bob war einfach so beständig und verlässlich.

Niemand musste gerufen werden. Kaum standen die Teller auf dem Tisch, kamen George und Lindsey aus dem Wohnzimmer, und alle nahmen ihre Plätze ein. Maggie und Dotty servierten den Eintopf, Salat und Brot. Bob schenkte den Kindern Milch ein, George holte sich ein Bier. Es gab einen kurzen Streit zwischen Jason und Hillary, wer neben Clare sitzen durfte, den

Jason gewann. Sarah hätte aufstehen und ihren Platz abgeben können, aber dazu hatte sie keine Lust.

Bevor die Teller gefüllt wurden, klingelte ein Handy. Lindsey warf einen Blick auf ihr Display, sagte: »Da muss ich rangehen«, und sprang auf.

»›Da muss ich rangehen‹«, wiederholte Bob scherzhaft. »Sie ist fünfzehn!«

»Das ist ein Junge«, verriet Hillary und bewies keinerlei Intention, die Geheimnisse ihrer Schwester für sich zu behalten.

»Welcher Junge?«, fragte Maggie.

»Aus der Unterstufe«, sagte sie gehässig. »Ein Football-Spieler.«

»Christopher Mattingly«, sagte Jason. »Er fängt nächste Saison an.«

Sarah spürte, dass sie lächeln musste. Ihre Nichten waren so wunderbar und clever – die beiden würden sich keine Sorgen darum machen müssen, ob sie genug Aufmerksamkeit von den Jungs bekamen. Hoffentlich würden sie es besser machen als sie damals. Aber Maggie und Bob hatten ganz sicher ein Auge drauf.

Es wurde gelacht und mit Geschirr geklappert. Nur Clare, die sonst gern und viel redete, war stiller als üblich. Aber das ist schon in Ordnung, dachte Sarah. Wenn es ihr erst mal wieder besser geht, wird sich alles normalisieren. Sie faltete die Hände über dem Teller und schloss für einen Moment die Augen, genoss die Geräusche, die ihre Familie machte.

»Alles gut, Liebes?«, wollte Clare wissen.

»Ja. Ich bin nur so erleichtert, dass wir alle wieder zusammen sind.«

»Veränderungen sind nicht so dein Ding, was?«, fragte Clare.

»Ich bin nicht so zerbrechlich, wie immer alle glauben«, erwiderte Sarah. Doch Clares Unfall hatte ihr klargemacht, dass sie sich ein bisschen zu sehr isoliert, sich zu sicher gefühlt hatte. Sie nahm sich vor, es in Zukunft anders zu machen. Auch mal wieder etwas zu riskieren, ihr Leben wieder offener zu gestalten, sodass Beruf und Familie nicht alles waren, was ihre Existenz ausmachte.

Sie wusste nur nicht so recht, wie sie das anstellen sollte.

Nicht mehr im Krankenhaus zu sein war komplizierter, als Clare es sich vorgestellt hatte. Als sie Monate zuvor Roger verlassen hatte, hatte sie ein hübsches kleines Townhouse zur Miete gefunden – ein Haus voller Treppen, mit einem Waschmaschinen- und Trocknerraum im Keller. Sie wusste nicht, wie lange es dauern würde, bis sie wieder komplett schmerzfrei war. »Jeder Mensch ist anders, jeder Mensch heilt anders«, hatte der Orthopäde zu ihr gesagt. Niemand konnte vorhersagen, wie lange eine gebrochene Hüfte wehtat und wie lange es ihr nicht möglich sein würde, Treppen zu steigen, schwere Dinge zu heben und lange Strecken zu laufen.

Da ihre Genesung mindestens mehrere Wochen in Anspruch nehmen würde, im schlimmsten Fall auch viele Monate, hatte sich Maggie von sich aus darum gekümmert, für Clare die Wohnung zu kündigen. Es war schnell und problemlos gegangen. Clare hatte das Townhouse ohnehin nur als Übergangsmodell gesehen. Langfristig wollte sie nach einem größeren Haus für sich und Jason Ausschau halten. Aber erst nach der Scheidung, wenn feststand, wie viel Geld sie von Roger als Ausgleich für das gemeinsame Haus bekommen würde. Das musste noch ausgehandelt werden. Und nun kam noch das Schmerzensgeld hinzu. Doch es würde vermutlich genauso lange dauern, bis die Summen geklärt waren, wie ihre Genesung in Anspruch nehmen würde – wenn nicht sogar länger. Maggie hatte sie bereits gewarnt, dass die Verhandlungen mit der gegnerischen Versicherung inhaltlich zwar recht klar waren, aber dennoch langwierig werden würden. Und die Scheidung hatte Clare noch nicht einmal eingereicht.

Als der Mai kam und es wieder wärmer und heller wurde, stellte Clare fest, dass das Wohnen mit George, Sarah und Jason und der allgegenwärtigen Dotty ihr zu eng wurde. Sie brauchte Raum für sich, sonst konnte sie manchmal ziemlich kratzbürstig werden. Doch die Vorstellung, auf Wohnungssuche zu gehen, fand sie abschreckend.

Dotty kam fast jeden Tag ins Haus, um sicherzustellen, dass es Clare an nichts fehlte. Aber sie redete ununterbrochen und bleichte Jasons Unterhosen mit einem solchen Vergnügen, dass diese sich binnen kürzester Zeit mehr oder weniger auflösten. Als die brave Haushälterin Ersatz besorgte, kaufte sie die falsche Größe. »Ich weiß nicht, ob ich lieber ohne Unterhose gehen oder mir den ganzen Tag die Eier einquetschen soll«, beschwerte Jason sich. »Und außerdem muss ich sie umbringen, wenn sie nicht bald aufhört, mich zu fragen, mit wem ich telefoniere.«

»Geduld«, sagte Clare dann. »Das ist alles endlich.«

Nach einem Monat bei ihrer Familie wusste Clare, dass sie bald wieder allein leben konnte, wenn sie ein wenig Unterstützung im Haushalt hatte. Sie konnte das durchaus finanzieren – vorzugsweise mit Rogers Geld. Doch leider hatte sie noch kein Haus.

Oder besser gesagt: Sie hatte ja ein Haus. Sie war nur Hals über Kopf ausgezogen in der Annahme, dass die Scheidungsvereinbarung regeln würde, was sie mitnehmen konnte, dass es eine saubere Aufteilung gäbe, was den Wert des Hauses, die gemeinsamen Anschaffungen und die Hälfte des in ihren sechzehn gemeinsamen Jahren angesparten finanziellen Polsters betraf. Roger hatte nicht nur herumgevögelt, er war auch ein erfolgreicher Geschäftsmann und hatte sehr viel Geld verdient. Vielleicht war es ein bisschen kurzsichtig von ihr gewesen, so überstürzt auszuziehen, aber spätestens nachdem sie die Blondine in ihrem Bett gesehen hatte, hatte ihr Schlafzimmer, das sie immer so schön und luxuriös gefunden hatte, deutlich an Anziehungskraft verloren.

Im Erdgeschoss gab es ein Gästezimmer mit eigenem Bad. Dort könnte sie wohnen. Da käme sie auch mit den Krücken gut zurecht, und wenn nötig, könnte Jason ihr beim Treppensteigen helfen. Aber wieder mit Roger zusammenzuleben war nicht möglich. Weder für sie noch für ihren Sohn. Bisher hatte sie ihn ja noch nicht einmal dazu bewegen können, seinen Vater zu besuchen.

Also rief sie Maggie an. »Könntest du mir einen Gefallen tun?«, fragte sie. »Würdest du Roger vorschlagen, dass er aus unserem Haus auszieht und mich dort einziehen lässt, sobald ich wieder alleine wohnen kann? Was ja schon bald ansteht …«

Maggie antwortete nicht sofort. »Das tue ich sehr gern«, sagte sie schließlich überrascht und erfreut zugleich. Maggie hatte sich immer von ihrer Familie unterschätzt gefühlt. Sie hatte ihren Abschluss in Jura, eine erfolgreiche Kanzlei, viele wichtige Kontakte, und trotzdem bat man sie fast nie um Hilfe. Ja, ihre Familie mied sogar ihre Ratschläge. Bei ihren Rechtsanwaltskollegen war es genau andersherum. Sogar ihr eigener Vater hatte sich einen anderen Anwalt gesucht, um seine Testamentsangelegenheiten und die lebenslängliche Treuhandverwaltung zu regeln. Sie hatte das als Beleidigung empfunden.

Jedes Mal, wenn Clare davon sprach, sich von Roger scheiden zu lassen, hatte Maggie ihr ihre Hilfe angeboten. Clare hatte sich immer wieder allzu gerne bei ihr über ihre Ehe beschwert, aber sie war nie bereit gewesen, etwas an der Situation zu ändern. Erst der Unfall hatte für ein Umdenken bei ihr gesorgt. Clare brauchte Maggie für die Verhandlungen mit der gegnerischen Versicherung, wegen des Mietvertrags für das Townhouse – und jetzt für die Sache mit Roger. Maggie war insgeheim begeistert – für ihre Schwester würde sie das Bestmögliche herausholen.

Für den Fall nahm sie sich extra Zeit und vertröstete zahlende Mandanten, um Roger aufzuspüren. Sie fuhr in sein Büro im Zentrum von Breckenridge, wunderte sich aber nicht, als sie ihn dort nicht antraf. Roger nahm gerne und oft Außentermine wahr und war überall im Stadtgebiet und auch außerhalb unterwegs. Zumindest ging sie davon aus, dass sie ihn in einem Restaurant oder bei einem Kunden auftreiben würde. Doch seine Sekretärin teilte ihr mit, dass er krank und zu Hause sei.

»Ha!«, dachte sie. Die Fahrt zum Haus hielt sie für eine Formalität, weil er sowieso nicht da sein würde. Die angebliche Krankheit war sicher nur vorgeschoben. Wahrscheinlich war Roger in irgendeinem Motel zugange. Oder ... vielleicht benutzte er weiterhin das gemeinsame Haus als Treffpunkt für seine Affären, weil Clare bei ihrem Vater festhing. Umso besser. Sie würde ihn zu gern auf frischer Tat ertappen und ihm klarmachen, was für Abschaum er war.

Sie klingelte und klopfte laut an die Tür.

Rasch wurde ihr geöffnet. »Maggie?«, fragte Roger überrascht.

Er sah so schlecht aus, sie musste zwei Mal hinsehen, bevor sie sicher war, wer da vor ihr stand. Seine Kleidung machte den Eindruck, als hätte er darin geschlafen, seine goldblonde Mähne war fettig, seine Augen waren blutunterlaufen.

»Meine Güte, Roger! Du siehst aus wie ausgespuckt«, begrüßte sie ihn.

»Ach ja? Hattest du was anderes erwartet?«, erwiderte er, drehte sich um und ging zurück ins Haus. Er schlug den Weg zum Wohnzimmer ein, wo der eingeschaltete Fernseher zu hören war.

Maggie blieb nichts anderes übrig, als ihm zu folgen. Wie seltsam. Roger sah normalerweise sehr gut aus. Und er legte großen Wert auf sein Aussehen, vor allem auf seine Robert-Redford-Frisur. Seine Kleidung musste immer stylish und perfekt sein. Und woher kamen die blutunterlaufenen Augen? Vielleicht war er wirklich krank. Er machte den Eindruck, als hätte er sich eine Mörder-Erkältung eingefangen.

Sie erreichte das Zimmer, als Roger gerade aufs Sofa sank und nach einem Glas mit einer bernsteinfarbenen Flüssigkeit griff, die sicher kein Apfelsaft war. Einen Moment lang stand sie einfach nur da, eine Anwältin, wie sie im Buche stand – sie trug einen ihrer dunkelblauen Hosenanzüge und Pumps und hielt ihre Aktentasche in der Hand. Sie sah auf die Uhr. Vierzehn Uhr dreißig. Ein Säufer war Roger trotz all seiner Laster nie gewesen.

Er trank einen Schluck.

»Was ist denn hier los?«, fragte Maggie. »Du bist ja das reinste Wrack. Und fängst jetzt schon nachmittags an zu trinken?«

»In letzter Zeit ging es hier nicht gerade stressfrei zu«, antwortete er, trank einen letzten Schluck und stellte das leere Glas ab.

»Was stimmt denn nicht?«

»Was stimmt nicht?«, brüllte er. »Meine Frau stirbt fast, und seit sie wieder wach ist, weigert sie sich, mit mir zu reden! Und mein Sohn will nichts mehr mit mir zu tun haben. Was soll ich da machen? Hm? Sag's mir!«

»Meine Güte, du bist ja betrunken.«

»Ich bin *nicht* betrunken. Ich wäre gerne betrunken, aber leider bin ich hoffnungslos nüchtern!«

Maggie betrat das Zimmer, fand Roger aber so abstoßend, dass sie ihm nicht zu nahe kommen wollte. Also platzierte sie sich am Frühstückstresen und lehnte sich gegen einen der Barhocker, statt sich hinzusetzen. »Du und Clare seid getrennt, und sie sagt, sie will sich scheiden lassen. Das sind doch keine Neuigkeiten für dich. Ich habe dich seit ihrem Auszug schon x-mal gesehen. Und jedes Mal warst du so dreist und von dir selbst eingenommen wie immer.« Sarkastisch fügte sie noch hinzu: »Wie immer, wenn ihr euch getrennt habt.«

»Ach ja? Diesmal ist es ein bisschen anders, findest du nicht auch? Sie wurde gerade schwer verletzt! Ich möchte mich um sie kümmern. Ihr helfen. Und Jason auch.« Er stützte die Ellbogen auf die Knie und ließ niedergeschlagen den Kopf hängen.

»Pass auf, Roger. Ich weiß, was am Abend des Unfalls zwischen dir und Clare vorgefallen ist, also erwarte bloß kein Mitleid von mir. Du hast mit irgendeinem blonden Flittchen geschlafen, als Clare hier auftauchte.«

Er hob den Kopf und sah sie böse an. »Wundert mich nicht, dass du das weißt. Clare kann es üblicherweise nicht erwarten, meine Fehltritte hinauszuposaunen.«

»Jetzt schieb die Sache nicht auf Clare! Ich glaube kaum, dass sie die Schuld trifft.«

»Wir waren zu diesem Zeitpunkt bereits getrennt. Sie hat mir das Leben zur Hölle gemacht. Ich wusste nicht, dass ich gegen irgendwelche Regeln verstoße. Außerdem – begreifst du nicht, dass das alles noch viel schlimmer macht? Ich enttäusche sie immer wieder aufs Neue. Alles, was ich will, ist eine zweite Chance. Ich möchte es wiedergutmachen!«

Breckenridge war eine Kleinstadt, in einem Tal gelegen und eine halbe Stunde von Carson City entfernt, nur knapp dreißig Kilometer von Lake Tahoe und den schneebedeckten Gipfeln der Sierra Nevada. Etwa fünfzehntausend Menschen lebten hier, aber auf dem Weg nach Reno, Tahoe oder der Hauptstadt kamen viele Touristen durch die Stadt. Die Einwohner liefen sich quasi ständig über den Weg, und es war verdammt schwierig, hier ein Geheimnis zu haben. Roger war trotz seines schäbigen Verhaltens seiner Frau gegenüber sehr beliebt. Er war ein äußerst geselliger Typ, ein gefragter Versicherungsexperte, und er kümmerte sich gut um seine Kunden. Manchmal zu gut, wenn es sich um Kundinnen handelte.

Aber so wie heute hatte sie ihn noch nie erlebt. Er sah erbärmlich aus. Fast tat er ihr leid.

»Tja, Roger. So wie's aussieht, kannst du ihr auch helfen. Genau deswegen bin ich hier. Sie hat mich mit einem Auftrag zu dir geschickt.« Er hob den Kopf. »Clare wohnt, wie du sicher weißt, seit ihrer Entlassung aus dem Krankenhaus bei unserem Vater. In dem Townhouse, das sie gemietet hatte, wäre sie nicht zurechtgekommen, also haben wir den Mietvertrag gekündigt. Die vielen Treppen, du weißt schon. Solche Dinge werden ihr in den nächsten paar Monaten noch schwerfallen.«

Er ließ den Kopf wieder hängen, als hätte er selbst Schmerzen. Sie versuchte nicht auf das Pathos dieser Geste zu achten, überraschte sich dann aber selbst damit, dass sie sagte: »Hey, Roger, sie macht sich wirklich gut! Ihre Physiotherapie schlägt super an. Aber – und das wirst du wahrscheinlich verstehen – sie möchte nicht mehr länger bei Dad wohnen. Dotty geht ihr auf den Geist. Sie möchte wieder allein sein. Doch sie ist noch nicht so weit, dass sie sich mal eben auf die Suche nach einem ebenerdigen Haus begeben kann. Deswegen lässt sie dich durch mich fragen, ob sie nicht in ihr altes Haus zurückkann.«

Als er diesmal den Kopf hob, sah sie ein hoffnungsvolles Schimmern in seinen Augen. »In dieses Haus?«, wiederholte er.

»Ja. Sie würde das Bad und das Gästezimmer unten benutzen, dann bräuchte sie nicht nach oben gehen. Jason könnte wieder sein altes Zimmer beziehen. Möbliert ist es noch, das hat sie ja damals gemacht. Das wäre perfekt, weißt du.«

Roger stand auf und steckte sein Hemd in die Hose. Dann fuhr er sich mit der Hand durchs Haar. »Sie möchte wieder zu Hause einziehen?«

»Nun ja«, sagte Maggie, »nicht wirklich, Roger. Sie möchte, dass du im Gegenzug ausziehst.«

»Was? Das hat sie gesagt?«

»O ja. Und zwar sehr deutlich.«

»Aber ich könnte ihr doch helfen! Ich kann mich um sie kümmern!«

Maggie richtete sich auf. »Roger, das wird nicht passieren. Sie hat kein Interesse daran, noch einmal mit dir zusammenzuleben. Es wäre für dich sehr viel einfacher, eine eigene Wohnung zu suchen … Das musst du ohnehin eines Tages tun, weißt du.«

»Ich werde ihr das Haus nicht überlassen, ohne dass ich hier wohnen bleiben kann. Ich werde einfach oben bleiben. Dann kann ich im Notfall aushelfen.«

»Jetzt pass mal auf«, holte Maggie aus. »Ich glaube nicht, dass Clare in ihrem momentanen Zustand die Scheidung vorantreiben wird. Aber das würde ich an deiner Stelle auch nicht riskieren, wenn du verstehst. Du hast die Wahl: Du kannst dich weigern auszuziehen, und wir werden die Scheidungspapiere einreichen mit der Forderung, dass sie das Haus bekommt. Oder du bist ein guter Verlierer, lässt Clare und Jason wieder hier einziehen und suchst dir eine andere Bleibe. Das sind die einzigen beiden Möglichkeiten.«

»Hat sie das gesagt?«

Nein, hat sie nicht. »Ja. Genau so«, log Maggie. Clare hatte es zumindest impliziert. Sie hatte gesagt, entweder Dads Haus oder Rogers Haus ohne Roger. Und die Drohung, die Scheidung voranzutreiben, gehörte zu den üblichen Tricks eines Anwalts.

Roger ließ wieder den Kopf hängen. Er nahm sein Glas und ging hinüber zur Bar, goss sich noch etwas ein und kippte es in einem Zug hinunter. Dann wandte er sich wieder an Maggie. »Kannst du sie nicht noch mal fragen? Ob ich mich um sie kümmern kann?«

Das war wirklich witzig. Roger wollte sich um jemanden kümmern. Nach allem, was Clare ihr erzählt hatte, war er nicht mal in der Lage, seine schmutzigen Unterhosen in die Wäschetonne zu werfen, geschweige denn irgendetwas anderes für einen anderen Menschen zu tun. Roger war nur in drei

Dingen gut: seinem Aussehen, Versicherungen zu verkaufen und Frauen zu knallen, die nicht seine waren.

Andererseits hatte Clare auch mal erwähnt, dass Roger durchaus helfen konnte, wenn es darauf ankam. Nur war das wohl selten vorgekommen. Trotzdem …

»Na gut, ich frag sie noch mal.«

»Vielen Dank, Maggie.«

»Meine Güte, du bist wirklich erbärmlich. Lass gut sein, okay?«

»Maggie, ich weiß, dass du jeden Respekt vor mir verloren hast. Aber ich liebe Clare. Ich liege ihr zu Füßen. Ich bin ein Vollidiot, weil ich sie so schlecht behandelt habe, aber ganz im Ernst: Dass ich sie durch diesen Unfall fast verloren habe, hat alles verändert!«

»Du musst aufhören zu trinken. Geh unter die Dusche und dann zur Arbeit«, sagte sie nur.

»Aber du fragst sie?«

»Das habe ich bereits gesagt. Und wenn die Antwort Nein ist?«

Wieder diese Geste der Niedergeschlagenheit. Er drehte sich um und stützte sich mit beiden Händen auf den Tresen. »Sie kann alles haben, was sie will«, antwortete er.

Einen Augenblick lang betrachtete sie seinen Rücken, doch er drehte sich nicht wieder um. »Danke, Roger. Du hörst von mir.«

Maggie fuhr zurück in ihr Büro und arbeitete den restlichen Nachmittag. Sie hätte Clare anrufen und ihr die Frage übermitteln können. Aber sie wollte die Angelegenheit lieber von Angesicht zu Angesicht mit ihrer Schwester klären – für den Fall, dass Clare wieder zu ihrer altbekannten Unentschlossenheit neigen und in Betracht ziehen würde, Roger doch noch einmal eine Chance zu geben. Maggie überlegte sogar, ob sie ihr die Frage überhaupt stellen sollte. Das Problem war nur, dass dem hinterhältigen Roger zuzutrauen war, dass er sie verraten würde. Maggie war fest entschlossen, Clare davon zu überzeugen, nicht einzulenken.

Also fuhr sie zu ihr.

»Du siehst viel besser aus«, stellte sie fest. Und das tat Clare wirklich. In den ersten Wochen nach dem Unfall hatte sie stark abgenommen, hatte blass und fertig ausgesehen, das Gesicht wegen der Schmerzen permanent zu einer Grimasse verzogen. Doch inzwischen hatte sie ein paar Pfund zugelegt und machte sich sogar schon wieder schick. Ihr Haar glänzte, und ihr Gesicht hatte wieder Farbe angenommen.

»Danke. Ich glaube langsam auch, dass ich wieder lebe.«

»Was machen die Schmerzen?«

»Nachts ist es immer noch schlimm. Aber solange ich mich mittags ausruhen kann, komme ich ganz gut durch den Tag. Hast du mit Roger gesprochen?«

Sie waren im Wohnzimmer. Jason saß am Küchentisch und machte Hausaufgaben, während Dotty Gemüse schnitt. Als Clare die Frage stellte, erstarrten alle im Raum, und einen Moment lang herrschte Ruhe.

»Ja. Ich musste ihm versprechen, dass ich dich frage, ob er nicht im Haus wohnen bleiben kann, um sich um dich zu kümmern.«

Jason knallte sein Buch zu und rutschte laut mit dem Küchenstuhl nach hinten, als er aufstand. Er sah aus, als wollte er aus dem Zimmer stürmen.

»Nein«, sagte Clare, ohne ihren Sohn anzusehen. »Nein, er muss gehen. Hast du ihm das gesagt?«

»Natürlich.«

Jason warf einen Blick ins Wohnzimmer und sah seine Mutter an. Er lächelte erleichtert. Dann nahm er das Buch und verließ die Küche. Dotty machte, ohne etwas zu sagen, mit ihrem Gemüse weiter, aber es bestand kein Zweifel daran, dass sie wie ein Luchs lauschte.

»Und was hat er dazu gesagt?«

»Dass du haben kannst, was du willst.«

»Oh. Wie nett von ihm. Glaube ich.«

Maggie beugte sich zu ihr und flüsterte, sodass Dotty es nicht hören konnte: »Du hättest ihn mal sehen sollen. Er ist absolut am Ende.«

»Roger?«

»Ungewaschen, fettig, faltig, trinkend. Echt nett.«

»Kein Witz?«

»Ein gebrochener Mann«, sagte sie. Als sie sich zurücklehnte, fragte sie sich, was sie damit bezweckte. Es war gefährlich, ihn so zu beschreiben. Es könnte Clares Mitleid erregen.

»Aha«, meinte Clare. »Das Spielchen kenne ich schon.«

»Macht er das etwa immer so?«, hakte Maggie nach.

»Es ist ein Ritual«, antwortete Clare.

»Ich habe ihn seit eurer Trennung immer mal wieder gesehen. Da habe ich diese Seite an ihm nie bemerkt.«

»Ich schätze mal, er kann im Kreis seiner Freunde und Kunden eine andere Miene aufsetzen. Aber ich kenne diese Selbstmitleidphasen von ihm zur Genüge. Was meinst du, wieso ich immer wieder eingelenkt habe?«

»Ich weiß, dass er dir leidgetan hat und so, aber …«

»Aber du dachtest einfach, ich wäre bescheuert? Nun, das war ich ja zum Teil auch. Aber hauptsächlich lag es daran. Dass Roger so gut darin ist, mir vorzugaukeln, es täte ihm leid, er hätte seine Lektion gelernt und er würde es nie wieder tun. Ich denke aber, dieser Versuchung werde ich mittlerweile widerstehen können.«

Maggie starrte ihre Schwester überrascht an. »Wie? Das war alles nur gespielt?«

»So würde ich es nicht nennen. Ich glaube schon, dass er all das empfindet – Reue, Schuld, Scham, Niedergeschlagenheit. Das Problem ist nur, es ändert nichts an seinem Verhalten.«

»Wow. Der Unfall hat echt was verändert. Endlich begreifst du ihn.«

»Zumindest halbwegs«, meinte sie. »Vermutlich begreife ich endlich mich selbst.«

Maggie lehnte sich entspannt zurück und trank ein Glas Wein. Clare blieb bei Apfelsaft, weil Alkohol sich nicht gut vertrug mit den Schmerzmitteln. Maggie nahm sich zwar immer Zeit für ihre Familientreffen, war aber eigentlich immer in Eile, weil sie eine Million Sachen zu tun hatte. Doch inzwischen wirkte sie entspannter als früher, verbrachte auch unter der Woche Zeit bei ihrem Vater. Clare fragte sich, ob es daran lag, dass sie beide sich jetzt endlich einig waren mit ihrer Scheidung.

Dann kam Sarah nach Hause, ein bisschen zu früh, wie immer in letzter Zeit – so, als wollte sie sicherstellen, dass es ihr gut ging und die Familie intakt war. Sarah freute sich sehr, Maggie zu sehen. Vor dem Unfall hatten die drei Schwestern versucht, sich wenigstens ab und zu auf einen Cocktail zu treffen.

»Oh, Mann«, sagte Sarah. »Happy Hour!« Sie goss sich auch ein Glas Wein ein und setzte sich zu ihnen. Sie trug einen fleckigen Overall. Darunter kam ein limettengrüner Pullover zum Vorschein, dessen Ärmel so ausgeleiert waren, dass sie sofort wieder herunterrutschten, wenn sie sie hochschob.

Maggie bemerkte, dass Sarahs Brille mit einem Stück Klebeband zusammengehalten wurde. »Du hättest dich für uns nicht schick machen müssen«, meinte sie.

»Meinen Farben ist es egal, was ich anhabe«, entgegnete Sarah und schob sich die Brille hoch. »Was machst du eigentlich hier?«

»Bin nur kurz vorbeigekommen.«

»Schön«, sagte Sarah. »Ich freue mich, wenn wir uns wieder zu unseren Happy Hours zusammenfinden.«

»Das wird wohl noch eine Weile dauern, tut mir leid«, schaltete Clare sich ein.

»Wart's ab. Das geht schneller, als du denkst«, sagte ihre kleine Schwester und tätschelte ihre Hand.

»Erzähl ihr das von Roger, Maggie«, sagte Clare. »Es wird sie freuen.«

»Roger ist am Ende«, erklärte Maggie.

»Echt jetzt?« Sarah beugte sich gespannt zu ihr.

»Ich war bei ihm, um ihn zu bitten, dass Clare wieder in ihr Haus einziehen kann, und habe ihn dabei ertappt, wie er schon am frühen Nachmittag am Picheln war. Es geht ihm dreckig. Er ist ungewaschen, und er fühlt sich erbärmlich.«

Sarah grinste. »Erbärmlich? Weswegen? Findet er kein Date?«

»Er möchte sich um Clare kümmern«, sagte Maggie.

Sarah trank einen Schluck Wein und lehnte sich zurück. »Die Idee kann er sich in den Arsch schieben! Wir kümmern uns um sie!«

»Sarah!«, rief Maggie lachend.

Deswegen liebte Clare ihre Schwestern so. Sie waren engagiert, respektlos und manchmal zum Brüllen komisch. Was konnte einer rekonvaleszenten, beinahe Vierzigjährigen Besseres passieren? Vor allem, wenn sie gerade im Begriff war, sich scheiden zu lassen?

Als Maggie weg und Sarah in der Küche zugange war, humpelte Clare zu Jasons Zimmer und klopfte an.

»Ja?«, fragte er.

»Darf ich reinkommen?«

»Ja.«

Er lag auf dem Bett, einen Gameboy vor sich.

»Ich muss mit dir reden«, sagte sie.

»Solange es dabei nicht um ihn geht«, erwiderte er, ohne den Blick von seinem Spiel abzuwenden.

Clare kam langsam herein, vorsichtig darauf bedacht, nicht mit den Krücken an etwas hängen zu bleiben, das auf dem Boden lag – Kleidung, Schuhe, Bücher. Sie kam inzwischen ganz gut zurecht und benutzte sie nur noch, wenn sie ihre Hüfte etwas entlasten wollte. Das Gehen selbst war nicht mehr allzu schmerzhaft, aber je später am Tag, desto stärker die Beschwerden.

Sie schaffte es, sich langsam auf sein Bett zu setzen, und Jason zog die langen Beine ein, um ihr Platz zu machen. Trotzdem blieben seine Augen auf den Gameboy geheftet. Sanft nahm sie ihm das Gerät ab. Er ließ los, setzte sich auf und lehnte sich ans Kopfteil des Bettes. »Doch, es geht um deinen Vater. Du müsstest mir einen Gefallen tun.«

Er seufzte genervt.

»Jason … Der Unfall hat nicht nur meinen Körper durchgerüttelt, sondern auch meinen Verstand. Ich weiß, dass ich mein Leben ändern muss, und zwar im großen Stil. Ich muss körperlich und geistig wieder heil werden. Ich möchte ein neues Leben anfangen. Und dafür ist es nötig, dass du wieder lockerer wirst. Du bist wütend, das weiß ich, und das will ich dir auch gar nicht ausreden – darüber kannst du mit deinem Therapeuten reden. Aber ich kann nicht gesund werden, wenn ich mich permanent mit deiner Wut konfrontiert sehe. So kann ich die Sache nicht hinter mir lassen, verstehst du das?«

»Hasst du ihn denn nicht?«

»Nein, das tue ich nicht«, sagte sie und merkte, dass sie nicht lange über die Antwort nachdenken musste. »Ich bin sehr wütend auf ihn, genau wie du. Das ist doch klar. Aber, Jason, in diesem Spiel ist er der große Verlierer. Er hat seine letzte Chance vertan. Er hat eine gute Ehefrau verloren und, so fürchte ich, auch seinen wunderbaren Sohn. Du hast keine Ahnung, wie sehr er darunter leidet. Das musst du mir glauben.«

Erstaunlicherweise hatte Jason auf einmal Tränen in den Augen. »Du solltest ihn hassen«, sagte er, nicht wütend, aber verletzt.

»Es gab eine Zeit, in der ich das getan habe«, erklärte sie ihm und strich eine seiner dichten blonden Haarsträhnen aus seinem Gesicht. »Aber dafür habe ich jetzt keine Zeit mehr. Wieder gesund werden ist ein Vollzeitjob. Und sobald es mir wieder richtig gut geht, werde ich mir Gedanken über ein neues Haus, eine gute Arbeit und mein neues Leben machen. Unser neues Leben.«

»Manchmal kann ich es nicht aushalten«, sagte er.

»Was aushalten?«

Er schüttelte nur traurig den Kopf und sah nach unten.

»Was, Jason?«

Als er sie ansah, rollte ihm eine Träne über die Wange. Obwohl er in einem so verletzlichen Alter war, kam es doch selten vor, dass er weinte. »Er ist wie sein Vater, oder?«

Clare zuckte die Achseln. »Das weiß ich nicht. Kann sein.« Sie wusste nicht allzu viel über die Einzelheiten in Rogers Familie. Seine Mutter war verwitwet und beschwerte sich immer darüber, wie schrecklich ihr Leben gewesen war. Verheiratet mit einem Mann, der gierig und untreu gewesen war und ihr so gut wie nichts hinterlassen hatte. Rogers Vater war schon lange tot, und Roger kümmerte sich gut um seine Mutter. Den Vater hatte Clare zwar noch erlebt, aber sie konnte nicht von sich behaupten, dass sie ihn wirklich kennengelernt hätte. Vor allem hatte sie immer gedacht, Jason hätte nicht zugehört, wenn seine Großmutter ihre Litaneien herunterbetete, dabei hatte er offensichtlich jedes Wort mitbekommen.

»Und was, wenn ich bin wie er?«

»Oh, Jason!«

»Was denn? Ich sehe ja schon aus wie er!«

Das stimmte. Sobald er die Pubertät hinter sich lassen, an Muskelmasse zunehmen und seine Pickel loswerden würde, würde er genauso gut aussehen wie sein Vater. »Es könnte schlimmer sein, Jason. Du könntest sein wie ich!«

»Wäre in Ordnung!«

»Ach so?«, sagte sie lachend. »Wischiwaschi, immer auf Harmonie bedacht, passiv aggressiv?«

»Passiv-was?«, fragte er und wischte sich eine Träne ab.

»Passiv-aggressiv. Ich bestrafe Leute durch mein Zuspätkommen und dadurch, dass ich den Mund nicht aufmache. Dass ich nie direkt bin.« Und dass ich keinen Sex wollte, dass ich mit kühler Zurückhaltung agiert habe, als wäre alles gut in meiner Ehe, wo ich doch in Wirklichkeit nur die Tage bis zur nächsten Konfrontation gezählt habe.

»So bist du nicht.«

Doch, mit Roger war sie so, das wusste sie. Auch deswegen war es besser für alle Beteiligten, dass dieser Kreislauf endlich sein Ende fand. »Oder«, sagte sie, »du bist einfach wie du. Du könntest genau der Mann sein, der du sein willst.«

»Hat er nicht gesehen, wie sich sein Vater seiner Mutter gegenüber verhalten hat? Wollte er es nicht selbst besser machen?«

»Kann ich dir nicht sagen.« Sie zuckte mit den Schultern. »Ich weiß nicht, ob er das mitbekommen hat, und ich weiß auch nicht, ob er anders sein wollte.«

»Und was, wenn ich nichts dagegen tun kann? Was, wenn ich später auch mal ein Scheiß-Ehemann bin?«

»Jason, wenn du so nicht werden willst, passiert das auch nicht. Jeder Mensch entscheidet selbst, wie er sich verhält.«

»Meinst du wirklich?«

»Ja, natürlich. Guck doch mal: Du kannst wütend sein, du kannst ihn sogar hassen, wenn du magst, aber am Ende bist du der, der du sein willst. Du hast dein Leben in der Hand. Punkt. Du musst keine Zeit damit verschwenden, darüber nachzugrübeln, dass du anders sein könntest, als du sein möchtest. Das schwöre ich dir.«

Er senkte den Blick und nickte schwach.

Sie hob sein Kinn an und sah ihm in die Augen. »Jason, versuch, deine Wut und deine Angst, ein schlechter Ehemann zu werden, bei deinem Therapeuten zu lassen. Ich bezahle dem Mann achtzig Dollar für jede Sitzung, und er hat extra studiert, um Menschen mit Problemen zu helfen. Er kann auch dir helfen, darüber hinwegzukommen.«

»Wenn du mich fragst, wirfst du das Geld zum Fenster raus.«

Sie lächelte verschwörerisch. »Es ist das Geld deines Vaters. Mach was draus.«

Drei Wochen Krankenhaus, sechs Wochen bei George und noch mindestens zwei Wochen, bis Roger ausgezogen war, der sich keine allzu große Mühe gab, eine neue Wohnung zu finden. Clare freute sich schon auf den Tag, an dem sie wieder ohne Krücken und Schmerztabletten auskommen würde. Momentan bewegte sie sich noch im Beamtentempo fort. Aber immerhin bewegte sie sich überhaupt.

In den zweieinhalb Monaten, die seit dem Unfall vergangen waren, hatte sich Sam Jankowski ein paar Mal gemeldet und sich nach ihrem Befinden erkundigt. Sie freute sich jedes Mal, wenn sie seine Stimme am Telefon hörte. Er war immer so freundlich und besorgt und fragte jedes Mal, ob er etwas für sie tun könne und ob sie irgendetwas brauche.

Und auch heute war es nicht anders. Er rief an und fragte, wie es ihr gehe. Sie berichtete ihm von ihren drei Physiotherapie-Einheiten pro Woche, wie viele Schmerztabletten sie sich am Tag einwarf und wie lange Roger brauchte, um auszuziehen. »Aber ich war noch nie ein geduldiger Mensch«, fügte sie hinzu.

»Geht alles nur sehr langsam voran, oder?«

»Da sagen Sie was.«

»Gehen Sie denn auch raus?«, fragte er.

»Nein, überhaupt nicht – außer für die Physiotherapie. Aber am schlimmsten ist, dass ich hier keinerlei Privatsphäre habe. Ich bin meiner Familie wirklich sehr dankbar für ihre Hilfe – ohne sie wäre ich verloren. Aber Sie können sich nicht vorstellen, was es bedeutet, mit seinem Vater und seiner Schwester zusammenzuleben, wenn man jahrelang sein eigenes Leben hatte.«

»Ist auf die Dauer ein bisschen voll im Haus, schätze ich.«

»Das Haus wird immer enger! Im Moment habe ich aber eine kleine Atempause. Jason wächst jeden Tag gleich mehrere Zentimeter, und ihm passt nichts mehr, also habe ich ihn eben nach der Schule mit Dotty zum Shoppen geschickt. Ich habe ihr strikte Anweisungen gegeben, dass er sich seine Sachen selbst aussuchen darf, egal wie schlimm sie auch sein mögen.«

»Das weiß er sicher zu schätzen«, sagte Sam. Und dann: »Einen Moment.« Sie hörte, wie er den Hörer zuhielt und einen Eiskaffee mit Sahne bestellte. »Bin wieder da«, verkündete er kurz darauf.

»Das klang nicht schlecht«, sagte sie. Und dachte: Es wäre doch schön, mal wieder einen Kaffee trinken zu gehen. Mit Sam oder wem auch immer.

»Jetzt sagen Sie mal – wie geht es Ihnen wirklich? Körperlich, meine ich. Sie klingen jedes Mal besser, wenn wir telefonieren.«

»Ich bin zwar ungeduldig, was meine Fortschritte angeht, aber der Arzt ist sehr zufrieden. Und ich muss zugeben, dass ich mich auch mit jedem Tag etwas besser fühle. Ich komme mittlerweile gut ohne Krücken zurecht und benutze sie nur noch, wenn ich den ganzen Tag rumgelaufen bin und müde werde. Außerdem freue ich mich, dass ich ein paar Kilo abgenommen habe, auch wenn ich diese Diät-Methode nicht uneingeschränkt empfehlen würde. Und obwohl ich die ganze Zeit am Meckern bin, glaube ich, dass sich an meiner Wohnsituation auch sehr bald etwas ändern wird. Wahrscheinlich kann ich Mitte Juni zurück nach Hause. Natürlich kann ich nur das Erdgeschoss benutzen, Treppen schaffe ich immer noch nicht.«

»Clare, darf ich Sie etwas fragen? Wie lange sind Sie jetzt von Ihrem Mann getrennt?«

»Natürlich dürfen Sie fragen. Jetzt sind es bald sechs Monate. Normalerweise hätte ich schon längst die Scheidung eingereicht, aber im Moment wäre es kein guter Zeitpunkt wegen der Krankenkasse und dem ganzen Drum und Dran. Und falls Roger sich dazu entschließen sollte, mit harten Bandagen zu kämpfen, wäre ich gern noch ein bisschen kräftiger und fitter.«

»Ganz sicher, dass Sie den Schlussstrich ziehen wollen?«

»Absolut. Wir sind jetzt nicht nur seit einem halben Jahr getrennt, es war auch Rogers vierte Eskapade in den letzten zehn Jahren. Ich war ein bisschen schwer von Begriff, aber inzwischen habe ich es kapiert.«

»War da … War die Sache, die Sie mir als Begründung für Ihr zu schnelles Fahren genannt haben, der Grund?«

»Leider ja. Roger ist ein Rumtreiber. Er kann nichts dafür, und das wird sich auch nie ändern. Und selbst wenn – ich lasse das alles jetzt hinter mir. Was ist mit Ihnen? Sind Sie verheiratet? Single? Geschieden?«

Er lachte leise. »Clare, wenn ich verheiratet wäre, wäre meine Frau sicher nicht gerade happy darüber, wie oft ich Sie anrufe.«

»Es ist doch nett von Ihnen, dass Sie sich erkundigen«, sagte sie. »Fürsorglich. Sensibel.«

»Single«, antwortete er.

Da klingelte es an der Tür. »Oh, Mist«, sagte Clare. »Da ist Besuch.«

»Sie müssen nicht aufmachen, wenn Ihnen nicht danach ist.«

Sie stöhnte leise, als sie sich erhob. »Nein, mir ist danach. Ich hätte nur gerne noch weiter mit Ihnen telefoniert. Vielleicht kann ich Sie zurückrufen? Ich weiß, Sie sind im Dienst – ich höre im Hintergrund das Funkgerät. Oder ich sehe nur rasch nach, wer das ist, und Sie rufen gleich noch mal an?« Sie öffnete die Tür, und da stand Sam vor ihr, mit einer Starbucks-Tüte in der Hand. »Oder Sie kommen einfach rein und bringen einen Kaffee mit.«

»Wenn ich nicht störe.«

»Das tun Sie nicht. Ich weiß, ich sehe nicht gerade toll aus. Ich hab mich nicht mal …«

»Sie sehen blendend aus«, sagte er und kam rein.

»Woher wissen Sie, wo ich wohne? Wo mein Vater wohnt, meine ich.«

»Solche Kleinigkeiten kann man schnell herausfinden. Ich hoffe, Sie mögen Eiskaffee?«

»Sam, Sie sind wirklich sehr nett. Wir können uns in den Garten setzen. Aber rennen Sie nicht so.«

Er ließ sie langsam vorgehen und sagte zu ihrem Rücken: »Keine Krücken, das ist doch ein gutes Zeichen. Oder?«

»Es geht voran. Hier sind wir.«

Sam trat durch die geöffnete Terrassentür in den Garten und stieß einen Pfiff aus. Der Garten war üppig grün und weinberankt, neben einem Tisch aus Redwood-Holz standen gemütliche Gartenmöbel. Ein kleiner, von Steinen gesäumter Bachlauf schlängelte sich durch den Rasen und endete an zwei Stellen in kleinen Pools. Ein kleiner Wasserfall gurgelte. Am anderen Ende des Gartens befanden sich ein Vogelbad aus Keramik und eine kleine Laube.

»Das ist ja wunderschön hier, Clare!«

»Der ganze Stolz meines Vaters. Er sagt, es liege am Klima und am fruchtbaren Tal, aber er ist ein Meister des Gartenbaus und hat einen grünen Daumen. Ich würde ja mit Ihnen zur Laube gehen, leider kann ich heute nicht weiter gehen als bis hierher – mir tut alles weh. Aber Sie können sich gern alles ansehen.«

»Nur kurz«, sagte er und ließ sie allein, während er über den kleinen Pfad zum angelegten Wasserlauf ging. »Da sind ja sogar Fische drin!«, rief er.

»Ja«, erwiderte sie lachend. Als er zurückkam, fragte sie: »Ist das nicht ein kleines Paradies?«

»Der schönste Garten, den ich je gesehen habe. Ist Ihr Vater Landschaftsgärtner oder so was?«

»Nein, er hat einen Eisenwarenladen auf der Granger Street.«

»Ach, *der* McCarthy? Dann kenne ich ihn. George ist ein supernetter Kerl.«

»Ja, das ist er. In den vielen Wochen, in denen Sie sich bei mir gemeldet und sich nach meinem Befinden erkundigt haben, habe ich so gut wie nichts über Sie erfahren. Was können Sie mir erzählen, Sam? Wollten Sie schon immer zur Polizei?«

»Nein, das war eher ein glücklicher Zufall. Ich brauchte eine gute Stelle mit entsprechenden Benefits, und die Polizei stellte gerade ein. Ich war erst nicht sicher, ob ich angenommen werde. Wissen Sie, ich habe eine Tochter. Molly. Meine Mutter hilft mir, sie großzuziehen.«

»Dann sind Sie geschieden?«

»Nein, ich war nie verheiratet. Ich war in Reno auf dem College, als meine Freundin schwanger wurde. Langer Rede kurzer Sinn; sie hatte weder Lust zu heiraten noch Lust auf ein Kind. Sie stammt aus New Jersey, ist zurück zu ihrer Familie gezogen und gab das Kind nach der Geburt zur Adoption frei. Wenn sie mir von Anfang an etwas gesagt hätte, hätte ich vielleicht sofort unterschrieben. Aber es kam nichts, und ich grübelte vor mich hin. Ich war eigentlich noch nicht bereit fürs Vater-Dasein, aber ich war noch weniger dazu bereit, dass ein anderer mein Kind großzieht.«

»Und wie alt ist Molly jetzt?«

»Fast zehn.«

Clare war schockiert, als sie zurückrechnete.

»Ja, richtig – ich war gerade mal achtzehn. Neunzehn, als sie geboren wurde. Und ich musste darum kämpfen, sie zu bekommen.«

»Gegen die Familie Ihrer Freundin?«

Er setzte sich auf einen Sessel und sah Clare an. »Das sage ich jetzt nur Ihnen, okay? Molly selbst weiß davon nichts. Auch, weil ich nicht wüsste, wie ich es ihr sagen sollte. Ihre Mutter und ihre Großeltern wollten sie nicht, sie wollten sie zur Adoption freigeben. Weg mit ihr. Aus den Augen, aus dem Sinn.«

»Aber Sie haben sie aufgenommen.«

»Meine Mutter hat ihr ganzes Erspartes geopfert, damit ich gerichtlich gegen die Entscheidung vorgehen konnte. Und so ist es dazu gekommen, dass Molly bei mir lebt, seit sie zwei Monate alt ist.« Er nahm die Kaffeebecher aus der Papiertüte und reichte ihr einen. Clare lehnte sich auf der Sonnenliege zurück und legte die Beine hoch. »So ist das Leben, was?«, sagte er. »Wie ein dummer, unverantwortlicher Fehler sich in das Beste verwandeln kann, das man sich vorstellen kann.«

Sie sprachen eine Weile über ihre Kinder. Clare wollte wissen, wie er als Vollzeit arbeitender Vater zurechtkam. Mit jeder Menge Hilfe, gestand er ein – seine Mutter, eine Immobilienmaklerin, war zeitlich ziemlich flexibel. Sam selbst arbeitete vier Tage die Woche jeweils zehn Stunden, sodass er drei Tage pro Woche freihatte. Sie hatten außerdem einen Hund, Spoof, und Mollys beste Freundin wohnte gleich um die Ecke. Es gab also immer einen sicheren Ort, an den sie gehen konnte, wenn ihr Dad oder ihre Gram nicht zu Hause waren.

Während sie redeten, kamen über die Polizeizentrale unablässig Funkmeldungen. Sam trug das Funkgerät an der rechten Schulter und hatte es leise gestellt, aber ihr entging nicht, dass er ab und zu aufhorchte und das Gerät ansah. Und auf einmal wurde Clare bewusst, dass sie in den vergangenen sechs Monaten – und auch in der Zeit davor, als sie getrennt gelebt hatte – nie wirklich für sich gewesen war. Sie hatte sich immer nur eine Atempause von Roger gegönnt und war dann in ihre Ehe zurückgekehrt.

Dieser Mann kam so viel besser alleine klar als sie, obwohl sie deutlich älter und erfahrener war. »Ich muss mir über so vieles klar werden«, sagte sie.

»Erst mal kommen Sie wieder auf die Beine. Für alles andere ist danach auch noch Zeit.«

»Mein größtes Problem ist, dass mein Sohn Jason so wütend auf seinen Vater ist. Er ist auf hundertachtzig, um genau zu sein, und spricht kein Wort mehr mit ihm.«

Sam stieß einen leisen Pfiff aus. »Autsch. Hoffentlich kriegen die beiden das wieder hin. Ein Junge braucht seinen Vater. Meiner ist gestorben, als ich noch klein war.«

Sie wollte ihm gerade ihr Mitgefühl aussprechen, als die Haustür aufflog und Jason hereinstürmte. »Mom! Mom!« Und Dotty. »Clare! Oh, Clare!« Das Schreien und Rennen sorgte dafür, dass Clare sich aufrichtete und Sam aufsprang. Jason und Dotty kamen in den Garten gelaufen.

»Alles klar bei dir?«, fragte Jason mit rotem Gesicht.

»Jason?! Ja«, antwortete sie verwirrt.

»Der Polizeiwagen«, vermutete Sam. Er streckte die Hand aus. »Du musst Jason sein. Ich hab deiner Mom nur gerade einen Kaffee vorbeigebracht.«

»Wer sind Sie?«

»Jason, das ist Sam. Er ist der Polizist, der den Unfall mit angesehen hat.« Dotty tauchte hinter Jason auf, bevor der Handschlag ausgeführt war. Sie strich sich ihren Pullover glatt, und ihre Miene war angsterfüllt. »Dotty, das ist Sam. Der Polizist, der den Unfall gesehen hat.«

»Starbucks«, sagte Sam und deutete auf die Papiertüte.

»O mein Gott! Und ich dachte, dir wäre etwas zugestoßen und du hättest die Polizei gerufen!«

»Alles in Ordnung«, versicherte Sam. »Jason, ich habe übrigens festgestellt, dass ich deinen Großvater kenne. Ich gehe immer in seinen Laden.«

Clare kam mühsam auf die Füße. »Sam hat sich freundlicherweise seit dem Unfall immer wieder nach meinem Befinden erkundigt. Und heute hat er mich mit einem Kaffee überrascht.«

Sam sah auf die Uhr. »Und meine Kaffeepause ist längst vorbei! Wie schön, dass es hier gerade keine Verbrechenswelle gibt. Trotzdem gehe ich jetzt besser.«

»Ich bringe Sie zur Tür«, sagte Clare.

»Nicht nötig. Ich kenne den Weg und möchte Sie nicht unnötig belasten.«

»Ich soll ja trainieren. Angeblich tut es mir gut.«

Auf dem Weg zur Tür hörte sie Jason und Dotty erleichtert seufzen.

»Sie haben ihnen noch nicht von mir erzählt«, stellte Sam fest.

»Nein, hab ich nicht«, gab sie zu. »Aber ich wäre nie auf den Gedanken gekommen, dass sie beim Anblick eines Polizeiautos in Panik geraten. So weit habe ich gar nicht gedacht.«

Als sie an der Haustür angelangt waren, sah Sam sie an. »Ich will Ihnen nicht auf den Wecker gehen, aber finden Sie mich wirklich einfach nur nett? Und fürsorglich und sensibel? Oder ahnen Sie, dass es noch einen anderen Grund dafür geben könnte, wieso ich mich so häufig bei Ihnen melde?«

Die Frage überrumpelte sie. Was könnte ein gut aussehender junger Mann wie er von einer Frau wollen, die zehn Jahre älter war als er? »Ich habe eine gebrochene Hüfte«, sagte sie, weil ihr nichts anderes dazu einfiel.

Er hob sanft ihr Kinn und sah ihr in die Augen. »Das wird nicht immer so bleiben«, sagte er. Dann ging er und ließ sie nachdenklich zurück.

4. Kapitel

»Clare, ich kann dich kaum verstehen«, sagte Maggie ins Telefon.

»Weil ich im Schrank bin«, antwortete Clare leise.

»Hast du gerade gesagt, du bist im Schrank? Sofort raus da! Ich will dich verstehen!«

»Einen Moment noch. Sekunde. So einfach ist das nicht.« Bei dem besagten Schrank handelte es sich nicht etwa um einen begehbaren Kleiderschrank, sondern vielmehr um eine Art Abstellkammer mit Schiebetür. Aber sie musste dringend mit jemandem reden, ohne dass Jason oder Dotty sie hören konnten.

Als sie wieder in ihrem Schlafzimmer stand – bei geschlossener Zimmertür –, fand sie auch, dass sie es mit der Heimlichtuerei etwas übertrieben hatte. Sie telefonierte mit dem Handy, sodass niemand an einem anderen Apparat mithören konnte, und Jason guckte entweder Fernsehen oder hatte in seinem Zimmer die Musik superlaut aufgedreht.

Sie setzte sich aufs Bett. Trotzdem sprach sie leise. »Hast du irgendwas von dem gehört, was ich gesagt habe?«, fragte sie.

»Hast du gesagt, dass der Polizist, der den Unfall aufgenommen hat, dich besucht hat?«, fragte ihre Schwester.

»Der junge Polizist. Sehr jung. Neunundzwanzig.«

»Okay?!«

»Er hat mir einen Kaffee mitgebracht. Und …« Sie wusste einen Augenblick lang nicht, wie sie es beschreiben sollte. Es klang sogar in ihrem Kopf lächerlich.

»Clare! Was?«

»Er hat mich gefragt, ob ich wirklich sicher wäre, dass er einfach nur fürsorglich ist. Ob ich mir nicht vielleicht vorstellen könnte, dass mehr dahintersteckt. Maggie, ich glaube, der Typ steht auf mich.«

»Also gut«, sagte Maggie. »Irgendeine Chance, dass du noch mal Sex haben möchtest, bevor du stirbst?«

»Sex?«, wiederholte Clare erschrocken.

Maggie lachte laut auf. »Um Himmels willen, Clare! Du bist in der Blüte deiner Jahre! Du könntest dem Jungen ein paar Dinge beibringen!« Schweigen war die Antwort. »Du hast doch nicht vergessen, wie's geht, oder?«

»Wie kannst du denn jetzt über Sex reden?«, fragte Clare erschüttert.

»Na ja ... Wenn zwei Menschen sich gut verstehen, kommt irgendwann der Sex ins Spiel. In diesem Sinne: Viel Erfolg!«

»Ähm ... Was ich nur nicht verstehe: Wieso sollte sich ein attraktiver junger Mann wie er für jemanden wie mich interessieren?«

»Soll das eine Fangfrage sein?«, fragte Maggie. Wieder Schweigen. »Wie ich es hasse, dass du so viele Dinge über dich selbst nicht wahrhaben willst! Du bist attraktiv. Nein, du bist sogar schön. Du bist lustig, und du bist ehrlich. Du bist lächerlich ordentlich, geduldig und klug.«

»Ordentlich, geduldig und klug?«, wiederholte sie und musste lachen. »Ja, ganz sicher hat dieser Jungspund überall nach einer Frau Ausschau gehalten, die ordentlich ist! Außerdem bin ich nicht klug für eine Frau in meinem Alter habe ich ein paar reichlich dumme Entscheidungen getroffen.« Sie dachte eine Sekunde nach und fügte hinzu: »Aber ordentlich bin ich, das stimmt.«

»Wahrscheinlich haben ihm einfach dein Gesicht und deine Figur gefallen, und der Rest ergibt sich. Erzähl mir von ihm. Wie ist er denn so?«

»Sehr nett«, antwortete Clare. »Sehr selbstbewusst. Anscheinend hat er seine Freundin im zarten Alter von achtzehn

Jahren geschwängert. Und als sie das Kind nicht wollte, hat er sich um das Sorgerecht bemüht. Jetzt zieht er seine mittlerweile zehnjährige Tochter alleine groß, und seine Mutter unterstützt ihn dabei. Wie viele Männer machen so was?«

»War das das erste Mal, dass er sich seit dem Unfall bei dir gemeldet hat?«

»Hab ich dir das nicht erzählt? Er kam kurz vor meiner Entlassung im Krankenhaus mit Blumen vorbei. Dann hat er mich angerufen. Ein paar Mal sogar. Ich dachte, es ginge ihm nur um meine Genesung. Und dass er sich mir irgendwie verbunden fühlt, weil er doch den Unfall und mich in dem Wrack gesehen hat. Wahrscheinlich habe ich geglaubt, es wäre normal, dass sich so jemand dafür interessiert, wie die Sache ausgeht.«

»Clare, du bist echt ein hoffnungsloser Fall.«

»Woher sollte ich das denn wissen?«

»Magst du ihn denn?«

»Ich weiß nicht. Ja, ich finde ihn schon sehr nett. Aber nicht auf *diese* Weise.«

»Sieht er gut aus?«

»Oh, Maggie, er sieht hammergut aus! Wenn er dich anlächelt und seine Grübchen zu sehen sind, kriegst du ein feuchtes Höschen!«

»Du Arme, Clare!«

»Was?«

»Ein Scheißmoment, um eine gebrochene Hüfte zu haben.«

»Das ist doch lächerlich«, sagte Clare.

»Gönn dir den Spaß! Wie oft passiert einem so etwas schon mal?«

»An Spaß denke ich erst wieder, wenn ich mein Leben im Griff habe.«

»Mein Gott, was bist du für eine Langweilerin!«, sagte Maggie lachend. »Ich hätte mich schon längst in die Sache hineingestürzt. Sogar mit gebrochener Hüfte.«

Clare genoss es, wieder in ihr altes Haus zurückzuziehen – und zwar ohne Roger. Er hatte eine Wohnung in einem Luxuskomplex gefunden, mit mehreren Swimmingpools und Fitnessstudios, wo er ganz zweifellos viele süße Singlefrauen kennenlernen würde. Mitte Juni war Clare zurück in ihren eigenen vier Wänden. Natürlich hatte sie zum Umzug gar nichts beitragen können. Jason, George, Sarah und ihr Schwager hatten sich um die Möbel gekümmert, sie war einfach nur durch die Tür gegangen.

Zu ihrer großen Erleichterung schien das Haus sie willkommen zu heißen, aber nach oben zum »Tatort« wollte sie doch lieber nicht gehen. Sie blieb unten, und falls sie etwas von oben brauchte, konnte Jason es holen.

Der Sommer in Breckenridge war grandios. Alles stand in voller Blüte, die Felder waren saftig grün, und nur auf den höchsten Gipfeln lag noch ein bisschen Schnee. Der Schmerzensschleier hatte sich mittlerweile gelichtet, und Clare konnte die Schönheit ihrer Heimatstadt und ihrer Berge wieder in vollen Zügen genießen. Normalerweise hätte sie sich selbst um den Garten gekümmert, aber in diesem Jahr musste sie einen Gärtner bestellen. Als die Arbeiter da waren, ging sie ihnen so lange auf den Wecker, bis alles genau so war, wie sie es sich vorstellte. Es war herrlich, wieder draußen sein zu können nach diesem schrecklichen, langen, nassen und schmerzhaften Frühjahr.

Roger rief andauernd an, er klang wunderbar deprimiert. Er kam sogar ein paar Mal überraschend vorbei. Sie benahm sich zivilisiert, erlaubte ihm aber nie, lange zu bleiben. Er sollte sich nicht zu wohl fühlen. Immer wieder bot er ihr seine Hilfe an, flehte sie an, sie öfter sehen zu dürfen, einfach nur um sich zu vergewissern, dass es ihr gut ging. Dass sie noch hinkte, schien bei ihm ein schlechtes Gewissen auszulösen. Regelmäßig schickte er großzügige Schecks, was sie bei ihren letzten Trennungen immer hatte anmahnen müssen. Blumen schickte er auch, was sie allerdings weniger erfreute. Er bedrängte sie so sehr, dass sie schließlich die Schlösser auswechseln ließ.

Ende Juli war sie so gut wie gar nicht mehr auf die Krücken angewiesen, obwohl sie ab und zu noch Schmerzen hatte. Sie konnte wieder Treppen steigen und die Wäsche machen, aber sie konnte noch nichts hinauf- oder hinuntertragen. Ein anderes Problem war der Transport. Sie hatte kein Auto mehr, und wenn sie eins hätte, würde sie sich nicht trauen zu fahren – aber das behielt sie für sich. Zum Glück brachten ihr Vater und ihre Schwestern sie überall hin, wohin sie wollte oder musste. Unter anderem zweimal die Woche zu ihrer Physioterroristin.

Sie hatte Jason gebeten, ihr ihre privaten Unterlagen von oben zu holen, darunter die Zeugnisse von den Schulen in Breckenridge, an denen sie als Aushilfslehrerin gearbeitet hatte. Allzu viele waren es nicht. Sie aktualisierte ihren Lebenslauf und machte sich an die Arbeit.

Clare hatte schon vor Jasons Geburt aufgehört, Vollzeit zu arbeiten, und war nur noch hier und da eingesprungen. Dafür brauchte man zugegebenermaßen keine großen pädagogischen Fähigkeiten. Eigentlich reichten eine Peitsche und ein Stuhl. Die kleinen Teufel waren natürlich zu Vertretungslehrern besonders fies. Obwohl sie damals jeden einzelnen Schultag gefürchtet hatte, wusste sie, wie man die Zügel in der Hand behielt. Und das Geld, das sie mit dem Job verdiente, gehörte ihr ganz allein – das war auch schön gewesen.

Das Gute daran, dass sie in diesem kleinen Schulbezirk stets ihr Gesicht gewahrt hatte, war, dass man sie immer noch kannte und schätzte. Sie hatte beinahe sofort zwei Jobangebote. Beide für das Fach Englisch, eins davon in einer achten Klasse an einer Middleschool und das andere an einer Highschool. Sie hatte eigentlich auf jüngere Klassen gehofft. Kurz war sie versucht, sich für den Job an der Middleschool zu entscheiden, nur um nicht Pete Rayburn als Kollegen zu haben, der an der

Centennial High unterrichtete. Aber Jason war in diesem Sommer fünfzehn geworden und ging ab Herbst auf genau diese Highschool, also würde sie Pete so oder so begegnen.

Und außerdem hatte sie sich vorgenommen, das Gespräch mit Pete zu suchen, um endlich diese Grenze zwischen ihnen zu überwinden. Immerhin war das alles jetzt neunzehn Jahre her. Und sie waren beide inzwischen erwachsen.

Sie entschied sich also für die Highschool und für die Vorteile, die es hatte, an derselben Schule wie ihr Sohn zu sein.

Im August wagte sich Clare die Treppe hoch und warf einen Blick ins Schlafzimmer. Sie hatte dieses Zimmer immer gemocht, aber jetzt sah sie sofort wieder die fremde Blondine vor sich, die auf ihrem untreuen Ehemann herumturnte. Also rief sie bei einem Kommissionsladen an, ließ die Möbel abholen und engagierte einen Raumgestalter. Normalerweise hätte sie das selbst erledigt – die Tochter eines Eisenwarenhändlers zu sein hatte viele Vorteile, und sie kannte sich bestens mit allem aus, das mit Innenausstattung zu tun hatte – Tapeten, Farben und sogar Kranzprofilen. Aber selbst wenn sie sich inzwischen an den meisten Tagen wieder hundertprozentig fit fühlte, wollte sie ihr Glück nicht herausfordern.

Als sie ein paar Wochen später dasselbe Zimmer wieder betrat, sah es vollkommen anders aus, inklusive des Bettzeugs und der Fenster. Alles war neu und ohne eine Spur von Rogers Untreue.

Sie holte sich bei ihrem neuen Arbeitgeber die Unterrichtsmaterialien ab und begann damit, den Unterricht für das kommende Schuljahr vorzubereiten. Dabei träumte sie davon, etwas anderes zu tun, als zu unterrichten. Warum war sie nicht Architektin geworden? Oder Krankenschwester? Oder hatte BWL studiert? Wieso tat sie sich einhundertzwanzig Fünfzehnjährige am Tag an? Einhundertzwanzig Jasons und Jasonettes? Aber sie war ja nicht nur zur Vertretung da, deswegen waren sie sicher netter zu ihr, als sie das von ihren Vertretungsstunden in Erinnerung hatte.

Den Flirt mit dem jungen Polizisten hatte sie nicht vergessen, aber er war bei seinen wenigen Anrufen den Sommer über recht distanziert gewesen. Sie erzählte ihm von Zeit zu Zeit, wie es um ihre Hüfte stand, und er war der nette Polizist, der sich dafür interessierte, wie ihre Heilung voranschritt. So weit, so gut, auch wenn sie es ein bisschen zu sehr genoss, sich mit ihm zu unterhalten.

Denn jedes Mal, wenn er anrief, konnte sie es gar nicht erwarten, ihm von der Umgestaltung des Schlafzimmers zu berichten, von ihren Bewerbungsgesprächen, vom Shoppen für neue Schulklamotten. Davon, dass Jason jetzt auch auf die Highschool kam und wie sie Roger aus dem Weg ging und dass sie Unterrichtspläne für ihren neuen Job erstellte. Dabei hatte sie Sam den ganzen Sommer über nicht gesehen, wenn man von dem Tag im Juni absah, als er mit dem Kaffee bei ihr aufgetaucht war.

Fünf Monate waren mittlerweile seit dem Unfall vergangen, und sie war so gut wie wiederhergestellt. Nur ab und zu zwickte es noch ein bisschen, aber sie war bereit, ihr Leben wieder in die eigenen Hände zu nehmen, und freute sich darauf.

Eines Tages rief Sam an. »Es ist wochenlang her, dass wir uns gesehen haben«, sagte er. »Ich wette, Sie sind wieder ganz die Alte.«

»So gut wie«, antwortete sie und freute sich, seine Stimme zu hören. »Mir geht es richtig super, muss ich sagen. Hatten Sie denn einen schönen Sommer?«

»Ich hab immer viel um die Ohren, wenn Molly Ferien hat. Im Juli waren wir lange im Urlaub. Wir haben uns am Nordufer des Sees eine kleine Hütte gemietet und einfach nur entspannt.«

»War Ihre Mom auch dabei?«, fragte Clare.

»Na klar«, sagte er.

Gut, dann hat er sicher keine andere Frau mitgenommen,

dachte Clare und war selbst überrascht über diesen Gedanken. Schnell wischte sie ihn fort. Solche gefährlichen Fantasien konnte sie jetzt nicht gebrauchen.

»Das war bestimmt schön«, sagte sie stattdessen. In diesem Moment klingelte es an der Tür. »Mist. Einen Moment bitte. Da ist jemand an der Tür.« Mit dem Hörer am Ohr ging sie zur Tür, öffnete – und da stand Sam vor ihr. Diesmal nicht in Uniform, sondern in Jeans und ärmellosem T-Shirt, sodass sie seine muskulösen und sonnengebräunten Arme bewundern konnte.

Sie musste schlucken und sich zwingen, ihn nicht allzu sehr anzustarren. »Das ist echt ein süßer Trick von Ihnen«, gab sie zu und legte auf.

»Ich weiß«, sagte er und lächelte sie mit diesem unglaublichen Lächeln an.

»Abgesehen davon, dass das eine lustige Aktion war … Was bringt Sie her?«

»Eine Mission«, antwortete er schulterzuckend. »Haben Sie ein paar Minuten Zeit?«

»Ehrlich gesagt bin ich gerade dabei …«

»Jetzt kommen Sie schon, ich will Sie ja nicht entführen. Oder vielleicht sollte ich das? Großartig wehren können Sie sich vermutlich immer noch nicht.« Er wedelte mit einem Schlüssel vor ihrem Gesicht. »Ich habe mir ein neues Auto gekauft. Wollen Sie es mal sehen?«

»Na klar!«

Typisch junger Mann, dachte sie. Stolz auf sein Auto. In ihrer Einfahrt stand ein Lexus-SUV in einem tollen Dunkelblau. »Wow«, sagte sie staunend. »Anscheinend verdient man als Polizist in Breckenridge ziemlich gut.«

»Man kommt zurecht. Lust auf eine Runde?«

»Aber nur eine kurze. Ich habe zu tun.« In Wirklichkeit hatte sie absolut nichts zu tun, und Jason war mit seinen Freunden unterwegs. Also ging sie zur Beifahrertür.

»Clare«, sagte er.

Sie drehte sich zu ihm. »Ja?«

Er wedelte wieder mit den Schlüsseln. »Sie fahren.«

»Oh! O nein, das geht nicht! Ihr Auto ist brandneu!«

»Ich wüsste aber gerne, wie es sich vom Beifahrersitz aus anfühlt.«

Ihr Herz fing an zu rasen, und sie bekam feuchte Hände. »Nein, wirklich. Ich kann das nicht. So weit bin ich noch nicht.«

Er ging zu ihr, legte den Arm um sie und führte sie sanft zur Fahrerseite. »Sie sind eine Weile nicht gefahren, Clare. Mir ist nicht entgangen, dass Sie immer jemand zu Ihren Unternehmungen fahren muss. Jetzt fangen Sie bald wieder an zu arbeiten, aber diese Sache schieben Sie vor sich her. Sie müssen Ihre Angst ablegen.«

Sie versuchte, sich loszumachen, aber er hielt sie fest. »Ich kann nicht«, wiederholte sie schwach. »Ich bin noch nicht so weit.«

»So wird das nie was«, widersprach er und öffnete die Tür. Ihnen kam der Geruch von neuem Auto entgegen. »Lassen Sie sich Zeit, aber steigen Sie ein. Wir probieren es einfach. Wird schon schiefgehen.«

»Ich bin so lange nicht gefahren.«

»Ich weiß. Und deswegen sollten Sie nicht noch länger warten.«

»Wirklich …«, versuchte sie es noch einmal.

»Nur einmal um den Block«, versprach er. »Im Ernst, Sie müssen sich wieder ans Autofahren gewöhnen.«

Widerwillig stieg sie ein. Ihr Vater hatte erst vor ein paar Wochen einen ähnlichen Versuch gestartet, aber er hatte nicht so insistiert wie Sam. Auch Maggie hatte das Thema angeschnitten, aber nur darüber reden war etwas ganz anderes, als es zu tun. Sie hatte Maggie geschworen, dass sie keine Phobie entwickelt hatte und sich ein schönes Auto kaufen würde, sobald das Geld von der Versicherung da war. In Wahrheit hatte Clare genug Geld, um sich ein Auto kaufen zu können – dank ihrer Ersparnisse und dank Rogers großzügiger Zuwendungen. Abgesehen davon würde sie ja bald wieder ihr eigenes Geld verdienen, und es wäre kein Problem, einen Kredit für ein neues Auto zu bekommen.

Sam stieg auf der Beifahrerseite ein. Clare legte die Hände aufs Lenkrad und strich über den Lederbezug. Sam wartete einen Moment, und als sie sich nicht bewegte, griff er um sie herum und legte ihr den Sicherheitsgurt an. »Wie fühlt sich das an?«

»Sehr gut«, sagte sie. »Ich würde hier erst mal gern ein paar Minuten so sitzen.«

Er wartete zehn Sekunden, dann drehte er den Schlüssel im Zündschloss. »Es ist ein ganz unkomplizierter Wagen, Clare. Einfach den Rückwärtsgang einlegen, zurücksetzen und eine Runde um den Block fahren. Sie können das. Ist ganz leicht.«

»Ja, ich kann das«, sagte sie. Und in ihrem Kopf wiederholte sie mantramäßig: *Ich kann das, ich kann das, ich kann das. Ich will nur nicht.*

Aber sie wusste eins ganz sicher: Es musste eines Tages geschehen, und irgendwie war sie froh, dass es mit Sam passierte und nicht mit George oder Maggie oder am Ende gar Roger. Also schaltete sie in den Rückwärtsgang und stellte den Rückspiegel ein, den Fuß auf der Bremse. Langsam fuhr sie aus der Einfahrt, schaltete und fuhr die Straße hinunter. An der Ecke setzte sie den Blinker, bog nach rechts ab, blinkte an der nächsten Ecke erneut, fuhr wieder rechts und wiederholte den Vorgang ein drittes Mal. Dabei schluckte sie mehrmals und umklammerte das Lenkrad fest, damit es ihr auch ja nicht davonflog.

»Und? Wie ist es?«, fragte Sam.

»Ich weiß nicht. Ist es normal, dabei so zu schwitzen?«

»Ich schwitze auch. Aber das hat vermutlich mehr mit den Ratenzahlungen zu tun …« Er lachte.

Sie warf ihm einen kurzen Blick zu und richtete den Blick dann schnell wieder auf die Straße. Ihr Haus kam wieder in Sicht.

»Noch eine Runde«, befahl er und lächelte sie an.

»Wirklich, ein Mal ist …«

»Clare! Sie müssen wenigstens einmal auf Tempo dreißig beschleunigen, bevor wir aufhören. Los jetzt!«

Sie trat vorsichtig aufs Gas und beschleunigte. »Meine Güte. Ich mach ja schon.«

Nach vier Runden um den Block normalisierte sich ihr Puls langsam wieder. Sie wischte sich die Handflächen an ihrer Jeans ab, und dann, wie durch ein Wunder, war auch das nicht mehr nötig. Sam bat sie, links abzubiegen, und sie gelangten auf eine Straße außerhalb des Wohnviertels. Clare war zwar nervös, aber es lief ganz gut.

»Sie müssen sich an die Richtgeschwindigkeit halten«, erklärte er, ganz Cop. Sie gab Gas und fuhr weiter. An einer Ampel musste sie halten, und als sie auf Grün sprang, guckte Clare vorsichtig nach links und rechts, bevor sie weiterfuhr. Sie fuhr, wie er sie dirigierte, und erinnerte sich daran, dass es bis vor Kurzem das Normalste von der Welt gewesen war, durch die Straßen ihrer Heimatstadt zu fahren. Und nicht nur das! Sie war ja auch über die Landstraßen gefahren, die zu den Bauernhöfen und Rinderfarmen führten. Und natürlich über die kurvigen Bergstraßen und Pässe, um im Winter in Tahoe Ski fahren zu gehen. Selbstverständlich auch nachts, um in diesem wunderbaren kleinen Restaurant auf dem Lander's Pass in zweitausendfünfhundert Metern Höhe einzukehren und zu Abend zu essen. Über die Berge und auf der anderen Seite wieder hinunter, über die Bay Bridge bis nach San Francisco.

Sam hatte damit aufgehört, ihr einen Kurs vorzugeben, und ließ sie selbst entscheiden. Er legte eine CD ein, die Musik aus dem fantastischen Soundsystem erfüllte den Wagen. Clare öffnete das Fenster und ließ den Wind durch ihre Haare pusten, während sie durch die Stadt fuhr, an dem Geschäft ihres Vaters vorbei und hinaus aufs Land. Sie bog auf den Highway ab und dann in Richtung Süden, nach Tahoe. Schließlich kehrte sie auf der Landstraße nach Breckenridge zurück.

»Fahren Sie da mal rechts ran«, sagte Sam. »Bitte.«

Sie kam gar nicht auf den Gedanken zu fragen, warum. Sie machte es einfach.

»Und jetzt schalten Sie den Motor aus«, sagte er, löste seinen Gurt und stieg aus.

Sie fragte sich, was er vorhatte. Wahrscheinlich muss er mal pinkeln, dachte sie. Männer. Die Welt ist ihre Toilette. Hier draußen war nichts außer ein paar großen, alten Bäumen, einer halb verfallenen Scheune, Sojabohnen-Feldern, so weit das Auge reichte, und in der Ferne ein paar grasenden Rindern. Und nicht weit von ihnen ratterte ein Traktor über einen Acker.

Sam stand unter einem Baum und schaute nach Westen, in Richtung Berge. Eine Brise zerrte an seinem T-Shirt, und er steckte die Hände in die Taschen.

Sie stieg aus und ging zu ihm. »Was machen wir hier?«, wollte sie wissen.

Er deutete mit dem Kopf in Richtung Sierra. »In ein paar Monaten wird dort Schnee liegen. Werden Sie dieses Jahr schon wieder Ski fahren können?«

Jemanden aus Breckenridge, Reno oder Tahoe fragte man nicht, ob er Ski fahren konnte. Denn jeder Mensch, der am Fuß dieser großartigen Bergkette lebte, war quasi mit Skiern geboren worden. Auch Clare war immer mit der ganzen Familie Ski fahren gewesen, obwohl George inzwischen nicht mehr mitmachte. Jason war ein wilder Snowboarder, der sich für einen Extremsportler hielt – was sie verrückt machte.

»Ich hoffe es sehr«, antwortete sie. »Wir sind mit Skifahren groß geworden. Das ist immer schön mit der Familie.«

»Ich bin manchmal als Ski-Patrouille unterwegs«, erklärte er, ohne den Blick von den Bergen abzuwenden. »Molly findet das super«, fügte er lachend hinzu. »Umsonst Skilift fahren.« Endlich sah er sie an. Er lächelte und zeigte seine Grübchen, dann sagte er: »Sie sind gut gefahren.«

Der Muskel in ihrem Magen, der seit dem Unfall angespannt gewesen war, schien sich zu entspannen. Sie hatte es geschafft. Sie hatte diese elende Angst überwunden. Natürlich war sie immer noch ein bisschen nervös, aber jetzt wusste sie, dass sie es noch konnte. »Vielen Dank, Sam«, sagte sie. »Puh. Ohne Sie hätte ich das wohl auf ewig aufgeschoben.«

Sie stellte – nicht zum ersten Mal – fest, dass er die blauesten Augen der Welt hatte. Sein Blick bohrte sich regelrecht in sie hinein. Er lächelte immer noch, jetzt aber ohne seine Zähne zu zeigen. Er nahm eine Hand aus der Jackentasche und legte sie auf ihren Nacken. Clare stand absolut still, nicht ganz sicher, was er vorhatte. Vielleicht wollte er sie nur festhalten? Seine starke Hand fühlte sich gut an, das musste sie zugeben. Und dieses Gefühl hatte sie schon lange nicht mehr gehabt.

Plötzlich zog er sie an sich, senkte die Lider und küsste sie sanft. Sie riss die Augen auf und hielt den Atem an. Es war ein zärtlicher, aber fordernder Kuss. Clare war schockiert. Aber wieso eigentlich, denn sie hatte doch seit längerer Zeit vermutet, dass er romantische Gefühle für sie hatte? Was heißt vermutet. Gewusst! Sie konnte sich nur immer noch nicht erklären, warum.

Der Kuss wurde intensiver. Doch Sam ließ sie los und schaute ihr in die weit aufgerissenen Augen. »Um Himmels willen! Mach die Augen zu, atme und küss mich!«, sagte er. »Es wird dich nicht umbringen!«

Sie war immer gut darin gewesen zu tun, was man ihr sagte. Also senkte sie die Lider, drückte ihre Lippen auf seine und atmete weiter. In ihrem Kopf schmiegte sie sich schon an seine starke Brust, damit er seine Arme um sie legte wie einen wärmenden Schal – dabei umarmte er sie gar nicht. Deswegen übernahm sie das einfach, wenn auch etwas unbeholfen. Ob er es seltsam fand, dass eine beinahe vierzigjährige Frau, die sechzehn Jahre lang verheiratet gewesen war, sich damit schwertat, einen so gut wie unbekannten Mann zu küssen?

Aber eigentlich kannte sie Sam. Sie kannte ihn sogar recht gut. Durch ihre häufigen Telefonate waren sie Freunde geworden. Sie hatte ihn nur auf platonischer Distanz halten wollen, weil ihr zwei Dinge klar waren: Erstens, sie könnte sich in ihn verlieben. Zweitens, sie war noch zu verletzlich, um sich wieder auf eine solche Art von Beziehung einzulassen.

Er ließ sie los. »Schon besser. Bist du ein bisschen eingerostet?«

»Du anscheinend nicht«, stellte sie leicht atemlos fest.

»Ich habe so lange darüber nachgedacht«, sagte er schulterzuckend.

»Sam …«

»Ich zuerst. Versuchst du mir aus dem Weg zu gehen, Clare?«

»Nein«, antwortete sie. »Wirklich nicht. Ich war nur … Du weißt schon.«

»Nein, weiß ich nicht. Bring mich doch mal auf den neuesten Stand.«

Sie holte tief Luft. »Du bist wirklich lieb, Sam«, sagte sie. »Und ich mag dich. Wie könnte ich dich auch nicht mögen? Ich freue mich, dass du seit dem Unfall mit mir Kontakt gehalten hast. Und was du heute für mich getan hast – trotz all meines Widerstands –, das war wirklich großartig.«

»Aber?«

»Aber eine Beziehung steht im Moment wirklich nicht ganz

oben auf meiner To-do-Liste. Ich habe riesige Aufgaben zu bewältigen, unter anderem eine Scheidung. Ich möchte nicht wieder verletzt werden, und ich möchte auch selber niemanden verletzen. Ich bin noch nicht so weit.«

Er schürzte die Lippen und nickte kurz. »Das sehe ich ein, Clare. Du hast ein paar harte Monate hinter dir.«

»Danke für dein Verständnis.«

»Kein Thema. Ich will dich ja nicht verwirren. Aber an dem Abend, an dem ich dich kennengelernt habe, dachte ich: Endlich mal eine Frau, die auch unter Stress noch klar denken kann.« Er ließ sie los, sah sie aber immer noch an. Sofort vermisste sie seine Berührung.

»Ha!«, rief sie lachend. »Ich? Ich bin zu schnell gefahren, weißt du nicht mehr? Und ich war ein Nervenbündel!«

Er grinste. »Weißt du eigentlich, wie viele Leute zur Waffe greifen, wenn sie eine Situation erleben, wie du sie erlebt hast? Glaub mir, ein paar Tränen, zwanzig Stundenkilometer zu schnell – du hast dich gut gehalten.«

»Am Fuß des Bettes stand ein Champagnerkühler«, gestand sie. »Den hab ich den beiden übergekippt.«

»Wunderbar«, lobte er. »Weißt du, ich mag dich.«

»Ich mag dich auch«, sagte sie. »Aber für mehr bin ich nicht bereit.«

»Okay«, sagte er, nahm ihre Hand und ging mit ihr zurück zum Wagen. »Fahr mich nach Hause – ich hab noch ein paar Dinge zu erledigen. Da wir ja keinen Sex haben werden …«

»Jawohl, Sir«, antwortete sie lachend.

Auf der Heimfahrt sprachen sie nicht. Clare hatte Spaß am Fahren, und er genoss offensichtlich die Landschaft und das Soundsystem des Wagens. Allerdings hatte er seine Hand auf ihren Oberschenkel gelegt. Die Vernunft sagte ihr, dass sie ihn bitten sollte, das zu lassen, aber es gefiel ihr. Wieso nicht, dachte sie. Ich brauche auch etwas, über das ich mich freuen kann.

Eine Affäre mit einem schönen jungen Mann wäre nicht das Schlechteste, oder?

Als sie wieder in ihre Einfahrt einbog, ließ sie den Motor laufen, löste den Gurt und stieg aus. Sam kam herüber zur Fahrerseite, und sie dankte ihm noch einmal. Als er zurücksetzte, ließ er das Fenster herunter. »Clare?«, rief er ihr zu. »Bitte mach dich an deine To-do-Liste! Ich melde mich!«

Am nächsten Tag besorgte Clare sich einen Mietwagen. Den ganzen Vorgang, sich ein Auto zu kaufen, hatte sie schon immer gehasst, und sie hatte auch jetzt keine Lust darauf. Und um einen weiteren Punkt auf ihrer Liste musste sie sich auch sofort kümmern, und zwar noch vor Schulbeginn: Sie musste sich mit Pete treffen, dem Football-Trainer.

Jason war kein Footballer. Er ging lieber Snowboarden, und die Jungs aus dem Footballteam der Schule durften während der Saison nicht Ski laufen, weil das Verletzungsrisiko zu hoch war. Das Footballtraining begann Anfang August, einen Monat vor Schulbeginn. Die Mannschaft trainierte jeden Vormittag. In ein paar Tagen würde die Schule beginnen. Mit klopfendem Herzen und angespannten Nerven ging Clare gegen Ende des Trainings zum Sportplatz und sah eine Weile zu.

Pete stand an der Seitenlinie, sein breiter Rücken bewegte sich mit jedem seiner lauten Kommandos, er hatte die Hände gehoben und gestikulierte wild. Immer, wenn sie ihm in den vergangenen Jahren begegnet war, hatte sie rasch die Augen niedergeschlagen und gehofft, er würde sie nicht bemerken, sich ihr nähern, sie ansprechen. Sie hatte sich den Luxus, ihn anzusehen und sich an ihn zu erinnern, nicht gestattet. Sie erlaubte sich auch nicht, ihn attraktiv zu finden. Früher waren sie so vertraut gewesen miteinander, gute Freunde gewesen, über seinen älteren Bruder miteinander verbunden. Aber dann waren sie sich zu nahegekommen.

Pete brüllte noch etwas, dann entließ er das Team. Er drehte sich in Richtung Tribünen und wollte gerade gehen, als er sie entdeckte. Er sah genauer hin, starrte sie an, dann winkte er zögerlich in ihre Richtung. Sie erwiderte seinen Gruß. So musste sie ihm wenigstens nicht hinterherrennen oder ihn auf dem Parkplatz stellen, wenn er eigentlich gerade wegfahren wollte. Dass es so einfach sein würde, hätte sie nicht gedacht.

Während die Jungs vom Feld liefen und die Betreuer die Utensilien in große Sporttaschen packten, kam er zu ihr herüber. Ihr Herz klopfte unwahrscheinlich schnell. Pete lehnte sich an das Geländer vor der ersten Sitzreihe. »Hey«, sagte er. »Ich hab mich schon gefragt, wie es dir geht.«

»Selber hey. Ich hab gehört, du hast Maggie angerufen. Das war sehr nett von dir.«

»Es stand in der Zeitung. Der Unfall. Mein Gott, Clare ... Der Wagen sah furchtbar aus.«

»Ich habe Glück gehabt. Hast du ein paar Minuten Zeit? Ich würde gern mit dir reden.«

»Klar«, sagte er. Doch er blieb stehen, wo er war, das Geländer als sichere Sperre zwischen ihnen. Er stand unten, und sie saß auf der Tribüne, sodass er zu ihr aufsehen musste.

»Ich hab einen Job an deiner Schule angenommen«, sagte sie. »Als Englischlehrerin. Sechstklässler.«

Sein Gesicht hellte sich auf, keine Frage. Das ermutigte sie etwas. Vielleicht hasste er sie doch nicht ganz so sehr?

»Wow«, sagte er. »Das ist ja toll.«

»Das heißt, wir werden uns ab jetzt häufiger über den Weg laufen.«

Er lächelte breit. »Das stört mich gar nicht!«

Er sah wirklich gut aus. Nicht wie Roger, der zu seinem eigenen Nachteil zu gut aussah. Aber in vielerlei Hinsicht fand sie Pete auf seine Art attraktiver. Sein braunes Haar war so kurz geschnitten, dass er nicht mal einen Kamm brauchte, und natürlich war er fit – flacher Bauch, starke Schultern und Arme. Sein ausgewaschenes T-Shirt war voller Schweißflecken, seine Sporthose zeigte Spuren von Gras- und anderen Schmutzflecken – aber das sah gut aus an ihm. Er hatte eben gearbeitet. Und dann diese sexy Bartstoppeln … Wahrscheinlich hatte er sich heute noch nicht rasiert. Er sah verwegen aus. Ganz Mann. Sie erinnerte sich. Und erschauderte.

»Ich weiß, das ist jetzt vielleicht schwierig, aber ich möchte etwas ansprechen. Etwas, über das du sicher nicht reden willst.«

»Lass dir Zeit. Ich hab's nicht eilig.«

»Du weißt, worum es geht. Was vor neunzehn Jahren passiert ist. Wir müssen endlich damit abschließen.«

Er zog einen Moment lang unangenehm berührt den Kopf ein, dann sah er sie wieder an. »Es tut mir leid, Clare. Ich wollte dir das schon vor neunzehn Jahren sagen. Es tut mir leid, was ich damals getan habe. Das alles war meine Schuld.«

Damit nahm er ihr den Wind aus den Segeln. »Ich … äh … ich dachte eigentlich, ich wäre es gewesen. Ich habe dich in die Lage gebracht, dass du deinen Bruder verletzt hast. Ich wusste ja, wie sehr du ihn verehrt hast.«

»Du hast mir gar nichts getan«, erwiderte er.

»Okay, vielleicht haben wir beide Schuld. Und ich bin es leid, diese Schuld und diesen Schmerz noch länger mit mir herumzutragen. Seit das damals passiert ist, fühle ich mich mies. Aber irgendwann reicht es auch.«

»Es tut mir leid«, wiederholte er.

»Hör doch jetzt mal auf damit. Wir waren es beide.« Sie holte tief Luft. »Hattest du denn wenigstens auch Schuldgefühle?«, wollte sie wissen.

»O ja«, antwortete er mit einem Lachen, das alles andere als amüsiert klang. »Aber nicht so wie du. Ich weiß, dass ich damit bei dir nicht punkten kann, aber ich hatte eigentlich keine Schuldgefühle meinem Bruder gegenüber. Gut, als er starb, schon. Da habe ich mich richtig ekelhaft gefühlt. Aber dann war er tot, und ihn zu vermissen war viel stärker als jedes Gefühl von Schuld. Was es für mich in den ganzen neunzehn Jahren so schlimm gemacht hat, war, dass du so gelitten hast.«

»Ich weiß immer noch nicht, wie das überhaupt passieren konnte«, sagte sie. Er sah kurz weg, also sprach sie schnell weiter. »Der Wein, die Gelegenheit, die Einsamkeit – was auch immer.« Und leiser: »Es tut mir auch leid.«

»Na bitte«, sagte er. »Dann sind wir ja quitt.«

Aber irgendwas fühlte sich komisch an. Sie verstand es nicht und sagte: »Immer, wenn ich dir begegnet bin, hast du so ausgesehen, als ob dir das unbehaglich wäre. Ich dachte, du könntest meinen Anblick nicht ertragen.«

Er sah sie entgeistert an. »Ich? Nein! Nein! Ich dachte, es wäre genau andersherum – du würdest mich hassen!«

»Oh, nein! Das habe ich nie getan, Pete. Du hast keine Ahnung, wie oft ich gedacht habe, dass wir uns nach Mikes Tod eine große Stütze hätten sein können – wenn das nicht passiert wäre. Aber stattdessen haben wir uns gemieden wie die Pest.«

»Na ja. Ich bezweifle, dass ich dir gutgetan hätte. Oder überhaupt irgendjemandem. Ich war ein paar Jahre lang ziemlich nutzlos. Später, als ich mich wieder gefangen hatte, musste ich viel an dich denken und daran, dass ich dir nie beigestanden habe, um die Sache durchzustehen. Ich habe mich dafür gehasst, weißt du. Aber ich schwöre es bei Gott, ich dachte wirklich, du würdest ausrasten, wenn ich mich dir nur nähere. Du … Du wirktest so verletzt. So getroffen. Ich wusste, dass ich dir Zeit lassen muss. Und Raum. Und dann …«

Sie wartete, dass er den Satz beendete, aber als nichts kam, fragte sie: »Und dann?«

»Dann hast du geheiratet.« Er zuckte die Achseln. »Da hat es erst recht Sinn ergeben, dass ich mich von dir fernhalte.«

»Ich lasse mich scheiden«, sagte sie und blickte nach unten, als würde sie sich auch deswegen schämen.

»Oh, Mist, das tut mir leid! Ich hab das auch vor ein paar Jahren durchgemacht. Ich und Vickie – es war schrecklich.« Er stellte einen Fuß auf die Tribüne und zog sich hoch, um über das Geländer zu steigen. Dann lehnte er sich dagegen und sah Clare an. »So eine Scheidung ist hart, Clare.«

»So ist es nun mal, und es ist besser so. Und was ist jetzt mit dir und Vickie?«

»Sie hat fast sofort wieder geheiratet.« Er lachte. »Ich dachte, es wäre das Richtige für sie, aber ein Jahr später war es schon wieder vorbei. Na gut«, fügte er hinzu und lachte wieder, »sagen wir zwei Jahre später. Jetzt ist alles in Ordnung zwischen uns. Und mit den Mädchen läuft es besser als damals, als wir noch verheiratet waren. Außerdem mag ich ihren Neuen irgendwie ganz gern. Aber sag's nicht weiter. Ich will nicht für weichherzig gehalten werden.« Er grinste breit.

»Gut zu wissen. Es gibt also Hoffnung.«

»Darf ich dich etwas Persönliches fragen?«

»Klar, wieso nicht? Ich kann immer noch wegrennen, wenn ich rot werde.«

»Das war noch nie deine Art. Es ist nur so … Gibt es … Hast du … Ist da jemand in deinem Leben?«

»Ein Mann, meinst du?«, fragte sie überrascht.

»Ja. Denn das würde bedeuten, du würdest einfach nur die Beziehung austauschen, und wenn du das tust …«

Sie unterbrach ihn mit ihrem Gelächter. Nach all den Jahren, in denen Roger fremdgegangen war, kam ihr das sehr witzig vor – die Vorstellung, dass ihr jemand begegnet sein könnte, der sie aus ihrer Ehe gelockt hätte. Und noch seltsamer war, dass sie nie eine Affäre gehabt hatte. Wieso eigentlich nicht? »Nein«, gelang es ihr schließlich zu sagen. »Nein, für mich gab es niemand anderen. Die anderen hatte nur er. Also habe ich ihn verlassen.«

Und außerdem war sie einmal in ihrem Leben untreu gewesen, und es hatte ganz schrecklich geendet. Deswegen würde sie so etwas nie wieder tun.

»Oh«, sagte Pete erstaunt. »Das hatte ich jetzt nicht erwartet.«

»Warum nicht? Das kommt vor.«

»Ja, ich weiß – aber dir doch nicht! Der Typ muss verrückt sein.«

»Danke. Glaube ich auch.«

Er sah sie einen Moment lang mit einem sentimentalen Lächeln an. »Wir sind jetzt bald Kollegen, und du hast keine Beziehung«, meinte er. »Also spricht nichts dagegen, dass wir Freunde sind.«

»Nein, tut es nicht.« Wir sind früher wirklich gute Freunde gewesen, dachte sie. Damals, als sie noch zur Schule gingen und er Football spielte und sie Cheerleader war, als sie mit ihren gemeinsamen Freunden zusammen abhingen, während der zwei Jahre, die sie nach Mikes Abschluss noch auf der Schule gewesen waren. Und obwohl sie Pete nicht mehr so oft gesehen hatte, nachdem sie nach Reno gezogen war, war er für sie immer noch ein Freund gewesen. Erst in diesem Moment fiel ihr auf, wie sehr sie ihn vermisst hatte. »Weißt du was? Es war ganz schön dumm von uns, so viele Jahre nicht mehr befreundet zu sein. Wäre ich nicht so schuldbeladen und voller Scham gewesen, hätte mir deine Familie viel Trost geben können. Und ich euch umgekehrt auch.«

»Mom fragt immer wieder nach dir. Du warst immer ihr Liebling.«

»Bitte sag ihr liebe Grüße von mir, ja? Und lass uns Freunde sein!« Sie stand auf.

»Mike würde sich freuen. Damals hätte er mich vermutlich umbringen wollen, aber jetzt, wo er nicht mehr hier ist, ist es bestimmt okay für ihn.«

Sie musste lachen. »Pete!«

»Was? Das meine ich ernst!« Er grinste wieder. Sie erinnerte sich. So war er schon immer gewesen. Unbeschwert und lustig.

»Na dann. Und du kannst das? Witze über Mike machen?«

»Klar, das tun wir alle. Das hilft, weißt du. Wir vermissen ihn, und das wird sich auch nie ändern, aber der größte Schmerz ist vergangen. Mom hat gesagt: ›Mike tut es nicht weh, und wir sollten uns an die schönen, an die lustigen Zeiten mit ihm erinnern.‹ Sie ist wirklich unglaublich.«

Ich vermisse sie, dachte Clare. »Dann sehen wir uns in der Schule.«

»Ich freu mich drauf.«

Sie nahm ihre Handtasche und begann, über die Tribüne zur Treppe zu gehen.

»Clare!«, rief er ihr nach. Sie drehte sich um. »Wieso dachtest du, ich würde nicht darüber reden wollen?«, fragte er.

»Wieso? Dieser Zettel von dir. ›Lass uns nie wieder darüber sprechen. Es ist nichts geschehen.‹«

»Ach, der. Das war nicht meinetwegen. Du hast die ganze Nacht geweint. Ich kam mir vor wie ein Monster.«

»Mein Gott. Was wir uns angetan haben«, sagte sie. »Wir sind ein trauriges Paar.«

»Danke, dass du gekommen bist. Ich hatte nie den Mumm, auf dich zuzugehen.«

Sie lächelte ihn an und winkte zum Abschied, als fiele ihr das alles leicht. Aber sie wusste sehr genau, dass sie es gewesen war, die ihm so lange Jahre nicht gegenübertreten und die schmerzhafte Vergangenheit hinter sich lassen konnte.

Als sie nach Hause fuhr, fühlte sie sich erleichtert.

Doch später, als sie allein am Esstisch saß, um ihren Unterrichtsplan zu machen, kamen ihr plötzlich die Tränen. Schluchzer schüttelten sie, und sie fühlte sich so einsam wie seit Jahren nicht mehr. In all den Jahren hatten sie nicht miteinander gesprochen, ihre Probleme nicht in Angriff genommen. Dabei war es nur eine Nacht gewesen, und keiner von beiden hatte jemanden verletzen wollen.

Wir hätten uns schon vor langer Zeit vergeben und wieder zueinanderfinden müssen, dachte sie. Aber jetzt wird alles gut. Sie wischte sich die Tränen ab und freute sich auf diesen Neuanfang. Mit alten und lieb gewonnenen Freunden.

5. Kapitel

Clare versank in Papierkram. Das war eine Arbeit, die sich anscheinend verzehnfacht hatte, seit sie vor achtzehn Jahren zum ersten Mal in den Schuldienst getreten war. Für jede Phase ihres Unterrichtsplans und für jeden Schüler, so kam es ihr vor, musste ein Bericht verfasst werden. Das erfuhr sie in der Woche vor dem ersten Schultag. Es gab eine fünftägige Einführung, zwei dieser Einführungstage waren den neuen Lehrern gewidmet. Im gesamten Schulbezirk waren fünfundzwanzig neue Lehrer eingestellt worden – sie fand das eine erstaunlich hohe Anzahl. Und vierundzwanzig von ihnen schienen nicht älter als zweiundzwanzig zu sein. Clare und die Leiterin der Abteilung für Englisch waren offensichtlich die beiden einzigen Personen im Kollegium über dreißig.

Eine junge Frau im hinteren Teil des Raums zog Clares Aufmerksamkeit auf sich, weil sie so unglaublich angespannt wirkte. Sie war klein und schmal, Kleidergröße XS, ihre Klamotten wirkten etwas zu groß, als hätte sie vor Kurzem stark abgenommen. Es war kaum vorstellbar, wie sie eine Klasse von wilden fünfzehnjährigen Jungs bändigen sollte. Oder Mädchen. Eine Art Mutterinstinkt sorgte dafür, dass Clare sich am nächsten Tag neben die junge Frau setzte. Sie erfuhr, dass ihr Name Reenie war – als Kurzform für Maureen. Sie schien mit den Nerven am Ende zu sein.

»Ich kann kaum was essen, so nervös bin ich«, gestand sie Clare mit zittrigem Flüstern.

»Jetzt mach dir nicht so viele Gedanken«, sagte Clare aufmunternd, obwohl sie selbst höllisch nervös war. »Ein Tag nach dem anderen. Und trau dich, um Hilfe zu bitten, wenn du welche brauchst.«

»Ich hab mein Referendariat hier gemacht. Die Kids sind brutal.«

»Wenn sie mitbekommen, dass man Angst hat, hat man verloren«, bestätigte Clare.

»Wir sind alle verloren«, erwiderte Reenie. »Wir haben eine neue Rektorin. Mit einem gewissen Ruf.«

»Was?« Clare keuchte. »Mrs. Donaldson ist nicht mehr da? Sie hat mich doch eingestellt!«

»Ich habe gehört, sie hätte eine tolle Beförderung an die Schulbehörde bekommen und sei deswegen ganz plötzlich weg. Die Frau, die sie als ihre Nachfolgerin eingestellt haben, macht diesen Job erst seit zehn Jahren.«

»Dann hat sie sicher einige hervorragende Qualifikationen mitgebracht«, sagte Clare anerkennend. »Wir sollten in jedem Fall offen bleiben.«

Beim Thema Hilfe musste Clare allerdings rasch feststellen, dass hier jeder nur sein Ding machte. Sie hatte nicht alle Textbücher und durchforstete deshalb das gesamte Gebäude, von der Abstellkammer bis zum Heizungsraum, bis sie alles zusammenhatte, was sie brauchte. Und dann musste das Klassenzimmer vorbereitet werden, sodass die Schüler sich wohlfühlten. Sie entschied sich für das Motto »Literatur zum Thema Herbst«. Sie hatte vor, große Buchstaben aus Büchern und Blättern zu machen, die dem Vorlesen der Hausaufgaben einen passenden Rahmen verleihen sollten. Aber als sie nach Materialien suchte, war sie auf sich gestellt.

Einige der Lehrer kannte sie noch von früheren Einsätzen als Vertretungslehrerin. Die, die sie kannten, waren nicht unfreundlich zu ihr, aber sie war trotzdem die Neue und wurde nicht sofort in die Clique aufgenommen. Zufälligerweise hatte Reenie das Klassenzimmer nebenan – Englisch elfte Klasse –

und war offensichtlich erleichtert, Clare zu sehen. Sie verglichen ihre Stundenpläne und stellten fest, dass sie jeweils sechs Stunden Unterricht und eine Stunde Vorbereitungszeit hatten. Reenies Vorbereitungsstunde war zu Beginn des Schultags angesetzt, Clares am Ende. Für die neuen Lehrer gab es keine Talentklassen mit besonders begabten und interessierten Schülern. Für diese Schüler, die üblicherweise auch das beste Verhalten an den Tag legten, musste man schon eine Weile dabei sein. Clare und Reenie hatten stattdessen jede eine Förderklasse. Es würde jede Menge Arbeit für zu Hause für sie übrig bleiben, denn in der Schule blieb kaum Zeit zur Vorbereitung. Und die große Pause am Mittag dauerte nur dreißig Minuten.

Von Anfang an wurde über die neue Rektorin getuschelt und getratscht. Nachdem Clare sie kennengelernt hatte, konnte sie die Bemerkungen nachvollziehen. Sie war eine schöne Blondine, ein bisschen zu chic gekleidet für Breckenridge, sie lächelte nicht und wirkte eiskalt.

Als sie als Elizabeth Brown vorgestellt wurde, runzelte Clare die Stirn. »Sie kommen mir irgendwie bekannt vor«, sprach sie ihren Gedanken laut aus.

»Ach ja?«, fragte die andere und sah sie mit kühlem Blick fragend an.

»Na ja«, Clare lachte peinlich berührt, »in einer kleinen Stadt wie dieser …«

»Ich werde die Klassenzimmer in den ersten Wochen gründlich inspizieren«, verkündete Elizabeth. »Also wundern Sie sich nicht, wenn ich unangemeldet bei Ihnen auftauche. Ich schätze, Sie haben mein Memo zum Schülerhandbuch erhalten?«

»Ich fürchte, ich habe ein Memo für jeden einzelnen Schultag bekommen, und die Schule hat noch nicht mal begonnen.«

»Das ist das vielleicht wichtigste Memo für den ersten Tag. Alle Schülerinnen und Schüler müssen ein von ihren Eltern unterzeichnetes Dokument mitzubringen, das bestätigt, dass sie das Handbuch gelesen und verstanden haben. Zusätzlich dazu müssen alle Schülerinnen und Schüler einen Eingangstest bestehen, bevor irgendein weiterer Test geschrieben wird. Ich werde das Schuljahr nicht mit Ausreden beginnen lassen.«

Die Leute haben recht, dachte Clare verzweifelt. Sie ist gehässig. Aber sie sagte nur: »Ja, Ma'am«, zu dieser Frau, die deutlich jünger war als sie. Und verbrachte Stunden damit zu überlegen, woher sie sie kannte.

Clare fand, dass sie eine super Idee für den ersten Schultag hatte. Sie kaufte zwei Kisten frische Äpfel – einen Apfel für jeden Schüler und jede Schülerin. Das war gesund und großzügig von ihr, dachte sie. Eine nette Geste, bevor sie die Kinder mit dem Handbuch-Test konfrontierte.

»Öde«, sagte der erste Junge, der das Klassenzimmer betrat. Er trug eine Jeans, die auf halb acht hing, T-Shirt und eine Lederweste mit Ketten, außerdem Handschuhe, aus denen die nackten Fingerspitzen herausguckten. Hinter ihm kam ein Mädchen rein, das einen so kurzen Rock trug, dass er eher an einen breiten Gürtel erinnerte, bauchfreies Top, Nabelpiercing und üppige Brüste. Sie sah bunt gefärbte Haare in allen möglichen verrückten Styles, alles vom High-Heel-Stiefel bis zur Sandale. Kaugummikauen, Gekicher, Schubsen, Drängeln. Die wenigen Äpfel, die genommen wurden, wurden kreuz und quer durch den Raum geworfen.

Okay. Es gab auch die ruhigen Kinder, die ganz hinten saßen, und ein paar ernsthafte ganz vorne. Aber zwischen den ganzen Rowdies bemerkte man sie kaum, und wenn sie etwas sagen würden, würde man sie nicht verstehen.

Sie konnte sich ja selbst kaum Gehör verschaffen. »Alle mal aufgepasst! Das reicht jetzt! Hinsetzen und still sein!«

Die Ruhe währte nicht lange. Ganz und gar nicht lange. Schon ging das Getuschel wieder los, Zettel wurden weitergegeben, es wurde gelacht, manchmal hörte man ein Quietschen von einem der Mädchen. Clare sagte Dinge wie: »Ihr habt mich noch das ganze Jahr am Hals, und wenn ihr mich gleich von meiner schlechten Seite kennenlernen wollt, macht nur so weiter!« Oder: »Würdet ihr das Handbuch gern abschreiben? Und zwar zehn Mal hintereinander?« Oder: »Ich schreibe jetzt eure Namen auf und verteile Nachsitzen!«

Es war ein Schlachtfeld. Tatsächlich handelte es sich nur um ein paar wenige Störer, die keine Ruhe gaben und unaufmerksam waren, aber diese zwanzig Prozent machten den Unterricht für alle anderen unmöglich. Clare war mit den Nerven am Ende, und in ihrem Kopf pochte es. Vier Unterrichtsstunden später hatte sie das Gefühl, dass sie eine Migräne bekam – so schnell hatte nicht einmal Roger das hingekriegt. Ihre dreißigminütige Mittagspause verbrachte sie in ihrem Auto und kämpfte mit den Tränen. Ich bin eine schlechte Lehrerin, dachte sie verzweifelt. Wenn ich bis zum Ende des Jahres durchhalte, ist das ein Wunder.

An diesem Abend fiel sie um sieben Uhr ins Bett, den Unterricht hatte sie nur halb vorbereitet. Aber welche Rolle spielte das schon? Es würde ohnehin noch einen Monat dauern, bis sie mit dem Lernstoff beginnen konnten.

Der zweite Tag lief nicht wesentlich besser. Die Aufwiegler hatten die Klasse nach knapp fünfzehn Minuten unter Kontrolle, bis der ganze Raum drohnte wie eine uralte Waschmaschine. Diesmal zwang Clare sich dazu, ihre Mittagspause im Lehrerzimmer mit den Kollegen zu verbringen, weil sie sich den einen oder anderen Tipp erhoffte. Stattdessen hörte sie aber nur Geschichten davon, was ihre Kollegen gern tun würden, wenn sie keine Lehrer wären. Sie würden Boutiquen eröffnen, im Reisebüro arbeiten, einen Pilotenschein machen, professionell Poker spielen. »Ich würde in einer Oben-ohne-Bar tanzen«, sagte eine Kollegin, »wenn ich nur Titten hätte.«

Clare hielt Ausschau nach Pete, sozusagen als sicherem Hafen im Sturm. Vielleicht könnte er sie zumindest zum Lachen bringen. Aber er war nirgends zu sehen.

An Tag drei kam es vor ihrer Klassenzimmertür zu einem Streit zwischen zwei Mädchen. Den Lehrern hatte man eingeschärft, sich in solche Streits nicht einzumischen, sondern im Zweifelsfall die Security der Schule zu rufen. Nur leider stritten sich die beiden mitten im Türrahmen! Sie zogen sich an den Haaren, bissen und bespuckten sich. Natürlich griff Clare ein und kassierte dafür einen Kratzer am Arm, bevor sie die beiden trennen konnte. Daneben standen ein paar Jungs, die genauso gut hätten eingreifen können, aber sich nur amüsierten über die Szene. Und natürlich ermahnte man Clare hinterher, vorsichtiger und geduldiger zu sein und sich in Zukunft herauszuhalten. Verdrossen und wütend beschloss Clare, die Mittagspause wieder in ihrem Wagen zu verbringen.

Doch da entdeckte sie Pete – und die neue Rektorin, die sie zum ersten Mal lächeln sah. Sie hatte Pete offensichtlich bei den Umkleideräumen abgepasst, und obwohl Clare nicht hören konnte, was sie sagten, schien Ms. Brown mit großen Gesten etwas von sich zu geben, über das sie selbst lachen musste. Dabei berührte sie Pete am Arm, strich über seinen Bizeps und kicherte wie ein kleines Mädchen. Pete hatte die Arme vor der Brust verschränkt – vermutlich reiner Selbstschutz. Es wäre schön gewesen, kurz mit ihm zu plaudern, aber der Rektorin würde sie sich auf keinen Fall freiwillig nähern. Also stieg sie in ihr Auto, das zum Glück so geparkt war, dass sie von der Szene weiter nichts mitbekam. Ms. Brown, die so eiskalt gegenüber anderen Frauen war, taute offensichtlich auf, wenn es um gut aussehende Männer ging.

Einen Moment später klopfte es an der Scheibe. Pete stützte sich an ihre Tür und bedeutete ihr, das Fenster herunterzulassen.

»Hey, wie läuft's?«, fragte er.

Sie schüttelte frustriert den Kopf und sah sich um. Die Eiskönigin stand am Hintereingang und tippte ungeduldig mit dem Fuß. »Nicht so besonders. Sie fressen mich bei lebendigem Leib. Übrigens, da scheint jemand auf dich zu warten.«

»Darf ich einsteigen?«, fragte er, wartete ihre Antwort aber nicht ab. Er umrundete den Wagen und setzte sich auf den Beifahrersitz.

Clare sah sich noch einmal um und bekam mit, wie Ms. Brown wütend den Kopf zurückwarf und durch die Umkleideräume ins Schulgebäude zurückstapfte.

»Oh, Mann«, bemerkte Clare, als Pete neben ihr saß. »Du hast die Rektorin verärgert.«

»Ja? Ich bin ihr zum Glück gerade noch entkommen. Sie hatte anscheinend Pläne für die Mittagspause mit mir. Und – hast du Probleme mit der Eingewöhnung?«

»Ich habe null Kontrolle über die Klasse. Sie sind so wild. Wir waren doch früher nicht so schrecklich, oder?«

»Du nicht«, sagte er. »Ich war schon ziemlich schlimm. Ich musste dauernd nachsitzen. Und dann habe ich festgestellt, dass es die Lehrer ablenkt, wenn ich ihnen irgendeinen Mist erzählte, wenn ich meine Hausaufgaben nicht gemacht hatte. Sie fanden mich umwerfend. Und ich hatte meine Hausaufgaben fast nie. Deswegen musste ich erst mal im Community College anfangen, bis ich irgendwo anders hingehen konnte.«

»Ich glaube, daran erinnere ich mich«, sagte sie. »Hast du denn ein paar Tipps für mich?«

»Hmm. Sei am Anfang hart, verlange Respekt von ihnen, hab immer einen Baseballschläger dabei, und dreh ihnen nicht den Rücken zu.«

»Wozu der Baseballschläger?«

»Versuch, sie nicht zu töten.« Als sie nicht lächelte, sagte er: »Sie sind in den ersten Tagen immer total überdreht. Es wird mit der Zeit leichter.«

»Ich habe dich gesucht. Ich wollte ein freundliches Gesicht sehen. Pete, ich hasse es hier.«

»Du kannst es nicht hassen. Du hast gerade erst angefangen!«

»Ich habe noch keine einzige akzeptable Unterrichtsstunde gehalten. Und sie ...«, sagte sie und deutete mit dem Kopf in Richtung Rektorin. »Puh. Sie sieht mich an, als hätte ich ihr auf die Schuhe gepinkelt.«

Er lachte. »Ich glaube, sie will auch erst mal die Starke markieren.«

»Das nennst du stark?«, fragte sie und deutete wieder auf die Umkleideräume.

»Nein, das nenne ich Flirten. Großer Fehler. Damit handelt sie sich nur Ärger ein.« Er legte die Hand auf den Türgriff. »Ich muss los und aufpassen, dass in der Dusche keine Orgien gefeiert werden«, sagte er. Und als sie kurz die Luft anhielt, fügte er hinzu: »Spaß!«

»Bitte geh nicht!«

»Du schaffst das schon.«

»Was hast du zu ihr gesagt? Dass sie dich in Ruhe lassen soll?«

»Ich habe ihr gesagt, dass ich dich begrüßen will und fragen, wie es läuft. Dass du eine alte Freundin bist. Und jetzt lass dich von den kleinen Teufeln nicht fertigmachen!«

Damit war er weg und lief zurück ins Schulgebäude.

Als sie wieder in ihre Klasse ging, sah sie zufällig ihre Nichte Lindsey. Sie hielt ihre Bücher im Arm, stand gegen ihren Spind gelehnt, dicht neben ihr ein großer, gut aussehender Oberstufenschüler. Lindsey war hübsch, ein ganz liebes Mädchen und sehr sexy. Und er ... er war ein großer starker Junge. Ihre eigene Jugend fiel ihr wieder ein – Mike, der am Spind lehnte. Heimliche Küsse zwischen den Unterrichtsstunden.

Der Junge bückte sich, Lindsey stellte sich auf die Zehenspitzen, und die Lippen der beiden berührten sich. Er gab ihr einen liebevollen Klaps auf den Po, sie lachte. Totales Glück, totale Liebe. Lust. All das.

Einen Moment lang war Clare nostalgisch. Diese unbeschwerte Zeit, in der es nur Gefühle und Spaß gab. Aber sie wusste nicht, ob sie sich für Lindsey freuen oder Angst um sie haben sollte. Denn manchmal lief es im Leben nicht so wie geplant.

Clare sagte Jason nichts davon, dass sie die Schule hasste. Es würde ihn nur anstacheln und dafür sorgen, dass er anfing zu meckern. Aber Maggie vertraute sie sich an. »Die bringen mich um«, sagte sie. »Wenn ich morgens zur Arbeit fahre und die Schule in Sicht kommt, fängt mein Herz wie wild an zu klopfen.«

»Das wird schon«, erwiderte Maggie tröstend. »Meinst du nicht?«

»Wenn nicht, hab ich bald Selbstmordgedanken!«

An Tag vier sollte der Handbuch-Test stattfinden. Sie las den Test durch. Wer den Test entworfen hatte, wusste sie nicht, aber der Urheber dieses Machwerks hatte eindeutig Rache im Sinn – oder Krieg. Die Fragen waren unmöglich. Leichte Fragen gab es gar nicht, nur schwierige und komplizierte. »Bei welchem Notendurchschnitt fliegt ein Mitglied einer Schulmannschaft wegen schlechter Leistungen aus dem Team?« Die Anzahl der Schüler, die diese Frage richtig beantworten konnte, entsprach wahrscheinlich der Anzahl der Schüler aus den Schulmannschaften. »Wann ist eine Sitzung beim Beratungslehrer verpflichtend? Unter welchen Umständen wird Abwesenheit als Schulschwänzen gewertet?« Jede Frage wurde von Multiple-Choice-Antworten gefolgt, die alle richtig aussahen. Zum Beispiel bei der Frage nach dem Notendurchschnitt: 2,0 – 2,2 – 2,3 oder 2,4. Sie wettete darauf, dass die Hälfte der Klasse bei diesem Test durchfiel.

Ms. Brown, die Rektorin aus dem Eis, besuchte ihre Klasse in der dritten Stunde. »Das ist Ms. Brown, unsere Rektorin, falls ihr sie noch nicht kennt. Sie wird während des Tests anwesend sein. Versucht also bitte, einen guten Eindruck zu machen.«

In der ersten Viertelstunde gelang es den Schülern noch, sich zu benehmen, während sie sich mit dem Test befassten. Doch dann ging es los.

»Das ist vielleicht ein Schwachsinn!«, schimpfte jemand im hinteren Bereich des Klassenzimmers.

»Mrs. Wilson!«, rief eine Schülerin und winkte. »Ich verstehe die Hälfte der Fragen nicht!«

»Gib dein Bestes, alles andere besprechen wir später«, sagte Clare. »Denk nicht zu lange nach, und kreuz die Antwort an, die dir korrekt vorkommt. Das ist einer der wenigen Tests in diesem Jahr, die ihr wiederholen könnt.«

»Ich habe dieses blöde Handbuch sogar gelesen«, sagte ein sonst eher schweigsamer Junge. »Aber an diese Scheiße kann ich mich überhaupt nicht erinnern. Ups. Ich meine, an diesen Stoff. Tschuldigung.«

»Bitte keine Beschwerden mehr. Wir müssen den Test schreiben, tut euer Bestes, und wenn es sein muss, gehen wir jede einzelne Frage im Anschluss durch und schreiben den Test ein zweites Mal. Und jetzt Ruhe, bitte.«

Die Stunde war fast vorbei. Die Kommentare hatten sich gelegt, aber das Gemurmel nicht, und Ms. Browns Stirnrunzeln wurde immer tiefer und gemeiner. Clare dachte schuldbewusst, dass es nicht schwer war, sie wegen ihres unangenehmen Auftretens und ihres Mangels an Charme zu hassen. Schließlich erhob sich Ms. Brown und schickte sich an, die Klasse zu verlassen. Als sie Clare den Rücken zudrehte, hatte die plötzlich das Gefühl, den Boden unter den Füßen zu verlieren. Clare hatte Ms. Browns Gesicht vor einem halben Jahr nur für wenige Sekunden gesehen, aber dieser Rücken, der auf Roger herumturnte, war für alle Zeiten in ihr Gedächtnis eingebrannt. Sie hielt sich am Pult fest, bis die Rektorin den Raum verlassen hatte.

Die vierte Stunde war ein absoluter Albtraum. Die Schüler hielten den Test für den lächerlichsten, quälendsten Test, den sie je hatten schreiben müssen. Sie waren wütend, benahmen sich unmöglich. Nach der Hälfte der Zeit stand einer der schwierigsten Jungen auf, riss den Test in zwei Teile und verließ den Raum. Nachdem er die Tür hinter sich zugeknallt hatte, ging Clare an die Tafel und schrieb so gelassen wie möglich: »Nach dem Unterricht bitte zu mir kommen wegen Absprache für einen neuen Test-Termin.«

Sie hatte die erste Regel missachtet und der Klasse den Rücken zugewandt. Kaum hatte sie angefangen zu schreiben, landete einer der von ihr ausgeteilten Äpfel mit einem Klatschen an ihrem Hinterkopf, sodass sie mit der Stirn gegen die Tafel schlug. Sie konnte es nicht fassen. Einen Moment lang blieb sie regungslos stehen, auch um den mentalen und emotionalen Schaden zu erfassen. Es tat weh, aber nicht sehr. Ihr war nicht schwindelig oder übel. Aber sie war stinksauer.

Langsam richtete sie sich auf, drehte sich um, holte ihre Handtasche aus dem Lehrerpult – und verließ die Klasse. Dann ging sie zu ihrem Wagen.

Ich kann das nicht, dachte sie. Ich habe zu lange nicht mehr unterrichtet, und ich habe gefährlich wenig Mitleid mit meinen Schülern. Bis ich einen effektiven Unterricht zustande bringe, werde ich jeden Tag meines Lebens hassen. Und für Rogers Gespielin kann ich sowieso nicht arbeiten.

Sie verbrachte eine volle Stunde im Auto – die letzte halbe Stunde ihres Unterrichts (während ihre allein gelassenen Schüler vermutlich das Klassenzimmer auseinandernahmen) und ihre Mittagspause. Dann nahm sie all ihren Mut zusammen und ging zu Elizabeth Browns Büro. Der Sekretärin erklärte sie, es handele sich um einen Notfall. Ms. Brown sah nicht einmal auf, als Clare hereinkam, und sagte nur gelangweilt: »Sie haben offensichtlich keine Kontrolle über Ihre Schüler, Mrs. Wilson.«

»Ich kündige«, sagte Clare.

Die Rektorin setzte sich auf, faltete die Hände ordentlich auf dem Schreibtisch und sagte: »Mitten am vierten Schultag. Das nenne ich Kämpfergeist.«

»Ich habe einen Zickenkrieg …«

»In den Sie sich nicht hätten einmischen dürfen …«

»Und vor gerade einer Stunde wurde mir ein Apfel gegen den Kopf geworfen.«

»Wie lächerlich dumm von Ihnen, die Schüler gleich am ersten Tag zu bewaffnen.«

»Und jetzt weiß ich auch, wer Sie sind: Rogers Geburtstagsgeschenk.«

Ms. Brown holte tief Luft. »Mir wurde der Eindruck vermittelt, Sie beide wären nicht mehr zusammen.«

In diesem Moment wurde Clare einiges klar. Die Rektorin war zwar jung und hübsch, aber auch unfreundlich. Es hatte viel Getratsche darüber gegeben, wie sie an diese Stelle gekommen war, wo doch so viele ältere und erfahrenere Kollegen geeigneter gewesen wären – aber nachdem Clare mitbekommen hatte, wie sie sich Pete gegenüber aufgeführt hatte, war an den Tratschgeschichten wohl etwas dran. Und Clare wusste, dass Roger eine Schwäche hatte für Frauen dieser Art – ohne Prinzipien oder Niveau –, obwohl es ihr mittlerweile egal war, mit wem Roger ins Bett ging. Durch den Unfall war all das unwichtig geworden. Selbst wenn sie sich nicht zur Scheidung entschlossen hätte, wäre er für sie ihr Ex-Mann.

»Ich sagte, ich kündige«, wiederholte sie.

»Sie haben einen Vertrag«, entgegnete die Direktorin.

»Verklagen Sie mich doch«, erwiderte Clare und drehte sich um, um zu gehen. Dann blieb sie doch noch einmal stehen. »Aber wenn es irgendetwas gibt in Ihrem Leben, was Sie nicht öffentlich gemacht wissen wollen, dann lassen Sie das mit der Klage lieber sein.« Sie zuckte die Achseln und lächelte mutig. »Mir ist das egal. Ihre Entscheidung.«

Einem Reflex folgend fuhr Clare zum Geschäft ihres Vaters, etwas anderes fiel ihr nicht ein. Doch bevor sie dort ankam, fuhr sie in einer der weniger befahrenen Straßen im Geschäftszentrum rechts ran und saß einfach nur da.

O Gott, was habe ich getan? dachte sie. Ich habe meinen Job als Lehrerin einfach mittendrin und nach noch nicht einmal einer Woche hingeschmissen. Das ist das Todesurteil für jede weitere Anstellung im Schuldienst.

Dabei war Unterrichten das Einzige, was sie konnte – neben Hausarbeit. In ihrer Handtasche klingelte ihr Handy. Sie klappte es auf; es war Jason. O Gott, warum hatte sie nicht bedacht, was ihre Aktion für ihn bedeutete? »Jason«, sagte sie.

»Mom! Weißt du, was man sich hier erzählt? Dass du geschmissen hast!«

»Oh, Schätzchen, es tut mir so leid. Ich hätte dich besser kurz aus dem Unterricht holen und es dir sagen sollen.«

»Das hast du echt gemacht? Du hast gekündigt?«

»Es tut mir leid, Schatz.«

»Einfach so? Mitten in der vierten Stunde?«

»Darf ich dir das später erklären? Es war wirklich verrückt.«

»Ja klar, aber hast du das wirklich gebracht?«

Sie holte tief Luft. »Ja.«

Einen Moment lang herrschte Schweigen. »Abgefahren«, sagte er schließlich und lachte. »Mom, du bist so cool.«

»Ach ja?« Eigentlich bin ich eher arbeitslos.

»Ja. Bis später. Zu Hause.«

»Okay«, antwortete sie. »Hab dich lieb.«

»Ja«, sagte er. Mehr ging nicht, wenn seine Freunde mithörten.

Sie ging in McCarthys Eisenwarenladen, das Geschäft, in dem sie einen Teil ihrer Kindheit und Jugend verbracht hatte. Als sie klein war, hatte sie immer darum gebettelt, mit ihrem Vater zur Arbeit gehen zu dürfen, und später, als Teenager, hatte sie im Laden gejobbt. Den anderen beiden hatte es längst nicht so viel Spaß gemacht wie ihr.

Ihr Vater war gerade mit einem Kunden an der Kasse beschäftigt. Er sah kurz auf, entdeckte sie und bat einen Angestellten, die Kasse zu übernehmen. Er bedachte sie mit einem Stirnrunzeln und führte sie, ohne auch nur Hallo zu sagen, in sein Büro im hinteren Teil des Ladens. George wusste immer sofort, was mit seinen Töchtern los war. Er mochte zwar die Einzelheiten nicht kennen, aber er konnte ihre Mienen deuten, und Clares Miene drückte gerade eine Mischung aus Schock und Panik aus.

»Alles in Ordnung mit Jason?«, fragte ihr Vater als Erstes.

»Bestens. Ich habe gerade mit ihm gesprochen, ihm geht es gut.«

»Was ist dann los?«

»Dad, ich hab meinen Job hingeschmissen. Mitten im Unterricht, nach vier Tagen, obwohl ich einen Ein-Jahres-Vertrag habe. Und der Rektorin hab ich gesagt, sie soll mich verklagen, wenn sie es nicht hinnehmen will.«

George ließ sich auf seinen Stuhl sinken. Clare stand einen Moment lang unsicher da, nahm dann aber auf einem Stuhl auf der anderen Seite des Schreibtisches Platz. »Du hattest sicher deine Gründe«, sagte ihr Vater, auch wenn er sie dabei zweifelnd ansah.

»Ich kann es einfach nicht, das ist alles. Ich bin eine grauenhafte Lehrerin.«

»Das glaube ich nicht«, widersprach er.

»Das kannst du ruhig glauben. Wenn ich nur die Vertretungslehrerin wäre, wäre ich einfach für den Rest der Woche zu Hause geblieben und hätte den Mangel an Disziplin in der Klasse auf meine Vertretung schieben können. Aber als Klassenlehrerin musste ich einfach da raus! Schon am zweiten Tag habe ich sie alle gehasst!«

»Clare, du musstest im vergangenen halben Jahr mit sehr vielen Veränderungen klarkommen. Vielleicht bist du einfach etwas überspannt. Beruhig dich erst mal. Vielleicht sprichst du später noch einmal mit der Rektorin, wenn der Unterricht heute zu Ende ist. Vielleicht kannst du mit ihr aushandeln ...«

»Am zweiten Tag bin ich in einen Streit zwischen zwei Schülerinnen geraten«, unterbrach sie ihn. »In meiner Klasse wurden Dinge durch die Gegend geworfen, die Kinder haben geflucht und wenig freundliche Dinge über mich gemurmelt ...«

»So sind Teenager.«

»Es war der reinste Krieg.«

»Ich habe gehört, dass es mit den Jahren schlimmer geworden sein soll, aber ...«

»Ich bin gegangen, nachdem mir ein Schüler einen Apfel an den Hinterkopf geworfen hat.«

Ihr Vater beugte sich vor. »Wie bitte?«, fragte er wütend.

Sie nickte. »Und zwar mit Absicht. Die Rektorin hat behauptet, es wäre meine eigene Schuld, weil ich den Schülern Äpfel mitgebracht habe.«

Ihr Vater lehnte sich wieder nach hinten. »Das ist doch alles nicht zu glauben«, meinte er.

»Und deswegen habe ich gekündigt. Ich werde auch nicht wieder zurückgehen, egal was. Die Rektorin – jung und hübsch – ist eine falsche Schlange. Sie hat mir ziemlich deutlich gemacht, dass sie mich nicht ausstehen kann. Wahrscheinlich kann sie niemanden ausstehen, vor allem andere Frauen nicht.«

»Ich kann mir nicht vorstellen, dass die Schüler alle so furchtbar sind«, murmelte ihr Vater kopfschüttelnd.

»Nein, sind sie auch nicht«, musste Clare zugeben. »Aber als neuer Lehrer bekommt man nicht mal Stunden mit den Klassenbesten, die sich für den Unterricht interessieren. Und in den Förderklassen sitzen ein paar echte Idioten, die permanent die gesamte Klasse terrorisieren. Natürlich ist es einfacher, sich denen anzuschließen, als sich gut zu benehmen. Soll ein anderer doch die Kids erziehen. Aber nicht ich.« Sie ließ den Kopf hängen.

»Lass das Selbstmitleid«, sagte ihr Vater. »Du hast eine Entscheidung getroffen, jetzt steh auch dazu. Du hast echt Power bewiesen, um hinzuschmeißen. Diesen Charakterzug habe ich lange an dir vermisst.«

Sie sah ihn mit Tränen in den Augen an. »Ich bin ein Schlappschwanz, das ist alles. Nicht mal Reenie hat gekündigt. Und sie hat viel mehr zu ertragen als ich.«

»Reenie?«

»Eine junge Kollegin, die gemeinsam mit mir angefangen hat. Sie sieht aus, als wäre sie selbst erst fünfzehn. Und die Kinder machen ihr Angst. Aber hat sie aufgegeben und hingeschmissen?«

George beugte sich nach vorn. »Vielleicht möchte sie gern unterrichten«, vermutete er.

»Was, wenn ich nur für ein Kind etwas hätte verändern können?«

George trommelte kurz mit den Fingern auf der Tischplatte. »Vielleicht kannst du ja eher in deiner Stadt etwas verändern?«

»Alles, was ich anfasse, ist zum Scheitern verurteilt.«

Er grinste. »Du machst grandiose Kleie-Muffins. Die dafür sorgen, dass ich nicht zum Internisten muss.«

»Mir ist jetzt nicht nach Scherzen.«

»Clare, ich mache keine Witze. Es tut mir leid, dass das mit dem Lehrer-Job nicht funktioniert hat, aber ich bin es leid, dass du Dinge tust, die es nicht wert sind. Du musst aufhören, dich selbst zu bestrafen, und anfangen, etwas für dich zu tun!«

»Dad, ich hatte nicht das Gefühl, dass ich mich bestrafe. Ich bin immerhin ausgebildete Pädagogin.«

»Was nicht automatisch bedeutet, dass du eine gute Lehrerin bist. Aber egal. Ich habe eine Menge anderer Dinge gemeint.«

»Roger, ich weiß. Aber wie soll ich denn ohne Job unabhängig werden?«

»Natürlich brauchst du einen Job. Aber du kannst hier arbeiten, bis du dir etwas überlegt hast. Du kennst dich im Laden mindestens so gut aus wie ich.« Er saugte an seinen Zähnen. »Ich habe übrigens noch nie verstanden, wie man für jemand anderen arbeiten kann. Ich könnte das nicht. Dieser Laden hier mag nicht viel sein, aber wenigstens bin ich mein eigener Boss.«

»Es ist ein toller Laden! Ich würde alles dafür geben, ihn zu besitzen!«

Er grinste sie an. »Es tröstet dich vermutlich nicht, dass du und deine Schwestern ihn eines Tages erben werdet?«

»Aber nicht, solange du dich so guter Gesundheit erfreust! Wenn es so weit ist, werde ich zu alt sein, ihn zu führen.«

»Ich muss zumindest Dotty überleben«, sagte George. »Ich möchte nicht die größte Beerdigung im Umkreis haben.«

Sie lachte.

»Na endlich! Sag niemandem, dass ich dir das gesagt habe, aber von meinen drei Töchtern hast du das schönste Lächeln! Und das teuerste, wenn ich mich recht erinnere.«

Bei dieser Bemerkung verschwand ihr Lächeln sofort. »Was soll ich denn jetzt machen, Dad?«

Er stand auf. »Du musst über alles in Ruhe nachdenken, Clare. Denk über die Dinge nach, die dich richtig glücklich und zufrieden machen. Wie kannst du diese Dinge mit dem Geldverdienen vereinbaren? Wie kannst du eine passende Arbeit finden oder dir eine passende Arbeit beschaffen – eine, für die du morgens gerne aufstehst?«

»Ich war immer gerne Hausfrau. Ich könnte ja als Putzfrau arbeiten.«

»Vielleicht versuchst du es noch mal mit etwas mehr Fantasie«, schlug er vor. »Und um Himmels willen, lass dir Zeit. Brauchst du für den Übergang ein bisschen Geld?«

Sie küsste ihn auf die Wange. »Nein, ich brauche kein Geld. Du bist eine große Stütze für mich. Weißt du, ich hatte Angst, du würdest ausflippen. Ich weiß ja, was du von Losern hältst. Wir durften als Kinder nie hinschmeißen. Acht Jahre Klavierstunden und ich krieg den Flohwalzer immer noch nicht fehlerfrei hin.«

»Ich bezweifle, dass das dasselbe ist, Clare. Für mich klingt das eher nach der falschen Wahl anstatt nach Aufgeben. Es ist über fünfzehn Jahre her, dass du als Vertretungslehrerin gearbeitet hast, und ich habe dich damals nicht ein Mal sagen hören, dass du gern Vollzeit-Lehrerin wärst. Nein. Du musst eine Kurskorrektur vornehmen.«

Clare fuhr nach Hause, zog Bluse und Pullover aus und warf die Sachen aufs Bett. Was soll ich jetzt mit den ganzen Klamotten? fragte sie sich. Die meisten hatten sogar noch Preisschilder dran, die konnte sie ja zurückbringen. Aber die anderen würden Staub ansetzen. Rasch schlüpfte sie in Jeans und ein leichtes Sweatshirt. Und machte sich daran, Plätzchen zu backen.

Clare staunte über ihren Sohn, als er nach Hause kam. Jason war überhaupt nicht peinlich berührt von ihrer abrupten Kündigung, im Gegenteil – er fand es cool.

»Das ist so der Hammer, wie du einfach gegangen bist«, sagte er. »Ich wünschte, ich könnte das auch machen.«

»Das geht leider nicht, also spar dir diese Fantasien am besten gleich. Außerdem hasst du die Schule nicht. Hab ich recht?«

Er zuckte die Achseln. »Eigentlich nicht. Aber mögen tu ich sie auch nicht.«

»Und was gefällt dir daran nicht?«, fragte sie. »Außer den Hausaufgaben?«

Wieder das Schulterzucken. »Die anderen Schüler, schätze ich. Die Angeber. Es gibt echt ein paar blöde Arschlöcher.«

»Jason!«, ermahnte sie ihn. »Und ich meine nicht das Wort Angeber.«

»Das sind totale Schleimer.«

»Hoffentlich findest du besser heraus als ich, was du mal werden willst. Denn ich hab die falsche Wahl getroffen.«

»Wieso hast du es denn dann gemacht? Lehramt studiert und alles?«

In Wahrheit hatte sie nur darauf gewartet zu heiraten. Sie wollte Hausfrau und Mutter sein. Und die Frau eines Air-Force-Piloten. »Ich wusste einfach, dass ich einen Abschluss brauchte, um einen Job zu bekommen. Es war eine reine Vernunftentscheidung. Und als ich dann auf dem College war, habe ich mich eigentlich nur für Literatur interessiert. Wer gerne liest, für den ist ein Lehramtsstudium doch gut, dachte ich.«

»Schlechter Schachzug«, sagte ihr Sohn. »Ich hätte dir von vornherein sagen können, dass es nervt, für den Rest seines Lebens an der Schule zu sein.«

Sie lachte. »Zu dumm, dass es dich damals noch nicht gab. Aber hast du denn schon eine Idee, was du mal machen willst?«

Erneutes Schulterzucken. Mit fünfzehn ist man sich bei gar nichts sicher, dachte sie. »Vielleicht Pilot?«

Sie erschauderte. »Was wäre deine zweite Wahl?«

»Ich bin mir ja nicht mal mit der ersten Wahl sicher. Vielleicht könnte ich Flugstunden nehmen? Alt genug bin ich.«

»Darüber müssen wir noch mal nachdenken«, sagte sie. Eines Tages werde ich es ihm erzählen müssen, dachte sie. Zumindest diesen einen Teil der Geschichte.

Zum Glück klingelte in diesem Moment das Telefon. Es war Pete. Nicht ganz unerwartet.

»Ich habe es gerade gehört«, sagte er.

»Wow. Das ging schnell.«

»Wir sprechen von einer Highschool, Clare. In der vierten Stunde gekündigt, in der sechsten Stunde eine Legende. Kann ich irgendwas für dich tun?«

»Du meinst so was, wie die Rektorin davon überzeugen, dass ich weitermachen darf? Ich weiß, du hast testosteronmäßig gute Karten bei ihr, aber nein danke.«

»Verrätst du mir denn wenigstens, wieso? Ich meine, außer dass du die Schule hasst? Denn die Hälfte aller Menschen in den Vereinigten Staaten hasst ihren Job und kündigt trotzdem nicht.«

Sie holte tief Luft und lehnte sich an den Küchentresen. »Weißt du, Pete, wenn mir dasselbe vor einem Jahr passiert wäre, hätte ich mich wahrscheinlich noch ziemlich lange zusammengerissen. Und wenn ich vorgehabt hätte zu kündigen, hätte ich vermutlich ein freundliches Kündigungsschreiben abgefasst – aber natürlich erst mit einer neuen Stelle in Aussicht. Ganz rational eben. Aber mein Unfall hat mich echt aufgerüttelt. Ich bin jetzt fast vierzig und habe gelernt, wie schnell das Leben vorbei sein kann. Deswegen will ich keine Zeit mehr verschwenden. Es hat mich selbst überrascht.«

»Aber bist du mit der Entscheidung einverstanden?«

»Ich dachte, es wird ein Problem, es meinem fünfzehnjährigen Sohn zu erklären. Aber in seinen Augen bin ich eine Heldin. Jason fände nur eins besser: wenn er selbst auch hinschmeißen könnte.«

»Das kann ich nachvollziehen. Diesen Wunsch habe ich auch immer gehabt.«

»Und deswegen bist du Lehrer geworden. Haha.«

»Falls du dich erinnerst, war es Mike, der gern in die Schule gegangen ist, nicht ich. Ich bin Lehrer geworden, weil ich gut in Sport war und weil mir das Spaß macht. Es ist wahrscheinlich ein Unterschied, ob man auf dem Spielfeld das Sagen hat oder an den Schreibtisch gefesselt ist. Und ich mag die Kids.«

»Erstaunlich«, sagte sie.

»Nur eine Sache bereitet mir Sorgen. Du bist zu mir gekommen, um mir zu sagen, dass du eine Stelle an meiner Schule angenommen hast. Wir haben unseren Frieden miteinander gemacht, weil wir uns ab sofort jeden Tag über den Weg laufen. Ich will nicht, dass wir uns jetzt wieder aus den Augen verlieren.«

Sie musste lächeln. »Kein Problem, Coach«, sagte sie. »Ich glaube, wir sind da gut aufgestellt.«

»Sehr gut. Wir sehen uns jetzt zwar nicht mehr in der Schule, aber ich melde mich einfach in ein paar Tagen. Wir können uns ja mal treffen – wir haben viel nachzuholen.«

»Das fände ich schön. Danke für deinen Anruf. Und dafür, dass du dir Sorgen gemacht hast.«

Als sie aufgelegt hatte und wieder in die Küche kam, bemerkte sie, dass Jason sie mit finsterer Miene anblickte. »Wer war das?«, fragte er misstrauisch.

»Oh. Das war Pete Rayburn. Der Sportlehrer und Football-Coach.«

»Du kennst ihn?«, fragte er.

»Ich kenne ihn seit über zwanzig Jahren. Wir sind bis zum Abschluss zusammen zur Schule gegangen.«

»Ist nicht wahr!«

»Doch. Wieso?«

»Weil der Typ total cool ist!«

6. Kapitel

Maggie erfuhr durch Lindsey von Clares Aktion. Es war *das* Gesprächsthema in der Schule. »Ich kann nicht glauben, dass du das getan hast«, sagte Maggie.

»Du hättest es genauso gemacht. Hier eine kleine pikante Info am Rande, die es noch nicht bis in die heiligen Hallen geschafft hat. Die neue Rektorin … Mir ist eingefallen, wieso sie mir so bekannt vorkam. Das letzte Mal habe ich sie in meinem Schlafzimmer gesehen, auf Roger.«

»Nein!«

»Für diese Person werde ich nicht arbeiten. Ende der Diskussion.«

»Na gut. Dann musst du dich wohl nach etwas anderem umsehen. Ich hoffe, du findest was, wo du dich nicht mit einer von Rogers Geliebten herumschlagen musst.«

Clare seufzte. »Das könnte in der Tat schwierig werden, so viele, wie es waren.«

Sie saß in ihrem Lieblingssessel, der perfekt zum Lesen geeignet war. Sie hatte ihn neu polstern lassen und die passenden Kissen selbst gemacht. Es war ihre Liebe zu Büchern gewesen, die sie damals zu einem Literaturstudium bewegt hatte. Erst zu spät hatte sie begriffen, dass Unterrichten nicht unbedingt dazupasste.

Deswegen musste sie jetzt herausfinden, was sie wirklich mochte. Zum Beispiel den Geruch von Plätzchenteig, von frisch gewaschener Wäsche und frisch aufgebrühtem Kaffee. Fußböden putzen lag ihr dagegen nicht so sehr, wie funkelnde Fußböden zu betrachten. Wohnungsgestaltung war ihr Ding, sie hatte ein Gespür für Farben und Design. Und sie hatte immer ein Ziel gehabt: ihr Zuhause schön und gemütlich zu gestalten.

Diesbezüglich war sie eine Perfektionistin. Alles musste genau passen. Sie hatte vor dem Einzug die Türen im Haus abgeschliffen und neu gestrichen, die Fußleisten erneuert und im Wohnzimmer, im Esszimmer und in den Schlafzimmern Kranzprofile angebracht. Wie man das machte, hatte George ihr beigebracht.

In der Garage befand sich Clares Werkstatt – sie hatte die Wände verputzt, tapeziert und gestrichen. Sie konnte großartig mit dem Tacker umgehen. Für ihr Bett hatte sie ein gepolstertes Kopfende gebaut und gleich dazu die passenden Simse über den Fenstern. Nichts gab ihr mehr Kraft als der Geruch von Sägemehl und Farbe. Sie war immer gern Hausfrau gewesen, auch wenn sich das altmodisch anhörte. Maggie sagte oft, Clare sei ein Ingenieur mit hausfraulichen Kenntnissen.

Vielleicht möchte mich jemand als Haushälterin einstellen? dachte sie. Aber all diese Dinge für jemand anderen zu tun, fand sie eigentlich nicht so attraktiv. Und es war auch mehr als zweifelhaft, ob man mit dem Duft von frisch gebackenen Plätzchen oder mit dem Schnuppern an frischer Bettwäsche wirklich Geld verdienen konnte.

Clare wusste nicht weiter. Ihr war klar, dass sie nicht innerhalb von drei Tagen mit dem perfekten Plan um die Ecke kommen musste, aber sie ertappte sich dabei, wie sie immer wieder durchs Haus wanderte und betrachtete, was sie alles verschönert hatte. Die Arbeit hatte ihr wirklich Spaß gemacht. Sie war begabt und geschickt genug, um aus einer renovierungsbedürftigen Bruchbude ein Musterhaus zu machen. Es gab nur wenig, was sie in diesem Bereich nicht beherrschte – George hatte ihr sogar beigebracht, wie man einen Küchenabfallzerkleinerer ersetzte.

Vielleicht konnte sie das Geld von der Versicherung dafür verwenden, ein renovierungsbedürftiges Haus zu kaufen, eine neue Karriere im Bereich Renovierung und Dekoration starten und damit ihr Geld verdienen. Und außerdem wartete ja noch eine andere Finanzspritze. Wenn die Scheidung durch war, mussten sie und Roger ihren gemeinsamen Besitz aufteilen. In Nevada galt das Prinzip der Gütergemeinschaft, das bedeutete halbe-halbe. Das Geld aus dem Unfall zählte zum Glück nicht zur Scheidungsmasse, denn da hatten sie ja schon getrennt gelebt.

Plötzlich wusste sie, was sie zu tun hatte. Sie riss sich das Sweatshirt vom Leib, schlüpfte in ein weißes Polohemd und fuhr zum Laden ihres Vaters. An der Tür zum Büro schnappte sie sich eine der grünen Schürzen für die Angestellten. Auf den fragenden Blick ihres Vaters hin sagte sie: »Das. Das ist es, was ich machen will. Bis ich ein bisschen Geld zusammenhabe und ein Haus kaufen kann, das ich renovieren und danach mit Gewinn verkaufen kann, würde ich gerne hier arbeiten. Wenn du willst, kann ich auch Kurse geben – den Leuten zeigen, wie man polstert oder Fliesen legt. Denn das kann ich alles. Und ich bin eine ausgebildete Lehrerin.«

Georges Augen leuchteten, und er lächelte zustimmend. »Willkommen an Bord.«

Sam hatte einen Polizeianwärter im Auto, einen Zweiundzwanzigjährigen, der mit ein bisschen zu viel Begeisterung an die Arbeit ging. Er redete viel, reagierte bei Anrufen zu aggressiv und schrieb seine Berichte zu langsam. Ein langer Tag neigte sich seinem Ende entgegen.

»Wie stehen die Chancen auf ein paar Überstunden?«, fragte Jeffries.

»Zero. Es ist alles ruhig. Wir machen Schluss für heute.«

»So ein Mist. Ich brauche die Stunden, wissen Sie?«

»Ja, weiß ich. Das hast du mir schon fünfzig Mal gesagt. Du würdest dir gerne dieses Motorrad kaufen, diese wahnsinnige Rakete. Schreib du den Bericht über den Vorfall von häuslicher Gewalt. Ich muss kurz in den Eisenwarenladen.«

»Okay«, sagte Jeffries, etwas eingeschnappt.

Sam parkte vor McCarthys Geschäft und stieg aus. Die Luft war frisch und klar, und draußen war es deutlich leiser als in seinem Wagen. Er streckte sich, dann ging er hinein.

Er sah sie sofort. Sie stand auf einer Leiter und kramte in einer Kiste herum. Ihr kastanienbraunes Haar fiel nach vorn und verbarg ihr Gesicht, aber der Rest von ihr war gut zu sehen. Sie war schlank, hatte tolle Beine, einen knackigen Po und eine schmale Taille – was er alles sehr gerne berühren würde. Sam stand auf Beine. Und auf Clares hübsche Brüste auch.

Manchmal stellte er sie sich vor und merkte, dass ihn das anmachte. Es hatte noch nicht allzu viele Frauen in seinem jungen Leben gegeben, denn er war eher der vorsichtige Typ. Und außerdem Vater einer Tochter. Er machte nicht einfach rum. Substanz und Dauerhaftigkeit waren ihm sehr wichtig.

Sie sah so natürlich aus, wie sie da auf der Leiter stand.

»Schöner Anblick!«, rief er hinauf.

Sie guckte zu ihm herunter, und ihr Gesicht hellte sich auf, als sie ihn sah. Das bildete er sich wirklich nicht ein. »Hey, du! Mal wieder über einen Rasensprenger gemäht?«

»Ja. Ich hol am besten gleich mehrere. Ich weiß, wo sie liegen. Anscheinend bin ich ein bisschen ungeschickt. Und dann brauche ich noch eine Handvoll Zehner-Nägel.«

»Baust du irgendwas?«, fragte sie, während sie die Leiter herunterstieg.

»Nur ein paar kleine Reparaturen«, antwortete er. Das war eine Lüge. Genau wie das mit den Rasensprengerköpfen. »Du siehst jedes Mal besser aus, wenn ich dich sehe. Die Arbeit hier tut dir gut.«

Sie sah ihn an. »Es ist super. Ich habe schon während meiner Schulzeit hier gearbeitet und später als Studentin auch. Ich fühle mich völlig zu Hause.« Sie steckte die Hände in die Taschen ihrer Schürze. »Wie geht es dir? Es ist – o Mann – ganze zwei Tage her, seit du das letzte Mal hier warst.«

»Ich hab doch gesagt, ich bin oft hier. Und in letzter Zeit noch öfter.« Er grinste. »Ich muss zugeben, dass der Laden immer attraktiver wird.«

Sie lachte und berührte seinen Arm. »Sehr durchschaubar.«

»Gut. Was macht die To-do-Liste?«

»Ich komme gut voran.«

»Noch Fahrstunden nötig?«

Ihre Augen funkelten, sie errötete leicht. Aber sie schüttelte den Kopf. »Nein, alles gut. Ich würde dich ja bitten, mir bei der Suche nach einem Auto behilflich zu sein, aber das würde meinen Vater schwer treffen. Wenn ich was Passendes gefunden habe, machen wir zusammen eine Spritztour, versprochen. Vielleicht lass ich dich sogar fahren.«

»Ich bestehe darauf! Und die andere Sache?«

»Bitte?«

Er beugte sich zu ihr und flüsterte: »Die Scheidung?«

»Oh!« Fast erschrak sie. »Das! Nein, das habe ich noch nicht angeleiert. Aber du bist der Erste, der es erfährt.«

»Mir ist es ganz egal, ob du geschieden bist oder nicht.«

»Ach so?«, fragte sie scherzhaft.

»Ihr seid schon so lange getrennt. Wenn er die Botschaft bis jetzt nicht verstanden hat, ist er ein bisschen hohl.«

»Er ist ein bisschen hohl«, bestätigte sie.

»Wir müssen echt mal ausgehen. Ein richtiges Date. Du machst mich fertig. Und ich verarme, weil ich dauernd Rasensprengerköpfe kaufen muss.«

»Nur Geduld«, sagte sie liebevoll. »Du siehst übrigens sehr gut aus in Uniform, wusstest du das?«

Er neigte den Kopf zur Seite, und seine Augen funkelten. »Flirtest du gerade mit mir?«

»Ein bisschen. Nur um zu sehen, wie es sich anfühlt. Und um zu gucken, ob ich es noch kann.«

Die Türglocke läutete, und Jeffries kam in den Laden. Er hatte die Daumen in die Gürtelschlaufen gehakt und sah sich um. Dann ging er auf die Kassiererin zu – ein junges Ding von sechzehn Jahren, ziemlich sexy und mit Bauchnabelpiercing unter der Schürze.

»O mein Gott, was ist *das* denn für einer?«, flüsterte Clare Sam zu.

»Ach du liebe Güte«, sagte Sam. »Mein Klotz am Bein.«

»Dein was?«

»Mein Kreuz, das ich tragen muss. Meine Nervensäge. Mein Anwärter.« Er holte tief Luft. »Wie wäre es jetzt mit den Rasensprengerköpfen? Und einem Kuss?«

»Kein Kuss«, flüsterte sie. »Wir sind im Laden meines Vaters.«

»Das verstehe ich nicht! Die ganze Zeit haderst du mit deinem Alter, und auf einmal benimmst du dich, als wärst du fünfzehn!«

»Das sagt mein Vater auch manchmal.« Sie ging zur Kiste mit den Rasensprengerköpfen. Er folgte ihr. »Reichen vier?«

»Zwei. Ich fahre kurz nach Hause, mache sie kaputt und komme wieder.«

»Und wie viele Nägel?«

»Vergiss die Nägel – ich muss Jeffries hier rausschaffen, bevor er ein Gewaltverbrechen begeht. Darf ich dich heute Abend anrufen?«

Sie nickte. »Auf dem Handy«, sagte sie leise.

»Natürlich. Es soll doch keiner wissen, dass du Anrufe von Jungs bekommst!« Er grinste. »Bis dann, meine Hübsche.«

Er ging hinüber zur Kasse zu dem Mädchen, das Jeffries versuchte zu beeindrucken, und legte zwei Dollar auf den Tresen. »Ich brauche keine Tüte«, sagte er. »Komm, Jeffries.« Doch der redete einfach weiter auf das Mädchen ein. Als Sam an der Tür war, drehte er sich um. Jeffries entfernte sich im Schneckentempo von der lachenden Angestellten. »Jeffries!«

»Ja, Mann. Alles easy.«

Als sie wieder im Wagen saßen, sagte Sam: »Weißt du, Jeffries, das Mädchen ist zu jung für so was.«

»Ich habe mich nur mit ihr unterhalten!«

»Und zufällig nach ihrer Telefonnummer gefragt?«

»Nein«, protestierte er. Dann drehte er sich zu Sam um und grinste. »Aber ich weiß ja jetzt, wo sie arbeitet.«

»Sie ist zu jung für dich. Das würde dem Sergeant nicht gefallen.«

»Dann sagen Sie es ihm einfach nicht. Und ich sage dafür niemanden, dass Sie auf eine Frau mit Werkzeuggürtel abfahren.«

Sam warf ihm einen erbosten Blick zu, der dem Jungen sagen sollte, dass es ihm langsam reichte. Aber Jeffries war zu doof und zu grün hinter den Ohren, um das zu bemerken. »Schöner Arsch, allerdings«, sagte er grinsend.

Sam boxte ihm auf die Brust. »Pass auf, was du sagst.« Und dachte: Wo du recht hast, hast du recht.

Es gab wirklich nichts Schöneres als den Herbst in Breckenridge. Im September wurde die Luft kühler, und die Bäume im Tal verfärbten sich. Bald würden die Berghänge der Sierra Nevada in den schönsten Herbstfarben erstrahlen. Clare freute sich auf den Herbst, denn den Frühling, wenn frisches Grün und bunte Blumen die Landschaft schmückten, hatte sie in diesem Jahr komplett verpasst. Der Unfall hatte sich gegen Ende des Winters ereignet, und sie hatte drei Monate lang nichts als Schmerzen und Schmerzmittel gekannt. Erst im Sommer war sie langsam wieder aus ihrem Kokon des Elends aufgetaucht.

Aber jetzt, im Herbst, fühlte sie sich wie neugeboren. Vital. Und zum ersten Mal seit langer Zeit hatte sie wieder ein Ziel. Alles passte. Sie verließ das Haus morgens kurz nach Jason und war um achtzehn Uhr zu Hause. Wenn im Laden nicht viel los war, konnte sie auch tagsüber mal kurz etwas erledigen oder einkaufen gehen. Immer, wenn sie in der Stadt unterwegs war, sah sie sich nach Häusern um, die zu verkaufen waren und renoviert werden mussten. Ihr Plan musste einfach aufgehen.

Maggie rief sie fast jeden Morgen vor der Arbeit an, meistens aus dem Auto, während Clare sich fertig machte. »Bald wird der Scheck kommen. Du hast eine große Summe zu erwarten. Wir sollten uns über deine Zukunft unterhalten«, sagte sie eines Morgens.

»Ich versuche gerade meine Zukunft zu leben«, antwortete Clare.

»Ich meine Investitionen. Altersvorsorge. Ein Aktien-Portfolio. Und vielleicht ein Job, der etwas dauerhafter ist als der bei unserem Vater.«

»Es gibt nichts, was dauerhafter ist als dieser Laden, Maggie. Dank dieses Geschäfts konnten wir alle drei aufs College gehen, von zwei pompösen Hochzeiten mal ganz abgesehen.«

»Aber es ist nur ein Eisenwarenladen. Ich weiß noch, wie Dad mich gezwungen hat, dort zu arbeiten, und wie sehr ich es gehasst habe …«

»Ich plane, ein renovierungsbedürftiges Haus zu kaufen und es wiederherzurichten.«

»Bevor du etwas dieser Art tust …«

Clare holte den Stapel Post von gestern vom Küchentresen und begann ihn durchzusehen, während Maggie ihr einen Vortrag hielt. Sie hörte Worte wie Nachlassplanung, Bonds, Anlagefonds. Und starrte auf den Umschlag in ihrer Hand – Absender war die Centennial Highschool.

Sie riss den Brief auf und las ihn. Er war von Ms. Elizabeth

Brown persönlich. Sie hatte Beschwerde wegen Vertragsbruchs gegen sie eingereicht, und während die Schulbehörde sich weitere Maßnahmen vorbehielt, verlangte die Rektorin die sofortige Rückerstattung der Kosten für die Weiterbildungstage, die die Schulbehörde für Clare gezahlt hatte.

»Weitere Maßnahmen?«, fragte Clare laut.

»Was?«

»Oh, tut mir leid, Maggie. Ich muss Schluss machen. Hab noch ein paar Anrufe zu erledigen.« Sie legte auf, ohne sich zu verabschieden.

So war das also – Ms. Brown war sauer. Und sie würde Clare nicht einfach so davonkommen lassen.

Clare rief Mrs. Donaldson an, die alte Rektorin, die sie eingestellt hatte. Und sie erfuhr von ihr, was sie bereits erwartet hatte – es gab jede Menge erfahrene Bewerber im Schulbezirk, und ihre überstürzte Kündigung war nichts, weswegen die Schulbehörde weiter tätig werden würde. Der Betrag, den man in Clare investiert hatte, war minimal, und außerdem war sie nicht bezahlt worden, nachdem sie gekündigt hatte. Vermutlich handelte es sich bei dem Schreiben um einen reinen Rachefeldzug.

»Ich weiß nicht, was die Frau für ein Problem hat, Clare. Ich hätte wahrscheinlich versucht, Sie umzustimmen. Aber sicher hätte ich Ihnen keinen Brief dieser Art geschickt.«

Clare wunderte sich nicht darüber – hier ging es eher um Roger als um sie. Aber sie war nur allzu gern bereit, Roger herzugeben. Deswegen war er der Nächste, den sie anrief. Sie war ihm lange genug aus dem Weg gegangen, es war an der Zeit, endlich mit ihm zu reden. Sie fragte ihn, ob er Zeit hätte, sich mit ihr zum Lunch zu treffen, und er wirkte geradezu erschreckend beschwingt ob dieser Verabredung.

Für ihr Treffen hatte sie ein kleines, ruhiges italienisches Restaurant ausgesucht. Sie trafen sich um vierzehn Uhr, weil es dann nicht mehr so voll war. Als sie eintraf, war Roger bereits da. Er saß in einer Nische in der Ecke und hatte eine langstielige Rose auf ihren Teller gelegt.

Sie blieb kurz in der Tür stehen und betrachtete ihn. Eine Welle der Nostalgie überkam sie, als sie sein blondes Haar, das gebräunte Gesicht und sein breites Lächeln sah. Hatte er nicht gerade erst ihr Leben gerettet? Sie aus ihrer tiefen Trauer gerissen und ihr Leben wieder strahlen lassen, ihr einen Grund gegeben zu leben? Mit Humor, Charme und seiner sanften Art hatte er sie für sich gewonnen. Sie war total verliebt in ihn gewesen – und das, obwohl sie damals dachte, das würde ihr nie wieder passieren. Aber war es wirklich Liebe gewesen oder doch nur Dankbarkeit? Es spielte keine Rolle mehr. Das Gefühl war stark genug gewesen, um ihn zu heiraten und sofort schwanger zu werden. Nach all ihrem Schmerz und ihrer Trauer hatte sie sich mit Roger wie neugeboren gefühlt. So lebendig und begehrt.

Er hatte sie sehr glücklich gemacht. Sie erinnerte sich daran, wie sie mit ihm in Restaurants gegangen war und von den anwesenden Frauen neidische Blicke empfangen hatte. Er war wie der Hauptgewinn in der Lotterie gewesen. Als ihre Mutter nach kurzer, schwerer Krankheit starb, war Roger für sie da gewesen. Hatte ihr in den Monaten der Tränen beigestanden. Sie wusste nicht, was sie ohne ihn gemacht hätte.

Sie erinnerte sich aber auch an die seltsamen Telefonanrufe, wenn sich niemand meldete, sondern einfach wieder aufgelegt wurde. Die Nächte, in denen er erst spät nach Hause kam, die verpassten Abendessen und der fremde Geruch an seiner Kleidung. Sie wusste, was passierte, aber sie wollte es nicht wahrhaben.

Deswegen hatte sie ihn erst nach seiner dritten Affäre verlassen. Oder besser gesagt: nach der dritten Affäre, von der sie wusste.

Als er sie kommen sah, stand Roger auf. Clare schob die Erinnerungen beiseite und ging mit feuchten Augen zum Tisch. Sie gestattete ihm, dass er sie andeutungsweise auf die Wange küsste, dann setzte sie sich ihm gegenüber in die Nische. Als Erstes legte sie die Rose auf seinen Teller.

»Clare …«, protestierte er enttäuscht.

Aber sie ließ sich nicht mehr von ihm um den Finger wickeln. Ihr Vertrauen in ihn war schon seit Jahren dahin, und jetzt war ihre Ehe fällig.

»Setz dich, Roger. Das hier wird kein Versöhnungs-Mittagessen. Lass das bitte mit den Blumen. Ein für alle Mal. Wir haben einige Dinge zu besprechen.«

»Meine Güte, Clare. Was kann ich denn noch tun?«

»Du kannst nichts mehr tun, Roger, also lass es einfach sein. Spar dir das Geld.« Sie reichte ihm einen Umschlag, der an sie adressiert war. »Sag mir, ob du damit etwas anfangen kannst.«

Als er ihn öffnete, kam der Kellner an den Tisch. »Cabernet«, sagte er. Und auf Clare deutend: »Chardonnay.«

Sie widersprach nicht, hatte aber bereits beschlossen, dass sie keinen Alkohol trinken würde, weil sie einen klaren Kopf bewahren wollte. »Und Wasser«, fügte sie hinzu. »Ein Antipasto für zwei und ein bisschen Brot, bitte.«

Der Kellner nickte und verschwand. Roger las. Es war kein langer Brief, aber anscheinend dauerte es eine Weile, bis er ihn verdaut hatte. Er warf einen letzten Blick auf das Schreiben und fragte: »Was willst du von mir? Soll ich das für dich bezahlen?«

»Erkennst du den Namen nicht?« Sie biss sich auf die Zunge, um nicht zu sagen: »Du Vollidiot.«

»Ich verstehe nicht ganz«, sagte er.

Sie beugte sich zu ihm und sagte mit leiser Stimme: »Roger, das ist die Frau, die ich an deinem Vierzigsten mit dir im Bett überrascht habe. Sie ist die neue Rektorin der Highschool. Sie hat mir gedroht, als ich gekündigt habe. Sie hasst mich richtig, und ich vermute mal, das hat etwas mit dir zu tun.«

Er gab ihr den Brief zurück. »Ich hab sie seit Ewigkeiten nicht mehr gesehen. Wenn sie dich hasst, bezweifle ich, dass das etwas mit mir zu tun hat. Außerdem, Clare – du weißt, dass du nicht arbeiten musst. Ich kümmere mich doch um alles.«

Sie beschloss, seine letzte Bemerkung zu ignorieren, und lehnte sich auf dem Stuhl zurück. »Ich hab mich mal ein bisschen umgehört. Obwohl Ms. Brown als ziemlich tough gilt, ist so etwas noch nie vorgekommen. Die ehemalige Schulleiterin – die Frau, die mich eingestellt hat – sagt, dass so etwas gar nicht durchzusetzen ist. Deswegen tippe ich eher auf eine Art Rachefeldzug. Ich schätze mal, Ms. Brown denkt, du hättest sie meinetwegen abserviert.«

»Es geht hier nur um zweihundertachtzig Dollar. Danach hast du nie mehr etwas mit ihr zu schaffen. Bring es einfach hinter dich«, sagte er. Dann ließ er sich vom Kellner Wein einschenken.

Als sie wieder allein waren, sagte Clare: »Unser Sohn ist auf dieser Schule, Roger, und wenn Ms. Brown sich einredet, dass du eure kleine Romanze beendet hast, weil du wieder mit mir zusammen bist, könnte sie ihre Unverschämtheiten auf Jason ausweiten. Oder«, fügte sie erschaudernd hinzu, »sie könnte sich bei Jason einschleimen, um deine Aufmerksamkeit zu bekommen. Ich weiß nicht, was ich schlimmer fände. Jedenfalls muss sie in ihre Schranken gewiesen werden. Deswegen habe ich mir Folgendes ausgedacht: Du gehst zu ihr, vorzugsweise triffst du sie in der Schule, nicht in einer Kneipe oder einem Restaurant. Dann sagst du ihr, dass du und ich auf keinen Fall wieder zusammenkommen werden und dass deine Trennung von ihr nichts mit unserer Familie zu tun hat.«

»Hat es aber!«, protestierte er. »Dieser Abend, der Unfall, all das! Meine Güte, Clare, ich habe mich geändert!«

»Roger«, sagte sie und beugte sich zu ihm. »Das ist mir egal. Begreifst du das nicht? Es ist zu spät. Und genau das sollst du ihr sagen. Sag ihr, sie soll dieses Schreiben zerreißen, die Beschwerde oder Forderung rückgängig machen. Und wenn sie sich weigert, schreib ihr einen Scheck aus.«

»Wieso? Clare, ich verstehe dich wirklich nicht.«

»Weil ich nicht glaube, dass sie so etwas tun würde, wenn sie nicht denken würde, ich hätte dich ihr weggenommen. Weil ich glaube, dass du mir das eingebrockt hast. Natürlich könnte ich einfach den Scheck ausschreiben – aber darum geht es nicht. Wenn du darauf bestehst, werde ich dir das Geld sogar zurückgeben. Aber *du* hast diesen Mist verursacht, nicht ich!«

Er seufzte schwer. »Wie auch immer«, sagte er und hob das Glas, um einen Schluck zu trinken. »Ich habe sie ewig nicht gesehen«, wiederholte er.

»Hat sie dich nicht mal angerufen?«

Er winkte ungeduldig ab. »Das ist doch vollkommen irrelevant«, sagte er.

»Du hast sie nach meinem Unfall noch getroffen«, sagte sie.

»Aber nicht in letzter Zeit«, widersprach er.

»In letzter Zeit« konnte bei Roger auch letzte Woche bedeuten. »Mein Gott«, sagte Clare. »Die ist einfach angepisst. Sie will dich zurückhaben.«

»Ich werde mit ihr reden. Sie dazu bringen, ihre Forderung zurückzunehmen. Wenn dein Seelenheil davon abhängt.«

»Mein Seelenheil? O mein Gott!«, rief Clare und vergrub das Gesicht in ihren Händen. Dann schüttelte sie frustriert den Kopf. Es war ihre eigene Schuld – sie hätte das alles schon längst einmal ansprechen müssen. Nur war ihr da leider der Unfall dazwischengekommen.

Vorspeise und Brot kamen, und Roger bestellte ein zweites Glas Wein, obwohl das erste noch nicht leer war. Als der Kellner wieder weg war und Clare sich der köstlich aussehenden

Vorspeise zuwenden wollte, stellte sie fest, dass sie keinen Appetit hatte. Sie rührte nichts an. Stattdessen – und wider besseres Wissen – hob sie das Glas Chardonnay an die Lippen und trank einen Schluck. Vielleicht konnte sie damit die Mordlust bändigen, die sich in ihrem Innern regte. »Okay, Roger. Es wird Zeit, dass wir über die Scheidung reden. Sollen wir es mit Anwälten machen, oder kommen wir ohne aus? Ich könnte sonst einfach Maggie bitten, ein Scheidungsübereinkommen zu verfassen und die nötigen Papiere zusammenzustellen.«

»Ich will keine Scheidung. Ich will eine zweite Chance.«

»Das weiß ich. Aber zum Glück musst du nicht einverstanden sein, wenn ich mich scheiden lassen will. Also – soll mein Anwalt deinen anrufen?«

Er schlug mit der Faust auf den Tisch, dass das Geschirr klirrte. »Ich habe meinen Sohn in den letzten acht Monaten ganze fünf Mal gesehen! Ich habe kein einziges Wochenende mit ihm verbracht. Jeden Ersten und Fünfzehnten des Monats schicke ich Geld, ich bezahle alle eure Rechnungen! Es gibt absolut keinen Grund für eine Scheidung!«

Sie trank noch einen kleinen Schluck und stellte ihr Glas wieder ab. »Du vögelst rum.«

Er beugte sich dicht zu ihr, und sie bemerkte, dass seine Wangen gerötet waren. »Ich bin deswegen in Therapie!«

Es war ein Fehler, dachte sie. Das alles. Das Restaurant, der Versuch einer zivilisierten Begegnung, ihre Bitte um Unterstützung. Sie schnappte sich das Schreiben und sagte: »Ich will hoffen, dass diese Frau unseren Sohn in Ruhe lässt.« Damit stand sie auf und verließ das Restaurant, obwohl Roger ihr hinterherrief, sie solle bleiben.

Clare ging zu ihrem Wagen und wollte gerade einsteigen, als sie eine Hand auf ihrer Schulter spürte. Roger war ihr gefolgt! Sie schüttelte seine Hand ab.

»Clare, ich werde dich zurückgewinnen!«, rief er verzweifelt.

»Du musst jetzt gehen und mich in Ruhe lassen, Roger«, sagte sie, obwohl ihr Herz heftig schlug. »Ich habe alles dazu gesagt.«

»Wir haben überhaupt nichts besprochen! Du hast dich geweigert!«

»Ich werde nicht darüber reden, dass wir wieder zusammenkommen!« Sie schob ihn zur Seite, damit sie einsteigen konnte.

»Mr. Wilson?«, rief der Kellner aus der Tür des Restaurants. »Ist alles in Ordnung?«

Roger wirbelte herum. »Nein! Nichts ist in Ordnung! Meine Frau will die Scheidung!«

Oh, Mann, dachte Clare. Sie stieg ins Auto und verriegelte die Türen.

Zum Glück versuchte er nicht, sie noch weiter aufzuhalten, also parkte sie schnell aus. Es nieselte, und sie fuhr eine Weile planlos durch die Gegend, bis sie am Rand der Stadt bei einem baufälligen Haus landete, vor dem ein Schild mit den Worten »Zu verkaufen« stand. Sie blieb im Wagen sitzen und dachte nach. Über Roger und die Scheidung. Sie hatte nicht den Eindruck, dass er es ihr leicht machen würde.

Als ihr Handy klingelte, sah sie auf die Uhr. Eine Stunde war vergangen. Clare sah, dass es Sam war – die einzige Person, der sie von dem Treffen mit Roger erzählt hatte –, und das auch nur, weil er sie für denselben Tag zum Lunch eingeladen hatte.

»Hi, Sam«, sagte sie, als sie abnahm.

»Bist du noch im Gespräch?«, fragte er.

»Nein, es war sehr schnell vorbei und äußerst unproduktiv.«

»Bist du wieder auf der Arbeit?«

Sie seufzte tief. »Nein. Ich sitze im Auto und schmolle.«

Er lachte. »Wo bist du?«

Clare sah sich um. »Keine Ahnung. Jefferson Avenue.« Sie sah das heruntergekommene Haus an. »1450. Falls keine Zahlen abgefallen sind.«

»Ich weiß, wo das ist. Bleib da, ich bin schon unterwegs.«

»Aber …« Sie wollte eigentlich sagen: Ich möchte allein sein. Nur leider hatte er schon aufgelegt.

Es dauerte nur ein paar Minuten, bis er hinter ihr hielt. Sie warf einen Blick in den Rückspiegel und sah, wie er zu ihrem Wagen ging, den Kopf wegen des Nieselregens gesenkt. Er stieg neben ihr ein. »Alles klar bei dir?«, erkundigte er sich.

»Ja«, antwortete sie. »Aber Roger wird sich querstellen. Er bettelt immer noch um eine zweite Chance. Ich hab es so satt.«

»Und was machst du hier?«, fragte Sam.

»Ich bin einfach rumgefahren, und dann hab ich das Verkaufsschild gesehen. Wie du weißt, habe ich vor, ein Haus von Grund auf zu renovieren und es dann mit Profit zu verkaufen oder zu vermieten. Deswegen habe ich angehalten. Nur leider kann ich mich nicht auf das Haus konzentrieren.«

»Warst du schon drin?«

»Nein, es war völlig spontan.«

»Komm, wir gucken wenigstens mal durch die Scheiben. Es steht leer.«

»Woher weißt du das?«, fragte sie, aber er war schon halb aus dem Wagen.

»Ich fahre hier Streife. Komm schon!«

Sam stand bereits auf der vorderen Veranda unter dem Dach, bevor sie überhaupt ausgestiegen war. Wieso eigentlich nicht, dachte sie. Gemeinsam guckten sie durch die Fenster. Durch die kleine Scheibe in der Haustür waren der Flur, ein Teil des Wohnzimmers und ein breites, offenes Treppenhaus zu sehen. Unter Dreck und Schutt waren schöne alte Holzböden zu erkennen, aber das Treppengeländer war Schrott. Die Tapete hing in langen Bahnen von den Wänden.

»Das Haus hat Potenzial«, meinte sie. »Vielleicht können wir von hinten in die Küche gucken?«

»Mal sehen«, sagte er. Er ging mit ihr durch ein Gartentor

nach hinten. Zum Glück gab es dort eine kleine Veranda, die sie vor dem Regen schützte. Der Garten war groß und von den Nachbargrundstücken aus nicht einsehbar, ans Haus war eine Garage angebaut. Clare rahmte das Glas mit den Händen ein, um hineinsehen zu können.

»Erzähl mal«, sagte Sam hinter ihr. »Roger.«

Sie drehte sich um und lehnte sich an die Hintertür, die Hände hinter dem Rücken. »Ich glaube, ich erzähle dir schon zu viel …«

»Aber nicht jetzt aufhören damit! Ich bin so neugierig!«

»Es war ein großer Fehler, sich nicht schneller um die Scheidung zu bemühen. Ich wollte lieber vorsichtig sein, mir wirklich sicher sein. Aber das war nicht der einzige Grund. Es liegt wohl daran, dass ich immer so passiv-aggressiv bin. Ich weiche unangenehmen Dingen aus. Und weil ich so lange gezweifelt habe, denkt Roger jetzt, ich würde ihm eine zweite Chance gewähren. Vermutlich auch, weil ich ihm in der Vergangenheit immer wieder eine Chance gegeben habe.«

»Und? Hast du auch diesmal darüber nachgedacht?«

»Nein, habe ich nicht«, erwiderte sie. Sie fuhr sich mit der Hand durchs Haar, türmte es auf und ließ es wieder lose herunterfallen. »Es ist schon so lange aus, ich erinnere mich nicht mal mehr daran, wann ich zuletzt etwas für ihn empfunden habe. Mein Gott, ich bin nicht mal mehr richtig wütend auf ihn. Nur noch verärgert … Mehr Emotion bringe ich nicht auf. Ich will mich mit ihm einigen und dann nichts mehr mit ihm zu tun haben.«

»Aber ihr habt einen gemeinsamen Sohn«, stellte Sam fest. »Du wirst immer mit ihm zu tun haben.«

»Jason ist jetzt fünfzehn. Was er mit seinem Vater zu klären hat, ist eine Sache zwischen den beiden. Ich kann nicht viel mehr tun, als mich zu bemühen, ihn nicht zu beschimpfen. Und die Sache endgültig abzuhaken.«

»Clare«, fragte Sam, »warum hast du das nicht alles schon längst hinter dir gelassen?«

»Ich weiß es nicht«, sagte sie kopfschüttelnd. »Ich bin manchmal so feige. Ich habe Probleme, wie es so schön heißt. Aber emotional habe ich diese Ehe schon vor langer Zeit verlassen. Es kommt mir vor, als wäre es ein anderes Leben.«

Sam schien in sich hineinzulachen, als er auf sie zuging. Er nahm ihre Hand und zog sie an sich. »Ich liebe es, wenn du so was sagst.« Spontan erwiderte sie seine Umarmung. Er berührte sanft ihre Lippen. »Bist du bereit für einen Neuanfang? Gibst du einem anderen Mann eine Chance?«

»Ich mache mir nur Gedanken um ...«

»Ich weiß, ich weiß. Du machst dir Gedanken, weil ich jünger bin als du und mit meiner Mutter zusammenlebe.«

»Du musst zugeben, das ist schon ein bisschen seltsam.«

»Und ich mache mir Gedanken darum, was du empfindest, wenn ich das hier tue«, sagte er und gab ihr einen innigen Kuss. Er küsste sensationell gut. Fordernd und doch zärtlich und sanft. »Oder das«, sagte er dicht an ihrem Mund, als er sie gegen sich drückte. »Oder das«, flüsterte er, als er ihre Brust berührte. Dann küsste er sie wieder.

Clare bekam weiche Knie, ihr Herz klopfte wild. Sie zog Sam eng an sich und spürte eine lange nicht empfundene Lust in sich aufkeimen. Fast fing sie an zu zittern, weil das Gefühl so überwältigend stark war. Schon lange bevor sie sich das erste Mal geküsst hatten, hatte sie gewusst, dass das passieren würde, aber während sie versucht hatte, das Gefühl zu ignorieren, hatte Sam nie einen Hehl aus seinen Wünschen gemacht.

Er schmeckte nach Holz und Natur, roch nach Wolle und Leder und einem verführerischen Aftershave. Sie seufzte. »Hör zu, ich weiß es zu schätzen, dass du so geduldig warst«, sagte sie. »Aber ...«

»Du warst eine Zeit lang mehr tot als lebendig«, unterbrach er sie.

Und innerlich gestorben, dachte sie. Aber Sam erinnerte sie daran, dass ihr Körper Bedürfnisse hatte, die sie zu lange ignoriert hatte. Sie klammerte sich an ihn und erwiderte lustvoll seinen Kuss.

»Wegen deiner Ehe, Clare«, meinte er schließlich. »Es ist mir egal, ob ihr offiziell geschieden seid, solange für dich klar ist, dass es vorbei ist.«

Sie machte sich los. »Und was, wenn es für ihn nicht vorbei ist?«

»Das könnte lästig werden. Doch nichts, was sich zu haben lohnt, ist einfach zu erlangen.«

»Und was hast du diesbezüglich im Sinn? Mein Sohn wohnt bei mir, und er ist immer noch sehr verletzlich – ich kann keinen nächtlichen Besuch haben, wenn du verstehst, was ich meine. Und du wohnst auch nicht allein. Also, wie soll das laufen? Wir treffen uns irgendwo und machen es dann auf dem Rücksitz?«

»Du gehst ja ganz schön ran! Ich sehne mich danach, dich einfach im Arm zu halten, und du redest schon von nächtlichen Besuchen!«

»Ich weiß halt nicht, wie das gehen soll.«

»Ich habe eine Bonuskarte fürs Motel Six. Bei zehn Aufenthalten ist einer umsonst.«

Sie lachte. »O Gott, du lässt dir auch alles aufschwatzen.«

Sie wollte mehr – mehr von seinen Lippen, von seinen Armen. Auch wenn das vielleicht keine so gute Idee war. Auf jeden Fall nicht auf dieser Veranda.

»Du machst mich ganz scharf«, gestand sie ihm.

»Sehr gut! Geht mir genauso. Dann lass uns von hier verschwinden.« Er nahm sie bei der Hand und lief mit ihr zurück zu seinem Wagen.

»Wo fahren wir hin?«, fragte sie nervös. Ihr Körper mochte bereit sein fürs Motel Six, aber ihr Verstand war noch nicht so weit. Sie hatte nicht einmal richtig begriffen, dass da wieder ein Mann in ihrem Leben war. Ein sie begehrender, lustiger, sexy Mann.

»Keine Sorge. Ich hab alles unter Kontrolle.«

Ich nicht, dachte sie, schloss ihren Wagen ab und stieg bei ihm ein. Er fuhr durch den nebligen Regen nur ein paar Blocks weiter zu einem Drive-in-Burger-Laden. Dort brachten Kellner das Essen zum Wagen. Es war keine Essenszeit und das Wetter eher unerfreulich, deswegen waren sie die einzigen Gäste. Sam bestellte Burger, Pommes und Cola für sie beide. »Du hast doch auch noch nichts gegessen, oder?«, erkundigte er sich

»Ich hatte zwar was bestellt, aber nichts gegessen«, musste sie zugeben.

»Dachte ich mir. Warst du mit deinen Dates aus der Highschool auch hier?«

»Ich hatte nur eine Beziehung«, sagte sie. »Mike.«

»Ah. Der Mann, nach dem du bei deinem Unfall gerufen hast.«

»Du erinnerst dich daran?«

»Damals dachte ich, du würdest nach deinem Mann rufen. Ich war erleichtert, als das nicht der Fall war. Aber dieser Mike muss dir ja wirklich viel bedeutet haben, wenn er nach so vielen Jahren immer noch in deinem Unterbewusstsein herumschwirrt.«

»O ja. Wir kamen auf der Highschool zusammen und haben uns auf dem College verlobt. Er war etwas älter als ich und trat in die Air Force ein. Ich war schon dabei, unsere Hochzeit zu planen, als er die Ausbildung beendet hat und auf der F-16 geschult wurde.« Sie blickte in ihren Schoß. »Er starb in diesem Flugzeug. Ich weiß bis heute nicht, was eigentlich geschehen ist. Vermutlich ein technischer Defekt. Laut Air Force hat er die

Kontrolle über die Maschine verloren. Von ihm ist nichts übrig geblieben. Wir konnten ihn nicht mal beerdigen.«

Er streichelte ihre Wange. »Du warst so jung, als das passiert ist. Es muss schrecklich gewesen sein.«

»Ziemlich schrecklich. Und heute weiß ich, dass es vieles erklärt. Ich habe trotz meines seelischen Zustands fertig studiert und dann als Lehrerin angefangen. Ich habe diesen Beruf schon damals gehasst, aber ich habe alles gehasst und es auf meine Trauer geschoben anstatt darauf, dass ich einfach den falschen Beruf gewählt habe. Und dann kam Roger. Ich hatte mich gerade dazu durchgerungen, weiterleben zu wollen, und dieser gut aussehende Typ erwischte mich zur rechten Zeit. Ich war so erleichtert, dass ich wieder lachen und nachts wieder schlafen konnte, mich wieder auf Dinge freute. Also habe ich ihn geheiratet. Meine Familie und Freunde, die auch froh waren, dass ich die dunkle Zeit hinter mir gelassen hatte, nahmen Roger natürlich auch nicht genauer unter die Lupe. Ein Fehler. Wir passen einfach nicht zusammen.«

»Aber war es wirklich immer so schlimm? Die ganze Ehe?«

»Natürlich hatten wir auch schöne Zeiten, Jason ist das Ergebnis. Aber weißt du, was das Schlimmste ist? Als vor mindestens zehn Jahren klar wurde, dass ich in einer echt miesen Beziehung gelandet war, habe ich rein gar nichts getan, um mich daraus zu befreien. Und mein engstes Umfeld hat es schließlich auch aufgegeben, mich dazu überreden zu wollen.«

»Na komm schon«, protestierte er.

»Nein, wirklich. Nachdem ich mich das erste Mal von Roger getrennt habe, war die Freude bei allen überwältigend groß. Aber drei Monate später habe ich mich wieder auf ihn eingelassen, ihm eine Chance gegeben, es wiedergutzumachen. Er sollte die Möglichkeit bekommen, der Ehemann und Vater zu sein, der er angeblich gerne sein wollte. Anscheinend war ich die Einzige, die nicht kapiert hat, dass er gar nicht imstande ist, sich zu ändern. Alle haben versucht, mich zu unterstützen, aber dann passierte es ein zweites Mal und ein drittes, und da haben alle nur noch hilflos den Kopf geschüttelt.« Sie holte tief Luft. »Ich glaube, mein Vater und meine Schwestern waren genauso unglücklich mit der Situation wie ich. Und deswegen …« Es war schwer, die richtigen Worte zu finden, also baute sie auf ihre Intuition. »Deswegen ist es mir jetzt so wichtig, dass ich keine falschen Entscheidungen mehr treffe.«

»Du meinst mich.«

»Ich meine eine Menge Dinge, aber du gehörst tatsächlich auch dazu.«

Anstatt eine betroffene Miene aufzusetzen, überraschte er sie mit einem Lächeln. Seinem jungenhaften Lächeln. »Mach dir nicht so viele Gedanken, Clare. Roger hat dich immer gedrängt. Ich gebe dir alle Zeit der Welt.«

Verwundert schüttelte sie den Kopf. »Ganz sicher, dass du erst neunundzwanzig bist?«

»Meine Mutter sagt, dass ich durchs Vatersein schnell erwachsen geworden bin. Eigentlich findet sie, dass ich *zu* schnell erwachsen geworden bin.«

»Du hast aber nicht so ein Mutter-Ding am Laufen, oder?«

»Du bist doch gar nicht alt genug für ein Mutter-Ding.« Die Kellnerin brachte das Essen, und Sam reichte Clare einen Burger. »Wenn du mit einem Mann ausgehen würdest, der zehn Jahre älter ist als du, würdest du nicht mal darüber nachdenken. Vergiss das doch mal. Wenn's passt, passt es. Und wenn nicht – eben nicht. Kein Problem.«

»Und was ist mit einem gebrochenen Herzen oder tiefer Enttäuschung? Ich finde, du siehst das ein bisschen sehr optimistisch.«

Er nahm seine Portion Pommes vom Tablett. »Du kannst froh sein, dass du noch am Leben bist. *Du* hast deine zweite Chance bekommen. Jetzt konzentrier dich einfach auf die wirklich wichtigen Dinge und genieß das Leben! Hör auf dein Bauchgefühl. Trau dich was.« Er steckte eine lange Pommes in den Mund, sodass das Ende herausragte. Dann beugte er sich zu ihr und lud sie ein, die andere Hälfte abzubeißen. Sie lächelte und biss.

»Wie ist das?«, fragte er.

Sie kaute. »Alles an dir fühlt sich gut an. Das heißt aber noch lange nicht, dass ich eine ernsthafte Beziehung möchte. Wir können einfach Freunde sein. Ich weiß einfach nicht, wann oder ob ich bereit sein werde für eine intensivere Beziehung.«

Er steckte sich die nächste Pommes in den Mund und lächelte sie an. »Okay. Du hast Probleme. Ich nicht. Du kümmerst dich um deine Probleme, und ich versuche, mich zu benehmen.«

»Allerdings muss ich schon sagen, dass du eine große Versuchung bist.«

Sein Grinsen wurde breiter. Er hob ihr Kinn. »Versuch bitte, mir das nicht vorzuhalten. Okay?«

»Du hättest auf der Veranda die Gelegenheit ausnutzen können. Ich bin noch ein wenig zerbrechlich, und du bist … na ja. Du weißt, wie du bist.«

Er stellte die Pommesschale auf seinen Schoß und legte eine Hand auf ihre Wange, streichelte ihre Haare, ihre Schläfe. »Ich werde die Gelegenheit ausnutzen, Clare. Aber erst dann, wenn du es möchtest.«

7. Kapitel

Es war Clares großer Tag. Maggie hatte angerufen, um ihr zu sagen, dass das Geld von der Versicherung auf Clares Konto eingegangen sei. Also trafen sich die beiden nach der Arbeit, um zu feiern. Clare lud auch Sarah dazu ein. Und sie willigte ein, sich mit Sam zum Dinner zu treffen.

Das »Fireside« war eines der wenigen Speiserestaurants in Breckenridge. Seinen Namen verdankte es den strategisch im Restaurant und an der Bar verteilten Kaminöfen. Es war ein Lieblingstreffpunkt der McCarthy-Schwestern, um etwas trinken zu gehen. Vor allem, wenn es draußen schon wieder kühler wurde und in den Kaminen Feuer brannten.

Es war erst achtzehn Uhr, als Clare im Restaurant eintraf, aber draußen war es bereits dunkel. Es war ein kalter Abend Ende September, und man konnte erahnen, dass an Halloween die Kinder in dicken Winterjacken und Skianzügen unter den Kostümen um Süßigkeiten betteln würden.

Clare hängte ihren Mantel an die Garderobe und hielt nach ihren Schwestern Ausschau, vermutete aber, dass sie die Erste war. Maggie kam immer zu spät, weil sie jedes Mal aus beruflichen Gründen aufgehalten wurde, und Sarah … Sarah war oft so vertieft in ihre Arbeit, dass sie die Zeit völlig aus den Augen verlor. Deswegen hatten sie den Begriff »Sarah-Zeit« erfunden.

Doch zu Clares Überraschung war Maggie bereits da. Sie saß in einem gemütlichen Sessel an einem niedrigen Tisch. Als Clare zu ihr hinüberging, bemerkte sie, dass ihre Schwester sie überrascht anstarrte. Denn Clare trug ein elegantes, eng anliegendes Kleid mit langen schwarzen Ärmeln, dunkle Strümpfe und Pumps. Dazu hatte sie ihre Diamant-Ohrstecker und eine goldene Halskette gewählt. Normalerweise trug sie lieber Jeans und machte sich selten chic. Chinos waren üblicherweise das Höchste der Gefühle. Aber das hier war ein besonderer Anlass. Sie hatte sich sogar die Nägel lackiert.

»Na sieh mal einer an«, kommentierte Maggie ihre Ankunft. »Wow. Ich vermute, du kommst nicht direkt von der Arbeit.«

»Bin heute etwas früher gegangen. Nachdem ich überprüft habe, ob das Geld auch wirklich da ist, habe ich gleich ein Gebot für das renovierungsbedürftige Haus abgegeben, das ich entdeckt habe.«

»Hast du nicht!«

»O doch. Es steht in einer Gegend, in der gerade viel renoviert wird. Von allen Häusern ist es das heruntergekommenste«, fügte sie stolz hinzu.

»Hältst du das wirklich für klug?«, fragte Maggie.

»Absolut. Wenn sie mein Angebot annehmen, ist es wirklich ein Schnäppchen. Ich kann es kaum erwarten, mit der Arbeit anzufangen.«

»Du hast dich also so herausgeputzt, um das Angebot für eine Bruchbude abzugeben.«

Clare lachte. »Das ist das eine. Und ich dachte, wir stoßen vielleicht auf mein erstes Date seit langer Zeit an. Dabei bin ich noch nicht mal wieder richtig Single.«

»Du hast also nachgegeben. Ich vermute mal, es geht um den jungen Mann?«

»Sam«, sagte sie. »Es fühlt sich in der Tat ein bisschen komisch an.« Sie holte Luft und wünschte, sie hätte schon einen Drink in der Hand, um ihre Nervosität im Zaum zu halten.

»Sorry!«, flötete Sarah, die etwas abgehetzt bei ihnen auftauchte. Sie setzte sich, strich über ihr sackartiges Kleid, schob ihre Brille hoch und plapperte weiter. »Ich habe gerade noch einen Kurs gegeben, der etwas länger gedauert hat, und als ich abschließen wollte, kam noch jemand und hat den halben Laden leer gekauft. Dann musste ich noch die Skulptur abdecken, an der ich gerade arbeite, und das Licht ausmachen und … Ihr wisst ja, wie das ist.« Sie betrachtete ihre Hände. Ihre Nägel sahen ungepflegt aus, und sie hatte immer noch Tonreste an den Fingern. »Meine Güte, wie ich aussehe. Ich dachte, ich hätte alles abgewaschen.« Sie starrte Clare an. »Wow. Bin ich auf der falschen Party gelandet?«

»Sie hat gleich noch ein Date«, verriet Maggie. »Mit einem jungen Verehrer.«

»Kein Witz? Du hast ein Date? Wird es schlimm?«

»Ich weiß es noch nicht. Es ist mein erstes.«

»Der Typ ist seit Monaten hinter ihr her«, erklärte Maggie.

»Wieso wissen das alle außer mir?«, fragte Sarah empört. »Nie erzählt mir jemand was!«

»Er ist nicht hinter mir her. Nicht wirklich. Wir sind eher Freunde.«

»Ich wette, er will aber mehr sein als nur Freunde«, sagte Maggie.

»Jetzt mal im Ernst. Sein Name ist Sam. Er ist der Polizist, der meinen Unfall aufgenommen hat, und er hat mich später auch im Krankenhaus besucht. Einen Monat nach meiner Entlassung tauchte er bei Dad zu Hause auf und hat mir einen Kaffee gebracht. Seitdem haben wir ein paar Mal telefoniert. Das war in den letzten sechs Monaten. Jetzt bist du auf dem neuesten Stand. Wir haben uns angefreundet, und jetzt hat er mich zum Essen eingeladen.«

»Das geht schon seit Monaten?« Sarah konnte es nicht fassen.

»Sie will es nur nicht wahrhaben«, sagte Maggie. »Aber der Typ steht auf sie.«

»Hallo?! Ich war von den vergangenen sechs Monaten fünf in physiotherapeutischer Behandlung«, sagte Clare verteidigend.

»Aber er ist wirklich nett. Sieht auch gut aus. Etwas Ernstes sehe ich darin nicht. Es ist nur eine kleine Verabredung. Unter guten Freunden.«

Die Reaktion ihrer Schwestern bestand aus dumpfem Schweigen und musternden Blicken. »Mit guten Freunden kann man aber auch Sex haben, oder?«, fragte Maggie schließlich, und sie brachen in Lachen aus.

Der Kellner kam, nahm ihre Getränkewünsche auf und verschwand wieder.

»Und wo geht er mit dir hin?«, fragte Sarah.

»Hierher«, sagte Clare. »Ich dachte, ich treffe erst euch auf einen Drink, um den Geldregen von der Versicherung zu feiern – und um meine Nerven zu beruhigen –, und dann gehe ich mit Sam rüber ins Restaurant.«

»Wann triffst du ihn denn?«

»So um sieben.«

Maggie und Sarah wechselten einen Blick, sahen beide auf die Uhr und lehnten sich zurück. Clare musste lachen. Es war nur allzu klar, dass die beiden nirgendwo hingehen würden, bevor sie einen Blick auf Sam erhascht hatten.

Als ihre Drinks kamen, erhob Maggie das Glas. »Auf den Sex!«, sagte sie.

»Man hat beim ersten Date keinen Sex«, widersprach Clare.

»Apropos ... Wo ist Jason heute Abend?«, fragte Maggie.

»Bei einem Football-Spiel. Er hat eine Mitfahrgelegenheit und dürfte gegen zehn Uhr nach Hause kommen.«

»Vorher habt ihr also sturmfreie Bude«, stellte Sarah fest und trank einen Schluck Wein. »Und meine große Schwester wird Sex haben.« Noch ein Schluck, dann: »Ich erinnere mich gar nicht, wann ich das letzte Mal Sex hatte. Aber ich weiß noch, dass ich früher mal dachte, es ist eine gute Erfindung.«

»Weißt du«, sagte Clare, »ich könnte euch beide verkuppeln. Mir scheint, da gibt es so einiges, was euch verbindet.«

»Du weißt ja – für meine Schwester würde ich alles tun«, antwortete Sarah.

Clare erzählte noch einmal von dem Haus, und Sarah war von der Idee wesentlich begeisterter als Maggie. Aber als Künstlerin konnte sie sich eben auch kreative Veränderungen vorstellen. Ihr waren Clares Einrichtungsideen ohnehin immer eher aufgefallen als Maggie. Maggie holte sich für solche Dinge Fachleute ins Haus. Aber auch sie musste zugeben: Wenn jemand ein altes Haus auf Vordermann bringen konnte, dann Clare. Und was sie nicht selbst erledigen konnte, würde sie machen lassen. Über den Eisenwarenladen hatte sie genügend Kontakte zu Handwerkern, die ihr sicher gute Preise machen würden, ganz zu schweigen von den Rabatten beim Einkauf der Materialien.

Als das Thema erschöpft war, lehnte Clare sich in ihrem Sessel zurück.

»Und wie oft ruft er bei dir an?«, fragte Sarah. »Dieser Sam?«

»Jetzt kommt schon, Leute«, sagte Clare genervt.

»Ich rufe sie oft an. So wie sie mich«, sagte da eine männliche Stimme.

Sie drehten sich alle auf einmal um. Hinter Clare stand ein junger Adonis mit dunklen Haaren. Er trug einen dunkelblauen Pullover über einem weißen Hemd und eine Hose aus grauer Wolle. Als er lächelte, zeigten sich Grübchen. Er hatte breite Schultern, eine schlanke Taille und verführerisch blaue Augen.

»Sam!«, rief Clare.

Er beugte sich runter und gab ihr einen Kuss auf die Wange. »Ich will gar nicht stören. Eigentlich wollte ich schnell noch ein Bier trinken. Ich wusste ja nicht, dass du hier mit Freundinnen verabredet bist.«

»Jetzt sei nicht albern und setz dich zu uns. Das sind meine Schwestern, und sie gieren sowieso danach, dich unter die Lupe zu nehmen. Wie ich sie kenne, schrecken sie vermutlich auch vor einer kurzen Befragung nicht zurück.«

»Sicher? Denn …«

»Absolut«, bestätigte sie und nahm seine Hand. »Ich habe den beiden gerade von dem Haus erzählt, das wir uns angesehen haben. Nicht, dass es sie interessieren würde.«

»Okay«, sagte er, holte einen freien Stuhl vom Nachbartisch und setzte sich neben Clare.

Sie tätschelte seine Hand und wandte sich an ihre Schwestern. »Das ist …« Sie unterbrach sich. Ihre Schwestern starrten Sam unverhohlen an, mit großen Augen und offenen Mündern – offensichtlich war Sam jünger und sah besser aus, als sie erwartet hatten. »Meine Güte«, sagte sie.

Sam wandte sich zu ihr und fragte flüsternd: »Habe ich einen Popel an der Nase oder so was?«

»Nein!« Sie lachte. »Gib ihnen einfach einen Moment, bis sie wieder zu sich kommen. Maggie! Sarah! Das ist mein Freund Sam. Sam, das ist meine Schwester Maggie, und das ist meine Schwester Sarah.«

Maggie und Sarah verließen das »Fireside« um sieben, obwohl Clare und Sam sie eingeladen hatten zu bleiben. Am Ende hatten sie ihn doch nicht in die Mangel genommen, sondern sich höflich und harmlos nach seiner Arbeit und seiner Familie erkundigt. Er antwortete offen und freundlich. Eine gute Ausgangslage. Sam besaß natürlichen Charme und war ganz eindeutig verrückt nach Clare. Er nahm ein paar Mal ihre Hand und hielt sie so lange, bis sie sie ihm entzog.

Waren Clare seine Liebesbekundungen vor ihren Schwestern unangenehm? Sein offenkundiges Begehren, das regelrecht greifbar war? Der Typ war heiß auf sie und Maggie so eifersüchtig, dass sie hätte spucken können. Sie konnte sich nicht erinnern, wann Bob sie zuletzt so begehrt hatte. Sie konnte sich nicht einmal mehr daran erinnern, wann er ihre Avancen zum letzten Mal zurückgewiesen hatte.

Maggie bewunderte einmal mehr ihr Haus, als sie in die Sackgasse einbog, in der sie wohnte. Das tat sie immer. Es war eines der größeren Häuser in Breckenridge. Sie hatten es vor zehn Jahren mit viel Sinn für die Details gebaut. Im Erdgeschoss brannte Licht, oben in den Zimmern war alles dunkel. Und natürlich war Bobs Arbeitszimmer hell erleuchtet.

Sie fuhr in die viertürige Garage und parkte ihren BMW neben Bobs Mercedes. Als sie die makellose Küche betrat, empfing sie der köstliche Duft des Abendessens, das Ramona vorbereitet hatte. Sie stellte Handtasche und Aktentasche auf den Küchentresen und warf einen Blick ins Esszimmer. Wenn Ramona da war, machte sie immer auch Abendessen und deckte den Tisch. Heute Abend war für zwei Personen gedeckt, Kerzen warteten darauf, angezündet zu werden. Das bedeutete, dass die Mädchen schon früher gegessen hatten und Bob noch auf sie wartete.

Während sie ihren Mantel in die Garderobe hängte, hörte sie Bobs Stimme aus dem Arbeitszimmer. Er war am Telefon. Das erklärte, wieso er noch nicht gegessen hatte, allerdings war es auch erst Viertel nach sieben.

Sie machte sich eine Tasse Tee und ging zu ihm hinüber. Er hatte mittlerweile das Telefonat beendet und saß am Computer. Bob war Rechtsanwalt und arbeitete als Lobbyist für verschiedene Umweltorganisationen im Nordwesten. Er hatte eine Kanzlei in Carson City, aber er konnte auch perfekt von zu Hause arbeiten, vor allem, wenn die Legislaturperiode vorbei war. Wie Maggie arbeitete er viel und war sehr erfolgreich.

Sie musste sich ins Gedächtnis rufen, wie viel Glück sie hatten. Wie viel Glück *sie* hatte. Bob war ein wunderbarer Mann, ein großartiger und hingebungsvoller Vater. Ein guter Partner, der sie immer unterstützt hatte. Er war groß, sah gut aus und wurde mit den Jahren immer attraktiver. Was also stimmte nicht? Was geschah hier?

Sie stellte ihren Tee auf seinen Schreibtisch und umarmte ihn von hinten. »Hallo, Schatz«, sagte sie. »Wie war dein Tag?«

Er drehte sich nicht um, streichelte aber ihre Hand und lehnte sich an sie. »Lang. Und deiner?«

»Interessant. Meine Schwester hat heute ein Date. Mit einem jüngeren Mann.«

Jetzt drehte er sich um. »Was? Wie viel jünger?«

»Ich weiß es nicht genau. Wir haben uns eben noch auf einen Drink getroffen, und da tauchte er auf, weil er mit ihr im selben Restaurant zum Essen verabredet war. Deswegen habe ich keine weiteren Details erfahren. Aber ich tippe, es sind mindestens zehn Jahre.«

Bob lachte. »Schön für sie! Und ich dachte, sie würde wegen Roger vor Kummer vergehen.« Er lachte wieder.

Maggie lehnte sich an den Schreibtisch. »Wir könnten auch mal eine Pause vom Alltag gebrauchen. Wir sollten wegfahren.«

»Nach Weihnachten steht doch der Trip nach Hawaii an.«

Der Familienurlaub in den Weihnachtsferien. »Ich dachte eigentlich, nur du und ich.«

»Ich glaube nicht, dass ich vor Weihnachten noch Zeit habe.«

»Nicht mal ein Wochenende? Nur für eine Nacht?«

»Was ist denn los? Hast du Ärger auf der Arbeit?«

»Nein, Bob. Ich habe Ärger zu Hause. Wir haben schon seit … Du weißt schon.«

Er nahm ihre Hand und streichelte sie liebevoll. »Was ist denn los, Schatz?«

Sie berührte zärtlich seine Wange. »Warum schlafen wir nicht mehr miteinander, Bob? Liegt es an mir? Findest du mich nicht mehr attraktiv?«

»Komm her«, sagte er und zog sie auf seinen Schoß. »Sei doch nicht albern, Maggie. Du bist wunderbar. Und ich bin überarbeitet – das ist alles. Du weißt, wie sehr ich dich liebe.«

»Du hast aber keine andere, oder?«

Er machte ein schockiertes Gesicht. »Schäm dich! Du weißt, dass es für mich nie eine andere geben wird.« Er küsste sie auf den Mund, aber es war einer dieser kurzen Ehemann-Küsse. Dann streichelte er ein bisschen ihren Rücken. »Wir sind seit zwanzig Jahren zusammen, Schatz. Es ist einfach nicht so eine Priorität wie damals, als wir jünger waren. Aber wir haben doch trotzdem ein schönes Leben, oder nicht?«

»Es ist perfekt«, antwortete sie. »Aber ich könnte schon ein bisschen mehr besondere Aufmerksamkeit vertragen, wenn du verstehst, was ich meine.«

Er lächelte wissend und grinste dann. »Du hast gesehen, wie Clare von einem gut aussehenden Typen angefasst wurde, und davon einen Östrogenschub bekommen, was?«

»Ich glaube ja«, meinte sie und wünschte sich plötzlich, berührt zu werden.

Bob lachte heiser und schob sie von seinem Schoß. »Komm, Schatz. Lass uns was trinken und schön zu Abend essen – ich habe extra auf dich gewartet. Und dann kümmern wir uns um Miss Maggies Hormone.«

Sie legte den Arm um seine Taille, als sie ins Esszimmer gingen. Es fühlte sich sicher und geborgen an. »Das wäre schön«, sagte sie. Aber sie wagte es nicht zu hoffen. Denn sehr wahrscheinlich würde Bob, wenn sie sich zurechtgemacht hatte und ins Bett geschlüpft kam, tief und fest bei eingeschaltetem Licht schlafen, das Buch auf der Brust. Es wäre nicht das erste Mal, dass er ihr Sex versprochen hatte und nichts passierte.

Sarah ging nach dem Treffen mit ihren Schwestern nicht nach Hause, sondern zurück in ihren Laden. Sie schloss auf, schloss von innen wieder ab und ging nach hinten in ihr Atelier. Vorsichtig nahm sie die feuchten Lappen von der Skulptur – ein kleiner Junge und sein Hund. Dann fuhr sie mit den Fingern über die Formen und erhaschte dabei einen Blick auf ihre viel zu kurzen schmutzigen Fingernägel. Sie hob die Hände, betrachtete ihre Finger und verzog das Gesicht.

So hübsch und elegant wie heute Abend hatte sie Clare noch nie gesehen. Und ihre strahlenden Augen ließen darauf schließen, dass sie erfüllt war von der leidenschaftlichen Überraschung, die man Liebe nennt und die nach Lust und Erfüllung begehrt. Würde Clare mit ihm schlafen? Ganz sicher. Man hatte ihnen angesehen, dass das passieren musste.

Seit dem Tod ihrer Mutter hatte Sarah nur zwei Beziehungen gehabt, beide waren eintönig und ziemlich bedeutungslos gewesen. Da war Hal gewesen, ein sehr ruhiger und wenig anregender Buchhalter aus Carson City. Sie waren fünf Jahre lang miteinander ausgegangen, aber Hal hatte nie ein großes Interesse an Sex gehabt. Als sie sich gerade dazu entschlossen hatte, ihn abzuservieren, machte er mit ihr Schluss und heiratete kurz darauf eine heiße Blondine aus Lake Tahoe. Und Sarah erkannte, dass sie wohl das langweilige Element gewesen war.

Maggie und Clare hatten sich mitfühlend gezeigt.

»Oh, bitte«, hatte Sarah gesagt. »Der Typ hat mich zu Tode gelangweilt.«

Danach hatte sie eine Affäre mit einem ihrer Kunden gehabt. Er hatte ein gewisses Feuer in ihr entfacht, und deswegen ahnte sie, was Clare momentan erlebte – diese Aufgeregtheit und Nervosität, diesen Hunger. Sarah hatte diesen Mann gewollte und ihn bekommen. Und nachdem sie ihn gehabt hatte und es mit ihm mehr als nur ein bisschen befriedigend gewesen war, fand sie heraus, dass er verheiratet war. Sie vergoss ein paar Tränen – und war dankbar, dass sie ihren Schwestern nichts von ihm erzählt hatte. Die beiden hätten wieder ein Riesenfass aufgemacht. Seit sie Depressionen gehabt hatte, dachten ihre Schwestern, sie wäre immer noch seelisch kaputt und hilfsbedürftig.

Aber wenn sie einen Mann wie Sam hätte – nett, gut aussehend und männlich –, würde sie sich vermutlich nicht zurückhalten können. Doch dann sah sie ihr verschwommenes Spiegelbild im Fenster des Ateliers, und ihr wurde bewusst, dass sie einen solchen Mann nie bekommen würde, so wie sie zur Zeit aussah. Sie nahm die Brille ab, stellte fest, dass alles noch verschwommener war, setzte sie wieder auf und ließ sofort die Jalousie herunter.

Dann nahm sie das Haarband ab und schüttelte ihre Haare. Sie hingen platt und strähnig herunter.

Ich war mal echt sexy, dachte sie. Und hörte in ihrem Kopf Maggies Stimme: »Sarah, das ist nicht sexy, das ist billig! Das ist ein Unterschied, um Himmels willen!«

Eine Träne rollte ihr über die Wange, aber sie wischte sie ärgerlich weg. Sarah würde alles dafür tun, dass ein Mann wie Sam sie so ansah, wie er Clare ansah. Dass er sich nach ihr verzehrte. Und sie auf so leidenschaftliche Weise begehrte, dass es im Raum spürbar war.

Aber das würde nie passieren. Sie sollte jetzt besser etwas malen.

Clare und Sam saßen an einem kleinen Tisch in der Ecke. Er schob Kerzenständer und Blumenvase zur Seite und umschloss über den Tisch hinweg ihre beiden Hände mit seinen. »Das war schön, wie du eben aus mir gar kein Geheimnis gemacht hast.« Er versuchte, nicht zu sehr zu strahlen, aber es misslang.

»Ich hatte den beiden gerade von dir erzählt. Natürlich wollten sie alles haargenau wissen.«

»Sie haben dich in die Mangel genommen«, stellte er fest.

»Du kannst dir denken, dass sie nicht wirklich damit gerechnet haben, dass ich ein echtes Date habe.«

»Noch dazu mit jemandem, der so scharf auf dich ist, dass er fast platzt.«

»Jetzt geht das wieder los. Soll ich sofort wegrennen?«

»Clare, ist nicht langsam mal Schluss mit Wegrennen? Fühlst du dich denn so unwohl mit mir? Mit uns?«

»Sam, du bist vielleicht der schönste Mann in der ganzen Stadt«, sagte sie. »Und außerdem bist du echt super. Süß. Lustig. Du könntest doch wirklich jede Frau haben. Wieso willst du ausgerechnet mich?«

Er holte tief Luft und faltete die Hände vor sich.

»Ich versuche hier nicht, mir ein Kompliment zu erschleichen«, erklärte sie. »Ich meine es ernst. Ich verstehe es einfach nicht.«

»Clare, es ist kein Problem für mich, irgendwelche Frauen kennenzulernen, aber ich suche eine Frau, die weiß, was sie will. Mir gefällt es, dass du reifer bist – das ist für mich kein Problem. Ich weiß, dass du harte Zeiten hinter dir hast, aber statt dich als Opfer zu sehen – wie es jüngere Frauen vielleicht machen würden –, hast du daraus Charakterstärke gewonnen. Ich weiß nicht, ob du immer noch denkst, dass Männer nicht viel mehr zu ihrem Glück brauchen als große Brüste, aber ein paar von uns finden Humor, Stärke und Klugheit bei einer Frau auch sexy. Und außerdem«, fügte er hinzu und grinste, »bist du wirklich sehr schön.«

Sie lächelte. »Und was stimmt nicht mit meinen Brüsten?«, wollte sie wissen.

»Ich liebe deine Brüste!«, sagte er lachend. »Aber das ist eben nicht alles.« Er hielt den Atem an. War das zu viel gewesen? Er wollte sie auf keinen Fall drängen. Darauf reagierte sie so distanziert – obwohl ihn das auch anmachte.

Sie nahm ihre Serviette und legte sie sich auf den Schoß, weil in diesem Moment die Salate serviert wurden. Dann lächelte sie und nahm ihre Gabel.

Er betrachtet sie einen Moment lang. Ihre Bewegungen waren so grazil. Er liebte es, wenn sie den Kopf leicht bewegte und ihre schönen braunen Haare wippten. Und er sehnte sich danach, einmal mit den Fingern hindurchzustreichen. »Du siehst wunderschön aus«, sagte er. »Ich hätte nicht gedacht, dass du noch schöner werden konntest, aber es ist so.«

»Danke, Sam. Du tust meinem Ego sehr gut.« Und dann tat sie etwas, was sie nur sehr selten machte – sie griff nach seiner Hand. Sonst war er immer derjenige, der das tat. »Warum bist du so früh hier gewesen?«

»Hab ich doch gesagt – ich wollte bei einem Bierchen auf dich warten.«

Sie aß einen Bissen Salat. »Du wolltest also deine Nerven beruhigen, oder?«

»Nein«, antwortete er. »Ich war zwar aufgeregt, aber nicht nervös.« Nicht wegen des Dinners, dachte er, aber wegen dessen, was danach kommt. Er hoffte, dass er mit ihr irgendwohin fahren würde, wo sie ungestört waren. Und damit meinte er nicht Lover's Lane. Aber er hatte nichts geplant und kein Zimmer gebucht oder dergleichen, weil er nicht wusste, ob sie einverstanden sein würde. Es würde nicht allzu schwer sein, kurzfristig noch eins zu finden. »Ich hab mich einfach gefreut. Warst du denn nervös?«

Sie schüttelte den Kopf. »Ich habe heute den großen Scheck bekommen – das Schmerzensgeld für den Unfall. Das haben wir gefeiert. Und ich hatte beschlossen, meinen Schwestern von unserem Date zu erzählen. Sie hatten schon die ganze Zeit gestichelt. Jetzt wissen es alle. Vermutlich ist es schon in der Stadt rum.«

»Ist in Ordnung für mich«, sagte er und widmete sich seinem Salat. Aber er musste sich Mühe geben, nicht alles herunterzuschlingen, um so schnell wie möglich zum Dessert zu kommen. Als Dessert hätte er am sowieso am liebsten Clare.

Er hörte sich leise stöhnen, und es war ihm peinlich, dass man es gehört hatte.

»Alles in Ordnung?«

»Das … schmeckt so gut.«

Sie sprachen eine Weile über Essen – und wunderten sich, dass sie beide dasselbe nicht mochten beziehungsweise mochten. Dann fragte er nach dem Haus, das sie sich angesehen hatten. Sie erzählte, dass sie bereits ein Angebot eingereicht habe und welche Pläne sie hatte. Sie beschrieb ihm, was sie in ihrem jetzigen Haus alles selbst gemacht hatte. Er versuchte, geduldig zu bleiben bei ihren Aufzählungen von Spachteln, Streichen und Tapezieren.

Sie hatten zu den Steaks, die jetzt kamen, eine Flasche Rotwein geordert.

»Wenn du so lange damit gewartet hast, deinen Schwestern von mir zu erzählen, seid ihr entweder nicht die besten Freundinnen oder du hattest Bedenken, dich in der Öffentlichkeit mit mir zu zeigen«, sagte er.

»Maggie hatte ich schon von dir erzählt, aber Sarah noch nicht. Sie ist übrigens sieben Jahre jünger als ich, und wir sind total unterschiedlich. Um ehrlich zu sein, haben wir gar nichts gemeinsam – wir drei sind verschieden wie Tag und Nacht. Bis nach dem College hatten wir gar nicht so viel miteinander zu tun, aber als Kinder haben wir fest zusammengehalten. Einmal blieb meine Mutter nachts auf und ging nicht ins Bett, weil Maggie und ich jeweils ein Date hatten. Wir kamen beide etwa zur selben Zeit nach Hause und setzten uns noch zu Mom auf die Couch. Im Zimmer war es ziemlich dunkel, nur der Kamin und der Fernseher sorgten für Beleuchtung. Mom fragte, wie es war, was wir gemacht hatten, wo wir waren und so weiter. Plötzlich bekam Maggie einen Lachanfall und fiel von der Couch. Sie deutete mit einer Hand auf mich, mit der anderen hielt sie sich den Bauch vor Lachen, und Tränen rollten über ihre Wangen. Ich wusste nicht, was so komisch sein sollte – bis ich an mir heruntersah. Mein Pullover war linksrum. ›Oh,

Schätzchen, hattest du den etwa den ganzen Abend so an?‹, hat meine Mutter gefragt. Ich wurde rot wie eine Tomate und konnte nur ein ›Oh, Mann, wie peinlich!‹ rausquetschen. Maggie hat dafür gesorgt, dass ich diesen Vorfall meinen Lebtag nicht vergesse.«

Er guckte perplex. »Du hattest deinen Pullover die ganze Zeit linksrum an?«

»Nein!« Sie lachte. »Als ich aus dem Haus ging, war er natürlich noch richtig rum.«

»Oh«, meinte er und begann zu grinsen. Wenn es einen Gott gibt, dachte er, wird sie vielleicht heute Nacht ihr sexy Kleid linksrum tragen, wenn sie nach Hause geht.

»Mrs. Wilson?« Der Restaurantmanager, Frank, stand neben ihrem Tisch. Er war etwa zwölf Jahre älter als Clare und seit vielen Jahren in diesem Restaurant tätig. »Clare?«

»Ja.«

»Wir haben ein kleines Problem. Es tut mir sehr leid, das ist mir sehr unangenehm …«

»Worum geht es, Frank?«

»Um Mr. Wilson, Ma'am. Er ist an der Bar. Und leider hat er ein bisschen zu viel getrunken. Ich habe ihn noch nie …«

Sie wurden unterbrochen von Roger, der auf sie zutorkelte und seinen Drink im Glas kreisen ließ. »Na, wenn das kein nettes Bild ist. Meine Frau und ihr Date.«

»Es tut mir leid, Clare«, entschuldigte sich Frank. »Wir …«

»Roger! Spinnst du? Was ist denn los mit dir?«

»Ich hab vielleicht ein Glas mehr intus, als es vernünftig wäre … Aber was erwartest du, wenn ich dich hier mit diesem … diesem jungen Burschen sitzen sehe«, lallte er.

Völlig verwirrt sah Clare Sam an. Der zeigte ihr ein ganz unbekanntes Gesicht – grimmig und gefährlich. Wahrscheinlich sein Polizistengesicht. Seine Augen funkelten. Keine Spur mehr von seinen Grübchen, stattdessen ein Furcht einflößendes

Muskelzucken im Mundwinkel. Und diese pulsierende Vene an der Schläfe. Das war definitiv kein junger Bursche, sondern ein erwachsener Mann. Und er hatte offensichtlich einen starken Beschützerinstinkt.

Sie hatte sich Sam bisher noch nicht in einer Konfliktsituation vorgestellt. Jetzt fragte sie sich, wieso ihr das trotz seines Jobs noch nie eingefallen war. Sam war groß und stark. Wenn er sich mit Roger anlegen würde, hätte Roger definitiv das Nachsehen. Zum Glück war ihr Mann nicht der Kämpfer-, sondern der Liebhaber-Typ.

»Es tut mir leid, Mrs. Wilson. Clare«, sagte Frank schon wieder und rang die Hände. Dann hob er die Hand und schnippte mit den Fingern. Zwei junge Kellner tauchten auf und zogen Roger von ihrem Tisch.

»Frank, wir leben seit Monaten getrennt und warten auf die Scheidung«, erklärte sie.

»Das habe ich mir gedacht. Ich entschuldige mich noch einmal für den Vorfall. Bitte gestatten Sie, dass wir Sie heute Abend einladen. Wir werden Mr. Wilson nach draußen begleiten.«

Sie sah Sam verzweifelt an. »Ich habe keine Ahnung, was in ihn gefahren ist. Roger hat viele Fehler, aber er ist kein Trinker. Er trinkt eigentlich nie zu viel.«

»Es hat wohl was damit zu tun, dass er seine Frau mit einem anderen Mann gesehen hat«, meinte Sam, ohne Clare anzusehen. Er beobachtete, wie Roger hinauskomplimentiert wurde.

»Mein Gott«, brachte sie stöhnend hervor und stützte den Kopf in die Hand. »Wie viele Methoden gibt es, jemanden zu demütigen …«

Sam erhob sich.

»Wo willst du hin?«

Sam sah sie an. Seine Miene war immer noch unfreundlich. »Clare, er kann nicht mehr fahren.«

Sie hatte keine Ahnung, was sie dagegen machen sollte. »Ja, und? Sollen wir ihm ein Taxi rufen?«

»Vielleicht macht das Restaurant das. Bin gleich wieder da.« Und damit folgte er Roger nach draußen.

Clare saß allein am Tisch und bemerkte, dass es im Restaurant so still geworden war, dass man ihren Magen knurren hören konnte. Das einzige Geräusch war die lallende Stimme Rogers, der lautstark dagegen protestierte, des Hauses verwiesen zu werden. Sie sah sich um. Alle Blicke waren auf sie gerichtet. »Du lieber Gott«, entfuhr es ihr. Dann schnappte sie ihre Handtasche und lief Sam hinterher.

Roger war bereits draußen, die beiden jungen Kellner verhinderten, dass er das Gebäude wieder betrat. Sam stand mit Frank vor der Tür. »Haben Sie ihm ein Taxi gerufen?«, fragte Clare.

»Wir haben es ihm angeboten, aber er wollte nicht«, antwortete Frank. »Und den Autoschlüssel konnten wir ihm nicht abnehmen.«

»Verdammt! Was ist denn nur los mit ihm?«, fragte sie mehr sich selbst als die Umstehenden.

»Falls er in seinen Wagen steigt, werde ich wohl jemanden anrufen müssen«, sagte Sam.

»Und was passiert dann?«, fragte Clare.

»Dann kommen die Kollegen und nehmen ihn mit«, erklärte Sam. Seine blauen Augen hatten die Farbe von Eis angenommen. Er sah Clare nicht an. »Noch bevor er das Zündschloss gefunden hat.«

Roger lief über den kleinen Parkplatz des Restaurants, leicht desorientiert, und taumelte dabei von einer Seite zur anderen. In der Hand hatte er den Autoschlüssel, und es gelang ihm schwankend die Fernbedienung zu drücken, sodass die Lichter seines Pontiacs aufleuchteten. In diesem Moment nahm Sam sein Handy aus der Tasche.

»Was werden sie mit ihm machen?«

Er sah Clare an. »Ich schätze mal, sie werden ihn wegen Trunkenheit am Steuer verhaften. Lass gut sein, Clare. Das ist nicht mehr dein Problem.«

»Er kommt ins Gefängnis?«

»Das macht man so mit betrunkenen Autofahrern.«

Roger lehnte sich einen Moment an die Motorhaube. Offensichtlich drückte er immer wieder auf die Fernbedienung, denn sein Auto blinkte und blinkte. Clare sah Sam an – keine Reaktion. Sie sah Roger an – er versuchte, den Schlüssel ins Türschloss zu stecken, als erinnerte er sich nicht daran, dass er den Wagen bereits x-mal mit der Fernbedienung geöffnet hatte. Wieder sah sie Sam an – er hatte das Handy schon am Ohr.

»Verdammt«, fluchte sie. Dann rannte sie über den Parkplatz und stellte dabei enttäuscht fest, dass Sam nicht einmal versuchte, sie aufzuhalten. Sie erreichte Roger und zerrte ihn weg, bevor er ins Auto steigen konnte. »Jetzt komm schon, Roger. Komm mit und benimm dich! Ich werde dich nach Hause bringen. Und danach bring ich dich um!«

»Clare«, jammerte er. Und streckte eine Hand aus, wie um ihre Wange zu streicheln.

»Wenn du mich anfasst, fängst du dir eine!« Sie hakte ihn unter und schleppte ihn zu ihrem Wagen, der auf der anderen Seite des Parkplatzes stand. Sie schob ihn auf den Beifahrersitz.

»Clare …«, sagte er wieder. »Oh, Clare …«

»Halt einfach den Mund!«

Sie knallte die Tür zu und ging um den Wagen herum. Dann stieg sie ein und schlug ein paar Mal heftig aufs Lenkrad. Sie sah Roger an. Er hing im Beifahrersitz und summte in schiefen Tönen eine Melodie, als wäre er nicht ganz gescheit. Sie schnallte ihn an.

»Danke, Clare«, lallte er.

Als sie vom Parkplatz fuhr, sah sie Sam und Frank immer noch vor der Tür des Restaurants stehen. Sie sahen ihr nach. Instinktiv achtete Clare darauf, dass sie auch ja den Blinker setzte.

Roger fing jetzt an zu singen. Erstaunlicherweise erkannte sie den Text. »Ohne dich kann ich nicht lächeln … Nicht lachen, nicht singen …« Sie hätte am liebsten angehalten und Roger in den Graben geworfen, um ihn dort liegen zu lassen. Heute war ein besonderer Abend. Monatelang hatte sie sich mit Telefonaten und heimlichen Küssen zufriedengegeben, bis sie endlich ein Date mit Sam hatte – und jetzt das! Und wäre Sam nicht so eisern und eiskalt gewesen, hätte sie Roger vielleicht einfach nur zu Hause abgesetzt und mit Sam dann noch einen Kaffee getrunken, der vielleicht zu ein bisschen mehr geführt hätte, und das wiederum … Aber Sams Verhalten ließ keinen Platz dafür. Er wollte Roger offensichtlich aus dem Weg räumen und hatte keinerlei Verständnis dafür, dass Clare ihm zu Hilfe eilte.

Sei nicht so hart zu Sam, ermahnte sie sich. Du würdest Roger doch selbst gern aus dem Weg schaffen.

»Clare, das wollte ich nicht«, sagte der in diesem Moment. »Ich hab dich nur da sitzen sehen … So glücklich mit einem anderen Mann …«

»Ach ja? Dann willkommen in meiner Welt, Roger!«

»Clare, jetzt sei doch nicht sauer. Schatz …«

Sie versetzte ihm einen Stoß. »Nenn mich nicht Schatz!«

»Aua! Meine Güte, Clare! Was ist denn los mit dir?« Dann fing er wieder an zu singen.

Was für ein desaströses Ende eines Abends, der so vielversprechend begonnen hatte. Aber es hatte nur zwei Möglichkeiten gegeben: entweder Roger nach Hause fahren oder ihn auf Kaution aus dem Knast holen. Und da das Verhältnis zwischen Roger und Jason immer noch so angespannt war, fand sie Letzteres keine besonders gelungene Entwicklung.

Sie sah ihren zukünftigen Ex-Ehemann an. Kein Geschworenengericht würde mich verurteilen, dachte sie. Es dauerte nicht lange, und sie hatten den Apartmentkomplex erreicht, in dem Roger jetzt wohnte. »Luxus-Apartments« stand auf einem Schild. Das Anwesen war mit einem Tor versehen.

»Wie lautet der Code?«, fragte sie.

Er ratterte ein paar Zahlen herunter und fing dann wieder an zu singen. Sie fuhr durchs Tor und hielt an. »Roger, wo ist deine Wohnung?«

Er guckte nach vorne, sah verwirrt aus und sagte: »Die sehen alle gleich aus!«

»Roger!«

»Okay, okay. Momentchen. Hmm. Ich glaube, da drüben. Ja, da drüben.« Er lächelte sie an. »Willst du noch mit reinkommen?«

Clare parkte und stieg aus, dann öffnete sie die Tür für Roger. Er versuchte, alleine auszusteigen, was ihm misslang. Wäre sie nicht so sauer auf ihn gewesen, hätte sie sich kaputtgelacht. Sie öffnete den Gurt, und er fiel fast aus dem Wagen. »Und? Was ist jetzt? Kommst du mit rein?«

»Ganz bestimmt nicht.«

»Okay. Psst!«

Roger tastete sich zur Eingangstür seines Apartments. Er fummelte eine Weile mit dem Schlüssel herum, dann ging die Tür auf, und er stolperte hinein.

Clare stieß einen Seufzer der Erleichterung aus und fuhr nach Hause. Sie dachte nicht einmal daran, ins »Fireside« zurückzufahren, um nachzuschauen, ob Sam noch da war. Sie wusste, dass er unglücklich darüber war, dass sie Roger geholfen hatte, und hatte keine Lust, sich zu erklären. Außerdem war Jason vielleicht schon zu Hause.

Doch als sie zu Hause eintraf, war es erst halb zehn, und niemand war da. Ihr Anrufbeantworter blinkte. Sie hielt es für ziemlich wahrscheinlich, dass Roger sie angerufen hatte, und überlegte kurz, die Nachricht gar nicht abzuhören. Andererseits konnte es auch Jason gewesen sein. Also drückte sie doch auf den Knopf.

Zu ihrem großen Erstaunen war es Pete, der dritte Mann in ihrem Leben. »Hi, Clare. Ich wollte dich schon längst angerufen haben, aber die Football-Saison nimmt mich ganz schön in Anspruch. Ich überlege die ganze Zeit, wo und wann wir uns mal treffen könnten – wahrscheinlich dachtest du schon, ich hätte es vergessen. Hab ich nicht. Vielleicht hast du ja am Sonntag Lust auf einen Kaffee mit mir? Sonntag ist der einzige Tag, an dem ich weder Spiele noch Training habe. Ruf mich an, sag Bescheid. Ich … freu mich, von dir zu hören.«

Er hatte nicht mal seinen Namen gesagt und auch keine Nummer hinterlassen. Natürlich brauchte er seinen Namen nicht zu sagen, und auch seine Nummer hatte sie noch. Ihre Verärgerung über den ruinierten Abend verrauchte langsam.

Clare hörte Petes Nachricht noch mal ab. Und noch mal. Und noch mal. Und bemerkte, dass sie lächelte.

8. Kapitel

Bevor Clare sich überlegen konnte, ob es wohl zu spät war, um Pete jetzt noch anzurufen, klingelte ihr Handy in ihrer Handtasche. Sie seufzte – hoffentlich war das nicht Roger, der betrunken herumtelefonierte. Sie wünschte ihm einen schlimmen Kater und nahm das Handy aus der Tasche. Auf dem Display stand Sams Name.

»Hallo.«

»Ich schätze, du bist inzwischen zu Hause?«

»Ja.«

»Gibt es einen Grund dafür, dass du mich nicht angerufen hast, um zu fragen, wo ich bin? Damit wir unsere Verabredung fortsetzen können?«

»Für mich war sie beendet«, sagte sie.

»Und *ich* soll jetzt der Grund dafür sein, oder was?«

»Du warst zumindest nicht gerade hilfreich.«

»Und wieso hattest du überhaupt den Einfall, deinem betrunkenen Ex zu helfen? Er hat sich volllaufen lassen, dir eine Szene gemacht und wollte dann noch die Allgemeinheit gefährden, indem er sich betrunken ans Steuer setzt!«

»Erhebst du gerade die Stimme? Denn wenn du das machst, kann ich gerne sofort auflegen.«

Er holte tief Luft. »Okay. Ich will eigentlich nur wissen, wieso du das getan hast.«

»Weil mein Leben nicht leichter wird, wenn Roger im Gefängnis landet. Ich erwarte aber nicht, dass du das verstehst.«

»Das ist gut, denn ich verstehe es auch nicht. Entweder bist du über ihn hinweg oder eben nicht.«

»Du glaubst, ich hätte das für Roger getan?« Sie lachte bitter. »Ich war kurz davor, ihn aus dem Auto zu werfen und ihn im Straßengraben liegen zu lassen! Aber weißt du, ich habe einen Sohn – einen Sohn mit Roger –, und die Stimmung zwischen den beiden ist jetzt schon angespannt genug. Da kann ich nicht noch mehr Zündstoff brauchen, der es Jason erschwert, seinen Frieden mit seinem Vater zu machen!« Sie seufzte. »Ich bin über ihn hinweg. Aber ich bin noch nicht fertig mit ihm, wie es scheint.«

»Du hast aber gesagt, dass sie das, was zwischen ihnen nicht stimmt, untereinander klären müssen«, erwiderte Sam gereizt.

»Das stimmt auch. Und je eher, desto besser. Ich möchte nämlich, dass mein Sohn auch mal woanders ist als bei mir, denn ich brauche auch ein bisschen Privatsphäre!« Und damit hängte sie auf.

Dann ließ sie sich aufs Sofa fallen. Sie konnte es nicht fassen, dass sie Sam angefahren und dann einfach aufgelegt hatte. Als wäre es seine Schuld. Sie schnappte sich die Fernbedienung, schaltete den Gaskamin ein und knipste das Licht neben dem Sofa an. In jeder Hand hielt sie ein Telefon – ihr Handy und das Festnetzgerät, mit dem sie eben noch Pete hatte anrufen wollen.

Regungslos saß sie da. Sie könnte Sam anrufen, sich entschuldigen und die Sache aus der Welt schaffen, egal was Sam gesagt oder getan hatte. Denn es war Roger, der sich völlig danebenbenommen und ihnen den Abend verdorben hatte.

In diesem Moment klingelte ihr Handy. Es war Sam. Schon wieder.

»Hallo«, sagte sie diesmal deutlich ruhiger.

»Hey, das war unser erster Streit. Haken dran. Jetzt können wir uns wieder vertragen.«

»Ich wollte dich gerade anrufen und mich entschuldigen.

Siehst du jetzt, wie wütend Roger einen machen kann? Oh, Mann!«

»Darf ich vorbeikommen?«

Sie zögerte. »Jason kann jeden Moment nach Hause kommen.«

»Er ist nicht da?«

»Nein, aber er kommt sicher …« Es klingelte an der Tür. »Du hast es schon wieder gemacht, oder?«

»Ja.«

Sie legte beide Telefone im Flur auf das Tischchen und öffnete Sam die Tür. Er stürmte ins Haus und drückte sie an sich. Überrascht keuchte sie auf, und er nutzte die Gelegenheit für einen sehr intensiven Kuss. Sam drehte sich mit ihr um und verriegelte die Haustür. Und küsste sie weiter.

Jetzt waren seine Finger auf ihrem Gesicht, spielten mit ihrem weichen Haar, und die ganze Zeit unterbrach er den Kuss nicht. Als er sich enger an sie presste, spürte sie seine Erektion an ihrer Hüfte. Wären sie jetzt an einem anderen Ort, zur Not auch auf dem Rücksitz eines Autos, würde sie bestimmt nachgeben. Ihr Körper verlangte danach, befriedigt zu werden. Sie zitterte vor Verlangen. Hörte sich selbst stöhnen.

»Es tut mir leid, dass ich dich angeschrien habe«, flüsterte er dicht an ihrem Mund. »Das war dumm. Ich war so enttäuscht. Ich wollte mir dir zusammen sein.«

»Okay, das verstehe ich. Aber werd jetzt nicht zu wild – Jason kommt sicher gleich nach Hause.«

Er drückte sich an sie, küsste und saugte an ihrem Hals. Erneut stöhnte sie. Es fühlte sich so gut an. »Ein bisschen Zeit haben wir noch«, flüsterte er. »Clare, weißt du eigentlich, wie sehr ich dich will?«

Sie wusste es. Sie zog Sam wieder zu sich, genoss seinen Kuss, wollte darin versinken. Die Versuchung war groß. Sehr groß. Doch sie riss sich zusammen. »Nicht heute Abend.«

»Wir könnten schnell woanders hingehen«, schlug er vor. »Hol deine Jacke.« Er legte eine Hand auf ihre Brust, und sie hielt sie dort fest.

Kurz überlegte Clare. Warum eigentlich nicht? Ihren Mantel nehmen, mit ihm fahren, wohin er wollte, und tun, was er wollte. Er gefiel ihr, sie fand ihn attraktiv. Sie fühlte sich mehr als geschmeichelt durch seine Aufmerksamkeit. Es wäre ein Leichtes, mit ihm zu schlafen. Sicher war er grandios im Bett. Er erregte sie. Nur leider entwickelten sich ihre Gefühle für ihn nicht weiter, und es gab auch keine Anzeichen dafür, dass daraus dauerhaft etwas werden könnte. Aus ihrer Beziehung zu Sam war noch keine Liebe geworden. Sie fragte sich, ob das jemals geschehen würde … und bezweifelte es. Es fühlte sich eher nach einer heißen Affäre an. Punkt.

»Was ist denn?«, fragte er.

Das war also ihr Dilemma. Sie wurde bald vierzig – musste sie ihn denn unbedingt lieben? Was spielte das überhaupt für eine Rolle? Niemand sonst interessierte sich für sie. Sie würde natürlich wie immer monogam sein. Das beherrschte sie aus dem Effeff. Und wie hatte Sam selbst gesagt? Genieß das Leben. Wenn es klappt, klappt's – und wenn nicht, auch kein Ding.

Doch sie wusste es besser. Er wollte sie zu sehr. So sehr, dass Roger, der schon nüchtern keine Gefahr für ihn darstellte, und erst recht nicht im betrunkenen Zustand, ihn mit seiner lächerlichen Szene zur Weißglut gebracht hatte.

Sie konnte das nicht. Sie musste verliebt sein oder wenigstens denken, dass sie verliebt war. Sie musste glauben, dass die Affäre zu etwas führen würde. Und Sam war ihr trotz seiner spielerischen Art zu drängend. Er würde sie verschlingen. Wenn sie es zuließe, würde er sie nie wieder gehen lassen. Es war zu früh, viel zu früh für eine heiße und auch für eine ernste Beziehung. Vor allem, weil sie nur das Eine wollte und er es ernst meinte.

Sie würde es nicht schaffen, ihm diesen Unterschied zu vermitteln. Vermutlich würde es ihnen nicht mal gelingen, noch Freunde zu bleiben.

Sie spürte ihn auf sich, seine Hände auf ihrem Körper, und es war schwer aufzuhören. Es war eine zu große Versuchung, einfach all ihre Skrupel über Bord zu werfen und ihn einfach zu genießen.

»Clare?«

»Okay. Pass auf, Sam. Ich koche uns jetzt Kaffee, und wir setzen uns einen Moment an den Kamin. Wir beruhigen uns erst mal, ja?«

»Sicher?«, fragte er. »Denn ich glaube, wir könnten es schaffen, bevor …«

Doch da wurde ein Schlüssel ins Schlüsselloch gesteckt. Sam legte seine Hand auf die Tür, um zu verhindern, dass sie aufgedrückt wurde, und flüsterte: »Das Bad?«

»Da drüben«, sagte sie.

Er verschwand sofort um die Ecke. Jason öffnete die Tür.

»Hi«, sagte er. »Wer ist denn zu Besuch?«

»Sam Jankowski. Wir waren heute zusammen aus. Ich wollte uns gerade einen Kaffee machen.«

»Cool«, meinte Jason.

Es war halb zwölf, und Clare lag schon im Bett, das Telefon in der Hand. Es war ihr gelungen, Sam loszuwerden, bevor es zu weiteren Intimitäten gekommen war. Sie hatte ihm gesagt, sie wolle nicht, dass Jason etwas davon mitbekäme.

»Wahrscheinlich kriegt er mehr davon mit als du«, war Sams wenig einfühlsame Bemerkung gewesen.

Nun lag sie da und dachte über die Situation nach. Es gab etwas, das sie daran gehindert hatte, mit Sam bis zum Äußersten zu gehen. Sam wollte keine Zeit mehr verlieren – egal ob er das Gegenteil behauptete oder nicht – und verlor langsam die Geduld mit ihr. Und sie? Sie hatte das Flirten mit ihm genossen. Es war schön, begehrt zu werden, in Versuchung gebracht zu werden. Und er hatte dafür gesorgt, dass sie auch selbst endlich wieder so etwas wie Verlangen empfand. Leider hatte sie sich bisher keine Gedanken darüber gemacht, wie er reagieren würde, wenn sie ihm eines Tages eröffnen würde: »Sam, das mit uns funktioniert für mich nicht. Wir sollten uns nicht mehr treffen.«

Das hätte sie aber besser mal getan. Denn er war dabei, sich in sie zu verlieben. Wenn sie der Sache jetzt nicht einen Riegel vorschob, würde das für ihn mit Schmerzen enden. Vielleicht war es sogar schon zu spät. Eindeutige Anzeichen hatte sie bereits bei ihm entdeckt, aber sie war bisher nicht in der Lage gewesen, sie richtig zu benennen.

Gern hätte sie mit jemandem darüber gesprochen. Aber um diese Uhrzeit? Maggie und Sarah waren beide bestimmt schon lange im Bett. Sie ging die Anrufliste auf dem Telefon durch, um zu sehen, ob vielleicht jemand angerufen, aber keine Nachricht hinterlassen hatte. Pete Rayburns Name tauchte vier Mal auf. Kurzerhand klickte sie die Nummer an und rief ihn an. Ein Anrufbeantworter meldete sich. »Hier ist Pete …«

Clare begann, eine Nachricht zu hinterlassen. »Entschuldige, es ist wohl zu spät. Ich wollte dir nur kurz sagen, dass ich gerne …«

»Hallo? Hallo?«, hörte sie eine schläfrige Stimme fragen. »Bist du noch da?«

»Du hast schon geschlafen, sorry«, sagte Clare.

»Nein, nein! Ich hab meine verpassten Anrufe überprüft.«

Sie lachte. »Oh, nein, du hast geschlafen.«

»Okay. Aber jetzt bin ich wieder wach. Wie geht es dir?«

»Super. Ich hab deine Nachricht gehört und würde sehr gerne einen Kaffee mit dir trinken. Oder sonst was.«

»Super! Da freu ich mich. Und, wie ist es? Hast du viel zu tun?«

»Schon, ja. Heute hatte ich mein erstes richtiges Date in meinem sozusagen frischen Single-Dasein.«

Eine kleine Pause. »Tatsächlich?«, fragte er dann. »Und wie war es?«

»Ein totales Desaster«, gestand sie. »Stell dir bitte folgendes Szenario vor: Ich sitze mit einem jungen Polizisten aus unserer Stadt bei einem sehr netten Dinner, als mein zukünftiger Ex-Mann Roger uns im Restaurant sieht und beschließt, sich volllaufen zu lassen. Und zwar richtig. Der Manager versucht ihn rauszuwerfen, aber er torkelt zu unserem Tisch und macht eine kleine Szene. Der Polizist droht, die Kollegen zu rufen, falls Roger sich ins Auto setzt, woraufhin Roger, der kaum noch gehen kann, zu seinem Wagen wankt. Mein Date endete schließlich damit, dass ich meinen betrunkenen zukünftigen Ex-Mann nach Hause gefahren habe.«

Pete lachte. »So was kann man nicht erfinden!«

»Nein. Das ist die Wahrheit.«

»Großartig! Meinst du, der Typ verabredet sich ein zweites Mal mit dir?«

»Abwarten«, sagte sie vage. »Du bist doch jetzt auch schon eine Weile Single. Läuft es bei dir besser mit den Dates?«

»Zumindest taucht meine Ex nicht betrunken irgendwo auf.« Pause. »Nein, aber ich bin auch ganz schlecht mit Verabredungen. Wann war ich denn überhaupt das letzte Mal verabredet? Ich kann mich nicht mal mehr erinnern.« Er schwieg eine Weile. »Dieser Polizist. Magst du ihn?«

»Oh«, wich sie aus. »Er ist nett, aber … ich weiß nicht.«

»Was weißt du nicht?«

»Mir ist gerade etwas klar geworden. Er bedrängt mich. Ich glaube, er sucht etwas anderes in unserer Beziehung als ich. Wahrscheinlich ist das nicht gut. Jedenfalls nicht zum jetzigen Zeitpunkt. Ich bin noch nicht offiziell geschieden, obwohl Roger und ich seit einigen Monaten getrennt leben. Und heute

Abend hätte ich mich beinahe selbst zur Witwe gemacht.«

»Was dauert denn so lange? Macht Roger Schwierigkeiten?«

»Ehrlich gesagt nervt er nur wie sonst was, aber dann kam der Unfall. Das hat alles aufgehalten. Ich konnte einfach nicht die Scheidung einreichen, solange ich noch nicht wieder gesund war.«

»Bist du denn jetzt völlig wiederhergestellt?«

»Einhundert Prozent. Ich darf sogar Ski fahren, soll es aber nicht übertreiben. Klingt nach Kinderpiste.«

»Aber das ist doch super! Wir hatten immer so viel Spaß beim Skifahren, weißt du noch? Mir ist in letzter Zeit einiges eingefallen, was wir zusammen gemacht haben. Weißt du noch, als wir Erstsemester waren und auf der Farm der Sorensons den Wagen für die Homecoming-Parade geschmückt haben?«

»Ach ja?«

»Alle haben sich große Mühe gegeben, nur wir beide sind mit einem Zaumzeug auf die Wiese abgehauen und haben uns das Pferd eingefangen. Und dann sind wir einmal um die Scheune geritten und haben all die hart Arbeitenden genervt. Wir hatten keinen Sattel. Du hast dich an mir festgeklammert, damit du nicht runterrutschst. Der Lachanfall war hysterisch.«

»Hysterische Lachanfälle sind uns doch dauernd passiert. Wir mussten immer lachen wie blöde und konnten nicht mehr aufhören.«

»Und dann wurde der Ballkönig, mein Bruder, auf einmal richtig sauer …«

»O ja, er war total wütend auf uns. Er hat uns bekloppt genannt.«

»Ich war bekloppt, das steht fest. Ich hatte einen schlechten Einfluss auf dich. Hab dafür gesorgt, dass du Ärger mit deinem Freund gekriegt hast, der ja sooo zuverlässig und verantwortungsbewusst war.«

»Doch so schwer war es nicht, mich zu beeinflussen …«

»Als braves Mädchen hast du natürlich immer versucht, dich zu benehmen. Ich dagegen war ein hoffnungsloser Fall. Gutes Benehmen fand ich eher öde. Weißt du noch?«

»Ich weiß!«, rief sie lachend. »Du warst ein böser Junge. Aber du hattest deinen Spaß!«

»Ich hatte die ganze Zeit irgendwelchen Ärger am Hacken. Vermutlich komme ich deswegen heute mit den Teenager-Jungs so gut klar. Ich kann sie einfach verstehen.«

Sie schwieg einen Moment. »Wie schön, sich mal an die alten Zeiten zu erinnern. Wie lustig alles war damals. Ich konnte mich lange Zeit nur an das Schreckliche erinnern – dass sein Jet abgestürzt ist zum Beispiel. An diese Erinnerung habe ich mich zu lange geklammert. Viel zu lange.«

»Es ist schön, dich wieder lachen zu hören. Das war eine großartige Zeit damals.« Er schwieg kurz. »Clare, es ist schön, deine Stimme zu hören«, sagte er dann.

Schläfrig legte sie den Hörer neben ihr Ohr. »Es fühlt sich fast an, als wäre seit damals gar keine Zeit vergangen.«

»Weißt du noch, wie wir alle zusammen zum Skifahren in Grandpas Hütte waren?«

»Oh, Gott«, sagte sie und musste wieder lachen. Sie hatten eine Schneefestung gebaut, mit einer dicken Mauer aus Schnee, und auf der Lauer gelegen, bis die anderen zurückkamen. Dann hatten sie eine Kanonade aus Schneebällen auf sie abgefeuert. »Wir haben uns ganz schön oft zusammengetan«, murmelte sie. Sie lächelte, während ihr die Augen zufielen.

»Ja. Und weißt du noch, als wir …« Er fing an, eine andere Geschichte zu erzählen. Doch bevor sie zu Ende war, war Clare tief und fest eingeschlafen, das Telefon immer noch neben ihrem Ohr.

»Clare?«, fragte Pete. »Clare, bist du noch dran?«

Sie gab ein kleines Schnauben von sich, gefolgt von einem Schnarchen. Dann rollte sie sich auf die Seite. Sie träumte wunderschöne Träume, in denen sie wieder ein Mädchen war – ein glückliches Mädchen, umgeben von ihren Freunden und Freundinnen, lachend, tanzend und singend. Die Teenager-Zeit im Schatten der Sierra Nevada war märchenhaft. Football- und Basketballspiele, Tänze, Heuwagenfahrten und Skiausflüge, lange Sommertage am Lake Tahoe. Sie lagen den ganzen Tag in der Sonne oder schwammen im See, abends machten sie Lagerfeuer am Strand, brutzelten Hotdogs, sangen Lieder und knutschten.

Am nächsten Morgen schien die Sonne durchs Fenster und weckte Clare. Das Erste, an das sie sich erinnerte, war das schöne lange Gespräch mit Pete, bevor sie eingeschlafen war. Sie drehte sich um und sah das Telefon neben ihr auf dem Kissen liegen. Schrill aufschreiend fuhr sie hoch. »Pete!«, rief sie. Sie nahm den Hörer in die Hand und sah, dass er immer noch nicht aufgelegt hatte. Sie war wohl mitten im Gespräch eingeschlafen. »Pete?«, rief sie in den Hörer.

»Hm?«

»Du bist noch dran?« Clare hörte etwas rascheln, dann seine Stimme: »Clare?«

»Bist du noch da?«

»Ich glaube, du bist gestern während einer meiner unterhaltsamen Geschichten eingeschlafen«, sagte er verschlafen.

»Warum hast du denn nicht aufgelegt?«

»Ich wollte nicht, dass dich das Piepsen aus der Leitung weckt.«

»Tut mir echt leid«, sagte sie, musste aber gleichzeitig lachen. »O Mann, ich kann nicht glauben, dass mir das passiert ist.«

»Clare, sag mal … Am Sonntag soll das Wetter so schön werden. Komm, wir treffen uns um zwei Uhr im Barkley Park. Ich habe dieses Wochenende die Kinder, aber am frühen Nachmittag gebe ich sie ab. Ich bring uns was zu trinken mit. In der Thermoskanne.«

Früher waren sie ständig zum Footballspielen im Barkley Park gewesen.

»Klingt wunderbar«, sagte sie.

Als Clare gerade aus der Dusche kam, klingelte das Telefon. Sie wickelte sich ein Handtuch um und nahm im Schlafzimmer ab.

»Clare? Hi«, meinte Sam. »Geht es dir gut?«

»Ja. Wieso?«, fragte sie.

»Ich habe versucht, dich auf dem Handy und auf dem Festnetz zu erreichen. Beim Handy geht die Mailbox ran, und dein AB zu Hause funktioniert nicht.«

»Ach so«, erwiderte sie und lachte ertappt. »Tut mir leid. Das Telefon war ausgehängt. Vergessen. Ich bin eingeschlafen. Und mein Handy ist in meiner Handtasche unten, deswegen habe ich es nicht gehört.«

»Gut, dann ist ja alles in Ordnung. Ich hab mir schon Sorgen gemacht. Doch wieso hast du denn dein Telefon ausgemacht?«

Sie dachte schnell nach. »Ähm … Ich wollte keine besoffenen Anrufe von Roger.«

»Verstehe«, sagte er. »Ich wollte dir nur sagen, ich mache dieses Wochenende Überstunden. Das heißt, ich habe in den nächsten zwei Tagen Bereitschaftsdienst. Aber ich würde das mit der Verabredung gern trotzdem noch mal versuchen.«

Clare biss sich auf die Lippe. Sie würde Sam lieber ein paar Tage lang nicht sehen. Was für ein Glück, dass er am Wochenende arbeiten musste. »Mal sehen … Ich habe Jason versprochen, heute Vormittag mit ihm in den Computerladen zu gehen, um seinen Rechner zu upgraden, und heute Nachmittag gehe ich für ein paar Stunden in den Laden. Morgen ist Sonntagsbrunch mit der Familie. Ich muss dringend mit Maggie reden wegen der Scheidung. Roger muss endlich aus seinem Elend erlöst werden.«

»Sieht ganz danach aus«, meinte Sam.

»Und am Nachmittag treffe ich mich dann mit einem alten Freund aus der Highschool auf einen Kaffee.«

»Nächster Versuch. Wie wäre es dann mit Montagabend? Vielleicht läuft es diesmal besser.«

»Ich möchte ungern ausgehen, wenn Jason am nächsten Tag Schule hat, Sam. Aber wir können uns ja zum Mittagessen treffen? Ich habe keine festen Pausenzeiten und kann mir freinehmen, wie es passt.«

»Gut. Ich überlege mir was Schönes. Etwas Besonderes.«

Sie kaute auf ihrer Lippe. Etwas Besonderes ... da stellte er sich etwas anderes vor, als was ihn erwartete – sie wusste, dass sie ihm das Herz brechen würde. »Das wäre schön«, sagte sie trotzdem. »Bis dann.«

Als sie aufgelegt hatte, klingelte das Telefon sofort wieder. Sie nahm ab.

»Schulde ich vielleicht jemandem eine Entschuldigung?«, sagte Roger.

»Mir, meiner Begleitung von gestern Abend, allen Restaurantbesuchern des ›Fireside‹ und dem Management. Ich hoffe, es geht dir schlecht und du hast schlimme Kopfschmerzen.«

»Du kannst dir nicht vorstellen, wie schlimm.«

»Gut. Ich kann jetzt nicht telefonieren. Nimm eine Aspirin und geh brav weiter zu deiner Therapie.« Sie legte auf, zog sich an und ging nach unten, um sich einen Kaffee zu machen. Auf dem Weg zur Küche holte sie ihr Handy aus der Handtasche und sah sich die verpassten Anrufe an. Es waren fünf – und genauso viele Nachrichten. Hätte sie es nicht schon vorher gewusst, wäre es ihr spätestens jetzt klar geworden: Sam war total in sie verliebt. Mit ihrer üblichen Schwäche dafür, unangenehme Dinge aufzuschieben, hatte sie auch diesmal zu lange gewartet. Sie hatte ihn zu nah an sich herankommen lassen.

Denn sie hätte es kommen sehen müssen. Aber anscheinend war sie zu naiv, was solche Dinge anging, und hatte nicht mitbekommen, was passiert war. Es war eine Sache gewesen, während ihrer Genesungsphase oft mit Sam zu telefonieren. Da war sie einfach nicht verfügbar gewesen, und ihre gebrochene Hüfte hatte ihn auf Distanz gehalten. Doch dann hatte er diese Distanz nicht mehr gewahrt. Er hatte sich Hoffnungen auf mehr gemacht, und sie hatte ihn nicht entmutigt. Jetzt brannte er für sie. Ihr fiel ein, wie er sie gestern gegen die Tür gedrückt hatte. Er wollte unbedingt mit ihr ins Bett.

Ein unangenehmes Problem. Das wusste sie. Es gefiel ihr ganz und gar nicht, dass sie ihn verletzen musste. Aber fünf verpasste Anrufe mitten in der Nacht sagten ihr, dass es an der Zeit war.

Es war immer abhängig von den weiteren Plänen aller Beteiligten, wann genau das sonntägliche Familienessen stattfand. Zu Clares Glück hatten an diesem Sonntag ihre Nichten am Nachmittag etwas vor – genau wie sie. Man traf sich also schon um zwölf Uhr zum Mittagessen. George und Bob zogen sich danach mit ihrem Kaffee ins Wohnzimmer zurück, um Football zu gucken, die Teenager verschwanden, und die Schwestern machten gemeinsam den Abwasch, damit Dotty nach Hause gehen und sich erholen konnte.

Maggie räumte den Tisch ab. »Okay, dann erzähl mal«, sagte sie zu Clare. »Was ist am Freitag mit deinem Jungspund abgegangen?«

»Hör doch bitte auf, ihn so zu nennen«, sagte Clare, ohne von ihrer Tätigkeit aufzublicken. Sie reichte Sarah einen Teller, damit sie ihn in die Spülmaschine stellen konnte. »Es war ein Desaster.« Sie erzählte ihnen von Rogers Ausfall.

»O Gott«, sagte Maggie. »Ich habe es kommen sehen. Er wird sich so lange nicht beruhigen, bis er verstanden hat, dass es ein für alle Mal vorbei ist. Wir sollten endlich diese Scheidung vorantreiben.«

»Ich glaube, du hast recht«, sagte Clare. »Kannst du mir helfen? Bitte!«

»Auf jeden Fall. Verdammt, das mit Roger tut mir leid. Ich hatte immer gedacht, ihr würdet ... Du weißt schon. Dass du mit ihm glücklich werden würdest.«

Clare reichte Sarah den nächsten Teller. »Gestern hätte ich ihn umbringen können«, gestand sie. »Aber am Ende hat er mir vielleicht sogar einen Gefallen getan. Denn die Sache mit Sam ... Das ist nichts.«

»Was?!«, riefen Maggie und Sarah wie aus einem Mund.

»Ich hätte es eigentlich schon viel früher erkennen müssen, aber seit wann bin *ich* Expertin in Sachen Beziehungen? Ich habe mit Roger sechzehn Jahre lang Spielchen gespielt. Aber Sam ist auf der Suche nach etwas Ernstem. Etwas ... Festem.«

Sarah erschauderte sichtlich. Ihre Schwestern sahen sie an.

»Was stimmt an Sam nicht?«, fragte sie.

»Gar nichts. Absolut nichts. Er ist toll. Er hat alles: gutes Aussehen, Persönlichkeit, Charme. Und hast du seine Oberarme gesehen? Wow. Er könnte wirklich jede Frau haben. Das Ding ist: Anscheinend hat sich unsere Freundschaft für ihn in mehr verwandelt. Für mich aber nicht.«

Maggie stützte sich mit einer Hand auf den Küchentresen und stemmte die andere Hand in die Hüfte. »Clare, der Typ ist der Knaller! Jung, energiegeladen und total scharf auf dich. Bist du verrückt geworden?«

»Mir ist noch etwas an Sam aufgefallen. Etwas, das ich in den Monaten am Telefon nicht bemerkt habe. Er ist nicht in der Lage, nur zu spielen. Dafür ist er zu leidenschaftlich. Das ist schon verlockend – ich meine, diese Leidenschaft! Vielleicht ist es ja wirklich ein Fehler, und ich werde es bereuen, aber ich glaube, es wäre unklug, mich noch mehr auf ihn einzulassen. Das führt einfach zu nichts.«

»Außer vielleicht zu ein bisschen Spaß im Heu«, sagte Maggie. »Und ich war auch noch eifersüchtig! Doch dann kommst du mit deinem Gewissen an und ruinierst dir die Chance auf etwas, das man vielleicht als ungekannte Ekstase bezeichnen könnte.«

»Ich weiß. Ich glaube ja selbst fast, ich habe den Verstand verloren«, sagte Clare. »Ein bisschen ungekannte Ekstase fände ich auch nicht schlecht. Aber ich muss mir immer seinen Gesichtsausdruck vorstellen, wenn ich ihm sage, dass ich mich nicht mehr mit ihm treffen möchte. Und das werde ich auf jeden Fall. Er verdient es nicht, das Sexperiment einer Frau um die vierzig zu sein.«

»Sicher?«, hakte Sarah nach.

Sie sah ihre jüngere Schwester an. »Schätzchen, egal wie verlockend es aussehen mag, für mich fühlt er sich eher an wie ein süßer kleiner Bruder. Ich kriege einfach das Wort Lustknabe nicht aus dem Kopf. Ihr habt ihn ja gesehen, habt mitbekommen, wie er sich benimmt. Er ist einfach nicht der Typ, der halbe Sachen macht. Er hat schon sehr viele Gefühle in unsere Beziehung investiert – dabei haben wir noch gar nicht so viel Zeit miteinander verbracht.«

»Aber woher willst du denn wissen, dass sich nicht noch etwas entwickeln wird? Dass sich eine heiße Leidenschaft auch bei dir entfacht?«, fragte Sarah. Sie sah sie ernst, fast flehentlich an.

»Ich kann dir nur sagen, was ich weiß. Oder besser, woran ich mich erinnere. Wenn man sich in jemanden verliebt, dann kann man es nicht erwarten, dass er anruft, man sehnt sich danach, mit ihm allein zu sein, hat das Verlangen, von ihm berührt zu werden, in den Arm genommen zu werden – dieses Gefühl ist unverwechselbar. Es ist unmöglich, sich zurückzuhalten, man muss ihn zuerst anrufen. Man schläft nicht, man hat Herzklopfen, man denkt die ganze Zeit nur an ihn, man lebt nur für den nächsten Kuss.« Sie holte Atem. »Es hat sich gut angefühlt, Sams Interesse zu spüren. Seine Aufmerksamkeit. Es wäre ein Leichtes, so weiterzumachen und Spaß mit ihm zu haben. Aber ich meine es nicht ernst mit ihm. Ich glaube sogar, wir können nicht mal mehr Freunde sein – das würde ihn nur ermutigen, und das fände ich grausam.«

Sarah seufzte. Maggie warf das Handtuch hin und verließ die Küche.

»Hey!«, rief Clare. »Wo willst du hin?«

»Ich schnappe mir jetzt Bob, fahre mit ihm nach Hause und fessele ihn ans Bett!«

Als Clare im Park ankam, war Pete schon da. Er saß auf einem der Picknicktische, ein kleiner Picknickkorb und eine Thermoskanne standen neben ihm. Ihr Herz wurde leicht. Das Wissen, dass sie Sam den Laufpass geben würde, hatte sie ziemlich griesgrämig gestimmt, aber sich jetzt mit Pete zu treffen, ihrem alten Freund Pete, versüßte ihr den Tag. Es war ihr nicht bewusst gewesen, aber sie hatte ihn wirklich vermisst. Er sprang auf, als er sie kommen sah, und nahm sie zur Begrüßung in den Arm. »Schön, dich zu sehen. Echt schön«, sagte er.

»Pete, du hast mich mit einem Teil meines Lebens neu verbunden, den ich verdrängt hatte – und ich kann dir gar nicht sagen, wie gut sich das anfühlt. Tut mir leid wegen neulich nachts, als ich einfach eingeschlafen bin.«

»Schon okay.« Er grinste sie an. »Ich war nicht sehr beleidigt.«

»Was hast du Schönes mitgebracht?«

»Heißen Grog – wie damals auf der Skihütte. Und Kekse«, sagte er und öffnete den Deckel der Dose. »Von mir selbst gebacken.«

»Du backst Plätzchen?«

»Meine Töchter backen gern, und ich führe die Aufsicht,

damit sie nicht das Haus abfackeln. Ich hab sie gerade zu Hause abgesetzt.« Er goss ihr einen Becher Grog ein. »Erzähl mal, was machen deine Schwestern und dein Dad?«

Sie setzten sich wieder auf den Tisch, und zwar so, dass sie einander ansehen konnten. Clare erzählte von Maggie und Sarah, von ihrer Arbeit im Laden ihres Vaters und von dem Haus, das sie kaufen wollte. Sie hoffte, am Montag zu erfahren, wie die Sache stand. Dann erkundigte sie sich nach Petes Töchtern, und sie lästerten ein bisschen über die Highschool, an der sie nur einen kurzen Auftritt gehabt hatte. Die Zeit verging wie im Flug. Sie erinnerten sich an früher und lachten genauso miteinander wie damals – Clare wollte nicht, dass dieser Tag je zu Ende ging.

»Du kannst dir nicht vorstellen, wie sehr ich es bedauere, dass ich dir jahrelang aus dem Weg gegangen bin. Was für mich damals ein Desaster war, kommt mir heute wie ein dummes Missverständnis vor. Ich dachte immer, ich würde nie darüber hinwegkommen. Und jetzt sieh uns an – Freunde wie in alten Zeiten.«

Er ließ kurz den Kopf hängen, als würde ihn etwas bedrücken.

»Entschuldige bitte«, sagte sie. »Habe ich was Falsches gesagt?«

Als er wieder aufsah, wirkte er, als plagte ihn etwas. »Ich bin auch froh darüber«, sagte er.

»Das klingt aber nicht sehr fröhlich.«

»Clare, ich muss dir etwas sagen. Ich bin ein bisschen nervös deswegen. Vielleicht ist es ein Fehler und vollkommen egoistisch. Aber ich will dich nicht auf eine falsche Fährte locken.«

»Oh-oh. Jetzt machst du mir Angst.«

Er holte tief Luft, goss sich noch einen Schluck Grog ein und trank ihn sofort, um sich Mut zu machen. »Das mit dem Rum war Absicht. Ich wollte, dass wir lockerer werden. Das heißt, du solltest lockerer werden und ich mutiger.«

Meine Güte, dachte sie. Er wird heiraten. Oder er hat eine lebensbedrohliche Krankheit. Er zieht nach Costa Rica. »Inwiefern auf eine falsche Fährte locken?«

»Ich möchte mir etwas von der Seele reden«, sagte er ernst. »Mein Gewissen reinigen. Diese Nacht vor neunzehn langen Jahren, Clare, das war kein Zufall. Und auch nicht einfach zu viel Wein. Jedenfalls nicht für mich. Es war der schönste Moment meines jungen Lebens.«

»Was? Ich verstehe nicht.«

Er nahm ihre Hände. »Was ich getan habe, war falsch, und das wusste ich damals schon. Aber ich habe es mit voller Absicht getan. Ich war total verliebt in dich. Seit ich vierzehn war, glaube ich. Total verliebt.«

»Das kann doch nicht sein«, sagte sie kopfschüttelnd. Sie hatten so viel Mist zusammen gebaut, sich gemeinsam halb tot gelacht. Aber nie hatte sie etwas von seinen Gefühlen bemerkt. Sie zog ihre Hände weg.

»O Mann, ich war so hingerissen von dir, das ist schon fast tragisch. Aber ich war eben immer nur der Kleine mit den Sommersprossen, und die einzige Möglichkeit, wie ich deine Aufmerksamkeit erregen konnte, war, dich zum Lachen zu bringen. Und dann hast du dich in meinen Bruder verliebt – der älter, größer, schlauer und hübscher war als ich. Ich glaube, in all den Jahren auf der Highschool war ich immer nur sein kleiner Bruder für dich. Also habe ich dich einfach weiter zum Lachen gebracht.«

»Du hast dir nie was anmerken lassen«, sagte sie leise. »Nicht ein Mal.«

»Machst du Witze? Ich hing an meinem Leben! Mike hätte mich umgebracht. Aber dann war er weg, und wir waren allein. Und ich habe gemerkt, dass ich dich auf einmal auch auf andere Weise begeistere.« Er zuckte die Achseln. »Was für ein Arschlochverhalten, oder? Ich habe die Situation schamlos ausgenutzt. Und danach habe ich mich fürchterlich geschämt, dass ich dir das angetan habe.«

Clare war fassungslos. Dieser Gedanke war ihr niemals gekommen, in den ganzen neunzehn Jahren nicht. Sie hielt ihm den Becher hin, und er goss ihr ein. »Was hast du denn erwartet, wie das ausgehen würde?«, fragte sie.

»Tja. In meiner Fantasie habe ich gehofft, dass du bemerken würdest, dass du den falschen Bruder heiratest, und dass wir es ihm gemeinsam gestehen würden. Klar wäre er sauer gewesen. Aber bei unserem zweiten oder dritten Kind wäre er dann drüber weg gewesen. Ich habe mir aber auch ausgemalt, dass du bei deiner ursprünglichen Wahl bleiben würdest, aber ohne Gewissensbisse wegen dem, was wir getan haben. Du würdest mich einfach sanft abblitzen lassen – du warst ja immer sehr lieb zu mir. Und dann war da noch die Möglichkeit, dass du Mike heiraten und dich bemühen würdest, ihm nicht noch mal untreu zu werden, obwohl du einer permanenten Versuchung ausgesetzt wärst. Diese Spannung zwischen uns hätte uns dann vierzig Jahre lang auf allen Familienfeiern begleitet. Nur eins kam mir nie in den Sinn: dass du deswegen am Boden zerstört sein und mich hassen würdest.«

»Ich habe dich nie gehasst.«

»Und ich konnte mir auch nicht vorstellen, dass Mike umkommen könnte. Und damit alles noch schlimmer machen würde, als es ohnehin schon war.«

»Ich kann es echt nicht glauben«, sagte sie kopfschüttelnd.

»Aber es ist wahr. Ich wollte dich. Jahrelang. Es quälte mich, wie es einen jungen Mann nur quälen kann.«

»Mein Gott«, sagte sie. »Ich weiß gar nicht, was ich denken soll.«

»Hast du dir das nie überlegt?«

»Nie.«

»Du dachtest immer …«

»Dass wir zu viel getrunken hatten, zu allein waren und einfach etwas taten, das sich richtig anfühlte, ohne dass wir eine Sekunde darüber nachgedacht hätten.« Sie blickte nach unten und räusperte sich. »Wow. Jetzt muss ich meine Erinnerungen umbauen. Das ist eine ganz neue Perspektive.«

»Ich wollte mich mit dir aussprechen, seit wir uns im August getroffen haben. Aber ich habe lange gebraucht, bis ich den Mut für dieses Gespräch aufbringen konnte.«

»Wieso wolltest du mir das denn unbedingt erzählen? Es wäre doch gar nicht nötig gewesen.«

»Weil ich nicht wollte, dass du weiterhin denkst, ich wäre so unschuldig gewesen wie du. Du hast einfach einen Fehler gemacht – und den auch nur, weil ich dir eigentlich keine andere Wahl gelassen habe. Ich wollte, dass du die Wahrheit erfährst, weil …«

»Clare!«, rief da plötzlich jemand. Sie drehten sich beide um. Es war Sam, der auf sie zukam. Er trug seine Uniform und hatte seinen Wagen hinter Clares Auto geparkt. Als er Pete erkannte, grinste er erfreut. »Hey, hey, hey«, sagte er und streckte ihm die Hand hin.

Pete stand auf und schüttelte sie. »Wie geht's, Sam?«

»Super, Coach. Echt super!« Er kam auf Clare zu und gab ihr einen besitzergreifenden Kuss auf die Wange. »Hi. Das ist also dein alter Freund aus der Highschool?«

»So ist es«, antwortete sie. »Und ihr zwei kennt euch anscheinend.«

»Ich war Sams Trainer in der Schulmannschaft«, erklärte Pete. »Vor etwa zwölf Jahren?«

»Mindestens! Wie cool! Ich dachte, du triffst dich mit einer Freundin.«

»Pete und ich sind zusammen groß geworden«, erzählte Clare. »Wir haben zusammen Abi gemacht.« Sie zwang sich zu einem Lächeln. »Und für vier Tage an derselben Schule unterrichtet.« Und vor neunzehn Jahren wilden, leidenschaftlichen Sex gehabt, der von langer Hand geplant gewesen war, wie ich gerade erfahren habe.

»Wir haben so einige Gemeinsamkeiten«, sagte Pete. »Wir reden gerade über die guten alten Zeiten. Und was führt dich her?«

»Oh. Ich habe Clares Auto gesehen und mich gefragt, was sie wohl hier macht. Also hab ich mal angehalten.« Sein Funk gab Geräusche von sich, und er drehte ihn leiser. »Ich lasse mir doch diese Gelegenheit nicht entgehen. Und, wie geht's Vickie und den Mädchen?«

»Den Mädchen geht es gut. Und Vickie und ich sind seit fünf Jahren geschieden.«

»Oh, Mann, das tut mir leid, Pete. Wie schade.«

»Schon okay. Sie hat vor einiger Zeit wieder geheiratet.«

»Und du – hast du auch wieder jemanden?«

Pete zuckte mit den Schultern. »Ich gehe immer mal wieder aus. Aber nichts Besonderes, kann man sagen.«

»Wie wär's, wenn du jemanden weißt, könnten wir ja mal zu viert ausgehen?«, schlug Sam vor. Er streichelte Clares Arm. »Das wäre bestimmt nett.«

Clare sagte nichts. Sams Funkgerät meldete sich wieder, aber es schien ihn nicht zu interessieren.

»Tolle Idee«, meinte Pete.

Da hupte es, und die Lichter des Streifenwagens wurden aufgeblendet. »Ich muss los.« Er küsste Clare wieder auf die Wange. Beim Weggehen zeigte er mit einem Finger auf Pete und rief: »War schön, dich zu sehen, Pete!«

Pete nickte. Er steckte die Hände in die Taschen und sah zu, wie Sam sich umdrehte und zum Streifenwagen sprintete. Er wartete, bis er mit Blaulicht und Sirene weggefahren war, dann wandte er sich wieder Clare zu.

»Ich war mal mit ihm aus«, erklärte sie.

»Clare, der Typ hat gerade sein Revier markiert. Erstaunlich, dass er nicht gleich einen Kreis um dich gepinkelt hat.«

»Es gibt da ein kleines Problem«, gab sie zu. »Ich glaube, ich habe einen Fehler gemacht. Ich habe ihm etwas vorgemacht und muss die Sache beenden, bevor es noch weiter geht. Er wird es nicht gut aufnehmen.«

»Was ist denn passiert?«, fragte Pete.

»Er war der Polizist, der meinen Unfall aufgenommen hat. Er hat mich im Krankenhaus besucht, hat angerufen, kam vorbei.« Sie holte tief Luft. »Und neulich hat er mich gefragt, ob wir nicht mal zusammen ausgehen wollen, da machte er aus seinen Gefühlen keinen Hehl mehr. Aber er schien ganz locker zu sein – entspann dich und genieß es, sagte er. Wenn es mit uns passt, dann passt es, wenn nicht, auch kein Problem.« Wieder holte sie Luft. »Doch obwohl er das gesagt hat, wird es nicht ganz so einfach sein, das weiß ich. Um ehrlich zu sein: Es hat sich schon lange niemand mehr so um mich bemüht. Es fühlte sich gut an. Und ich dachte, man könnte es entspannt angehen lassen. Aber das geht nicht.«

»Du hattest aber darüber nachgedacht«, fasste er noch mal zusammen.

»Ja, wieso auch nicht? Nur bin ich an einer ernsthaften Beziehung nicht interessiert. Ich bin noch nicht mal geschieden. Außerdem brauche ich Zeit, um mein Leben neu zu ordnen. Und das scheint mit jedem Tag komplizierter zu werden.«

»Wieso habe ich das Gefühl, zu diesen Komplikationen beigetragen zu haben?«, fragte Pete.

»Hast du ja auch. Aber ich finde es schön, wenn wir ehrlich zueinander sind.«

»Dann sag mir eins – hasst du mich jetzt noch mehr?«

»Nein, Pete. Wie gesagt, ich habe dich nie gehasst. Ich möchte wieder mit dir befreundet sein. Egal, welche Fehler wir gemacht haben – wir beide übrigens –, unsere Vergangenheit besteht aus viel mehr guten als schlechten Zeiten. Ich brauche aber ein bisschen Zeit, um das zu verdauen.«

»Bitte sag, dass du mir verzeihst.«

»Ich glaube, dass der, der dir etwas zu verzeihen hat, tot ist.«

Er lächelte schwach. »Das ist lange her. Mit Mike habe ich meinen Frieden gemacht.«

9. Kapitel

Clare fuhr nach Hause und machte sich sofort in der Küche zu schaffen. Sie kochte Jason sein Lieblingsessen – selbst gemachte Makkaroni, mit Käse überbacken, und einen Schokoladenkuchen. Als er aufgegessen hatte und sie den Kuchen vor ihn stellte, sagte sie: »Jase, ich muss dir etwas sagen. Das kommt jetzt sicher nicht überraschend, aber vielleicht ist es trotzdem nicht ganz so leicht für dich. Morgen stellt Tante Maggie deinem Vater die Scheidungspapiere zu.«

Er sah langsam auf. »Was soll daran nicht ganz so leicht für mich sein?«, fragte er.

Sie ignorierte seine Frage. »Ich habe heute von einem alten Freund eine Lektion gelernt, die ich gerne schon vor langer Zeit gelernt hätte. Und zwar, dass man sich die Dinge bewusst machen soll, die wirklich wichtig sind. Dein Vater lebt jetzt schon seit einer Weile nicht mehr bei uns, Jase. Und von jetzt an werden wir nur noch Freunde sein, nicht mehr Mann und Frau.«

»Alles klar. Aber ich will nicht …«

»Okay, stopp. Hör mir noch einen Moment zu. Unsere Ehe ist vorbei, aber unsere Familie nicht. Ob du ihn liebst oder hasst, er ist und bleibt dein Vater, und er war mein Ehemann. Es gab Zeiten, da war er wirklich für mich da. Ich weiß nicht, was ich ohne ihn gemacht hätte. Als deine Großmutter starb, war ich am Boden zerstört. Vollkommen fertig. Ich konnte nur noch heulen, bis ich die Heulerei so leid war, dass ich nur noch sterben wollte, und dann habe ich noch mehr geheult. Ich kann dir nicht sagen, ob ich diese Geduld aufgebracht hätte, wären die Rollen umgekehrt gewesen. Aber dein Vater hat mich einfach in den Arm genommen und gesagt, dass er weiß, dass es weh tut. Tagelang. Wochenlang. Vermutlich sogar monatelang.

Er war bei deiner Geburt dabei und hat geweint vor Glück. Weißt du noch, wie gerne er mit dir Ski gefahren ist? Und er war es auch, der darauf bestand, dass du diesen grässlichen Wagen mit Vierradantrieb fahren lernst, den ich immer gehasst habe. Und *er* hat dir das Snowboard gekauft, nicht ich. Er war, glaube ich, bei jedem deiner Fußballspiele dabei. Und obwohl ich einiges über ihn zu meckern habe, was seine Rolle als Ehemann angeht, hat er nie meinen Geburtstag oder unseren Hochzeitstag vergessen. Im Gegenteil, er hat mir immer wunderbare Geschenke gemacht. Tolle Karten geschrieben. Er ist mit dir für den Muttertag einkaufen gegangen. Und seit dem Tag unserer Trennung zahlt er immer noch die Rechnungen und schickt Geld. Weißt du, wie viele Männer ihre Familie verlassen und dann per Gerichtsbeschluss dazu gezwungen werden müssen, für den Unterhalt ihrer Frau und Kinder aufzukommen?«

»Worauf willst du hinaus, Mom?«

»Ich könnte mich an viele unschöne Dinge erinnern, wenn ich das wollte. Aber ich will es nicht. Es gibt Dinge, an die ich sehr gern denke und die ich ohne deinen Dad nie erlebt hätte. Dass es dich gibt, zum Beispiel. Und deswegen will ich mich von jetzt an nur noch an die schönen Dinge erinnern. An die guten Zeiten. Ich möchte die letzten sechzehn Jahre nicht als reine Zeitverschwendung ansehen.«

Jason starrte sein Stück Kuchen an. »Ja dann …«, sagte er langsam. »Viel Glück.« Er nahm seinen Teller und verzog sich damit in sein Zimmer.

Na ja, diese Ansprache hätte noch vor sechs Monaten bei mir auch nichts bewirkt, dachte sie.

Es war halb elf, und sie lag schon mit einem Buch vor der Nase im Bett, als sie hörte, wie Jasons Zimmertür aufging. Er klopfte zaghaft an die angelehnte Schlafzimmertür, und sie winkte ihn herein. Er blieb am Fußende des Bettes stehen, und an seinen roten Augen sah sie, dass er geweint hatte. Er hätte nicht alleine weinen müssen, aber so waren Jungs in seinem Alter nun mal. Sie zogen sich lieber zurück.

»Er hat sich immer als Weihnachtsmann verkleidet«, sagte er. »Als hätte ich nicht gewusst, dass er es ist.«

»Das stimmt«, sagte sie. »Komm her.« Sie klopfte auf das Kissen neben ihr.

Jason war inzwischen größer als sie, aber er legte sich neben sie aufs Bett, zog die langen Beine an und kuschelte sich mit dem Rücken an sie. Er hatte den Kopf aufs Kissen gelegt. Seine Schultern zuckten, während er weinte.

»Es wird alles wieder gut, Schatz«, sagte sie. »Das kriegen wir hin. Wir alle.«

Sarah konnte sich nicht erinnern, dass sie jemals etwas so sehr gewollt hatte – und dafür auch so viel riskiert hätte. Sie warf einen letzten Blick in den Spiegel und traf eine bewusste Entscheidung: Sie wollte sich verändern. Und zwar im großen Stil. Denn so, wie sie jetzt aussah, würde kein Mann sie jemals ansehen. Sie hatte sich so vernachlässigt, dass von ihrer natürlichen Schönheit kaum noch etwas zu sehen war. Und nicht nur, weil sie die aufgedonnerte, billige Person verschwinden lassen wollte, die ihre Mutter so abstoßend gefunden hatte. Sondern auch, weil Sarah so vollkommen in ihrer Arbeit versank.

Clare und Maggie hatten immer wieder versucht, sie zu einem schickeren Look zu überreden. »Wie wär's mit einer anderen Frisur?«, hatte eine gesagt. »Oder Strähnchen. Blond würde dein Gesicht strahlen lassen.« Sie hatte sich Vorschläge angehört wie: »Wenn du schon eine Brille statt Kontaktlinsen trägst, hol dir doch wenigstens eine, die ein bisschen moderner ist!« Oder: »Im Ernst, Sarah, du hast die perfekte Figur. Wieso zeigst du sie in deinen Klamotten denn nie?«

Sie hatte versucht, ihre Schwestern daran zu erinnern, dass damals, als sie keinen Hehl aus ihren Reizen gemacht hatte, alle daran Anstoß genommen hatten, vor allem ihre Mutter. Doch schnell wurde sie damit abgefertigt, dass es auch eine goldene Mitte gab. Ihre Schwestern hatten mittlerweile aufgegeben und akzeptiert, dass Sarah lieber unscheinbar sein wollte.

Aber jetzt war es an der Zeit, das zu ändern, fand Sarah. Vielleicht würde es nicht gelingen oder sich nicht lohnen, aber sie musste es wenigstens probieren. Ein Mann wie Sam würde sie nie eines Blickes würdigen, wenn sie weiter so herumlief. Wieso auch? Natürlich war Schönheit nicht alles, aber wenn man so aussah, als verschwende man keinen Gedanken an sein Aussehen, kam das bei Männern nicht gut an.

Immer, wenn sie an Sam dachte, fing Sarah an zu zittern. Genau davon hatte Clare gesprochen. Nachts nicht schlafen können, erhöhter Puls, heiße Wangen, weil man sich etwas noch Heißeres vorstellte. Clare sagte, bei Sam gehe ihr das nicht so. Aber Sarah ging es so.

Doch die Sache brauchte Zeit. Nach außen hin würde sich ihr Wandel schnell vollziehen, der Rest kam dann später. Es war unverzichtbar, dass sie in aller Ruhe abwartete, was passierte. Auch um sicherzustellen, dass Clare nicht etwa doch noch ein Interesse an Sam entwickeln würde. Falls sie den Eindruck bekam, dass Clares Entscheidung ins Wanken geriet, würde sie nichts mehr unternehmen. Die Liebe zu ihrer Schwester ging für sie über alles. Aber wenn es wirklich aus war zwischen den beiden, würde sie eine angemessene Zeitspanne verstreichen lassen und dann sehen, ob sie eine Chance bei ihm hatte. Ob zwei Wochen wohl angemessen waren? Hoffentlich konnte sie überhaupt so lange warten!

Du könntest sehr, sehr enttäuscht werden, flüsterte eine

kleine Stimme in ihrem Kopf. Vielleicht hat er nicht das leiseste Interesse an dir, nicht mal, wenn du dich aufhübschst. Oder vielleicht macht er mit dir das, was Clare ihm nicht antun wollte. Mit deinen Gefühlen spielen, dir das Herz brechen.

Dann werde ich eben um ihn weinen, sagte sie der kleinen Stimme. Und ein bisschen Selbstmitleid haben. Es gibt keine Garantie, aber wenn man es nicht versucht, wird man es nie herausfinden.

Als sie noch jünger war, war sie mit jedem ins Bett gegangen. Und später mit niemandem mehr. Seit ihrem einundzwanzigsten Geburtstag hatte es nur noch zwei Männer in ihrem Leben gegeben, und keiner von beiden hatte bei ihr die Sorte Herzklopfen ausgelöst, die Sam auslöste.

Sie hängte ein Schild in die Tür: »Heute leider geschlossen«. Dann machte sie sich, ohne einen Termin zu haben, auf den Weg zu ihrer Friseurin. Bonnie, die Stylistin, zu der sie und ihre Schwestern seit Jahren gingen, bekam von ihr üblicherweise nur die Anweisung, ihre Haare um zwei Zentimeter zu kürzen. Doch diesmal sagte Sarah: »Heute würde ich gern mal was anderes machen, wenn du magst.«

»Halleluja!«, rief Bonnie.

»Glaubst du, du kannst aus mir was Hübsches zaubern?«

»Ich kann aus dir sogar was Schönes zaubern!«

Bonnie machte sich an die Arbeit. Sie schnitt, färbte und legte Wellen. Sarah saß so lange auf dem Stuhl, dass sie schon glaubte, Maggie anrufen und sie bitten zu müssen, ein Lösegeld zu zahlen. Nach drei Stunden warf Sarah einen Blick in den Spiegel und lächelte. Ihre langen, glatten Haare waren jetzt stufig geschnitten und mit blonden Strähnchen versehen, die in weichen Wellen auf ihre Schultern fielen. Dicht und voll.

»Willst du einen Tipp?«, fragte Bonnie. Noch bevor Sarah antworten konnte, sprach sie weiter. »Wir sollten deinen Augenbrauen Kontur geben. Adieu, Monobraue!«

»Okay«, sagte Sarah und nahm die Brille ab.

Es dauerte nur ein paar Minuten, aber als sie wieder in den Spiegel sah, blickte sie in ein anderes Gesicht – auch wenn noch rosa Wachs ihre Brauen umgab.

»Sieh dir diese Augen an! Das sind die schönsten Augen, die ich je gesehen habe! Du und deine Schwestern – ihr grünäugigen Gören. Du musst dringend diese Brille loswerden! Gibt es einen Grund dafür, weshalb du keine Kontaktlinsen trägst?«

»Ich … hab damit aufgehört, weil meine Augen immer so trocken werden und jucken, wenn ich lange sitze und male oder webe.«

Bonnie drehte den Stuhl herum, um Sarah anzusehen. »Jetzt sag ich dir mal was. Du zeigst deine Arbeiten doch hier und da. Von Zeit zu Zeit …«

»Die Ausstellungen«, warf Sarah ein.

»Ich glaube, es wäre besser fürs Geschäft, wenn du dich für diese Anlässe ein bisschen herausputzt. Es muss ja nicht gleich glamourös sein, aber eben … na ja …«

»Professionell?«

»Genau.«

»Da hast du recht.«

Sarah brauchte Bonnies Tipps eigentlich nicht, denn die Sache war die: Sie machte das nicht, um professioneller zu wirken. Sie wollte einen Mann – alles andere hatte sie ja.

Am Montag war Clare unkonzentriert und nervös. Sie schob es darauf, dass Roger heute die Scheidungsunterlagen zugestellt wurden, aber es zeigte sich, dass er besser damit klarkam als erwartet. Trotzdem rief er sie natürlich sofort an und bat sie mit tränenerstickter Stimme, es sich doch noch einmal zu überlegen. Allerdings quälte er sie nicht allzu lange.

»Na gut«, sagte er schließlich. »Falls du jemals deine Meinung ändern solltest, und wenn auch nur für eine Sekunde …«

»Vergiss es«, erwiderte sie. »Aber, Roger, wir müssen das mit Jason wieder hinkriegen. Ich möchte, dass wir uns alle gut verstehen.«

»Das will ich auch, Clare. Das kann ich dir versprechen.«

»Ich werde mein Bestes geben, dass das klappt«, sagte sie. »Er braucht dich in seinem Leben.«

»Nur du nicht«, hielt er ihr vor.

»Ich brauche dich als Vater für unseren Sohn.«

Ein paar Stunden vergingen, dann war es so weit. Sam holte sie um zwölf Uhr im Laden ab. Sie wäre zwar lieber mit dem eigenen Auto zu ihrem Treffen gefahren, aber er bestand darauf, sie abzuholen.

»Und? Wie lief es mit Roger?«, fragte er, sobald sie in seinem Wagen saßen.

»Besser als erwartet. Jason hat mich viel mehr überrascht. Er hat ein bisschen geweint. Aber das werte ich als gutes Zeichen. Vielleicht wird er jetzt ein bisschen weicher.« Es könnte eine gute Idee sein, es Sam gleich hier im Auto zu sagen, dachte sie. Bevor wir in ein Restaurant fahren und dort überhaupt keine Privatsphäre mehr haben.

Sie räusperte sich. »Wo fahren wir hin?«

»Guck mal auf den Rücksitz«, sagte er lächelnd.

Sie drehte sich um und sah einen Picknickkorb und eine sorgfältig zusammengelegte Decke. O Gott, dachte sie. Wir werden ganz allein sein, weit weg von allem, und ich werde ihm das Herz herausreißen. Das wird furchtbar.

»Die Blätter verfärben sich schon so schön«, sagte er. »Es ist ein herrlicher Tag, wieso also irgendwo in einem Restaurant hocken? Ich hoffe, du bist damit einverstanden?«

»Klar«, sagte sie leise.

»Alles in Ordnung?«

»Ich bin ein bisschen neben der Spur«, antwortete sie. »Ist ein seltsamer Tag heute.«

»Aber du überlegst dir das mit Roger nicht noch mal, oder?«

»Nein. Aber zu wissen, dass man etwas beenden muss, macht es nicht unbedingt leichter.« Sie warf einen schuldbewussten Blick auf ihn. »Vor allem etwas, das … schon länger geht.«

Er nahm ihre Hand und drückte sie. »Du wirst es überwinden, Clare. Meine Güte, deine Hand ist ja eiskalt!«

»Vielleicht kann die Sonne mich ein bisschen aufwärmen. Wir fahren nicht weit, oder? Ich hab es zwar nicht eilig, aber ich muss gleich wieder zur Arbeit.«

»Keine Sorge«, versicherte er ihr. »Es ist nicht weit.«

Für den Rest der Fahrt schwieg sie. Es dauerte nicht lange, und Sam bog von der Straße auf einen Feldweg ab, an dessen Ende sich ein kleiner Park befand. Ein einsamer Ort. Er stieg aus, nahm Korb und Decke aus dem Auto. Sie ging langsam hinterher. Auf der Wiese standen zwei Picknicktische, aber er breitete die Decke unter einem großen Baum aus, dessen Blätter in allen Farben leuchteten. Als Clare ihn erreichte, kniete Sam bereits auf der Decke und kramte im Picknickkorb. Er holte eine Flasche Wein heraus und öffnete sie.

Clare setzte sich im Schneidersitz auf die Decke, und Sam reichte ihr ein Glas Rotwein. Keine schlechte Idee, dachte sie. Aber den Rest des Korbes würden sie wohl nicht mehr auspacken. Er hob sein Glas. Sie stieß mit ihm an und wusste, dass ihre Augen sie verrieten. Sie konnte es nicht länger aufschieben.

Er kam ihr zuvor. »Was ist los, Clare?«, fragte er.

»Sam, du kannst dir nicht vorstellen, wie schwer mir das fällt.« Sie senkte den Blick, sie konnte ihm nicht in die Augen sehen. »Ich muss das zwischen uns beenden.«

Einen Moment lang war alles still.

Er trank einen Schluck. »Aha. Wie kommt das auf einmal?«

»Ich würde es dir gern leicht machen. Ich finde dich großartig, und du warst so wunderbar zu mir. Ich mag dich sehr. Aber meine Gefühle für dich sind nicht so stark wie deine für mich, und deswegen halte ich es für besser, wenn wir die Sache jetzt beenden. Bevor es noch komplizierter wird.«

Er starrte sie an, den Mund leicht geöffnet. Dann lächelte er schwach. »Dein Körper sagt mir aber etwas ganz anderes.«

»Ich weiß, und genau deswegen will ich nicht, dass es weitergeht. Meine Gefühle passen einfach nicht dazu.« Sie zuckte hilflos die Achseln. »Es tut mir leid. Es war nicht meine Absicht, dir etwas vorzumachen.«

»Okay«, sagte er scheinbar unbeeindruckt. »Ich gebe zu, ich habe ein bisschen viel Gas gegeben. Du hast recht – vielleicht sollten wir es langsamer angehen lassen. Ich will dich nicht unter Druck setzen. Ich habe alle Zeit der ...«

»Nein, Sam. Du warst nicht zu schnell. Du warst sehr geduldig – monatelang. Aber meine Gefühle für dich werden nicht intensiver. Ich empfinde nicht ...« Sie räusperte sich. »Da ist nichts.«

»Clare, das stört mich nicht«, behauptete er. »Ich habe dich um nichts gebeten. Ich will doch von dir keine Versprechen hören. So dumm bin ich nicht.«

»Bitte hör mir zu. Ich habe dich nicht darum gebeten, das Tempo rauszunehmen – ich habe gesagt, wir beenden das Ganze hier und jetzt. Was als Freundschaft begann, hat sich für dich in mehr verwandelt. Aber nicht für mich. Und genau aus diesem Grund möchte ich nicht weitermachen mit dir, sonst gibt es am Ende nur Heulen und Zähneklappern.«

Sam streckte die Hand aus und berührte ihr Knie. »Clare«, sagte er leise und mit ernster Stimme. »Du sprichst aber doch auf mich an. Wenn ich dich anfasse, regt sich doch etwas in dir.«

Sie schüttelte traurig den Kopf und lachte freudlos. »Nur eine Tote würde nicht auf dich reagieren, Sam. Du bist vermutlich der heißeste Mann, den ich je gesehen habe. Und ich habe es genossen, von dir begehrt zu werden. Es war schmeichelhaft.«

Sie zuckte die Achseln. »Aber ich will dir nichts vormachen. Ich bin nicht verliebt in dich.«

»Clare«, sagte er noch einmal, und es klang ein wenig verzweifelt. »Wollen wir uns nicht trotzdem eine Chance geben? Wir haben doch Spaß zusammen, das bilde ich mir doch nicht ein. Und keiner von uns hat andere Verpflichtungen, es tut also niemandem weh, wenn …«

»Doch, das tut es, Sam. Du bist kein Mann, der mal eben eine Affäre hat und unbeschadet davon zurückkehrt. Es wird dir wehtun. Und ich bin auch nicht so. Deswegen will ich hier Schluss machen. Es tut mir leid.«

»Und wann hast du das beschlossen? Denn am Freitagabend sah es noch ganz so aus, als würden wir unsere Beziehung auf die nächste Stufe heben. Ich wollte, du wolltest …«

»Das wäre ein echter Fehler gewesen.«

Er stand auf, entfernte sich ein paar Schritte und drehte ihr den Rücken zu. Sie sah zu, wie er ein paar Schlucke trank, und wartete, bis er seine Fassung zurückgewonnen hatte. Clare hatte so etwas noch nie in ihrem Leben tun müssen. Es war ja nicht so, dass es unüberwindliche Differenzen gäbe oder einer den anderen betrogen hätte, wie mit Roger. Es war schmerzhaft für sie gewesen, ihren Mann zu verlassen, aber irgendwie tat ihr das hier noch mehr weh. Sam hatte nichts falsch gemacht. Er war für sie da gewesen, hatte sich als ein besorgter und sensibler Freund erwiesen. Und welche Frau hätte nicht gern einen so leidenschaftlichen, männlichen Kerl an ihrer Seite?

Er kam wieder zurück und kniete sich hin. Sie sah, dass seine Augen feucht waren, und es zerriss ihr fast das Herz. »Bist du wirklich ganz sicher, Clare? Denn du weißt ja – ich habe mich in dich verliebt.«

»Das hatte ich vermutet, und es macht mir Angst. Es ist so schon schwer genug, Sam. Ich möchte nicht, dass es noch schwerer wird.«

»Aber wenn ich respektiere, dass du noch mehr Raum und Zeit brauchst?«

»Du würdest immer mehr in diese Beziehung investieren und ich immer weniger. Ich bin mir über meine Gefühle sehr klar, Sam.«

Er schüttelte den Kopf und lachte bitter, dann kippte er den Rest Wein aus seinem Glas in Gras. Er stellte es zurück in den Picknickkorb und sah sie an. Die Hände hatte er zu Fäusten geballt. »Es sollte heute passieren, weißt du. Unter diesem wunderschönen alten Baum. Ich wollte mit dir ein Glas Wein trinken und dann mit dir schlafen. Ich wollte Dinge mit dir tun, die noch nie jemand mit dir getan hat. Ich wollte, dass du mich anbettelst, weil du mehr willst. Ich wollte dir sagen, dass der schlimmste Tag in deinem Leben der beste Tag in meinem Leben war. Der Tag, an dem ich dich gefunden und sofort fast wieder verloren habe, alles innerhalb weniger Minuten. Ich habe noch nie so viel für eine Frau empfunden wie für dich.«

Sie spürte die Tränen auf ihren Wangen und wischte sie weg. »Du hast was Besseres verdient, Sam. Eine jüngere Frau. Eine, die so leidenschaftlich ist wie du und die zu deiner Familie passt, wenn du das möchtest.«

»Darum geht es mir nicht!«, rief er. »Du hast jahrelang mit einem Mann zusammengelebt, der dich betrogen hat. Von mir bekämst du eine Liebesbeziehung, der du vertrauen könntest. Wahre Liebe.«

»Das habe ich nie bezweifelt. Aber genau diese Leidenschaft muss auch bei mir vorhanden sein, damit das funktioniert.«

Er schluckte, wandte den Blick ab, sah sie wieder an. »Verrat mir nur eins, und bitte lüg mich nicht an. Ist es wegen Pete? Pete Rayburn?«

»Was?«, fragte sie verwirrt.

»Zwischen euch ist doch was. Das war deutlich zu spüren, als ihr gestern im Park wart.«

»Oh«, sagte sie und atmete aus. »Ja, da ist was zwischen uns. Wir haben über alte Zeiten geplaudert, wie Pete gestern bereits sagte. Zu diesen alten Zeiten gehört auch der Tod seines älteren Bruders Mike. Wir haben damals beide einen schlimmen Verlust erlitten.«

»Das wusste ich nicht.«

»Natürlich nicht. Warum hätte ich es dir gegenüber erwähnen sollen? Ich wusste ja gar nicht, dass du Pete kennst.« Sam blickte auf den Boden. »Ich wollte dir nie wehtun, Sam. Das musst du mir glauben.«

Er sah wieder auf. »Ich wollte mich gar nicht in dich verlieben. Aber über manche Dinge haben wir eben keine Kontrolle«, sagte er und stand auf. »Wir sollten gehen. Es wird ja wohl kein Picknick mehr geben.« Er streckte die Hand aus, um ihr aufzuhelfen, und sie ergriff sie.

»Kommst du klar?«, fragte sie.

»Ich werd's überleben«, meinte er und lächelte unsicher. »Aber küss mich noch einmal, Clare. Als Abschiedskuss.«

»Ich glaube nicht, dass das eine gute …«

»Mehr verlange ich nicht von dir. Ich möchte mich an etwas Schönes erinnern, wenn ich an den heutigen Tag denke.« Und damit zog er sie in seine Arme und küsste sie. In diesem Moment wusste sie, dass sie genau das Richtige getan hatte. Sie spürte seinen Mund, leidenschaftlich wie immer. Da war auch die vertraute Versuchung. Aber sonst nichts. Dann spürte sie seine Tränen auf ihren Wangen, und ihr Herz brach.

Er machte sich los und zog den Kopf ein, damit sie seine Tränen nicht sah, bückte sich, nahm den Picknickkorb und die Decke und lief zum Auto. Dabei wischte er sich ungeduldig über die Augen. »Komm!«, rief er. »Es bringt nichts, noch länger hierzubleiben.«

Sie war bei ihm, bevor er einsteigen konnte, packte ihn am Ärmel und drehte ihn zu sich um. »Sam, irgendwo da draußen gibt es die richtige Frau für dich. Eine wunderbare, hingebungsvolle Frau, deren Leidenschaft mit deiner mithalten kann. Das kann ich dir versprechen.«

Zweifelnd lachte er. »Das ist das Letzte, was mich interessiert.«

Clare wusste nicht, wohin sie gehen sollte. Sie war nicht in der Verfassung zu arbeiten und beschloss, ihrem Vater zu sagen, dass sie sich für den Rest des Tages freinehmen wollte. Sie rief ihn aus dem Auto an. Da sie nichts mit sich anzufangen wusste, fuhr sie kurz entschlossen zu Maggies Kanzlei, in der Hoffnung, ihre Schwester allein anzutreffen.

Kaum hatte sie Maggies schickes Büro betreten und die Tür hinter sich geschlossen, brach sie in Tränen aus.

»Was um alles in der Welt …«

»Maggie, es war schrecklich. Ich habe ihm das Herz gebrochen.«

Dafür, dass sie so zierlich wirkte, war Maggie ziemlich stark. Das war wahrscheinlich so ein Anwaltsding. Sie war ein Fels in der Brandung, vollkommen furchtlos. »Hör auf zu heulen!«, befahl sie, doch Clare schluchzte nur umso heftiger. Maggie reichte ihrer Schwester die Taschentuchbox. »Hör auf zu weinen, und erzähl mir stattdessen, was genau passiert ist.«

»Er wollte mit mir in einem abgelegenen kleinen Park picknicken. Er hatte sich schon genau vorgestellt, was sich alles auf dieser Decke abspielen würde. Doch stattdessen habe ich ihm erklärt, dass ich ihn nicht mehr treffen will und seine Gefühle nicht erwidern kann.«

Maggie kippte fast vom Stuhl. »Wieso denn das nicht?«, fragte sie.

»Was soll ich sagen?«, antwortete Clare. »Es stimmt ja – ich habe auf ihn reagiert. Und ich hatte auch richtig Lust drauf. Nur ist da keine Liebe in meinem Herzen.«

»Sogar ich habe auf diesen Mann reagiert! Das ist doch kein Beweis!«

»Er hat mir gesagt, dass der Tag, an dem er mich kennengelernt hat, der beste Tag seines Lebens war.«

»Und du konntest nicht wenigstens … Du wärst doch damit keine Verpflichtung eingegangen.« Maggie schüttelte den Kopf. »Frauen. Hättest du es nicht eine Zeit lang genießen können? Bis du emotional wieder Boden unter den Füßen hast?«

»Um ihn dann, nachdem ich ihn eine Weile benutzt habe, in die Wüste zu schicken? Oh, Maggie…«

»Schon gut, schon gut.« Maggie gab nach. »Das war wirklich sehr anständig von dir, Clare. Was soll's. Er ist neunundzwanzig. Er hat noch jede Menge Zeit für ernste Beziehungen.«

»Ich hätte vielleicht schon früher anständig sein sollen«, sagte Clare und putzte sich lautstark die Nase.

Maggie stand auf, ging zu ihr und lehnte sich an den Schreibtisch. Wenn sie etwas nicht mochte, dann waren es weinende Frauen. Sie selbst weinte nie. Sie konnte sich nicht daran erinnern, wann ihr das zum letzten Mal passiert war. Aber in ihrer Eigenschaft als Rechtsanwältin, die sich vor allem mit Scheidungsfällen befasste, wurde sie leider häufiger mit weinenden Frauen konfrontiert. »Ich sag dir jetzt mal was, und du hörst besser gut zu. Du hast nichts falsch gemacht. Frauen gehen mit Männern aus. Sie flirten, reagieren auf Flirten, experimentieren mit ihren Gefühlen, um auszuloten, ob es für mehr reicht oder nicht. Frauen und Männer haben oft Sex, bevor sie wissen, ob es überhaupt eine Grundlage für eine zukünftige Beziehung gibt. Es gibt nun mal keine andere Möglichkeit, um den Richtigen zu finden: Man muss herumexperimentieren. Wer das nicht riskiert, endet als das genaue Gegenteil. Einsam. Und das ist noch schlimmer als die Heulattacke in dem Moment, in dem man mit jemandem Schluss machen muss. Ich bin jedenfalls stolz auf dich, dass du das getan hast, was du für das Richtige hältst. Also hör auf, dir Vorwürfe zu machen, weil du es nicht früher getan hast.«

»Er war wirklich am Boden zerstört. So was Schlimmes hab ich noch nie erlebt. Und auch noch nie verursacht.«

»Tja, wer weiß? Vielleicht hätte es am Ende doch funktioniert, und es hätte sich gelohnt, es auszuprobieren. Aber normalerweise sagt man, dass mindestens sechs Monate vergangen sein müssen, bevor man eine neue Beziehung beginnt. Diese ganzen Kehrtwenden sind ja keine Fiktion.«

»Ich wünschte nur, ich könnte es ihm irgendwie leichter machen«, sagte Clare.

»Und ich weiß auch, wie«, sagte Maggie. »Du hast dich entschieden, einen glatten Schnitt zu machen. Also bleib dabei. Wenn er anruft oder vorbeikommt, sei freundlich, aber entschieden – es ist vorbei. *Das* macht es ihm leichter. Und dir auch.«

»Er wollte unbedingt einen Abschiedskuss. Und dann habe ich seine Tränen auf meiner Haut gespürt«, schluchzte sie.

»Meine Güte«, sagte Maggie. »Er sieht nicht nur verdammt gut aus, sondern ist auch noch sensibel. Wieso ist er Single? Irgendwo muss da doch ein Haken sein.«

»Vielleicht, dass er alleinerziehend ist? Und bei seiner Mutter wohnt?«

»Er wohnt bei seiner Mutter?«

»Sie hilft ihm mit seiner Tochter. Wahrscheinlich ist es einfach praktischer so.«

»Das hat aber ganz bestimmt Auswirkungen auf sein Sexleben.«

»Bist du wirklich sicher, dass ich nichts falsch gemacht habe?«

»Hundertprozentig. Wenn es nicht läuft, läuft es nicht. So was kann man nicht erzwingen.«

»Hättest du an meiner Stelle dasselbe getan?«

»Ich?«, fragte Maggie. »Verdammt, nein! Ich hätte massenhaft völlig bedeutungslosen Sex mit ihm gehabt!«

Maggie rief Sarah an. »Könnte sein, dass wir ein Problem haben. Sie hat es wirklich durchgezogen. Clare hat mit Sam Schluss gemacht.«

»Echt?«, fragte Sarah und versuchte, nicht allzu hoffnungsfroh zu klingen. »Geht es ihr gut?«

»Ehrlich gesagt, ist sie ziemlich fertig deswegen. Aber nicht, weil sie es bereut. Sondern weil *er* wohl richtig traurig war. Und ich Trottel habe ihn zu ihrer Überraschungsgeburtstagsparty am Samstag in zwei Wochen eingeladen.«

»Davon hast du mir ja gar nichts gesagt!«

»Tut mir leid, nicht dran gedacht. Ich hatte Jason nach ein paar Leuten gefragt, die sie vielleicht gern dabeihätte, und da hat er mir unter anderem Sam genannt. Soll ich ihn jetzt besser anrufen und ihm absagen?«

»Das wäre reichlich unhöflich«, gab Sarah zu bedenken.

»Ich habe Clare zu einem glatten Schnitt geraten. So wird das natürlich nichts.«

»Maggie, wenn er aufgewühlt und traurig ist und sie nicht sehen will, wird er nicht kommen.«

»Und wenn doch?«, fragte sie.

»Dann hoffe ich, dass er sich benehmen kann.«

Außerdem möchte ich gern, dass er kommt, dachte Sarah. Ich möchte wissen, wie es ihm geht, wie er Clare ansieht. Und mich. Mal sehen, was er zu bieten hat.

In der folgenden Woche ertappte sich Clare dabei, dass sie immer wieder völlig in Gedanken versunken war. Im Laden bekam sie es nicht mit, wenn man sie ansprach, und wenn sie abends zu Hause vor dem Fernseher saß, wusste sie hinterher nicht, was sie überhaupt gesehen hatte.

Im Eisenwarenladen behielt sie immer den Eingang im Blick. Vielleicht würde Sam wegen seiner Rasensprengerköpfe hereinschauen – aber natürlich tat er das nicht. Sie überprüfte permanent ihr Handy auf Nachrichten aus Sorge, er könnte sich gemeldet haben und ihre schmerzhaften Gefühle vom Montag würden dadurch wieder hochkommen. Aber er meldete sich nicht.

Einerseits war Clare froh darüber. Bis auf die Tatsache, dass sie sich seinetwegen Sorgen machte. Andererseits war jedoch auch denkbar, dass er die Sache bereits abgehakt und sich bereits eine Jüngere gesucht hatte, die besser zu ihm passte. Aber sie ging eher davon aus, dass er litt. Diese Sache mit dem glatten Schnitt war nicht leicht – auch nicht für sie. Als sie seinen tiefen Schmerz gesehen hatte, hätte sie ihn am liebsten in den Arm genommen und getröstet und ihm versucht zu erklären, dass es so besser war.

Hoffentlich stellte er sie nicht auf die Probe.

Sam war allerdings nicht der einzige Mann, an den sie dachte. Auf eine völlig andere Weise beherrschte Pete ihre Gedanken – und das, was er ihr erzählt hatte. Sie versuchte die Vergangenheit in einem neuen Licht zu sehen, versuchte sich zu erinnern, ob sie an ihrem besten Freund irgendwann einmal ein Anzeichen für seine heimliche Liebe wahrgenommen hatte. Ihr fiel nichts ein.

Als Mike seinen Abschluss hatte und in Reno Kurse belegte, hingen Pete und Clare die ganze Zeit zusammen. Als wollte Pete Mikes Interessen beschützen. Zum ersten Mal wunderte sie sich, dass Pete nie eine Freundin gehabt hatte. Er ging zwar mit Mädchen aus, aber die Richtige schien nie dabei gewesen zu sein. Warum war ihr das damals nie aufgefallen? Sie hatten doch immer über alles gesprochen – warum nicht darüber?

Wenn Mike zu Hause war, unternahmen sie meist zu dritt etwas. Pete war eigentlich nur dann nicht dabei, wenn sie und Mike ihre Stunden zu zweit brauchten. Ansonsten gingen sie zusammen ins Stadion, ins Kino, auf Partys, zum Skifahren und an den Strand oder taten einfach gemeinsam gar nichts. Später setzten sie und Mike Pete dann zu Hause ab, parkten irgendwo und sorgten dafür, dass die Autoscheiben von innen beschlugen. Pete wusste das. Wie sehr musste ihm die Vorstellung gequält haben.

Sie fragte sich, wie es wohl gekommen wäre, wenn die Dinge anders gelaufen wären. Wäre diese eine Nacht nicht gewesen, hätte Mikes Tod sie und Pete vielleicht noch enger verbunden. Dann wäre vielleicht sogar ein Paar aus ihnen geworden – Clare hatte Pete schließlich wie einen Bruder geliebt. Diese Liebe hätte sich durchaus in etwas anderes verwandeln können – wie sie in jener Nacht in ihrer Wohnung herausgefunden hatte.

Was, wenn Pete ihr in jener Nacht erzählt hätte, dass er sie immer gewollt und begehrt hatte? Wäre sie zu schockiert gewesen, um weiterzumachen? Oder hätte sich im Nachhinein alles weniger nach Sünde angefühlt? Was, wenn Pete stärker und klüger als sie gewesen wäre und das Gespräch gesucht hätte, bevor sie Roger begegnet war?

Zum ersten Mal nach all der Zeit ging ihr auf, dass Pete noch mehr gelitten haben musste als sie. Er hatte mit voller Absicht und in dem vollen Bewusstsein gehandelt, dass es falsch war. Das musste ihn unglaublich belastet haben. Clare war sich nicht sicher, ob sie froh darüber war, dass Pete ihr von seinen Gefühlen erzählt hatte. Ganz klar, das hätte er nicht tun müssen – ihre Freundschaft war auch ohne irgendwelche Bekenntnisse wieder erwacht. Abgesehen davon, dass auch von Pete weder etwas zu sehen noch zu hören war.

Und dann war da noch Roger, an den sie auch immer wieder denken musste. Sie fragte sich, wie es ihm wohl ging, seit das mit der Scheidung offiziell war. Doch er hatte nicht wieder angerufen. Es war eine lange, leere Woche, voller Fragen und ohne Antworten.

Als Clare am Freitagmorgen in den Laden kam, erwartete George sie mit besorgter Miene an der Verkaufstheke. »Irgendwas stimmt mit deiner Schwester nicht, und ich möchte herausfinden, was«, sagte er.

»Maggie?«

»Nein, Sarah. Sie hat sich verändert. Zuerst ist es mir gar nicht aufgefallen – ich bemerke so was ja nicht.«

»Was meinst du mit ›so was‹?«

»Frisur und Kleidung. Alles anders.«

»Was? Ich habe Sarah doch noch am Sonntag gesehen, da war alles wie immer.«

»Es ist ja auch ganz neu«, beklagte George sich noch einmal, dann verschwand er nachdenklich in seinem Büro.

Clare bekam ein flaues Gefühl in der Magengegend. Sarahs Veränderung nach dem Tod ihrer Mutter war zu schlimm gewesen. Auf der Beerdigung war es Sarah gewesen, die am meisten geweint hatte. Danach hatte sie sich zurückgezogen, war regelrecht aus dem Leben verschwunden. Sie stand morgens nicht mehr auf, aß kaum noch. Dann kam Dotty an Bord und zwang sie aus dem Bett, schob sie unter die Dusche, fütterte sie beinahe. Aber es war furchtbar mit anzusehen.

Maggie und Clare waren natürlich alles andere als objektiv, denn auch sie litten sehr unter dem Tod ihrer Mutter, aber sie hatten beide kleine Kinder, die ihre Mütter brauchten. Sie konnten sich nicht hängen lassen. Ironischerweise war es Roger, der es damals auf den Punkt brachte: »Sie ist krank, Clare. Wir müssen sie zum Arzt bringen. Das ist keine normale Trauer mehr. Sarah braucht Hilfe, und zwar schnell.«

In der Tat bestätigte sich Rogers Vermutung, und Sarah kam ins Krankenhaus. Dank der Medikamente verschwand ihre Depression schnell, und nach zwei Wochen wurde sie wieder entlassen. Aber ihre Veränderung war damit noch nicht abgeschlossen. Sarah fand großen Trost in ihren Therapiesitzungen und ihren neuen Hobbys, Malen und Weben. Darüber vergaß sie aber zunehmend ihr Äußeres. Wäre es nicht so schleichend geschehen, hätte man es leicht als Trotzreaktion erkennen können. Ihre Kleidung veränderte sich zuerst. Statt schicker, figurbetonter Klamotten trug sie nun langweilige weite Säcke, und sie hörte auf, sich zu schminken. Als Nächstes verschwanden die Kontaktlinsen, und sie trug wieder ihre alte Brille. Ihre Haare, die sie früher stundenlang gekämmt und zu wilden Frisuren aufgetürmt hatte, hingen jetzt strähnig und platt herunter. Früher hatte man nie gewusst, mit welcher Haarfarbe Sarah als Nächstes auftauchen würde – Schwarz, Rot, Hellblond oder eine Mischung aus allem. Jetzt präferierte sie ihre natürliche Haarfarbe, ein eher nichtssagendes Aschblond. Es wirkte fast so, als wollte sie unsichtbar sein.

Stundenlang saß sie vor ihrer Staffelei oder an ihrem Webstuhl, man konnte sie kaum von der Arbeit weglocken. Irgendwann beschloss sie, ihren Schulabschluss nachzuholen, und ein kollektives Aufatmen ging durch die Familie McCarthy. Von diesem Punkt an blieb sie, wie sie war.

»Ich wünschte nur, ich hätte ein paar dieser sinnvollen Entscheidungen vor Mamas Tod getroffen«, gestand Sarah ihren Schwestern, als diese mal wieder besorgte Bemerkungen über ihr Äußeres machten.

»Mama hätte nicht gewollt, dass du deinem Aussehen überhaupt keine Bedeutung mehr beimisst«, widersprachen sie ihr.

»Ich wette, mein jetziger Look wäre ihr lieber als der alte«, meinte Sarah nur und wandte sich wieder ihrer Malerei oder ihrem Kunststudium zu.

Wenn es nur diese beiden Möglichkeiten für sie gab, sollte Sarah lieber etwas Produktives tun, da waren sie sich einig. Hauptsache, sie war wieder gesund – und das bescheinigte ihr der Arzt. Sie hatte offensichtlich das Gefühl, für ihr wildes, zügelloses Leben bezahlen zu müssen. Das war ihr wichtiger, als chic auszusehen.

Deswegen verschwendete Clare diesmal keine Zeit und machte sich sofort auf den Weg zu Sarah. Sie hatte Angst. Wie würde Sarah sich ihr präsentieren? War sie wieder krank? Doch als sie die Tür zu Sarahs Laden öffnete und das Glöckchen klingelte, kam eine junge Frau aus dem Atelier nach vorne. Sie erkannte sie kaum. Clare erschrak und trat einen Schritt zurück. »Sarah?«

Ihre Schwester lächelte und neigte den Kopf zu Seite. »Hey, du«, sagte sie.

Sie hatte sich Strähnchen machen lassen, und ein frischer Bob-Schnitt rahmte ihr hübsches Gesicht ein. Ihre Augen schimmerten fast mystisch grün, sie trug Skinny Jeans zu einer weißen Bluse, die sie in die Hose gesteckt und fast ziemlich weit aufgeknöpft hatte. Und Stiefel! Schicke Stiefel mit schmalem, hohem Absatz.

»Sarah!«, keuchte Clare. »Mein Gott!«

»Was sagst du?«

»Was ich sage? Ich glaube, dein neuer Look hat Dad zehn Jahre seines Lebens gekostet!«

»Das wollte ich nicht.«

Clare ging auf sie zu. »Was um alles in der Welt ist denn mit dir passiert? Bist du hypnotisiert worden oder so was?«

»Nein«, antwortete Sarah lachend. »Eigentlich bist du daran schuld.«

»Ich? Ich habe doch gar nichts gesagt!«

»Nein, viel besser! Als ich dich letzten Freitag in dem Restaurant gesehen habe, sahst du so unglaublich aus. Wirklich. Ich meine, du siehst immer toll aus, aber normalerweise sieht man dich nur in Jeans. Ich weiß nicht, wieso – aber mir ist irgendwie nie aufgefallen, wie schön du bist, wenn du dich zurechtmachst. Und dieses Kleid!«

»Dieses Kleid habe ich seit drei Jahren.«

»Okay, dann war es die Kombination. Das Kleid, das übrigens sehr sexy an dir aussieht, aber auf die elegante und schicke Art. Deine Brüste kommen nicht raus oder so was. Und dein gut aussehender Begleiter hat trotzdem gesabbert. So kam ich drauf. Meine große Schwester, die noch nicht mal geschieden ist, genießt ihr Leben.«

»Oh, Sarah«, sagte Clare und spürte, wie ihr Tränen in die Augen stiegen. »Bitte sag mir, dass bei dir alles in Ordnung ist! Du hast nicht gerade eine manische Phase oder so was?«

»Mein Gott, wie ich das hasse! Ihr denkt alle immer noch, ich spinne! Richtig, mir ging es verdammt schlecht, als Mom starb, aber ich habe mir helfen lassen. Und seitdem geht es mir gut! Ich weiß, du findest es vermutlich spießig – meine Kunstwerke, mein kleiner Laden. Aber das hier ist meine Welt! Ich habe nur beschlossen, meine Welt etwas zu erweitern. Ich kann auch bildhauern und weben, wenn ich nicht so langweilige Klamotten trage.«

Clare strich ihrer Schwester übers Haar.

»Weißt du, was ich cool fände, Clare? Wenn der Kellner ein Auge auf mich wirft, wenn wir uns das nächste Mal zu dritt auf ein Glas Wein treffen.«

»Schätzchen …«

»Eins ging mir auf, als ich dich letzte Woche gesehen habe: Das Leben kann mehr sein als das hier. Es kann wunderschön sein und Spaß machen. Ich glaube, ich habe mich all die Jahre versteckt, weil ich Angst hatte, etwas zu wagen, und davor, dass ich wieder außer Kontrolle geraten könnte.«

»Versprich mir, dass du nicht zu viel wagen wirst.«

»Ich bin dreiunddreißig, Clare.«

»Aber du bleibst immer meine kleine Schwester.«

»Deswegen muss man mich nicht mit Samthandschuhen anfassen! Hast du eine Ahnung, wie anspruchsvoll es ist, eine

Ausstellung vorzubereiten? Wie stressig es ist, etwas Großes zu verkaufen, damit ich im Geschäft bleibe? Ich bin kein Baby mehr. Ich bin stark.«

Clare musste lächeln. »Ich glaube, ich habe es wohl etwas an Anerkennung mangeln lassen. Das hier ist gut! Maggie wird sterben, wenn sie dich sieht!«

»Ich hoffe, aus Freude und nicht vor Schreck!«

10. Kapitel

Zu ihrem vierzigsten Geburtstag luden Sarah und Maggie Clare in ein Day Spa ein, wo sie sich Massagen, Facials, Maniküren, Pediküren und ein Hairstyling gönnten. Weil sie danach noch chic essen gehen wollten, hatten sie entsprechende Kleidung dabei.

Sarah hatte sich zu diesem Anlass ein neues Kleid geleistet. Ein dunkelgrünes, schmal geschnittenes Strickkleid, das ihre Figur betonte und ihre Augen strahlen ließ. Sie sah darin so schön aus, dass Clare mit den Tränen kämpfte. »Das schönste Geburtstagsgeschenk ist, dass du wieder die alte Sarah bist. Ich habe dich noch nie so zauberhaft gesehen.«

»Zwischen euch beiden war ich doch eh immer das Mauerblümchen«, sagte Sarah.

»Und gefällst du dir so auch besser?«, fragte Clare. »Mit deinem wunderschönen neuen Ich?«

»Ich staune vor allem darüber, dass ich nicht früher darauf gekommen bin, wie gut sich das anfühlt! Vielleicht ist heute Abend ja *der* Abend«, sagte sie. »Vielleicht baggert mich der Kellner an oder so was.«

»Nicht so schnell«, unterbrach Maggie und hielt Clare ihr Handy hin. »Anscheinend hast du deins ausgeschaltet. Jason ist dran. Er hat sich ausgesperrt.«

»Wie kann das denn passieren?«, fragte sie. Sie sprach kurz mit ihrem Sohn, dann gab sie Maggie das Handy zurück. »Tut mir leid, aber können wir vor dem Dinner noch kurz bei mir vorbeifahren und ihn reinlassen? Er sagt, Grandpa ist nicht aufzutreiben.«

Das sei gar kein Problem, versicherten sie ihr. Und so fuhren sie los. Als sie sich Clares Haus näherten, war die Straße vollkommen zugeparkt. »Anscheinend feiert hier jemand eine Party«, vermutete Clare. In ihrem Haus war alles dunkel. Jason stand draußen, scharrte mit den Füßen und bibberte in der Kälte. »Tut mir leid, Mom«, sagte er entschuldigend.

»Hast du schon wieder deinen Schlüssel verloren?«, fragte sie.

»Scheint so …«

»Ich schwör's, den nächsten lasse ich in deinen Kopf einbauen«, sagte sie und schloss ihm die Haustür auf.

Ein Haus voller Menschen schrie »ÜBERRASCHUNG!« und haute sie fast um. Über dreißig Leute standen in ihrem Wohnzimmer, ihre gesamte Familie und die Nachbarn, dazu Angestellte aus dem Eisenwarenladen, ein paar Freundinnen, mit denen sie seit der Highschool noch in Kontakt geblieben war. Am hinteren Ende des Raums entdeckte sie auch Sam und Pete. Und ein Stückchen daneben Roger und Bob. Oh, Mann, dachte Clare. Das kann ja noch interessant werden.

Sie drehte sich zu ihren Schwestern um. »Wie habt ihr das denn angestellt?«

»Wir brauchten ja nur eine Gästeliste und mussten Essen bestellen. Den Rest haben Dad, Bob und die Kinder erledigt.«

»Eine Super-Gästeliste!«, sagte Clare, als sie ins Haus trat. Sie begrüßte jeden einzeln, inklusive der drei Männer, an die sie zuletzt so viel gedacht hatte. Jemand drückte ihr ein Glas Wein in die Hand, das sie etwas zu schnell trank. Die Stereoanlage war voll aufgedreht, auf dem Tisch stand jede Menge Essen, Wohnzimmer und Küche waren mit Ballons und Luftschlangen geschmückt. Die Türen zum Garten waren geöffnet, und in der Feuerschale brannte ein Feuer, um das sich die Jüngeren – Jason und sein Kumpel Stan, Hillary und ihre Freundin Lucy, Lindsey und ihr Freund Christopher – geschart hatten.

Nach dem zweiten Glas Wein konnte sie sich auch mit einigen ihrer Gäste unterhalten, die sie selbst nicht zwingend eingeladen hätte.

Zuerst Roger. »Wie geht es dir?«, erkundigte sie sich.

»Es tut mir leid, Clare. Ich war eigentlich gar nicht eingeladen. Ich bin nur vorbeigekommen, weil ich dir kurz zum Geburtstag gratulieren wollte, da hat Bob mich überredet zu bleiben.«

»Schon okay, Roger. Wie hat Jason es aufgenommen?«

Roger zuckte mit den Schultern und sah in Richtung Garten. »Er macht einen großen Bogen um mich. Darf ich dich kurz entführen? Ich habe etwas für dich, und ich möchte nicht, dass jemand es mitbekommt.«

»Oh, Roger ...«

»Nein, keine Sorge. Ich weiß, wo wir stehen. Komm nur kurz mit«, sagte er, nahm sie an der Hand und zog sie in den Flur, wo die anderen Gäste sie nicht hören konnten. Er zog eine kleine Geschenkschachtel aus der Tasche. »Zu deinem Vierzigsten sollst du etwas Besonderes bekommen«, sagte er. »Und auch dafür, dass du es sechzehn Jahre mit mir ausgehalten hast.«

Sie wollte es erst nicht annehmen. »Roger, ich wünschte, du hättest das nicht...«

»Dann nenn es von mir aus ein Scheidungsgeschenk«, unterbrach er sie. »Ganz egal. Verkauf es, versetz es, mir egal. Ich will nur, dass du weißt, dass ich langsam mit der Sache abschließen kann – das wolltest du doch, oder? Aber es wäre nicht richtig, es ungesagt zu lassen: Du warst wunderbar zu mir. Ich war nicht so wunderbar zu dir, und das bereue ich zutiefst. Ich fände es schön, wenn wir Freunde bleiben könnten.« Er hielt ihr die Schachtel hin. »Bitte.«

Widerstrebend, fast ängstlich, nahm Clare die Schachtel und öffnete sie langsam. Sie enthielt einen unwiderstehlich schönen Diamant-Anhänger an einer Platinkette. »Roger, das kommt nicht infrage. Viel zu wertvoll.«

Er schloss seine Hand um ihre und die Schachtel. »Du hast es verdient. Und keine Sorge – das soll keinen Versuch darstellen, dich zurückzugewinnen. Inzwischen habe ich kapiert, dass mir das nicht gelingen wird. Trotzdem bleibe ich dabei, Clare: Danke für sechzehn Jahre und unseren Sohn.«

»Roger, das ist vermutlich das Wunderbarste, was du je zu mir gesagt hast.«

»Hmm. Auch das bereue ich.« Er warf einen Blick über die Schulter rüber zum Buffet. »Ich glaube, ich schulde deinem jungen Verehrer eine Entschuldigung.«

»Er ist nicht mein junger Verehrer – wir sind nur Freunde. Trotzdem wäre es eine nette Geste. Aber nur, wenn dir wirklich danach ist.«

»Ja. Okay.«

Sie legte ihm eine Hand auf die Wange. »Vielen Dank, Roger. Sowohl für das Geschenk als auch für den Gedanken. Die Kette ist sehr schön.«

»Möchtest du sie gleich tragen?«, fragte er.

»Wieso nicht?«, sagte sie und drehte sich um, damit er sie ihr umlegen konnte. »Komm, ich stelle dir Sam vor.«

Sie nahm ihn an der Hand und führte ihn quer durch den Raum zur Hintertür, wo Sam mit einem Bier in der Hand stand. »Sam, das ist Roger, den du unter nicht sehr vorteilhaften Bedingungen kennengelernt hast.«

Roger streckte ihm die Hand hin. Sam nahm sie, wenn auch etwas widerwillig. »Ich wollte mich entschuldigen. Es war schlimm, was ich da veranstaltet habe. Glauben Sie mir, das ist sonst nicht meine Art.«

»Freut mich zu hören. Sonst würde ich mir Sorgen machen.« Er sah Clare an. »Schöne Kette.«

»Ein Scheidungspräsent. Stimmt's, Roger?«, sagte sie lächelnd und berührte sie.

»Ja. Es kam mir richtig vor, nach allem, was Clare mit mir

durchmachen musste. Das war das Mindeste, das ich…« Da gesellte sich Pete zu ihnen und drückte Clare ein Glas Wein in die Hand. »Mir ist aufgefallen, dass das Glas des Geburtstagskindes leer ist, und das darf nicht sein.«

Sie lachte. Inzwischen hatte sie so viel Wein getrunken, dass sie sich nicht mehr allzu viele Gedanken machte. »Ich glaube, ich mache lieber mal langsam. Wer weiß, was sonst passiert.« Sie hickste wie zum Nachdruck.

Auf der anderen Seite des Raums setzte sich Maggie neben Sarah, die damit beschäftigt war, Clare zu beobachten. Maggie folgte ihrem Blick. »Sieh dir unsere Schwester an«, sagte sie. »Und all diese Männer. Diese drei unglaublichen Männer, wie sie sie zum Lachen bringen und ihr an den Lippen hängen. Gott im Himmel.«

»Ja, aber einer von ihnen ist Roger«, sagte Sarah.

»Trotzdem, eins musst du zugeben – sie sehen alle verdammt gut aus. Sogar Roger. Und wenn Clare einmal aus ihrer Schale, ihrem Schneckenhaus, gekrochen ist, dann gibt es kein Zurück!«

Es war ein denkwürdiger Anblick – drei sehr unterschiedliche Männer, aber alle drei sehr attraktiv. Sam mit den schwarzen Haaren und den Grübchen, Pete mit den braunen Haaren und dem sonnengebräunten Gesicht und der blonde, in seiner Traurigkeit schöne Roger.

»Es ist ihr Geburtstag. Meinst du, einer von ihnen bleibt länger?«, fragte Sarah.

»Wenn sie noch einen Wein trinkt, nimmt sie vermutlich alle drei«, sagte Maggie.

Sie starrten ungeniert zu ihr rüber und lehnten sich sogar zur Seite, als ihnen jemand den Blick verstellte. »Ist das nicht erstaunlich?«, fragte Maggie.

»Ganz erstaunlich«, pflichtete Sarah ihr bei.

Aber in Wirklichkeit galt Sarahs Aufmerksamkeit Sam. Sie betrachtete ihn schon den ganzen Abend. Beobachtete, wie er

Clare ansah. Sie fand, es wirkte etwas sehnsüchtig. Vielleicht auch traurig, schwer zu sagen. Vor allem fiel ihr auf, dass immer, wenn er nicht in ein Gespräch verwickelt war, seine Augen zu Clare wanderten.

Es war ja auch erst ein paar Wochen her. Hauptsache, Clare sah *ihn* nicht sehnsuchtsvoll an. Doch die war vollauf damit beschäftigt, ihren Geburtstag zu genießen und Spaß zu haben. Wenn sie Sam ansah, lächelte sie, aber ohne Herzschmerz.

In Sarahs Augen war es jetzt offiziell. Clare hatte mit ihm abgeschlossen, und Sam war ebenfalls auf dem Weg, sich von ihr zu lösen. Sarah hätte nichts dagegen, ihm dabei etwas unter die Arme zu greifen. Falls sie die Möglichkeit dazu bekam.

Clare hatte ihren Spaß mit Roger, Pete und Sam. Sie war umhergegangen, hatte alle Gäste begrüßt und die ganze Zeit kaum etwas gegessen, daher fühlte sie sich ein bisschen albern und herrlich unbeschwert. Dann fiel ihr auf einmal auf, dass sie ausgerechnet mit den drei Männern zusammenstand, mit denen sie mal im Bett gewesen war. Okay, mit Sam war sie zwar nicht wirklich im Bett gewesen, aber sie wusste, was er hatte, konnte und beinahe getan hätte. Kein nennenswerter Unterschied also. Clare wurde blass. Ach du Scheiße, dachte sie. Bin ich verrückt geworden?

Sie täuschte ein Lächeln vor. »Entschuldigt mich bitte kurz«, sagte sie ziemlich lahm. »Ich sollte mal wieder eine Runde drehen.«

»Klar«, sagte Roger.

»Naturlich«, sagte auch Pete.

»Dann werde ich mich verabschieden«, meinte Sam. »Danke für die Einladung.«

»Danke fürs Kommen«, erwiderte sie und streckte ihm die Hand hin.

Er ignorierte sie und drückte ihr stattdessen einen Kuss auf die Wange. »Die Vierzig steht dir gut. Herzlichen Glückwunsch zum Geburtstag!«

Sam schnappte sich seine Jacke und trat zur Haustür hinaus. Er war schon auf dem Bürgersteig, als jemand seinen Namen rief. »Sam?« Er drehte sich um und sah Sarah auf sich zukommen. Sie rieb sich in der Kälte die Arme.

»Hey«, begrüßte er sie.

»Ich wollte mich nur kurz verabschieden. Danke, dass du da warst.«

»Danke für die Einladung, Sarah.«

»Ich hoffe, du hattest einen schönen Abend. Clare hat mir erzählt, dass ihr euch nicht mehr trefft. Deswegen dachte ich, du würdest vielleicht nicht kommen. Ich freue mich, dass du trotzdem da warst.«

»Hmm, ich auch. Ich muss gestehen, ich habe dich zuerst gar nicht erkannt. Ich fürchte, ich war am Abend unseres Kennenlernens nicht sonderlich aufmerksam.«

Sie lachte und zitterte im selben Moment. Egal, dachte sie. Sie würde diese arktische Kälte ertragen, um ein paar Minuten mit ihm allein zu sein. Vor allem, wenn sie dadurch herausfinden konnte, wie es um seine Gefühle bestellt war. »An dem Tag war ich sowieso völlig durch. Hatte lang gearbeitet. Und keine Zeit, mich vor dem Treffen mit meinen Schwestern noch großartig in Schale zu werfen. Wahrscheinlich habe ich furchtbar ausgesehen.«

»Nein«, widersprach er und schüttelte den Kopf. »Ich glaube, du siehst nur ohne Brille so anders aus.«

»Ach so! Ich trage immer Brille bei der Arbeit. Mit den Kontaktlinsen würden meine Augen zu schnell austrocknen und anfangen zu brennen.«

»Was machst du denn beruflich? Clare hat es mir zwar wahrscheinlich erzählt, aber ich habe es vergessen.«

»Kunst. Ich bin Künstlerin. Ich habe einen kleinen Laden mit Atelier. Im Laden verkaufe ich Künstlerbedarf.«

»Ach doch, das hat sie erwähnt«, sagte er und dachte:

Diese Schwestern sind alle drei wunderschön. Sarah lächelte. Ja, dachte er. Unglaublich schön. Sarah war vermutlich die schönste von allen, und sie war jünger als Clare. Wie viel noch mal? Sieben Jahre? Sarah zitterte wieder. Obwohl er eigentlich gehen wollte, schlüpfte er aus seiner Jacke und legte sie ihr um die Schultern. Auf keinen Fall, dachte er im selben Moment. Ich werde mich nicht noch einmal von einer von denen herumschubsen lassen.

»Aber jetzt frierst *du*«, protestierte sie.

»Ich muss jetzt sowieso los. Ich bringe dich nur eben wieder rein, dann nehme ich meine Jacke und verschwinde.« Er legte ihr eine Hand auf den Rücken und schob sie sanft in Richtung Haus.

»Vermutlich hast du noch was vor …«

Er lachte. »Wohl kaum«, sagte er. Sie waren Schwestern. Vermutlich wussten sie sowieso alles über ihn, warum sollte er ihr also etwas vormachen? »Ich glaube, ich brauche fürs Erste keine Verabredungen mehr.«

Sie drehte sich zu ihm um. »Geht es dir gut, Sam?«, fragte sie.

»Aber ja, Sarah«, sagte er schulterzuckend. »Es gehören immer zwei dazu, du weißt schon. In diesem Fall war es offensichtlich nur einer. Aber das Leben geht weiter. Ich war heute Abend nur hier, um Clare zu zeigen, dass ich nicht sauer bin oder so was.«

»Das ist sehr nett von dir«, sagte Sarah.

»Ja, ich bin halt ein toller Typ.«

Sie gab ihm seine Jacke zurück. »Danke«, sagte sie. »Bis dann.« Und damit verschwand sie im Haus.

Sam ging zu seinem Auto und fuhr nach Hause. Er hatte keinen Schimmer, wieso es mit ihm und den Frauen einfach nicht klappte. Er versuchte ein Gentleman zu sein, der Typ Mann, mit dem jede Frau gern ausgehen würde. Es war ihm immer wichtig gewesen, die Bedürfnisse der Frau vor seine eigenen zu stellen, und diesbezüglich hatte sich auch noch nie eine beschwert. Als Date und als Liebhaber kam er gut an. Und trotzdem war er mit seinen neunundzwanzig Jahren immer noch nicht in festen Händen. Immer, wenn er dachte, er hätte die Richtige gefunden, passte es am Ende doch nicht. Und immer wieder bekam er dasselbe zu hören: »Du könntest doch jede haben!«

Aber gut auszusehen war offensichtlich nicht alles.

Okay, allzu viele Frauen waren es nicht gewesen, mit denen er es ernst gemeint hatte. Die meisten Frauen, die auf ihn ansprachen, waren deutlich jünger als er – und interessierten ihn nicht besonders. Polizisten kamen eher bei oberflächlichen Mädels an, das war zumindest sein Eindruck – vielleicht lag es an der Uniform. Seit der Trennung von Mollys Mutter hatte er sich ein paar Mal verliebt oder es zumindest dafür gehalten. Eine einzige längere Beziehung hatte es gegeben – zwei Jahre –, und die Trennung war für Molly so schwer gewesen, dass er seine Verabredungen von da an nicht mehr mit nach Hause brachte. Molly hatte Roxanne sehr gemocht, und als sie erfuhr, dass ihr Vater und sie nicht mehr zusammen waren, hatte sie mindestens genauso sehr gelitten wie Sam.

Er hatte gehofft, mit Clare würde es anders sein. Sie war reifer und brauchte einen Mann in ihrem Leben, dem sie vertrauen konnte. Jemanden, der verlässlich war und ihr all das Glück bieten konnte, auf das sie so lange hatte verzichten müssen.

Aber anscheinend war es zu früh für sie gewesen. Zu schnell nach Roger. Gott, es war aber auch immer kompliziert. Eigentlich hatte er überhaupt keine Lust mehr auf Verabredungen und von Frauen erst mal die Nase voll. Clares Abschied hatte ihm die Tränen in die Augen getrieben – und das kam bei ihm, dem großen, starken Mann, eigentlich so gut wie nie vor. Dann würde er eben ohne Frau auskommen. Mit seinem Leben war er auch so zufrieden – er hatte seine Tochter, die er vergötterte, und ein schönes Familienleben, er liebte seinen Job, und bald fing die Skisaison wieder an. Ski fahren machte ihm fast genauso viel Spaß wie die Arbeit als Polizist. Okay, dachte er. Das mit Clare ist eindeutig vorbei. Da war nichts mehr, und er würde auch ganz sicher nicht noch einen Versuch unternehmen, sie umzustimmen. Gebranntes Kind scheut das Feuer.

Mir geht es allein sehr gut, sagte er sich. Sagte es sich immer und immer wieder.

Gegen elf löste sich die Party langsam auf. Maggie und Sarah fingen an aufzuräumen. Die Teenager hatten etwas Besseres gefunden, als bei den Alten rumzuhängen. Pete sah, dass Clare allein mit ihrem Glas Wein draußen an der Feuerschale stand. Er gesellte sich zu ihr.

»Das war ein toller Geburtstag«, sagte er.

Sie sah ihn an und lächelte schief, dann berührte sie den Anhänger. »Was glaubst du? Wie viele Frauen bekommen wohl ein Scheidungsgeschenk?«, fragte sie und nuschelte dabei ein bisschen. Er lachte. »Zu viel getrunken?«

»Was glaubst du denn?«, erwiderte sie. »Ich habe meinen großen Tag mit drei Männern gefeiert, mit denen ich geschlafen oder fast geschlafen habe. Eine Zeit lang dachte ich, es wäre nicht genügend Wein da, um diese Party zu überstehen.«

Pete konnte eins und eins zusammenzählen. Sam war also nicht zum Zuge gekommen. Das wertete er als Plus. So war es sicher einfacher gewesen, mit ihm Schluss zu machen.

Sie legte eine Hand auf seine Brust. »Sei lieber vorsichtig, Pete. Du weißt ja, was passiert, wenn ich zu viel Wein trinke …«

»Ich fühle mich ziemlich sicher«, beruhigte er sie. »Zumindest, solange deine Schwestern noch in der Küche sind.« Sie schwankte leicht gegen ihn. Er legte den Arm um ihre Hüfte und zog, während er sie festhielt, einen Liegestuhl ans Feuer. »Hier, Geburtstagskind«, sagte er. »Setz dich.«

»Okay.«

Er zog einen zweiten Stuhl heran und setzte sich neben sie. Sie lehnte sich an ihn, und er legte den Arm um sie. »Clare, ich glaube, du bist betrunken.«

»Da gibt es nichts zu glauben«, sagte sie und kuschelte sich eng an ihn. »Ich glaube, meine Schwester hat Sam eingeladen, bevor ich – du weißt schon. Das war vielleicht schlimm.«

»Er scheint es aber ganz gut zu verkraften«, sagte Pete. »Er ist noch jung. Er wird damit zurechtkommen.«

Sie sah ihn an. »Wieso warst du eigentlich eingeladen?«

»Das war Jasons Schuld, glaube ich. Maggie hat gesagt, sie habe Jason um ein paar Namen gebeten.«

»Ahhh«, sagte Clare und kuschelte sich wieder an ihn. »Das ist schön. Wenn sie mich gefragt hätten, wärst du der Einzige gewesen, den ich eingeladen hätte. Roger auf jeden Fall nicht.« Pete lachte. »Natürlich«, fuhr sie fort und berührte den teuren Anhänger, »macht er einem schöne Scheidungsgeschenke. Vielleicht sollte ich mich noch mal von ihm scheiden lassen.«

»Ich bezweifle, dass das funktionieren wird.«

»Wer weiß? Roger ist ein Depp mit zu viel Geld.« Wieder sah sie Pete an. »Weißt du, was Maggie gesagt hat? ›Das sollten wir bei der Scheidungsvereinbarung nicht durchblicken lassen.‹«

Es fühlte sich so gut an, sie in seinen Armen zu halten. Er wünschte nur, sie würde aufhören zu reden.

»Hast du mir eigentlich auch was geschenkt, Pete?«, fragte sie.

Er hatte neben ihr gestanden, als sie die Geburtstagskarte mit den zwei Tickets geöffnet hatte. »Ja«, sagte er. »Karten für das Billy-Joel-Konzert in San Francisco.«

»Stimmt ja«, murmelte sie. »Gehst du mit mir da hin?«

»Du hast zwei Tickets geschenkt bekommen«, sagte er und lachte. »Du kannst mitnehmen, wen du willst.«

»Ich glaube, ich nehme dich mit.«

»Ganz wie du willst, Clare«, sagte er und zog sie enger an sich.

»Pete? Erzählst du mir eine von deinen Geschichten? Von damals, als wir Kinder waren? Du weißt schon.«

»Hmmm«, sagte er. »Ich erinnere mich an die Weihnachtsferien in dem Jahr nach unserem Abi. Wir waren neunzehn Jahre alt, du und ich. Mike war einundzwanzig, das weiß ich, denn er muss volljährig gewesen sein. Wir sind mit ein paar Leuten zum Skifahren in die Berge gefahren und haben eine Hütte gemietet, damit wir über Nacht bleiben konnten. Wir waren in Utah, weißt du noch? Aus irgendeinem Grund wollten wir nicht in Grandpas Hütte in Tahoe – zu nah bei den Eltern. Sie hätten vorbeikommen können. Ich glaube, wir waren zu zehnt. Haben Essen, Alkohol und unsere Skier mitgenommen. Das Bier hat Mike besorgt. Unmengen von Bier.«

»Mmmm.«

»Wir hatten diese kleine Hütte mit nur einem Schlafzimmer, aber das war uns egal. Wir hatten unsere Schlafsäcke. Die legten wir auf dem Fußboden im Wohnzimmer aus, vor dem Kamin. Nach dem vielen Skifahren tagsüber und dem vielen Bier am Abend lagen wir einfach mitten im Zimmer vor dem Feuer.«

Clare fiel das Weinglas aus der Hand, aber Pete bekam es noch rechtzeitig zu fassen. Sie war eingeschlafen. Oder ohnmächtig geworden. Er stellte das Glas auf den Boden.

»Ich frage mich, ob ich mir Sorgen machen muss. Immer, wenn ich dir eine Geschichte erzähle, schläfst du ein …« Sie schnarchte leise. »Muss irgendwie mit mir zu tun haben.« Sie kuschelte sich enger an ihn, ihr Kopf kippte leicht nach vorn. »Jedenfalls«, fuhr er fort, »dauerte es nach dem ganzen Bier nicht lange, bis alle eingeschlafen waren. Du bist damals auch eingeschlafen, als ich dir etwas erzählt habe. Mike lag ausgestreckt auf der Couch, du und ich lagen auf dem Boden. Du hattest deinen Kopf auf meine Schulter gelegt, genau wie jetzt, und bist eingeschlafen.« Er berührte sanft ihre Wage. »Ich habe die ganze Nacht nicht geschlafen. Ich habe dich einfach im Arm gehalten. Als du ganz tief schliefst, habe ich dich heimlich geküsst. Natürlich ohne dass du den Kuss erwidert hast. Es war eher …« Er hob ihr Kinn und berührte ihre Lippen sanft mit seinen. »So. Ich hätte … Aber ich wollte die Situation nicht ausnutzen. Erst recht nicht, weil Mike danebenlag. Ach was, vergiss Mike! Du warst mir viel zu viel wert für so eine billige Aktion.«

Er drückte ihr einen Kuss auf die Stirn. »Ach Clare«, stieß er seufzend hervor. »Was sollen wir nur tun?«

Nach ein paar Minuten machte er sich vorsichtig los und stellte sie auf die Füße. Sie war vollkommen kraftlos. »Komm, Clare. Schluss für heute.«

»Hmmm?«, fragte sie, wobei sie die Augen geschlossen hatte.

Da hob er sie hoch und trug sie ins Haus. Drinnen stellte er fest, dass Maggie und Sarah in der Küche mittlerweile fertig waren. Sie sahen ihn überrascht an.

»Wo soll ich das Geburtstagskind hinbringen?«

Clare brummte der Schädel. Sie öffnete ein rot verquollenes Auge und sah Sarah, die einen von Clares Morgenmänteln trug und sich gerade die Haare föhnte. Anscheinend war der Föhn kaputt – in ihren Ohren dröhnte er laut wie ein Düsenjäger. Clare nahm die Fernbedienung ihres Fernsehers vom Nachttisch und schleuderte sie in Sarahs Richtung. Sie traf sie am Hintern.

Sarah schaltete den Föhn aus und drehte sich um. »Guten Morgen«, sagte sie.

»Was machst du denn hier?«, flüsterte Clare.

Sarah legte den Föhn weg und setzte sich zu ihr aufs Bett. »Jemand musste doch hierbleiben und sich um dich kümmern. Es könnte sein, dass du gestern ein kleines bisschen zu viel getrunken hast …«

Clare stöhnte. »Hatte ich wenigstens Spaß?«

»Sag du's mir. Du bist an Pete Rayburns Schulter eingeschlafen.«

Clare setzte sich ruckartig auf, und Schmerz schoss durch ihren Kopf. Sie ließ den Kopf hängen, sodass ihre Haare ihr Gesicht verdeckten, und rieb sich die Schläfen. »O Gott. Bitte sag, dass du das gerade erfunden hast, um mich zu bestrafen.« Langsam und äußerst vorsichtig legte sie sich wieder hin. »Wo?«

»Draußen, beim Feuer. Er hat dich ins Bett getragen.«

»O Gott«, stieß sie stöhnend hervor.

»Was ist denn passiert?«, fragte Sarah. »Du warst eigentlich nur ein bisschen beschwipst. Und auf einmal fragt Pete, wo er das Geburtstagskind ablegen soll.«

Sie legte eine Hand auf ihre Stirn. »Wer hat mich ausgezogen?«

»Nicht Pete.«

»Hab ich ... Hab ich was total Peinliches gemacht?«

»Du warst einfach allein mit Pete draußen und bist dort eingeschlafen. Als ich das letzte Mal rausgeguckt habe, hattest du dich an ihn gelehnt, und er hatte den Arm um dich gelegt. Sag mal ... geht da was zwischen euch beiden?«

»Ich glaube, es geht eher was zwischen mir und dem Chardonnay ...«

»Aber er ist echt süß. Ehrlich gesagt, waren hier gestern Abend lauter süße Typen, die sich alle um dich geschart haben, wie Maggie und ich beobachten durften. Ich versuche gerade, mir vorzustellen, wie ich das anfühlt. Du hattest freie Auswahl.«

»Hatte ich«, sagte sie. »Nur erinnere ich mich nicht mehr.«

»Hast du mit Pete Rayburn rumgemacht?«

»Sarah, wie kann ich dir begreiflich machen, dass ich mich nicht erinnern kann? Aber ich hatte alle meine Klamotten noch an, oder?«

Sie nickte. »Inklusive Unterhose.«

»Meinst du, ich muss ihn anrufen und mich bei ihm entschuldigen, falls ich diesen Tag überlebe?«, fragte Clare.

Sarah zuckte mit den Schultern. »Er sah nicht sehr unglücklich aus. Oh, Mann, ich wollte schon immer mal von jemandem ins Bett getragen werden!«, rief sie sehnsüchtig.

»Genau. Vor allem, wenn du betrunken warst«, sagte Clare.

»Immerhin hast du nicht gekotzt!«, sagte Sarah.

Clare erstarrte. Dann wurde sie blass. Sie machte ein seltsames Gesicht, ihre Farbe wechselte von Weiß zu Aschfahl.

»Oh-oh«, sagte Sarah und machte Platz.

Clare riss sich die Decke vom Leib und rannte ins Bad. Hinter ihr knallte die Tür zu.

Um kurz vor zehn am Abend rief Clare Pete an. »Es tut mir so leid!«, rief sie, als er abhob.

»Nicht nötig«, sagte er und lachte.

»War ich vollkommen weggetreten?«, fragte sie. »Nein, sag es lieber nicht. Ich will es gar nicht wissen. Also?«

»Du warst hinreißend«, sagte er. »Es ist sehr süß, wenn du betrunken bist.«

»Oje.«

»Kater?«, fragte er.

»Und was für einen.«

»Das kenne ich. Mich hat man, als ich noch jünger war, auch mal ins Bett tragen müssen. Das heißt, einer meiner Kumpels aus dem Team hat mich die Treppe hochgeschleift. Ich glaube, ich habe mir an jeder Stufe den Kopf angeschlagen und war am nächsten Tag von oben bis unten mit blauen Flecken übersät. Ein Albtraum.«

Sie lachte.

»Du hast zu viel getrunken, weil du von deinen ganzen Ex-Lovern umschwirrt wurdest. Hast du jedenfalls gesagt«, erzählte er.

»Wie diskret von mir«, sagte sie. »Wie viele Leute haben diese Bemerkung mitbekommen?«

»Wir waren allein. Saßen draußen am Feuer, während deine Schwestern im Haus aufgeräumt haben.«

»Was habe ich dir noch erzählt?«, fragte sie und hielt den Atem an.

»Ach, du hast eher von dich hin gemurmelt. Du hast erwähnt, wie gut dir dein Scheidungsgeschenk gefällt und dass du dich gerne ein zweites Mal von Roger scheiden lassen würdest.«

»Aber *er* hat mich nicht in diesem Zustand gesehen, oder?«

»Es waren schon fast alle weg. Nur deine Schwestern haben dich gesehen. Und dann bin ich auch gegangen, damit sie dich ordentlich ins Bett bringen konnten.«

»Dann sage ich zu Entschuldigung auch noch vielen Dank.«

»Du schläfst anscheinend gern ein, wenn ich dir etwas erzähle. Sollte ich das persönlich nehmen?«

»Ich glaube, das heißt nur, dass ich dir vertraue«, sagte sie und stellte fest, dass das auch wirklich stimmte.

»Das nehme ich mal als Kompliment«, antwortete er. »Aber das nächste Mal sag wenigstens Gute Nacht.«

Clare bekam den Zuschlag für das alte Haus – zu einem Preis, den sogar Maggie als Schnäppchen bezeichnete. Sie bat George, halbtags im Laden arbeiten zu dürfen, sodass sie sich um die Renovierung kümmern konnte, und zeigte George am gleichen Tag das Haus. Die verzogene Haustür musste sie mit aller Kraft aufdrücken, damit sie überhaupt hineinkamen. Sie betraten den Flur links vom Wohnzimmer, das voller Schutt war. Linker Hand befand sich eine breite Treppe mit einem Geländer, das aussah, als könnte es jederzeit herabstürzen. Die alten Tapeten fielen von den Wänden, sämtliche Fußleisten waren verkratzt, eingedellt und kaputt. Geradeaus gelangte man in eine kleine Küche, bei der die Einrichtung fehlte. Das alte gelbe Linoleum war aufgerissen und löste sich hier und da auf. Durch eine Schwingtür in der Küche gelangte man ins Esszimmer, das fast so groß war wie das Wohnzimmer. Im Wohnzimmer selbst gab es einen großen Kamin, allerdings fehlten einige Backsteine, andere waren beschädigt. In der Mitte des Zimmers hing ein alter, gusseiserner Leuchter von der Decke, der jede Sekunde auf dem Fußboden landen konnte. Die Farbe – sehr wahrscheinlich ohnehin Bleifarbe – rund um die Fensterrahmen und Fensterbänke war rissig und blätterte ab.

George stand im Wohnzimmer und drehte sich einmal im Kreis, um sich ein Bild zu machen.

»Ist es nicht toll, Dad?«

11. Kapitel

Es war die Zeit der sogenannten Blitzscheidungen. Roger hatte die Aufforderung erst drei Wochen zuvor erhalten, und laut Unterlagen würde er bereits in einer Woche wieder Single sein. Er starrte die Dokumente an und wusste, dass er es jetzt nicht mehr abwenden konnte. Clare hatte ihn kurz nach Weihnachten verlassen, inzwischen war schon wieder Oktober, und die Winterferien standen vor der Tür. Hätte Clare den Unfall nicht gehabt, wären sie vermutlich schon längst geschieden. Roger wusste, was seine zukünftige Ex-Frau dachte: dass seine Schuldgefühle und sein Bedauern nur vorgeschoben waren und er sie nur aus Gründen zurückwollte, die er selbst nicht verstand. Aber das stimmte nicht. Sein Bedauern und seine Schuldgefühle waren echt, und er wusste auch, wieso er Clare in seinem Leben haben wollte. Sie war authentisch, hatte Klasse und war ehrlich – er dagegen war ein feiger, schwacher Idiot. Sie hatte seinem Leben Substanz verliehen. Nur ein Volldepp würde Clare betrügen und riskieren, sie zu verlieren.

Sie hatte ihm mehr Chancen gegeben, als er verdiente. Und jetzt war ihre Ehe zu Ende. Alles, was er ihr an ihrem Geburtstag gesagt hatte, war wahr. Er hatte begriffen, dass es Zeit war, sich weiterzuentwickeln. Und er war ihr wirklich unendlich dankbar für die gemeinsamen Jahre und ihren gemeinsamen Sohn. Allerdings musste er jetzt seine Beziehung zu Jason wieder hinkriegen, es schaffen, dass sein Sohn ihn wieder respektierte.

Er machte sich nicht mehr die Mühe, Jason anzurufen. Der ging höchstens aus Versehen ans Telefon, wenn sein Vater anrief. Und wenn Roger bei ihnen vorbeikam und Jason zu Hause war, versuchte er tunlichst, seinem Vater aus dem Weg zu gehen. Doch Roger würde nicht aufgeben, bis er Jason davon überzeugen konnte, doch mal etwas Zeit mit ihm zu verbringen. Es war der richtige Weg. Er wollte Jason beweisen, wie wichtig er ihm war. Dass er, auch wenn er Clare nicht wiederhaben konnte, wenigstens seinen Sohn zurückhaben wollte.

Es war ein schöner, sonniger Sonntag, die Luft frisch und klar. Inzwischen sah man überall Vogelscheuchen und Kürbisse – Breckenridge war ein kleiner, landwirtschaftlich geprägter Ort, hier wurde das Erntedankfest noch ausgiebig gefeiert. Halloween war ein Muss.

Roger fuhr bei Clare und Jason vorbei und klingelte. Jason öffnete und sah Roger überrascht an. »Hey«, sagte er und trat einen Schritt zurück.

»Selber hey, Kumpel. Ich dachte mir, wir könnten heute vielleicht mal was zusammen unternehmen? Kart fahren? Oder ins Kino gehen? Es läuft auch ein Spiel – ich hab mir einen neuen großen Fernseher gekauft. Wir könnten im Supermarkt vorbeifahren, uns was zu knabbern holen …«

»Ähm, tut mir leid. Ich hab schon was vor. Bin heute verplant.«

»Du kannst auch gern einen Freund mitbringen.« Roger zuckte mit den Schultern. »Ich bin flexibel. Ganz wie du willst.«

»Du hättest vorher anrufen sollen. Musst du das nicht sogar?«

»Keine Ahnung«, gab er zu. Es gab keine Sorgerechtsvorschriften – Jason war fünfzehn und durfte selbst entscheiden. »Ich mache, was man mir sagt. Soll ich wieder ins Auto steigen und anrufen?«, fragte er in dem Versuch, witzig zu sein.

»Vielleicht klappt's ja nächste Woche. Oder die Woche drauf, kommt drauf an. Wegen Hausaufgaben und so.«

»Jase, bald sind Ferien. Ich fände es schön, wenn wir ein bisschen Zeit zusammen verbringen könnten, ein bisschen Spaß haben, uns wieder zusammenraufen, wenn's geht.«

»Ja, schon klar … Darüber muss ich erst noch nachdenken.«

»Das könntest du doch im Auto tun. Wenn wir uns einen Film ansehen, musst du nicht mal mit mir reden«, schlug Roger vor und lächelte schwach. »Oder ich könnte dir Auto fahren beibringen. Du willst doch wahrscheinlich bald deinen Lernführerschein machen.«

Kurz leuchteten Jasons Augen auf, obwohl er sich sehr bemühte, es zu verbergen. »Ja, ich denk drüber nach. Ruf doch einfach nächste Woche mal an.«

»Ganz sicher? Ich kann auch jetzt warten, bis du alles erledigt hast, und wenn du heute Nachmittag schon was vorhast, können wir ja mit deinen Freunden was essen gehen. Pizza?«

»Ich finde echt, du solltest nächste Woche anrufen. Okay?«

»Jason, ich möchte nur, dass du eins weißt: Du fehlst mir. Ich werde dir so lange auf die Nerven gehen, bis du mir eine Chance gibst. Ich weiß, es war ein hartes Jahr für dich, und ich weiß auch, dass du immer noch sauer auf mich bist, aber …«

»Nein, ich bin nicht mehr so sauer. Trotzdem, ich …«

»Habe zu tun. Schon klar. Aber ich werde nicht aufgeben!« Er drückte Jason liebevoll die Schulter, aber der Junge zuckte zurück. Leider kam Rogers Kontaktversuch nicht so cool rüber wie geplant. »Ich werde nicht mit dir streiten. Ich werde es nur immer und immer wieder versuchen.«

»Okay«, sagte Jason. »Bis dann.« Und damit schloss er die Tür.

Viel mehr hatte Roger auch nicht erwartet. Es saß zu tief. Und genau deshalb war es auch so schwer, immer wieder zu fragen, es immer wieder zu probieren. Jedes Mal, wenn Jason ihn zurückgewiesen hatte, hatte Roger Wochen gebraucht, um einen neuen Anlauf zu starten. Aber diese Woche würde er

Jason jeden Tag anrufen und versuchen, etwas mit ihm für das nächste Wochenende auszumachen.

Als er gerade gehen wollte, fuhr Pete Rayburn in die Einfahrt. Das hatte ihm gerade noch gefehlt. Für ihn war Pete ein Konkurrent, wenn es um Jason ging. Roger machte ein finsteres Gesicht.

»Hey, Roger«, begrüßt Pete ihn erfreut. »Was geht?«

»Nicht viel, Pete. Und? Was machst du hier?«

»Ich wollte Clare besuchen. Bist du wegen Jason hier?«

Er seufzte laut. »Ich hab's versucht. Aber er … Du weißt schon.« Er zuckte die Achseln.

»Ich verstehe.« Pete dachte kurz nach. »Pass auf, ich hab eine Idee. Komm mal mit.« Er ging zurück zu seinem Auto und öffnete den Kofferraum. Er nahm einen Football heraus und warf ihn in die Luft. »Komm, wir werfen uns ein paar Bälle zu.«

»Wieso?«

»Vertrau mir. Ich hab ein bisschen Erfahrung mit so was.«

»Mit was?«, fragte Roger.

»Ich bin selbst geschieden und habe zwei Kinder«, erklärte Pete und grinste. »Glaub mir, wenn du meinst, Jungs wären harte Nüsse, dann versuch es mal mit zwei angefressenen kleinen Mädchen.«

»Ach so?«

»Oh, Mann …«, sagte er nur. Dann lief er auf die Straße und warf Roger den Football zu, der ihn unbeholfen fing.

»Angefressene kleine Mädchen also?«, fragte Roger und warf den Ball zurück.

»Sie waren unausstehlich. Obwohl wir uns in gegenseitigem Einvernehmen getrennt haben, war ich es, der ausgezogen ist – und das haben sie mir übel genommen. Ich war an allem schuld. Ich musste vor ihnen auf die Knie gehen und sie um Gnade anflehen.«

Er kickte den Football zu Roger, der ihn diesmal besser fing. Er lachte.

»Wie lange hat es gedauert?«, fragte Roger.

»Keine Ahnung. Ein paar Monate. Vielleicht ein Jahr. Und zwischendrin haben sie immer wieder mal schlechte Laune.« Pete fing den Ball. »Mir ist es nie leichtgefallen, Mädchen zu verstehen. Jungs, kein Problem. Und jetzt werfe ich einen langen Ball«, kündigte er an. Roger lief ein Stück nach hinten.

»Ihr spielt gut diese Saison!«, rief er. »Ihr gewinnt alles!«

»Ja«, sagte Pete und lobte Roger, als er den Ball fing.

Roger kam wieder ein Stück näher. Er traute sich einen so weiten Wurf nicht zu und wollte sich nicht blamieren. Pete machte so was jeden Tag, aber er? »Und?«, fragte er stattdessen. »Du und Clare?«

»Alte Freunde«, sagte Pete unverbindlich. »Wir haben uns wiedergetroffen, als sie kurz an der Schule unterrichtete.«

»Verstehe. Ich glaube, sie ist mit diesem jungen Typen zusammen«, sagte Roger.

»Nein, das hat nicht funktioniert«, sagte Pete.

Ohne es zu wollen, ließ Roger den Kopf hängen. »Ich hab's vermasselt.«

»Sei nicht so hart zu dir, Roger. Und jetzt geh wieder ein Stück zurück. Weiter! Noch weiter!«

»Du willst doch nur angeben!«, rief Roger lachend, tat aber wie geheißen. Und fing den Ball ganz hervorragend. Diesmal stellte er sich der Herausforderung, einen langen Pass zu spielen. Es gelang.

»Wow! Na bitte!«

»Was macht ihr da?«, rief Jason aus der Einfahrt.

Pete warf den Ball sofort in seine Richtung. Jason fing ihn und stand dann mit dem Ball da. »Dein Vater hat sich extra die Mühe gemacht herzukommen ... Da soll er doch wenigstens einen Spielpartner haben!«

Jason drehte sich zu Roger und warf ihm den Ball zu. Roger zu Pete. Pete zu Jason. In der nächsten halben Stunde wurde gerannt, gestolpert, gelacht. Sie fielen hin, einer zerriss sich die Hose am Knie, der andere die Jacke.

»Hey, Jason!«, rief Pete irgendwann. »Ist deine Mom eigentlich da?«

»Ja.«

»Dann bin ich mal weg, Jungs. Ich muss Clare was fragen.« Schon lief er zur Haustür und überließ das Spiel Vater und Sohn.

Clare machte auf, noch während er klopfte. Sie sah ihn verwirrt an. »Wie hast du das denn gemacht?«

»Kein großes Geheimnis – wirf einen Ball, und die Jungs wollen spielen.«

»Erstaunlich.«

»Ich glaube, Roger und ich haben uns gerade verbündet. Das tun geschiedene Männer manchmal.«

»Noch erstaunlicher.«

»Ich habe die Nummer *freunde dich mit dem Ex-Mann an, um die Ex-Frau zu kriegen* schon hinter mir«, sagte er. »Wahrscheinlich bin ich deshalb ziemlich unerschrocken.«

»Ich hab nichts mehr von dir gehört seit …« Sie runzelte die Stirn, obwohl sie genau wusste, seit wann. »Seit meinem Vierzigsten. Ich bin schließlich zu der Auffassung gelangt, dass du nett warst und ich total dicht. Und dass du gehofft hast, mir nie wieder begegnen zu müssen.«

»Du hattest ein paar Dinge zu klären«, sagte er. »Da wollte ich nicht im Weg sein.«

»Was zum Beispiel?«

»Zum Beispiel das Herz junger Polizisten zu brechen und dich von reichen Trotteln wie Roger scheiden zu lassen.« Er lächelte. »Außerdem ist Football-Saison. Ich werde gerade hart rangenommen.«

»Und was machst du jetzt hier?«, fragte sie.

»Ich dachte mir, jetzt habe ich dich lange genug in Ruhe gelassen.« Er grinste. »Ich würde dich gerne entführen, wenn du Zeit hast.«

»Wohin?«

»Das ist ein Geheimnis. Kommst du mit?«

Bevor sie etwas sagen konnte, ging die Haustür auf, und Jason steckte den Kopf herein. »Mom, ich fahre kurz mit Dad Dipping Strips holen. Okay?«

»Ja klar. Nimm deinen Schlüssel mit. Ich bin mit Pete unterwegs. Wie lange wird's dauern, Pete?«

»Ein paar Stunden«, sagte der.

Jason schien daran nichts Ungewöhnliches zu finden. Er lief an ihnen vorbei in sein Zimmer, um seinen Schlüssel zu holen. Blitzschnell war er wieder zurück und schoss aus der Tür.

»Ich kann's nicht fassen«, sagte Clare.

Auf der Fahrt erzählte sie Pete ein bisschen von Sam. Keine Details natürlich – wie den Abschiedskuss oder seine erschütterte Miene. Doch wenn sie daran dachte, versetzte es ihrem Herzen noch immer einen kleinen Stich.

»Er ist ein harter Bursche«, sagte Pete. »Mach dir keine Sorgen um Sam.«

»Wusstest du eigentlich, dass er eine Tochter hat?«, fragte sie.

»Ja. Er war noch echt jung, als er Vater wurde.«

»Er ist immer noch echt jung«, fand sie. Sie betrachtete Petes Profil, während er fuhr. Er hatte sich in den vergangenen zwanzig Jahren nicht sehr verändert. Plötzlich erinnerte sie sich an die Nacht in ihrer Studentenbude. Alle Einzelheiten fielen ihr wieder ein – die erste zögerliche Berührung und wie er sich vorsichtig zu ihr gebeugt und ihre Lippen berührt hatte, als wüsste er nicht genau, ob sie sich ihm hingeben oder ihn ohrfeigen würde. Dieser kaum spürbare Kuss. Wie er zögernd den Arm um sie schlang. Wie er atemlos innehielt, als sie mit einem intensiveren Kuss reagierte. Ja, die Erinnerung wurde lebendig. Er war so langsam, so vorsichtig gewesen. Sie erinnerte sich sogar an seinen Geschmack – nach Chianti und Begierde. Und an seine Hand, die zitternd ihre Brust berührte, ihr die Chance ließ, ihn aufzuhalten, ihn wegzustoßen. Aber sie hatte ihre Hand auf seine gelegt und sie fest auf ihre Brust gedrückt. Da hatte er einen Laut der Sehnsucht ausgestoßen, der sie sehr berührte. Und anmachte.

Hätte sie nur damals schon gewusst, was sie heute wusste – dass Pete sie vergötterte. Und sie wollte, wenn auch voller Angst. Hätte er sie damals einfach nur schnell erobern wollen, Wein und Dunkelheit ausnutzend, wäre er sicher über sie hergefallen, ihr Einverständnis voraussetzend. Er hätte sie schnell genommen, bevor sie es sich anders überlegen konnte. Doch so war es ja nicht gewesen. Er war sehr sanft gewesen, hatte ihr Zeit gelassen, damit sie sich sicher sein und reagieren konnte. Dann war sie es gewesen, die ihn bat, nicht so zurückhaltend zu sein.

Und an etwas anderes erinnerte sie sich ebenfalls: dass es schön gewesen war.

»Hey«, sagte Pete und sah sie kurz an. »Alles okay?«

Sie schüttelte sich. Sie hatte ihn mit offenem Mund angestarrt. »Entschuldige bitte«, sagte sie. »Du hast dich fast gar nicht verändert. Ist es zu glauben, dass wir schon vierzig sind?«

Er lachte. »Ich werde vor dir vierzig!«

»Wo fahren wir hin?«, fragte sie noch einmal.

»Gleich sind wir da. Hast du noch keine Vermutung?«

»Hat es irgendwas mit Football zu tun?«

»Eventuell ja«, sagte er.

»Danke, dass du das mit Roger und Jason eingefädelt hast. Das war wirklich brillant.«

»Die beiden brauchen einander. Nur ist Jason noch nicht bewusst, wie sehr.«

»Ist es noch weit?«, quengelte sie.

»Jetzt nicht mehr.«

Auf einmal erkannte sie die Straße, in die sie einbogen. Sie vergaß zu atmen. Pete hielt vor dem Haus seiner Eltern. Langsam holte sie Luft und sah ihn an.

»Geht es dir gut?«, fragte er. »Schaffst du das?«

Das Haus sah noch genauso aus wie vor zwanzig Jahren – braun mit gelben Fensterläden und einer langen, schmalen Veranda. Kein besonders tolles Haus und in einer altmodischen Gegend, aber es war gut in Schuss. Als wäre es keinen Tag älter geworden. Auf einmal hatte Clare Tränen in den Augen. »Eine Sekunde noch«, sagte sie.

»Sie haben sich so gewünscht, dich zu sehen«, sagte Pete. »Sie haben mich angefleht, vor allem Mom.«

»Klar«, erwiderte Clare, aber es klang zittrig. »Vielleicht hättest du mich aber vorher fragen können – oder es mir zumindest verraten können.«

»Wir müssen ja nicht reingehen. Das ist allein deine Entscheidung. Aber wir haben zuletzt viel über die Vergangenheit gesprochen. Ich finde, es ist an der Zeit, in der Gegenwart anzukommen. Ich habe nichts gesagt, weil ich Angst hatte, dass du Nein sagst.« Er streichelte ihre Hand. »Es ist nicht schlimm, wenn du weinen musst. Das nehme ich nicht persönlich.«

»Ich werde nicht weinen. Wahrscheinlich.«

»Dann komm. Sie warten sicher schon und können es kaum erwarten, dir die Tür zu öffnen!«

Sophie und Fred Rayburn empfingen sie an der Tür. Sie waren älter geworden, aber für Mitte sechzig wirkten sie erstaunlich fit. Sie waren beide klein – vor allem dafür, dass sie zwei so groß gewachsene Söhne hatten. Sie umarmten sich herzlich. Das letzte Mal hatte sie die beiden bei der Beerdigung ihrer Mutter gesehen, aber das war viele Jahre her. Fred kam immer mal wieder in den Laden ihres Vaters, aber nicht mehr, seit

Clare dort angefangen hatte. Sie gingen nicht in dieselbe Kirche, dieselben Restaurants oder Lebensmittelläden.

Der Fernseher lief – natürlich Football. Aber Fred hatte den Ton schon leise gedreht, und Sophie hatte im Wohnzimmer ein paar Snacks vorbereitet. Im Kamin prasselte ein Feuer, es war einladend und warm im Raum. Es gab ein paar Möbel, die Clare noch nicht kannte, aber der Geruch im Haus war noch derselbe wie früher, wie sie angenehm überrascht feststellte – eine Mischung aus Möbelpolitur, Glasreiniger und frisch gebackenen Plätzchen.

Sophie nahm Clare an der Hand und führte sie in die Küche, wo sie ihr einen Kaffee einschenkte. »Als Pete mir erzählt hat, dass er dich zufällig getroffen hat und ihr beide wieder Kontakt habt, war ich so erleichtert, das kann ich dir gar nicht sagen! Es ist alles so lange her, Clare.«

»Da hast du recht. Ich freue mich so, euch zu sehen. Zuletzt haben wir uns nur bei wenig erfreulichen Anlässen getroffen.«

»Wie geht es deinem Vater?«

»Richtig gut. Er ist stark, lebhaft, arbeitet zu viel – alles wie immer.«

Sie gingen durchs Esszimmer ins Wohnzimmer, die Kaffeebecher in der Hand, und betrachteten die Fotos in den Bilderrahmen. Da waren Bilder von Petes Töchtern in allen Altersstufen, Bilder von Familientreffen mit der entfernten Verwandtschaft und natürlich Highschool-Fotos von Pete und Mike. Pete sah darauf sehr jung aus, sogar noch beim Abschluss. Es gab auch ein Bild von Mike in seiner Air-Force-Uniform. Er schien in die Ferne zu starren, als hätte er sie schon verlassen. Clare nahm das Foto in die Hand. »Ich habe alle meine Bilder von Mike weggepackt.«

Sophie berührte ihren Arm. »Natürlich, Schätzchen. Du hast dein Leben weitergelebt, wie es sich gehört.«

»Jetzt kommen alle Erinnerungen wieder hoch.«

»Denk nur an die schönen, Liebes. Lass die unschönen los.«

Sophie und Clare setzten sich mit ihrem Kaffee an den Esstisch und erzählten sich das Neueste von ihren Familien. Clare berichtete, dass sie jetzt wieder in Teilzeit im Laden ihres Vaters arbeitete, und erzählte von dem alten Haus, von ihrem Sohn und der Scheidung. Sophie gab Anekdoten von ihren Enkeltöchtern zum Besten. »Es ist so schön, endlich ein paar Mädchen im Haus zu haben! Fast wie eine Belohnung dafür, dass ich zwei Söhne großgezogen habe.«

»Geht ihr immer noch zu den Football-Spielen?«

»Früher haben wir kein einziges verpasst, heute ab und zu schon. Fred kann die Kälte nicht mehr so gut vertragen. Und ich auch nicht, wenn ich ehrlich bin.«

Als Fred Pete nach draußen rief, damit er ihm mit dem Brennholz half, nutzte Sophie die Gelegenheit, Clare etwas anzuvertrauen, das ihr Sohn nicht hören sollte. »Nachdem wir Mike verloren hatten, hatte ich irgendwie die Hoffnung, dass du und Pete einander finden würdet. Aber ihr seid verschiedene Wege gegangen. Weißt du, in der Highschool war er so verliebt in dich.«

Clare war kurz schockiert. Äh … hatten das etwa alle außer ihr gewusst? »Wirklich?«, fragte sie.

Sophie nickte. »So wie er dich immer angesehen hat! Und wie er dich und Mike angesehen hat! Da wusste ich, dass er litt. Ich habe es gewusst.« Sie schüttelte traurig den Kopf. »Es muss schwer für ihn gewesen sein. Er hat seinen Bruder so geliebt.«

»Wusste Mike es denn auch?«

Sophie lachte amüsiert. »Mein Schatz, Mike war damals noch ein Junge. Es gibt jede Menge Signale, gegen die Jungs immun sind. Das sind so Dinge, die kapieren sie erst, wenn sie älter werden.«

»Das stimmt vermutlich.«

»Versprich mir etwas, Clare. Lass das nicht deinen letzten Besuch hier gewesen sein.«

»Versprochen. Ich habe euch sehr vermisst.«

Als Pete Clare später wieder nach Hause brachte, hielt er kurz an einem Feldweg an. Er machte den Motor aus, nahm ihre Hand und fragte: »Wie geht es dir?«

»Ich bin schon ein bisschen emotional«, antwortete sie wahrheitsgemäß. »Aber sonst gut.«

»Danke, dass du mitgekommen bist. Das bedeutet meiner Mutter sehr viel.«

»Mir auch. Deine Mom hat mir übrigens erzählt, dass sie wusste, dass du immer in mich verliebt warst. Bin ich vielleicht die Einzige, die keine Ahnung davon hatte?«

»Meine Mutter!« Er lachte. »Sie kann mich immer noch überraschen.«

»Pete – ich musste noch mal an diese Nacht damals denken, und ich will nicht, dass du die ganze Schuld auf dich nimmst. Immerhin habe ich dich ziemlich ermuntert. Die ganze Angelegenheit … ging von uns beiden aus.«

»Ich weiß.« Er lächelte. »Das ist ja das Besondere.«

»Du hättest die Vergangenheit ruhen lassen können.«

»Nein, das ging nicht«, gestand er. »Du hast die Wahrheit verdient. Jahrelang hatte ich geplant, wie ich dich verführen würde. Wie ich dich scharfmachen und es dann mit dir tun würde. Ich weiß, du glaubst, es hätte etwas damit zu tun gehabt, dass wir uns beide einsam fühlten und zu viel getrunken haben. Aber das war alles inszeniert, Clare. Ich habe es so arrangiert. Ich wollte einfach nur, dass dir das klar ist.«

»Weil?«

Er hob ihre Hand an seine Lippen. Und küsste ihre Handfläche. »Weil ich, wenn sich die Gelegenheit noch mal ergeben sollte, dasselbe wieder versuchen würde. Ich würde dir Wein einflößen, für schummrige Beleuchtung sorgen und versuchen dich zu verführen. Absichtlich. Kein Zufall.« Er zuckte mit den Schultern. »Und wenn du diesmal auch darauf anspringst, wirst du es hinterher vielleicht nicht bereuen.«

Sie bekam eine Gänsehaut bei dem Gedanken daran.

Pete startete den Wagen und fuhr sie nach Hause. Es gab viel, worüber Clare nachdenken musste.

Das Monatsende brachte eine Kältephase mit sich – und die Homecoming-Feierlichkeiten der Highschool. In den vergangenen Jahren hatte Clare versucht, sich von der allgemeinen Aufregung, die dann immer in der Stadt herrschte, nicht anstecken zu lassen, auch, weil sie sich nicht wieder an die tolle Zeit erinnern lassen wollte, die sie als Schülerin an Homecoming gehabt hatte. Aber da ihr Sohn jetzt auch auf der Highschool war, konnte sie dem Trubel nicht entgehen.

Sie war seit ihrem eigenen Schulabschluss nicht mehr beim Homecoming gewesen. Aber dieses Jahr fühlte es sich an wie eine Familienfeier. Jason und seine Cousine Lindsey waren beide frisch in die fünfte Klasse gekommen, also waren auch Maggie, Bob und Sarah auf der Party. In der ganzen Stadt hingen Spruchbänder, und alle Teenager in Breckenridge waren so aufgeregt, dass es anstrengend war, ihnen nur zuzusehen. Clare hatte außerdem ein ganz eigenes Interesse an der Veranstaltung entwickelt – davon durfte allerdings niemand etwas wissen. Sie gestand es sich selbst ja kaum ein. Aber es hatte etwas mit dem Football-Trainer zu tun. Sie stand auf ihn.

Das Fest begann natürlich mit der Krönung von König und Königin. Am Abend vor dem Spiel gab es ein riesiges Freudenfeuer auf dem Schulgelände. Am Tag des Spiels zog dann die Parade der Highschool durch die Stadt, im Zuge deren die Hoheiten auf Festwagen präsentiert wurden, die die Schülerinnen und Schüler selbst gebaut hatten. Eine Marschkapelle,

Tanzgruppen, Cheerleader, der Reitverein und Vertreter der verschiedenen Schülerorganisationen nahmen ebenfalls an dem Umzug teil.

Am Ende versammelten sich alle Teilnehmer im Football-Stadion und drehten dort eine Ehrenrunde. Tausende von Leuten waren unterwegs, verteilten sich auf dem Sportgelände und den Tribünen. Auf den Parkplätzen standen die Busse, mit denen die Fans des gegnerischen Teams angereist waren. Nach dem Spiel fand der große Ball statt – eine glamouröse Veranstaltung unter dem Vorsitz von Ballkönig und -königin. Als Aufsichtspersonen waren Lehrer, Eltern und der Footballcoach anwesend.

Als Clare mit Sarah und George zum Spiel eintraf, suchte sie den Platz sofort nach Pete ab, aber das Team war noch nicht draußen. Die gegnerische Mannschaft kam aus Fallon. Es handelte sich durchweg um groß gewachsene Farmersöhne, denen der Ruf vorauseilte, brutale Killer zu sein. Aber die Centennial Boys hatten in der laufenden Saison alle ihre Spiele gewonnen, und mit einem entsprechenden Selbstbewusstsein traten sie an.

Clare hielt ihren Vater auf, als er auf die Tribüne gehen wollte. »Sollen Sarah und ich hier warten, falls Maggie und Bob auftauchen? Du kannst ja schon mal vorgehen und gucken, ob sie vielleicht schon da sind, und ansonsten Plätze freihalten.«

»Ist gut«, sagte er und ging alleine weiter.

»Ich hol uns was zu trinken«, sagte Sarah. »Was möchtest du denn?«

»Cola, bitte«, sagte Clare.

Sie sah ihrer Schwester hinterher, die mit wippendem Har davonging. Wahrscheinlich hatte sie sich mit den neuen Klamotten in die Miesen gestürzt, aber sie sah wirklich toll aus in der engen Hose, dem schicken Pullover, mit Schal und Stiefeln. Sie schminkte sich wieder, dezent und ganz leicht, hatte aber zugegeben, dass sie ihre Kunden mit ihrem neuen Look erschreckt hatte. Worum auch immer es bei dieser Nummer ging – Clare und Maggie waren jedenfalls dankbar, dass es so gekommen war.

In diesem Moment stürmte die gegnerische Mannschaft aufs Feld. Die Tribüne gegenüber von Clare schien vor Jubel schier zu explodieren, während sie hinter sich laute Buh-Rufe und Pfiffe hörte.

»Clare?«, fragte jemand.

Sie drehte sich um, und da stand Sam vor ihr. Er hielt einen Träger mit drei Bechern Cola und einer Tüte Popcorn in der Hand und lächelte sie an. Sie forschte nach Traurigkeit in seinem Blick, konnte sie zu ihrer Erleichterung aber nicht mehr entdecken. Stattdessen wirkte er überaus fröhlich, sein Gesicht bestand fast nur aus Grübchen und Zähnen. Offensichtlich hatte Pete recht, und er hatte die Sache gut weggesteckt.

»Hey, wie geht's?«, fragte sie.

»Gut, und dir?«

»Auch gut. Ich hatte kurz überlegt, ob ich dich mal anrufen und fragen soll, was du so treibst, aber ich wollte nicht … du weißt schon.«

»Alles gut, Clare. Wirklich, mir geht's bestens. Mach dir keine Sorgen.«

»Schön, das freut mich. Und bist du … in letzter Zeit mal ausgegangen?«

Er zuckte die Achseln. »Nicht wirklich. Aber ich würde dir gern jemanden vorstellen. Hast du eine Minute Zeit?«

»Ich muss hier auf meine Schwester warten. Sie ist gerade was zu trinken holen.«

»Dann warte ich mit dir, wenn das in Ordnung ist.«

»Klar.«

»Und? Wie läuft's im Laden?«

»Gut. Du hast in letzter Zeit keine Rasensprengerköpfe mehr überfahren, oder?«

»Im Winter mähe ich ja nicht«, sagte er. »Und du? Warst du mit jemandem aus?«

»Ich? Nein. Meine Scheidung ist jetzt offiziell. Und du weißt ja, was man sagt. Erst mal sechs Monate Pause machen.«

Er grinste. »Sagt man das? Und wieso das?«

»Vermutlich wegen Rückfallgefahr.«

»Und nach einem halben Jahr hat man es überstanden?«, fragte er. Und da war sie wieder, eine Spur von Traurigkeit in seinen ansonsten funkelnden Augen.

»Ich denke mal. Mehr oder weniger.«

»Das muss ich mir merken.«

In diesem Moment lief die Heimmannschaft aufs Feld. Unbeschreiblicher Jubel brach los, und Clare war froh, dass ihre Unterhaltung unterbrochen wurde. Die Band spielte in einer Höllenlautstärke die Schulhymne. Und da war er, der Coach, mit seinen Assistenten. Sie stellte sich auf die Zehenspitzen, aber sie konnte ihn leider nur von hinten sehen. Für den Rest des Abends galt seine Konzentration dem, was auf dem Platz passierte.

»Bitte schön«, sagte Sarah und drückte Clare ihre Cola in die Hand. »Hallo, Sam. Wie geht's?«

»Gut. Schön, dich zu sehen. Komm doch mit – ich wollte Clare gerade meiner Tochter vorstellen.«

Sam ging vor, Clare und Sarah folgten ihm. Hinter seinem Rücken tauschten sie heimlich Blicke aus. Sarah sah ihre Schwester fragend an, Clare antwortete mit einem Schulterzucken.

Nicht weit entfernt auf der Tribüne saßen eine Frau und ein kleines Mädchen. Die Kleine war goldig, hatte ein sommersprossiges Gesichtchen und lange rotblonde Zöpfe, die ihr bis auf die Schultern baumelten. Sie hielt einen kleinen Hund mit

Karodecke. Nur sein winziges Köpfchen, ein paar wilde Wuschelhaare und seine kleine schwarze Nase guckten heraus. »Clare und Sarah, das sind Molly, meine Tochter, und Joan, meine Mom. Clare und Sarah, Freundinnen von mir.«

Clare sagte nur Hallo, aber Sarah beugte sich zu der Kleinen runter und sagte: »Ich kenne Molly. Ich hab an deiner Schule Kunstunterricht gegeben. Erinnerst du dich?«

»Miss McCarthy?«, fragte das Mädchen. »Sie sehen aber schön aus!«

Sarah lachte und richtete sich wieder auf. »Wenn ich unterrichte, habe ich die Haare meistens zusammengebunden«, erklärte sie Sams Mutter. »Sehr erfreut, Sie kennenzulernen.«

»Ebenfalls.«

Zu Molly sagte sie: »Ich weiß noch, dass du viel Spaß an meinem Unterricht hattest. Wenn du magst – ich gebe in meinem Atelier auch Kunstkurse für Kinder.«

»Das ist Spoof«, sagte das Mädchen unvermittelt und hielt den Hund hoch.

»Du solltest ihn malen«, sagte Sarah. »Er gibt ein tolles Modell ab.«

»Da bin ich mir nicht so sicher«, sagte Sam lachend.

»Wir sollten jetzt mal«, sagte Clare. »Wir müssen Dad wiederfinden.« Als sie außer Hörweite waren, beugte sie sich zu Sarah. »War das nicht seltsam?«, fragte sie leise.

»Wieso?«

»Er stellt mir seine Familie vor? Nachdem wir uns getrennt haben?«

»Ich habe den Eindruck, es geht ihm gut. Bist du enttäuscht, oder was?«

»Um Gottes willen, nein. Ich finde es nur seltsam, jemandem hinterher die Familie vorzustellen.«

»Vielleicht wollte er nur höflich sein«, sagte Sarah und blickte angestrengt auf die Ränge. »Da sind sie. Da oben!«

Das Spiel endete mit einem großen Triumph für Centennial. Die Kids waren alle völlig aus dem Häuschen. Jason ging mit seinen Kumpels auf den Ball und wollte bei Stan übernachten. Lindsey ging mit Christopher zum Ball, der sie mit dem Auto abholte – Maggie und Bob waren deswegen etwas besorgt, doch am Ende überließen die Eltern ihren Kindern das Feiern und gingen Pizza essen.

Es war gegen elf, als Clare nach Hause kam. Sie machte nur wenig Licht an, setzte sich im Halbdunkel aufs Sofa und legte die Füße hoch. In ihrem Innern rumorte noch der Lärm aus dem Stadion und aus der Pizzeria, und sie genoss die Stille, die sie nun umgab.

Ob Pete ahnte, wie oft sie an ihn dachte? Seit sie bei seinen Eltern zu Hause gewesen war, seit den süßen Erinnerungen an die Vergangenheit und seit er ihr anvertraut hatte, dass er sie absichtlich verführt hatte, konnte sie an nichts anderes mehr denken. Und doch hatte sie in der ganzen Woche vor Homecoming nichts von ihm gehört.

Sie hatte angefangen, auf die Weise an Pete zu denken, wie sie es Sarah beschrieben hatte, wenn man jemanden liebte. Ohne Pause, mit Herzklopfen, voller Freude und Hochgefühl. Voller Erwartungen. Und zwar beim bloßen Gedanken an seine Berührung.

Sie beschloss, ihm eine Nachricht auf dem Anrufbeantworter zu hinterlassen, ihm zu gratulieren und zu sagen, dass es ein tolles Spiel gewesen war. Doch er ging tatsächlich ran, was sie vollkommen überraschte und aus dem Konzept brachte.

»Pete! Du bist ja zu Hause!«

»Gerade zur Tür reingekommen. Ich durfte mich dem Tanzen entziehen, weil ich so einen langen, anstrengenden Tag hatte.«

»Ich wollte gerade deinem Anrufbeantworter sagen, wie toll das Spiel heute war.«

»Soll ich auflegen? Ich werde es mir sofort anhören.«

Sie lachte. »Nein, schon gut. Es war ein tolles Spiel. Meinen Glückwunsch!«

»Ich hab dich gesehen. Schön, dass du da warst.«

»Ich war seit Jahren nicht mehr beim Homecoming. Aber jetzt, wo Jason auf der Highschool ist …«

»Das Beste ist, das Spiel hat wirklich Spaß gemacht«, sagte Pete. »Die Saison ist so gut wie vorbei. Wenn das Thema durch ist, würdest du dann mal mit mir ausgehen? Zum Dinner oder so was?«

»Sehr gerne.«

»Ich würde dich ja dieses Wochenende schon einladen, aber da habe ich die Mädels. Und was machst du?«

»Ich werde ein bisschen in meinem Haus arbeiten. Es wird wohl auf mehr hinauslaufen als nur auf eine Renovierung. Eher eine Umgestaltung. Aber erst mal muss sauber gemacht werden. Dann lasse ich Heizung und Rohre sanieren, damit ich auch im Winter weitermachen kann. Der Schornsteinfeger war zum Glück schon da und hat den Kamin abgenommen, er ist sicher, und ich kann ihn benutzen. Im Frühjahr mache ich mich dann an die Außenarbeiten.«

»Du bist echt ein Wunder, Clare. Ich wünschte, ich könnte so was auch.«

»Du hast dafür andere Talente«, sagte sie. »Zum Beispiel Football.«

Und mich verrückt machen, dachte sie.

George hätte Clare sehr gerne am Samstag in ihrem Haus geholfen, aber leider musste er im Laden sein. Sie war darüber eigentlich ganz froh; sie wollte nicht, dass ihr Vater es übertrieb. Schließlich war er nicht mehr der Jüngste.

Gleich am Morgen machte sie ein Feuer im Kamin, um wenigstens die Räume im unteren Stockwerk warm zu bekommen. Sie fing trotzdem oben an, fegte den Schmutz zusammen und entdeckte dabei das eine oder andere Stück Tapete, das sie unbedingt abreißen musste. Es landete bei dem anderen Müll. Gerade hatte sie die ersten Müllsäcke gefüllt, als es an der Haustür klopfte. Sie lief nach unten und guckte durch das diamantförmige Fenster. Vor der Tür stand Pete.

Sie zerrte an der verzogenen Tür, bis sie schließlich aufging. Er lächelte und hielt einen Besen hoch. »Pete! Was machst du denn hier?«

»Mein Wochenende mit den Mädchen wurde gecancelt. Irgendein Geburtstag in der Familie ihres Stiefvaters.« Er grinste. »Normalerweise würde mich das ärgern, diese Last-Minute-Änderung, aber so habe ich jetzt Zeit, dir zur Hand zu gehen. Falls Interesse besteht.«

»Wow!« Sie ließ ihn rein. »Wie lieb von dir. Ich habe gerade oben angefangen. Es ist echt kalt, aber ich bin schon fast fertig – und hier unten ist es wärmer. Komm mit«, sagte sie. Sie nahm seine Hand und führte ihn nach oben, wo sie in einem Zimmer und im Flur einen schönen Haufen Dreck zusammengekehrt hatte. Daneben lag eine Packung mit großen Abfallsäcken.

Pete zog ein paar Arbeitshandschuhe aus der Tasche. »Du fegst, ich werfe das Zeug in den Sack«, sagte er. »Bis zum Mittagessen könnten wir damit durch sein.«

Er bückte sich und fing an, den Dreck in einen Sack zu schaufeln. Clare stand daneben und betrachtete seine muskulösen Arme und seinen Rücken. Leider konnte man durch die Jacke nicht viel erkennen, aber sie konnte sich gut vorstellen, was darunter war. Er richtete sich wieder auf und warf den schweren Sack über seine Schulter. »Wo kommt das hin?«

»Hinten in den Garten«, antwortete sie.

Er lächelte. »Kehr weiter. Je schneller wir fertig sind, desto mehr Zeit bleibt zum Spielen.«

Sie stützte sich gedankenverloren auf den Besen. Spielen. Ja, dachte sie. Ich würde gern ein bisschen spielen …

Eine Stunde später fingen sie mit dem Untergeschoss an. Das Feuer hatte für eine schöne Wärme gesorgt. Clare fegte im Wohnzimmer, während Pete sich im Esszimmer zu schaffen machte. Er zog seine Jacke aus, darunter kam ein Sweatshirt mit V-Ausschnitt zum Vorschein. Der Anblick seiner breiten Schultern lenkte Clare fast so sehr ab wie der seines knackigen Hinterns.

Sie zog auch die Jacke aus, aber es war definitiv nicht nur das Feuer, das sie so erhitzte.

Clare war nicht die Einzige, die verstohlen ihre Blicke schweifen ließ. Pete konnte den ganzen Morgen den Blick kaum von ihr lassen. Ihr Gesicht, ihre weichen Haare. Er sehnte sich nach einer Berührung.

»Wo ist Jason heute? Wieso hilft er nicht mit?«, erkundigte er sich.

»Er ist mit seinem Vater unterwegs. Zum Glück verstehen sie sich wieder«, sagte sie. »Ich glaube, das habe ich vor allem dir zu verdanken.«

»Ach was. Das passte einfach. Roger war außerdem ziemlich wild entschlossen.«

»Trotzdem, das mit dem Footballspielen … Abgesehen davon hätte ich Jason sowieso nicht gefragt, ob er mir helfen will. Ich brauche hier keinen meckernden Fünfzehnjährigen, der mich die ganze Zeit nur nervt.« Außerdem, dachte sie, will ich dich für mich haben.

Pünktlich zur Mittagszeit war das Wohnzimmer geschafft. Ein riesiger Berg Schutt türmte sich im Flur. Pete trug eine Mülltüte raus in den Garten. Nachdem er wieder in die Küche gekommen war, wusch sich Clare gerade die Hände im Waschbecken. Ihm wurde warm, als er sie anschaute. Sie war so durchtrainiert und sah in Jeans einfach klasse aus. Schon als er vierzehn gewesen war, hatte ihn das angemacht. Viel hatte sich an ihrer Figur nicht geändert.

»Ich dachte, die Leitungen sind nicht mehr in Schuss?«, fragte er und zog die Handschuhe aus.

»Nur das heiße Wasser. Das kalte und die Toilettenspülung gehen zum Glück.«

Er warf seine Handschuhe auf die Arbeitsplatte und stellte sich hinter sie. Dann streckte er die Finger zu ihren unter das kalte Wasser. Er bedeckte ihre Hände mit seinen, und sie lehnte sich an ihn. Er fing an, Küsse auf ihrem Nacken zu verteilen, atmete ihren Duft ein. Er konnte ihr nicht nah genug sein.

Sie nahm die Finger weg und drehte das Wasser ab. Sanft trocknete sie ihnen beiden die Hände ab, während er sich weiter auf ihren Nacken konzentrierte. Das hatte er zwar eigentlich nicht so geplant, aber es fühlte sich gut an. Sie hob seine Hand zu ihrem Mund und strich mit der Zunge an seinen Fingern entlang, saugte zärtlich an ihnen, was ihm beinahe den Verstand raubte. Er drehte sie zu sich und schlang die Arme um sie. Sie reckte das Kinn, und er beugte sich zu ihr hinunter und küsste sie sanft. Erst viele kleine Küsse, dann ein langer, fordernder, intensiver Kuss. Heiß und innig. Sie öffnete den Mund, ließ seine Zunge hinein.

»Du schmeckst so gut.«

»Danke, gleichfalls.«

»Ist lange her.«

»Vermutlich zu lange«, flüsterte sie dicht an seinem Mund.

Kann man so sagen, dachte er. Aber die Dinge passierten dann, wenn sie geschehen sollten. Er war inzwischen ein bisschen älter und hatte es nicht mehr ganz so eilig. Natürlich wollte ein Teil von ihm sofort mit Clare schlafen, aber ein anderer, stärkerer Teil von ihm wollte jeden Moment genießen, jede einzelne Berührung auskosten. Sie war noch genauso hinreißend wie damals. Er ließ die Hände über ihren Körper gleiten, griff in ihr Haar und drückte sie fest an sich.

Sie erwiderte seinen Kuss voller Leidenschaft und seufzte tief. Ja, dachte er. Genau das habe ich mir gewünscht. Immer schon – diese Frau in meinen Armen, in einem leidenschaftlichen Kuss mit ihr vereint. Er streichelte ihren Rücken, ihren Po, ihren Oberschenkel bis runter zum Knie. Dann hob er ihr Knie an und presste sich an sie. Auffordernd kam sie ihm entgegen.

»Das letzte Mal, als ich das getan habe, habe ich dir das Herz gebrochen«, flüsterte er.

»Beim letzten Mal wussten wir nichts.«

»Du weißt, was ich will.« Er küsste sie. »Was möchtest du? Sag es mir.«

»Ich will dich auch«, erwiderte sie. »Lass uns irgendwo hinfahren.«

»Glaubst du denn, hier kommt jemand her?«

»Nein.«

»Kann man die Haustür abschließen?«

»Ja. Aber …«

Er ließ ihr Knie sinken und löste sich von ihr, sacht hob er ihr Kinn an und küsste sie. »Heiz das Feuer noch mal an«, sagte er. »Ich bin gleich wieder da.«

Er verschwand durch die Haustür. Sie wusste nicht, was er vorhatte, tat aber wie geheißen. Sie hockte vor dem Kamin, als er zurück ins Haus kam, unter jedem Arm einen Schlafsack. Er schloss hinter sich ab und gesellte sich zu ihr. Gemeinsam breiteten sie stumm die Schlafsäcke aus und verbanden sie mit den Reißverschlüssen.

Pete zog seine Stiefel aus und stellte sie ordentlich neben den Kamin, Clare folgte seinem Beispiel. Er nahm sie in die Arme und legte sich mit ihr hin, den Mund schon wieder auf ihren Lippen. Er drehte sich so, dass sie auf ihm zu liegen kam. Sofort begann sie, sich zu bewegen und sich an ihn zu pressen, sodass er vor Lust stöhnte.

Er streifte ihr das Sweatshirt ab, löste den Verschluss ihres BHs und warf ihn achtlos zur Seite. Dann umfasste er mit beiden Händen ihre Brüste und streichelte ihre Brustwarzen, bis sie hart waren. Er zog sein Hemd aus und drückte Clare sofort wieder an sich. Er wollte ihre Brüste auf seiner nackten Haut spüren.

»Oh, Clare«, sagte er. »Du fühlst dich so gut an.«

»Und ich fühle mich noch besser«, flüsterte sie.

Sie seufzte tief, stöhnte voller Verlangen. Mit ihrer Hüfte rieb sie an seiner Erektion. Sie hielten es beide fast nicht mehr aus. Rasch öffnete er ihre Jeans und schob sie geschickt herunter, half ihr, herauszuschlüpfen. Als Nächstes folgte ihr Slip. Und schon presste sie sich wieder an ihn, und er zog sie an sich, die Hände auf ihrem Po. Er ließ eine Hand zwischen ihre Körper gleiten, tastete sich über ihren Bauchnabel nach unten, bis er die Stelle berührte, die er gesucht hatte. Langsam drang er mit einem Finger in sie, und sie war feucht und bereit. Er musste sie nicht noch mehr erregen. Sie wollte ihn.

»Wow, Clare. Soll ich wirklich schon …«

»Ja! Bitte!«

»Ich habe mich vor ein paar Jahren sterilisieren lassen, doch ich habe auch Kondome dabei.«

»Du hast es schon wieder geplant!«, flüsterte sie.

»Seit Jahren, das kannst du mir glauben. Aber eigentlich wollte ich dich bei mir zu Hause, im Bett …«

»Das hätte ich nicht geschafft«, erwiderte sie. »Und jetzt mach schon!«

Er drehte sie auf den Rücken und kniete sich zwischen ihre Beine, um seine Hose auszuziehen. Dann presste er sich an sie, genau an der bewussten Stelle. Behutsam glitt er in sie und stöhnte laut, als er ihre Lust spürte. So lange hatte er auf diesen Moment gewartet, darauf, das fühlen zu dürfen. Eine Ewigkeit. Und es war genauso wunderschön, wie er es sich erträumt hatte. Wie es in seiner Erinnerung war.

»Pete«, wisperte sie. »Oh, Pete, ich glaube, ich komme sofort.«

Er strich ihr die Haare aus dem Gesicht und bewegte sich langsam und gefühlvoll in ihr. »Mach nur, Baby. Ich bin da.« Er bewegte sich weiter, und sie fing an zu seufzen und zu murmeln, rief seinen Namen. Sie war alles andere als leise beim Sex, und ihre Geräusche waren wie Musik in seinen Ohren. Sie war leidenschaftlicher, als sie es sich selbst eingestand – das hatte er schon immer gewusst. Sie keuchte und reckte sich ihm entgegen. »Komm, Baby«, ermunterte er sie. Er fühlte, wie ihr Körper erbebte. Sie war kurz vor dem Orgasmus. »Ja, Clare … Komm«, flüsterte er und schob sich tief in sie hinein, wiegte sie dabei. Er wollte, dass sie mit ihm Magie erlebte. Und er wollte in ihr sein, wenn sie den Höhenpunkt erreichte. Er drang noch tiefer in sie ein. Sie erstarrte kurz, umklammerte seine Schultern, wand sich vor Lust, und sie war so eng und fest, dass es ihn fast umhaute. Sie war wirklich erstaunlich. Ihr Orgasmus war phänomenal. Er spürte ihn an seinem ganzen Körper, wild und wunderschön. Er war intensiv und lange, so als könnte sie gar nicht mehr aufhören zu kommen. »Mein Gott«, flüsterte Pete überwältigt. Er hatte sie kaum berührt, und schon kam sie, als hätte auch sie jahrelang darauf gewartet. Erst nach einer langen Weile sank sie erschöpft in seine Arme, bedeckte seine Haut mit zarten Küssen. Es war ein großartiges Gefühl. Es dauerte lange, bis sie wieder zu Atem kam.

»Clare«, flüsterte er wieder und küsste sie auf Mund, Kinn, Hals und Schultern. »Das war schön.«

»Ich möchte, dass es auch für dich schön wird«, stieß sie hervor.

»Mach dir deswegen keine Sorgen«, sagte er.

Sie erschauerte in seinen Armen.

Er küsste ihren Hals, wanderte dann mit seinem Mund hinunter zu ihren Brüsten, knabberte erst an der einen, dann an der anderen Brustwarze. Er glitt weiter an ihrem Körper nach unten, sie immer weiter küssend. Bauch, Venushügel, Innenseite der Oberschenkel. Dann drang er mit seiner Zunge in sie ein, fand das Zentrum ihrer Lust und begann zu saugen. Zuerst sanft, dann immer entschlossener und wilder, bis er sie erneut zum Beben brachte. Sie presste sich an ihn, stöhnte laut, und da tauchte er in sie ein. Er fasste sie an den Hüften und bewegte sich in ihr. Mit jedem Stoß drängte sie sich fester an ihn. Sie war der Hammer! Es fühlte sich so gut an! Er küsste sie voller Begierde, sie reckte sich ihm entgegen, damit er noch tiefer in sie eindrang, sie kreiste immer schneller und fordernder mit dem Becken, und er passte sich ihrem Rhythmus an. Sie schlang die Beine um ihn, bäumte sich auf. Er wollte ihren Orgasmus noch einmal spüren und wartete. Ihr Orgasmus näherte sich schnell, und es fühlte sich genauso wunderbar an wie beim ersten Mal. Und als sie auf dem Höhepunkt war, stieß er ein letztes Mal in sie hinein und erlaubte es sich nun auch zu kommen. Sein Orgasmus war so gewaltig, dass er dachte, er müsste ohnmächtig werden. »Oh«, stöhnte er atemlos.

In ihr pochte es noch lange, und er hielt sie fest, bis sie sich beruhigt hatte. Er küsste und streichelte sie. »Oh, Gott«, sagte er. Er flüsterte ihren Namen.

»Oh, Mann.«

»Schön«, sagte er leise.

»Schön?«, fragte sie. Und lachte.

»Du bist unglaublich«, meinte er und verteilte Küsse auf ihrem Gesicht. »Ich wusste, dass es so sein würde. Unfassbar.«

Sie streichelte sein Gesicht und zog ihn an sich. »Das war wirklich unglaublich, Pete. Du hast so lange auf mich gewartet.«

»Nicht absichtlich.« Er richtete sich auf und schaute ihr in die Augen. »Ich habe nie aufgehört, dich zu lieben. Es ist mir zwar gelungen, eine Weile nicht daran zu denken, aber ich habe nie aufgehört.«

»Wenn ich nur früher gewusst hätte, was du fühlst.«

Er zuckte mit den Schultern. »Es erschien mir so unmöglich. Jeder führte sein Leben.«

Sie strich ihm eine Haarsträhne aus dem Gesicht. »Aber jetzt haben wir ein gemeinsames. Und das fühlt sich sehr gut an.«

Er knabberte an ihrer Lippe. »Das stimmt. Ich lasse dich nie wieder gehen.«

»Es wäre sowieso schwer für dich, mich wieder loszuwerden …«

»Pass auf, ich habe eine Idee. Wir könnten uns wieder anziehen, etwas zum Mittagessen kaufen und bei mir essen. Ein Picknick im Bett, nackt, und dann schlafen wir miteinander bis zur Sperrstunde!«

»Sperrstunde?« Sie lachte. »Jason bleibt übrigens bis morgen Abend bei seinem Vater …«

»O mein Gott«, sagte er ermattet. Doch dann küsste er sie, und schon bald glitt er mit dem Mund wieder zu ihrem Hals, ihren Brüsten, ihrem Bauch.

Diesmal kümmerte sie sich um ihn. Sie nahm ihn in die Hand, was ihm ein lustvolles Stöhnen entlockte, und er hörte sie leise lachen. »Ich glaube, das mit dem Mittagessen wird nichts …«

»Erst mal nicht«, antwortete er.

»Also wirklich«, flüsterte sie. »War das auch wieder Absicht?«

»Jetzt nicht mehr«, antwortete er und drang in sie ein. »Jetzt ist es außerhalb meiner Kontrolle.«

12. Kapitel

Die Berge der Sierra Nevada erstrahlten in den schönsten Herbstfarben, doch kurz vor Halloween waren von der bunten Pracht nur noch kahle Äste übrig. Im November zogen die ersten Winterwolken übers Land und ertränkten Breckenridge im Regen, während weiter oben der erste Schnee fiel. Einheimische und Touristen zog es hinaus auf die Skipiste, und zum ersten Mal seit Jahren freute sich Sarah wieder so richtig aufs Skifahren. Denn ein gewisser Polizist war für die Skipatrouille verantwortlich.

Als Kind war sie viel Ski gefahren, aber nachdem sie ihr Kunststudium abgeschlossen und ihr Atelier eröffnet hatte, hatte sie nur noch selten Skiausflüge in die Berge unternommen, meist mit ihren Schwestern und deren Kindern.

Deswegen dauerte es ein bisschen, bis Sarah wieder »drin« war. Doch nach wenigen Tagen wagte sie sich bereits wieder auf die Fortgeschrittenenpisten, auf denen sie als junge Frau immer unterwegs gewesen war. Sie schloss sogar ihr Geschäft, um nach Afton Alps, Squaw Valley und Alpine Meadows zu fahren. Als ihr Vater sie fragte, ob sie sich das denn erlauben könne, entgegnete sie: »Oh, ja. Der Verkauf des Wandteppichs an die Afton Alps Lodge hat mich saniert. Und findest du nicht, ich sollte ihn mir mal an Ort und Stelle ansehen?«

Außerdem kaufte sie sich eine neue Skiausrüstung: eine pinkfarbene Skihose, eine dazu passende Jacke in einem etwas dunkleren Pink, neue Skier und Stöcke sowie richtig gute Schneestiefel. Und nach ein paar Besuchen im Skigebiet, das nur vierzig Autominuten entfernt war, hatte sie herausgefunden, dass die Skipatrouille namens Jankowski immer montags in Afton Alps unterwegs war.

Der Montag war ein guter Tag, um den Laden nicht zu öffnen. Sie fertigte ein Schild mit den neuen Öffnungszeiten an und hängte es in die Tür, dann wachste sie ihre Skier.

Die Skipatrouillen kontrollierten die Pisten auf Verschüttete und sonstige Probleme. Sie waren mit Schneemobilen unterwegs, an denen Schlitten für verletzte Skifahrer befestigt waren. Außerdem markierten sie die gesperrten Pisten und stellten bei Lawinengefahr entsprechende Schilder auf. Jedes Mal, wenn Sarah eine der roten Jacken mit dem weißen Kreuz darauf sah, prüfte sie, ob sie das Gesicht kannte. Doch sie begegnete ihm den ganzen Tag nicht. Erst vor ihrer letzten Abfahrt entdeckte sie ihn oben auf einer der Fortgeschrittenenpisten. Er sah so gut aus!

»Sam!«, rief sie und fuhr auf ihn zu. »Hey, Sam!«

Er drehte sich um und spähte in ihre Richtung.

»Ich bin's, Sarah!«, sagte sie, nahm ihre Skibrille ab und lachte.

Auch er nahm seine Brille ab und lächelte sie an. »Was geht?«

»Ich hab schon gehört, dass du heute Patrouille hast. War viel zu tun?«

»Nein. Alle benehmen sich. Wir müssen trotzdem immer ein Auge auf die wilden Jungs haben. Und die wilden Mädchen«, fügte er mit einem Grinsen hinzu, das sie beinahe in die Knie zwang.

»Klingt nach dem perfekten Job für dich.«

»Bis du allein hier?«, fragte er und sah sich um.

Suchte er etwa nach Clare? »Ja. Ich habe spontan beschlossen, dass ich einen Tag der geistigen Gesundheit nötig habe. Aber das wird meine letzte Abfahrt für heute.«

»Ein großer Berg für ein kleines Mädchen.«

»Wer ist hier ein kleines Mädchen, du Möchtegern? Ich bin auf diesem kleinen Hügel aufgewachsen!«

»Ach ja?«, sagte er und grinste wieder.

Wenn ich in meiner Todesstunde in diese blauen Augen sehe, werde ich glücklich sterben, dachte sie. Es stimmte, sie war hier oben aufgewachsen. Als Kinder waren sie praktisch dauernd Ski gefahren, und sie war aus ihrer Familie die Beste gewesen. Aber inzwischen war mit Jason auf dem Snowboard eine echte Konkurrenz herangewachsen, und auch Lindsey fuhr wirklich gut.

»Wann ist denn deine Schicht zu Ende?«, erkundigte sie sich.

»In ungefähr einer halben Stunde. Ich fahre jetzt zurück.«

»Wollen wir dann noch zusammen was trinken?«, fragte sie todesmutig, obwohl ihr innerlich ganz schwindelig wurde dabei.

»Ich trinke nicht in der Lodge. Aus Imagegründen, wenn du verstehst.«

»Wie wäre es dann mit dem Pub auf dem Lander's Pass? Ist kein großer Umweg.«

Er zögerte und dachte kurz nach.

»Nur auf ein Bier, Sam.«

»Ja. Wieso nicht?«, sage er schließlich.

Ihre Augen funkelten spitzbübisch, während sie sich die Skibrille wieder aufsetzte. »Fang mich doch!«, rief sie. Sie stieß sich ab und raste den schwierigen Hang in einem Tempo hinunter, das selbst ihr Angst machte. Er folgte ihr auf den Fersen und hielt mühelos mit. Als sie bei den Buckeln ankam, sprang sie, landete weich wie eine Feder, ging geschmeidig in die Hocke, klemmte die Stöcke unter die Arme und hob noch einmal ab.

»Langsam!«, rief er, aber die Zeiten des Langsammachens waren für sie vorbei. Sie wollte sich nicht mehr zurückhalten. Also schoss sie seine Warnung in den Wind – im wahrsten Sinne des Wortes. Sie verlagerte ihr Gewicht nach rechts, links, dann wieder rechts, fuhr quer über die steile Piste, carvte gekonnt im weichen Pulverschnee. Sie hörte, wie er hinter ihr über die Buckel jagte. Es war aufregend!

Es dauerte nur wenige Minuten, bis sie unten waren. Als er neben ihr auftauchte, lachte sie.

»Du bist echt gut! Alte Angeberin!«

»Stimmt«, sagte sie lachend. »Ich wollte nur sehen, was du draufhast.«

»Nein«, widersprach er ihr und grinste breit. »Du wolltest mir zeigen, was *du* draufhast. Aber du solltest trotzdem lieber etwas vorsichtiger fahren.«

»Wieso? Die Skipatrouille ist mir gefolgt. Ich habe mich total sicher gefühlt. Wollen wir uns gleich im Pub treffen?«

»Ich muss mich noch umziehen. Du bist wahrscheinlich deutlich vor mir da.«

»Keine Eile. Da ist es bestimmt schön warm und kuschelig am Kamin.«

»Bis gleich also«, verabschiedete er sich. Sie sah zu, wie er zur Station der Patrouille fuhr.

Sie fühlte sich frei und unbeschwert, als sie den Pass hinunter zum Pub fuhr. Sam schien nicht gerade an den Folgen eines gebrochenen Herzens zu leiden. Es war gut, dass er etwas später als sie eintreffen würde, so konnte sie Haare und Make-up auffrischen. Sie musste grinsen bei der Vorstellung, weil ihr so was bis vor ein paar Monaten noch vollkommen egal gewesen war. Außerdem gab seine spätere Ankunft ihr Zeit, die Fassung wiederzugewinnen, obwohl ihr Herz heftig klopfte.

Als Sam im Pub ankam, hatte sie es sich vor dem Kamin gemütlich gemacht und ein Glas Weißwein in der Hand. Sie musste sich zusammenreißen, um bei seinem Anblick nicht sehnsüchtig zu stöhnen. Wie hatte Clare ihn aufgeben können? Das begriff sie nicht. Sie selbst hatte noch kein Mann so sehr berührt. Wenn die Engel auf ihrer Seite waren, würde es gleich anfangen zu schneien und der Pass gesperrt werden. Dann müssten sie die Nacht hier oben verbringen.

Er zog seine Handschuhe aus, stopfte sie in die Jackentaschen und hängte seine Jacke an die Garderobe neben der Eingangstür. Es war nicht voll in der Bar, sodass sie sich einen kuscheligen, etwas abgeschiedenen Platz beim Kamin hatte sichern können.

»Das war eine gute Idee«, sagte er zur Begrüßung. »Danke.«

»Ich find's schön hier. Und du? Bist du auch öfters hier?«

»Nur ab und an. Normalerweise fahre ich schnell nach Hause und löse meine Mom ab, die während meiner Abwesenheit auf Molly aufpasst. Aber ich habe sie eben angerufen, und sie meinte, ich solle mir Zeit lassen.«

»Wann arbeitest du denn immer in Afton Alps?«

»Nur montags. Mit Molly versuche ich dann samstags oder sonntags in die Berge zu fahren. Das sind meine drei freien Tage.«

»Gefällt dir die Arbeit bei der Polizei?«

»Ich liebe meinen Job! Fast so sehr wie Ski fahren. Polizeiarbeit ist so eine sinnvolle Tätigkeit. Und du? Seit wann unterrichtest du Kunst?«

»Seit ungefähr acht Jahren. Aber das ist nicht meine Hauptbeschäftigung. Das Atelier, mein Laden und meine eigene Kunst sind eigentlich das, womit ich mein Geld verdiene. Eine meiner Arbeiten hängt übrigens in der Afton Alps Lodge. Der große Wandteppich dort, der ist von mir.«

»Im Ernst? Du hast den gemacht? Wahnsinn!« Der Kellner erschien, und Sam bestellte ein Bier. »Es überrascht mich, dass wir uns nicht früher schon begegnet sind, wenn du so viel Ski fährst.«

Sie war ja auch nicht viel Ski gefahren, bevor sie Sam begegnet war. Doch offensichtlich war sie gut genug, dass er annahm, sie würde jede freie Minute auf den Brettern stehen. »Vielleicht, weil du nur einen Tag in der Woche hier arbeitest, Sam«, erklärte sie.

Sarah fragte nach Molly und nach seiner Mutter und erzählte ihm im Gegenzug von ihrer Arbeit und ihren Ausstellungen. Sie sprachen darüber, wo sie zur Schule gegangen waren und mit wem sie in der Stadt befreundet waren. Weil sie nicht wollte, dass es aufhörte, bestellte Sarah ein zweites Glas Wein. Doch Sam bestellte kein Bier mehr. Sie trank langsam und hoffte, er würde es sich anders überlegen, aber nach etwas über einer Stunde sagte er: »Ich muss dann mal los.«

»Ich auch.«

»Dann bezahle ich mal eben und begleite dich noch zu deinem Wagen.«

»Nein, das geht auf mich«, widersprach sie ihm. »Ich habe dich ja eingeladen mitzukommen.«

»Ach was, hol du deine Jacke«, sagte er und verschwand in Richtung Bar.

Sie stand an der Tür und betrachtete ihn, seinen Rücken, die breiten Schultern. Er war einfach hinreißend. Und niedlicher als ein Hundewelpe. Sie mochte auch seine großen, starken Hände. Er drehte sich zu ihr um und lächelte. Dieses Gesicht, dieser Körper! Der Mann sollte auf einer Münze abgebildet sein.

Ich hab so was von keine Chance bei ihm, dachte sie.

»Fertig«, sagte er, nahm seine Jacke und hakte sie unter.

Mehr werde ich wohl von ihm nicht bekommen, dachte sie, während sie zum Auto gingen. Eine freundliche Unterhaltung, ein Gang zum Wagen. Na gut, dann bin ich eben damit zufrieden.

»Danke«, sagte sie. »Und danke auch dafür, dass du nicht nach Clare gefragt hast.«

Er zuckte die Achseln. »Ich denke mal, ihr geht's gut.«

»Ihr geht's super.« Sie zog die Jacke fester zu. »Ich werde in nächster Zeit immer montags Ski fahren. Vielleicht können wir das hier ja mal wiederholen?«

»Ich werde nach dir Ausschau halten«, versprach er und öffnete ihr die Wagentür. »Und jetzt fahre ich hinter dir her. Nur um sicher zu sein, dass es keine Probleme gibt.«

»Das ist echt nicht nötig«, wehrte sie ab. »Den Pass kenne ich wie meine Westentasche.«

»Es gibt ein paar gefährliche enge Stellen. Und deinen Spaß an Geschwindigkeit kenne ich ja jetzt.«

»Nur auf der Piste«, erwiderte sie lachend. »Skiern traue ich mehr als Autos.«

»Kluges Mädchen«, sagte er und schlug die Tür zu.

Den ganzen Weg in die Stadt grinste sie wie ein Honigkuchenpferd. Und fragte sich, wie sie es bis nächsten Montag aushalten sollte.

Die folgenden beiden Montage in Afton Alps waren himmlisch. Sarah gelang es, Sam tagsüber ausfindig zu machen, damit er wusste, dass sie da war. Sie fuhren ein bisschen zusammen Ski und ein paar Mal auch mit dem Lift. Unter der Woche sehnte sie sich danach, dass er sie anrief, aber anscheinend reichten ihm die Montage auf der Piste und das gemeinsame Bierchen hinterher. Sie versuchte, sich nicht entmutigen zu lassen, aber es fiel ihr nicht leicht. Sie hätte gern gewusst, ob er mit jemandem ausging, aber aus Angst vor der Antwort stellte sie ihm die Frage lieber nicht.

Und sie bemühte sich, ihm nicht zu sehr auf die Pelle zu rücken. Manchmal sah sie einen Ausdruck auf seinem Gesicht, der ihr verriet, dass er kein Draufgänger war, sondern in solchen Dingen eher vorsichtig. Außerdem war sie selbst schüchtern, was ihn anging. Ihr neuer Look hatte zwar ihr Selbstvertrauen gestärkt, aber nicht so sehr, dass sie den Mut aufbrachte, sich ihm an den Hals zu werfen – was vermutlich auch besser war. Immerhin gelang es ihr, ihm ein paar persönliche Fragen zu stellen. Zum Beispiel, wieso er nicht verheiratet war. Sie selbst beantwortete diese Frage mit dem Satz: »Ich habe mich von der Arbeit auffressen lassen. Aber vor Kurzem habe ich beschlossen, ein bisschen kürzerzutreten und stattdessen mal wieder ein Sozialleben zu haben.«

Wenn er sie zum Wagen brachte, wandte sie ihm erwartungsvoll das Gesicht zu. Aber er öffnete ihr immer nur die Tür und sagte Gute Nacht.

Thanksgiving fiel auf den letzten Donnerstag im November. Sie feierten bei George, wie immer. Es war die übliche lautstarke Angelegenheit: drei Teenager, sechs Erwachsene, die Festtagsparade im Fernsehen und dann Football. Als sie mit dem Essen fertig waren und die Schwestern Ordnung machten, sagte Maggie zu Sarah und Clare: »Mit euch beiden stimmt doch was nicht.«

»Wie bitte?«, fragten beide gleichzeitig.

»Das klingt ja beinahe schuldbewusst. Ich glaube, da hat jemand Sex!« Beide bekamen rote Wangen. »Ha!«, rief Maggie. »Ich wusste es!«

»Ich nicht«, sagte Sarah. *Leider*, dachte sie.

Aber Clare wandte den Blick ab.

»Clare?«, fragte Maggie.

»Ich habe Jason noch nichts gesagt«, flüsterte sie. »Niemand weiß es. Könnt ihr es also bitte für euch behalten?«

»Natürlich! Und wie lautet dein Geheimnis?«

»Pete Rayburn.«

Schweigen.

»Und wie lange geht das schon?«, fragte Maggie schließlich.

»Schwer zu sagen. Wir haben uns im August wiedergesehen, als ich mein Intermezzo an der Schule hatte. Dann haben wir uns mal auf einen Kaffee getroffen und uns sehr nett unterhalten. Ich schätze, da fing es an. Alte Freunde waren wir ja schon. Und richtig passiert ist es dann am Homecoming-Wochenende.«

Maggie beugte sich zu ihr. »Schläfst du wirklich mit ihm?«, wollte sie wissen.

Clare lächelte. »Mit Schlafen hat das nichts zu tun.«

»Wie ist es? Ist es ...« Maggie konnte die Frage nicht stellen.

»Es ist unfassbar«, sagte Clare und bekam unfreiwillig eine Gänsehaut.

Ihre Schwestern fingen an zu kreischen. Sarah war total erleichtert – Clare hatte also ganz bestimmt keine Gefühle mehr für Sam. Aber sie selbst verriet nichts. Da war sie abergläubisch. Sie hatte sich vorgenommen, erst von Sam zu erzählen, wenn er ihr seine unsterbliche Liebe gestanden hatte. Und bei dem Tempo, das sie beide an den Tag legten, konnte das noch Ewigkeiten dauern. Sie hoffte und betete, dass er sie wenigstens noch vor der Schneeschmelze im Frühling küssen würde. Doch bisher hatte es nur ein paar unbedeutende Berührungen zwischen ihnen gegeben.

Der nächste Montag kam und ging. Ein paar Tage später dann, Anfang Dezember, erschien Sam auf einmal in ihrem Geschäft. Sie strahlte vor Freude, sowie sie ihn sah. Es war das erste Mal, dass er von sich aus Kontakt zu ihr aufnahm – und außerhalb eines Montags. Er war offensichtlich im Dienst, und sie wurde beinahe ohnmächtig bei seinem Anblick in Uniform.

»Wow, Sam«, begrüßte sie ihn. »Bekommst du nicht jedes Mal einen Heiratsantrag, wenn du einer Frau einen Strafzettel wegen Falschparkens aushändigst?«

Er tat ihr den Gefallen und grinste. »Aber das wäre doch gegen das Gesetz, Sarah.«

»Das ist keine Antwort.«

Er zog ein wenig schüchtern den Kopf ein. »Ich bin hier, weil ich dich fragen wollte, ob du mir vielleicht helfen kannst.

Ich mache Weihnachtseinkäufe, und du hast ja gesagt, Molly mochte den Kunstunterricht. Vielleicht sollte ich ihr etwas schenken, was damit zu tun hat? Könntest du was für sie aussuchen? Vielleicht einen Farbkasten? Oder Buntstifte? Ich weiß nicht …«

»Da fällt mir direkt was ein. Ich könnte ihr ein ganzes Set zusammenstellen. Wasserfarben und Pinsel, Kohlestifte und Papier. Passend zu ihren Fähigkeiten.«

»Wie lange dauert das? Ich muss nämlich weiter«, sagte er und warf einen Blick auf den draußen parkenden Streifenwagen.

»Du kannst es später abholen kommen oder morgen. Wie viel willst du denn ausgeben?«

»Reichen fünfzig Dollar?«

»Auf jeden Fall. Wann hast du Feierabend?«

»Nicht vor zehn. Aber vielleicht schaffe ich es vorher ja noch, falls in Breckenridge alles ruhig bleibt.«

Sie hatte eine Idee und musste lächeln. »Nicht nötig. Ich werde auch nach zehn noch hier sein. Komm gerne nach der Arbeit rein, wenn du magst.«

»Ich dachte, du machst um sechs Uhr zu.«

»Mach ich auch. Dann fahre ich nach Hause, esse mit Dad zu Abend und komme danach meistens wieder her. Manchmal, weil ich einen Kurs gebe, aber manchmal auch, um noch ein bisschen zu arbeiten. Wie heute Abend zum Beispiel.«

Für den Rest des Tages hoffte sie, dass er keine Zeit haben würde, das Geschenk schon früher abzuholen. Und nach dem Essen beeilte sie sich nicht sonderlich, zurück ins Geschäft zu fahren, denn er würde ja erst nach seiner Schicht kommen. Heute Abend, schwor sie sich, würde sie ihm sagen, dass es absolut klarginge, sie zu küssen und zu berühren. Nur für einen Moment in seinen Armen zu liegen wäre wie ein Traum, der endlich wahr wird.

Sie stylte sich und wählte eine weiße Bluse und einen nicht zu kurzen Rock – etwas, das weiblich aussah. Als sie das Haus verließ, fragte ihr Vater: »Hast du noch was vor, Schätzchen?«

»Ich gehe nur noch mal ins Geschäft«, antwortete sie. »Könnte später werden.«

Er runzelte die Stirn. »Normalerweise duschst du aber nicht und ziehst dich um, wenn du noch arbeitest.«

»Es war ein anstrengender Tag. Ich musste mich einfach frisch machen«, behauptete sie und fand es spannend, dass ihrem Vater das überhaupt aufgefallen war.

Als sie an diesem Abend malte, verlor sie sich nicht wie sonst in ihrer Arbeit. Stattdessen sah sie immer wieder auf die Uhr. Es wurde zehn Uhr und halb elf, und langsam verlor sie den Mut. Um elf ging sie, schwer enttäuscht, davon aus, dass Sam vermutlich schon nach Hause gefahren war und beabsichtigte, das Geschenk erst am nächsten Tag abzuholen. Vielleicht hat er einfach kein romantisches Interesse an mir, dachte sie. Sich mit ihm anzufreunden war nicht allzu schwierig gewesen, aber es sah nicht danach aus, dass daraus mehr werden könnte.

Gerade als sie jegliche Hoffnung verloren hatte, klopfte es an der Tür. Sie verließ das Atelier und sah ihn draußen stehen. In Zivilkleidung.

»Ich wusste nicht, ob du noch hier bist«, erklärte er. »Kurz vor zehn hat sich leider noch ein Unfall mit Blechschaden ereignet, der mich aufgehalten hat.«

»Alles gut. Komm rein. Ich hoffe, es gefällt dir.« Sie verriegelte hinter ihm die Tür, und er folgte ihr ins Hinterzimmer. Auf einem Tisch inmitten einer Menge von Kunstbedarf stand eine grüne Metallkiste, die sie mit kleinen Blümchen bemalt hatte. Sie öffnete die Kiste und zeigte ihm, was sie ausgesucht hatte. Pinsel, Pastellkreiden, Wasserfarben, Kohlestifte, ein Buch über Zeichnen. Dazu ein paar Bögen Leinwand und einen Zeichenblock.

»Das ist super, Sarah. Kann ich mit Kreditkarte zahlen?«

»Natürlich«, sagte sie enttäuscht. Er würde bezahlen und gehen.

Sam nahm sein Portemonnaie aus der Tasche und fragte, während er über ihre Schulter ein Gemälde betrachtete: »Hast du das gemalt?«

»Ja.« Das Bild stand neben einem ihrer anderen Kunstwerke, das aus einer leeren Weinflasche, zwei Gläsern, einer weißen Leinenserviette und einem Laib Brot aus Pappmaché bestand.

Er ging näher heran. »Das ist echt gut. Ich kann nicht mal einen geraden Strich ziehen, geschweige denn etwas zeichnen, das man erkennen könnte.«

Unwillkürlich streckte sie die Hand nach ihm aus. Sie würde ihn so gerne berühren, sehnte sich so sehr danach.

»Ich muss zugeben, ich habe noch nie versucht, etwas anderes zu bemalen als eine Wand, aber …« Als er sich umdrehte, stand sie immer noch mit ausgestrecktem Arm da. »Sarah?«

Da erst wollte sie die Hand zurückziehen, doch dann nahm sie all ihren Mut zusammen und legte ihm die Hand auf die Brust. Sie schaute ihm tief in die wunderschönen blauen Augen. Dann machte sie einen Schritt auf ihn zu, kam ihm so nah, dass sie seinen Atem auf ihrer Haut spüren konnte. Noch einen Schritt. Wenn er mich wegstößt, dachte sie, muss ich sterben. Sie lehnte ihren Kopf an seine Schulter. »Sarah?« Sie stand reglos da. Ihre Wange ruhte an seiner Schulter, gleich neben ihrer Hand. Doch er reagierte nicht, verharrte bewegungslos.

Schließlich schlang er einen Arm um ihre Hüfte. Sie hielt den Atem an. Eine Weile hielt er sie so, dann senkte er den Kopf und atmete ihren Geruch ein. Plötzlich schob er ihr Haar beiseite und begann, ihren Hals zu liebkosen. Sie seufzte, als seine Lippen über ihren Hals und unter den Kragen ihrer Bluse wanderten. Sowie sie seine Zunge spürte, erbebte sie.

»Sarah«, sagte er heiser. »Du bist hinreißend.«

Sie drehte den Kopf und rieb ihre Wange an seiner. Er legte nun auch den anderen Arm um sie und zog sie an sich, knabberte an ihrem Hals, immer tiefer hinunter, bis zu ihrer nackten Schulter unter ihrer Bluse. Wieder seufzte sie und drückte ihn fest an sich. Er hob den Kopf und berührte sanft ihre Lippen. »Sarah, was machen wir hier?«

»Mmmm«, murmelte sie und wollte seinen Mund erneut spüren. »Du bist auch hinreißend«, flüsterte sie.

»Dürfen wir das denn?«, fragte er.

»Ich glaube ja«, antwortete sie, etwas außer Atem, mit geschlossenen Augen.

Er küsste sie innig. Voller Leidenschaft. Und es war genau so, wie sie es sich erträumt hatte. Sie lag in seinen starken Armen, und ihre Gefühle fuhren Achterbahn. Wie er sich anfühlte, wie er roch, wie er schmeckte – wieso kam ihr das so bekannt vor, wo sie sich doch das erste Mal küssten? Er streichelte ihren Rücken, liebkoste sie mit seinen Lippen. Dann küsste er wieder und wieder ihren Hals.

Auf diesen Moment hatte sie hingefiebert, hatte sich noch nie in ihrem Leben so sehr gewünscht, dass etwas in Erfüllung ging. Schließlich machte sie sich von ihm los und sah ihm in die Augen. Seine Hände ruhten immer noch auf ihrer Hüfte, als wollte er sie nicht wieder gehen lassen. Ausnahmsweise grinste er nicht. »Du steckst voller Überraschungen, Sarah.«

Mit leicht zitternden Fingern öffnete sie die Knöpfe ihrer Bluse. Den obersten, den zweiten – und dann hielt er sie am Handgelenk fest.

»Willst du darüber nicht lieber noch mal nachdenken?«, fragte er mit heiserer Stimme.

»Nein, ich will nicht denken«, flüsterte sie, und er ließ sie los.

Langsam machte sie die restlichen Knöpfe auf.

»Bist du dir wirklich sicher?«, fragte er noch einmal. »Denn ich kann gerade auch nicht denken. Vermutlich noch weniger als du.«

Sie senkte die Lider. »Wir werden sehen«, erwiderte sie leise.

Er zögerte nicht lange, sondern schob ihre Bluse von ihren Schultern. Sie legte den Kopf in den Nacken und stöhnte, als sie seine Hände auf ihren Brüsten spürte. Und seinen Mund. Er begann, sie zu küssen und zu verwöhnen, und als er an ihren Brustwarzen saugte, bekam sie weiche Knie.

»Ich glaube, das ist ein Spiel mit dem Feuer«, flüsterte er.

»Ich weiß«, flüsterte sie. »Ich weiß.« Und dann erwiderte sie seinen Kuss.

Er rückte ein Stück von ihr ab, um seine Jacke abzustreifen. Dann riss er sich den Pullover vom Leib und drückte sie fest an sich. Mit ihr im Arm drehte er sich um und schaltete das Licht aus, sodass der Raum nur noch von einem Nachtlicht, das unter einem der Schränke angebracht war, erhellt wurde. Die Bluse glitt zu Boden, und er presste seine Hände auf ihren Po, drückte sie an sich, fühlte ihre nackten Brüste auf seiner Haut und ließ sie spüren, wie groß seine Begierde war. Vorsichtig schob er ihren Rock nach oben, Stück für Stück, bis zum Oberschenkel. Er ließ seine Hand nach unten gleiten und stellte fest, dass sie nur einen winzigen Slip trug.

»Mein Gott«, stieß er hervor. Er zog ihr das Höschen herunter, und sie wagte es, ihre Hand auf seine Erektion zu legen, er stöhnte laut und drückte sich fester an sie, während sie in einem innigen, nicht enden wollenden Kuss miteinander verbunden waren. Er vergrub seine Hände in ihrem Haar, drückte ihr Gesicht an seins, ließ die Finger erneut unter ihren Rock wandern und streichelte ihren Po und tiefer liegende Regionen, dann die Stelle zwischen den Schenkeln.

Sie wurde von einem wilden Verlangen erfasst, strich mit den Fingern über seine muskulöse Brust und seinen flachen, durchtrainierten Bauch. Sein Atem ging keuchend, als sie sich dem

Reißverschluss seiner Jeans widmete und endlich ihre Hand unter den Bund gleiten ließ. Sie umschloss ihn und massierte ihn zärtlich. Vor Lust hielt Sam den Atem an, presste sie noch enger an sich und küsste sie.

Dann schaute er ihr in die Augen, setzte sie auf den Arbeitstisch und stand zwischen gespreizten Oberschenkeln. Er schob ihren Rock weiter nach oben und streichelte ihre Beine, zog sie langsam zum Rand des Tisches und küsste sie. »Ich kann immer noch aufhören, Sarah«, sagte er leise.

»Dann sterbe ich.«

»Ich denke, jemand sollte dieses Feuer löschen.«

»Bitte tu es, Sam.«

Vorsichtig drang er in sie ein. Sie keuchte. Er legte die Hände unter ihren Po und hob sie hoch, sodass sie die Beine um seine Hüfte schlingen konnte. Ohne den Kuss zu unterbrechen, bewegte er sie sanft auf und ab. Sie klammerte sich an seine Schultern und spürte dabei seine starken, angespannten Muskeln. Bald hatten sie einen gemeinsamen Rhythmus gefunden. Ihre Lust wurde immer stärker, und sie erlebte einen wunderschönen, nie gekannten Orgasmus. In ihrer Ekstase biss sie ihm auf die Lippe, was ihm einen leisen Schmerzenslaut entlockte.

Während sie noch lustvoll bebte, höre sie ihn flüstern: »O Gott.« Sie war völlig außer Atem, aber als ihre Spannung nachzulassen drohte, sagte er: »Halt mich fest, Sarah.« Dann stieß er ein Mal, zwei Mal in sie hinein und kam gewaltig.

Er ließ sie vorsichtig hinunter auf den Tisch, ohne sie loszulassen. Seine Küsse waren jetzt sanfter, nicht mehr so fordernd. Sie schmiegte sich an ihn und erwiderte einfach seine Küsse, unendlich lange, bis er schließlich aus ihr hinausglitt.

»Mein Gott, Sarah«, meinte er. »Hast du geahnt, dass das passieren würde?«

Lächelnd schüttelte sie den Kopf. »Nein. Aber ich bin froh, dass es passiert ist.«

Er berührte ihr Haar. »Du bist echt was Besonderes.«

»Nein, du. So etwas habe ich noch nie gefühlt.« Sie lehnte den Kopf an seine Schulter, und er hielt sie im Arm, bis sie zu frösteln begann.

Sam schlüpfte in seine Hose und bückte sich nach ihrer Bluse. Er half ihr beim Anziehen und Zuknöpfen. »Ich brauche nur eine Minute«, sagte sie. Er hob sie vom Tisch, und sie zog ihre Schuhe an.

Anschließend ging sie in das kleine Bad im Atelier und machte sich frisch. Währenddessen hörte sie ihn im Studio. Wahrscheinlich geht er jetzt, dachte sie. Doch dann hörte sie auf einmal leise Musik – das Nachtprogramm im Radio. Als sie die Tür öffnete, hatte er sein Hemd immer noch nicht wieder angezogen. Er streckte ihr eine Hand hin, nahm sie in seine Arme und tanzte mit ihr.

Damit hatte sie nicht gerechnet. Sie hatte geahnt, dass er ein großartiger Liebhaber sein würde, aber dass er auch noch romantisch war, hätte sie nicht gedacht. Sie hielt ihn fest und bewegte sich mit ihm zusammen, küsste ihn zu den leisen Jazzklängen. Es dauerte nicht lange, bis ihre Küsse wieder intensiver, fordernder wurden. Seine Hand glitt zu ihrer Brust, und diesmal knöpfte er ihre Bluse auf. Seine Lippen waren einfach nur himmlisch und seine Hände die reine Magie. Auch sie berührte ihn überall, an den Schultern, den Armen, dem Bauch. Wieder setzte er sie auf den Tisch. Er knabberte an ihrer Unterlippe. »Versuch bitte, mich diesmal nicht zu beißen. Außer, es muss sein.« Und schon war er wieder in ihr, hob sie hoch und hielt sie fest, und beinahe sofort erfüllte sie ein zweiter, wunderschöner Höhepunkt. Dann kam auch er. Als er wieder Luft kriegte, meinte er nur: »Wir brauchen ein Bett.«

Es war fast fünf Uhr morgens, als sie die Ladentür von außen abschloss.

»Macht sich dein Vater keine Sorgen?«, wollte er wissen.

»Nein. Es kommt häufiger vor, dass ich mich von meiner Arbeit gefangen nehmen lasse und die Nacht durcharbeite. Und was ist mit deiner Mutter?«

Er zuckte die Achseln. »Ich schiebe manchmal Überstunden«, sagte er. Danach küsste er sie und versprach: »Ich fahr hinter dir her, um sicherzugehen, dass du gut nach Hause kommst.«

Am nächsten Nachmittag wurde ein Blumenstrauß in den Laden geliefert. Auf der Karte, die dabei war, stand nur ein Wort: »Wow.« Ein paar Tage später rief er sie an und erkundigte sich, wie es ihr ging, meldete sich am Wochenende aber überhaupt nicht. Als sie ihm am Montagnachmittag auf der Skipiste begegnete, gab sie ihm einen Umschlag. Darin befand sich der Schlüssel zu einem Zimmer in dem kleinen Hotel auf dem Lander's Pass in der Nähe des Pubs, in dem sie sich immer trafen. Als er später die Tür öffnete, erwartete sie ihn bereits – im Bett. Auf dem Nachttisch standen eine Flasche Wein und zwei Gläser. Sie hatte das Betttuch hochgezogen und bedeckte ihre nackten Brüste.

»Ich bin verloren«, sagte er.

Weihnachten näherte sich in großen Schritten. Für Sam war es, als hätte ein neues Leben begonnen. Zehn Jahre Anspannung fielen plötzlich von ihm ab, und ein mysteriöses Lächeln umspielte permanent seine Lippen. Seine Kollegen von der Polizei fragten ihn, was los sei, aber er grinste einfach nur.

Als er Sarah zum ersten Mal auf der Piste getroffen hatte, hatte er sich nicht auf die nächste McCarthy einlassen wollen. Vor allem nicht auf sie, die schönste von allen. Die mit dem größten Sexappeal. Doch anstatt ihn wegzustoßen, hatte Sarah ihn verführt. Sie war so aufregend und unglaublich im Bett – er hatte so etwas noch nie erlebt.

Bald telefonierten sie täglich. Er schaute regelmäßig bei ihr im Laden vorbei und machte ihr Geschenke. Wie den grünen Kaschmirpullover, der ihre Augen so zum Strahlen brachte – und seine auch, wenn er ihn ihr auszog. Oder den wunderschönen Cloisonne-Kamm für ihr Haar. Er lud sie zum Essen nach Lake Tahoe ein und schob ihr mittendrin einen Zimmerschlüssel rüber. Sie aßen nicht auf.

Wenn er sie im Arm hielt, fühlte er sich wie der tollste Liebhaber der Welt. Sie schmolz bei ihm dahin, und es war sehr leicht, sie zum Orgasmus zu bringen, nein, gleich zu mehreren hintereinander. Die Laute und Seufzer, die sie von sich gab, wenn sie kam, oder wie sie seinen Namen rief, erweckten bei ihm einen gewissen Stolz. Und sie konnte seine Bedürfnisse auch verdammt gut erfüllen. Manchmal bekam er mitten am Tag eine Gänsehaut. Er konnte sich nicht daran erinnern, dass er schon jemals eine Frau mit einer solchen Leidenschaft getroffen hatte – oder so viel Sex gehabt hatte. Bis Sarah aufgetaucht war, war er der Meinung gewesen, dass er eine überdurchschnittliche Libido hatte, doch sie konnte definitiv mithalten.

Als er sie hinterher im Arm hielt und in ihre faszinierenden grünen Augen sah, fragte er sie: »Du liebst Sex, oder?«

Da lachte sie.

»Was ist daran so lustig?«

»Sam, ich hatte seit Jahren keinen Sex.«

»Was?«, fragte er verblüfft.

»In den letzten zwölf Jahren hatte ich zwei Freunde. Mit dem einen war ich fünf Jahre, mit dem anderen fünf Wochen zusammen. Und keiner von beiden konnte dir auch nur annähernd das Wasser reichen.« Sie streichelte sein Gesicht. »Ich war seit Ewigkeiten mit keinem Mann mehr zusammen. Ich weiß auch nicht, wofür ich mich aufheben wollte …«

»Ich fass es nicht«, sagte er. »Dann bist du ja regelrecht unberührt.«

»Jetzt nicht mehr«, erwiderte sie.

Montags übernachteten sie jetzt immer auf dem Lander's Pass, aber sie trafen sich auch in Breckenridge im Hotel, oder Sam fuhr bei ihr im Laden vorbei, um ein bisschen mit ihr herumzumachen. Ihr Arbeitstisch im Atelier bekam eine ganz neue Bestimmung.

Eines Abends lag er mit ihr im Bett, betrachtete sie, strich ihr das Haar aus dem Gesicht und fragte: »Hast du deinen Schwestern eigentlich schon von uns erzählt?«

Die Frage kam für sie überraschend. »Nein«, gestand sie schließlich. »Wieso?«

»Ich dachte, ihr drei erzählt euch immer alles.«

»Nicht alles.«

»Und wieso hast du noch nichts gesagt?«

»Weiß auch nicht. Vielleicht, weil ich dich für mich haben will. Warum fragst du mich das?«

»Ich will nicht, dass du mein Geheimnis bleibst, aber ich muss dir etwas sagen«, eröffnete Sam ihr. »Es geht um meine Tochter. Sie ist noch klein, weißt du. Molly hatte nie eine Mutter, aber sie hätte natürlich gern eine. Und deswegen kann ich nicht ...« Er wusste nicht, wie er es ausdrücken sollte, also küsste er sie erst mal. »Ich möchte nicht, dass sie sich an dich gewöhnt, bis ... Ich möchte einfach sichergehen, dass zwischen uns nicht gleich wieder Schluss ist, damit sie sich keine falschen Hoffnungen macht. Verstehst du?«

Sie nickte, aber ihre Miene verriet ihm, dass er ihr gerade Angst eingejagt hatte. Er lächelte sie an. »Wir sind erst ein paar Wochen zusammen, Sarah. Und ich habe wirklich keinen Grund zu glauben, dass es nicht so weitergehen wird. Aber als ich vor einigen Jahren eine ernste Beziehung hatte, die dann in die Brüche ging, hat Molly sehr gelitten. Roxanne und ich waren ein paar Jahre zusammen, und auf einmal fand sie, dass es doch nicht das Richtige für sie wäre. Molly war am Boden zerstört. Für sie war diese Trennung fast noch schlimmer als für mich.«

»Die arme Kleine«, sagte Sarah und streichelte ihn. »Du willst also zwei Jahre warten, bis du dich zu mir bekennst?«

Er lachte und küsste sie, knabberte an ihrer Unterlippe. »Deswegen habe ich das nicht gesagt. Es geht mir um Weihnachten. Ich muss das Fest mit meiner Familie verbringen. Wenn Molly nicht da wäre oder wenn sie älter wäre, würde ich dich zu uns einladen. Ich hätte dich sowieso schon längst zu Hause vorgestellt, aber ich will Rücksicht auf ihre Gefühle nehmen. Sie ist noch so klein und hat diese großen Erwartungen. Sie ist so weichherzig.«

»Ist schon in Ordnung, Sam. Ich werde sie noch früh genug kennenlernen. Und außerdem kenne ich sie ja schon – aus der Schule. Und wir haben uns an Homecoming gesehen.«

»Aber da warst du nicht mehr als eine Freundin, verstehst du.«

Sie musste lächeln. »Ich weiß.«

»Trotzdem würde ich dich gern sehen und mit dir zusammen sein. Wenn ich uns ein Hotel besorge – kommst du dann? An Heiligabend? Nachdem die Familienpflichten abgehakt sind?«

»Ja, Sam.«

»Und verbringst du die Nacht mit mir?«

»Die ganze Nacht«, versprach sie ihm.

Zwei Tage vor Weihnachten besuchte Pete Clare zu Hause. Sie ließ ihn herein, umarmte ihn und gab ihm zur Begrüßung einen Kuss. Aber nicht zu leidenschaftlich, weil Jason im Haus war. »Bist du dir sicher?«, fragte sie Pete.

»Sehr«, antwortete er. »Ist er zu Hause?«

»Im Wohnzimmer. Nervös?«

»Total! Drück mir die Daumen.«

»Viel Glück, Coach«, sagte sie. Und als er Richtung Wohnzimmer ging, gab sie ihm einen Klaps auf den Hintern.

Jason war auf der Couch. Halb hockte er, halb lag er. Mein Gott, hat der Junge lange Beine, dachte Pete. Und riesige Füße. »Hey, Kumpel«, begrüßte er ihn.

Jason nahm Haltung an. »Coach.«

»Hast du kurz Zeit?«

»Klar. Worum geht's?«

Pete setzte sich auf einen Sessel, der zusammen mit dem Sofa ein L bildete. »Ich würde dich gern was fragen. Das heißt, eher um Erlaubnis bitten.« Er räusperte sich. »Ich wollte wissen, ob du damit einverstanden bist, wenn deine Mutter und ich eine Beziehung haben.«

Der Junge setzte sich kerzengerade hin. »Was?«

»Deine Mutter, Jason. Ich hätte gern eine Beziehung mit ihr. Aber nur, wenn das kein Problem für dich ist.«

»Wieso fragst du mich das?«

»Weil ihr zu zweit seid – du und deine Mom. Und dann gibt es noch dich und deinen Dad«, sagte Pete. »Ich möchte euer Familienleben nicht durcheinanderbringen.«

Jason setzte ein albernes Lächeln auf. »Was, wenn ich Nein sage?«

Ah, er will mich quälen, dachte Pete. Und es genießen. »Ich hatte darauf gehofft, dass du Ja sagst«, sagte er. Was Besseres fiel ihm leider nicht ein.

»Ja klar. Mir egal«, meinte Jason. »Das ist so krass. Dass jemand mit meiner Mom ausgehen will.«

»Danke, Kumpel.«

»Wieso hast du nicht schon früher gefragt?«

»Ganz einfach. Weil sie früher noch nicht frei war.« Pete stand auf und streckte Jason die Hand hin. »Danke noch mal. Ich lass dich jetzt in Ruhe fernsehen.«

Regelrecht dankbar verließ er das Wohnzimmer. Im Flur traf er auf eine grinsende Clare. »Wie war's?«, fragte sie.

»Puh«, meinte er und zog sie an sich. »Er hat mich kurz ins

Schwitzen gebracht. Ich hab mich schon gefragt, was ich machen soll, wenn er Nein sagt.« Dann küsste er sie. Ihr Kuss wurde schnell intensiver. Er schlang die Arme um sie.

»Hey!«, rief Jason.

Sie ließen sich los und sahen ihn an.

»Ich hab gesagt, ihr könnt miteinander ausgehen. Aber *davon* war nicht die Rede!« Natürlich grinste er frech.

»Mach du das mit deinen Dates, wie du denkst. Aber ich mach es so«, erwiderte Pete.

13. Kapitel

Die ersten beiden Stunden von Sams Schicht fühlten sich an wie eine kleine Verbrechenswelle, noch dazu bei schlimmstem Regenwetter. Er war von vierzehn bis zweiundzwanzig Uhr im Dienst und hatte in dieser Zeit beim Auffinden eines gestohlenen Wagens geholfen, eine Schlägerei auf einem Supermarkt-Parkplatz beendet und einen Mann festgenommen, der seine Frau verprügelt hatte. Das schlechte Wetter brachte viele Menschen dazu, seltsame Dinge zu tun.

Als er durch Breckenridge fuhr, dachte er an Sarah und warf einen Blick auf die Berge. Es hatte Neuschnee gegeben, das hieß, dass die Bedingungen zum Skifahren jetzt wieder richtig gut waren, so wie sie kurz vor Weihnachten gewesen waren.

Beim Gedanken an ihre gemeinsame Weihnachtsnacht beschleunigte sich sein Puls. Es war einfach perfekt gewesen. Aus vornehmlich nostalgischen Gründen war er mit Sarah in den Pub auf dem Lander's Pass gegangen. Der Schnee hatte mitgespielt und mit dicken, weißen Flocken den Pass bedeckt. Ihrer Familie gegenüber hatte Sarah sich entschuldigt, sie verbringe den Abend bei einer Künstlerfreundin in Reno, die an Weihnachten eine Open-House-Party gebe. Dort werde sie auch die Nacht verbringen.

Sam hatte Champagner mitgebracht und ihr ein wunderschönes Goldarmband geschenkt. Mehr trug sie nicht, als sie später mit ihm im Bett lag, sich über ihn beugte und ankündigte: »Und das ist mein Geschenk für dich.«

Es war inzwischen etwas über einen Monat her, dass sie dort zusammen gewesen waren, aber ihm kam es vor, als wäre er in ihren Armen geboren worden. Als hätten sie eine lange gemeinsame Vergangenheit – dabei war doch alles ganz neu. Es gefiel ihm, dass sie immer wagemutiger wurde, erotische Andeutungen machte und er ihr geben konnte, wonach sie verlangte.

Er sah auf die Uhr. Es war fast fünf, die Sonne würde bald untergehen. Also parkte er, um im Supermarkt etwas zu trinken und einen Blumenstrauß für Sarah zu kaufen. Mit einer Flasche Wasser und den Blumen in Zellophan stand er an der Kasse, doch als er sein Geld herausnahm, fiel sein Blick in den Sicherheitsspiegel. Herrje, dachte er.

Ein paar Teenager-Jungs standen in der Alkoholabteilung herum. Sie wirkten zappelig und ein bisschen aufgeregt, wahrscheinlich würden sie gleich ein Sixpack Bier mitgehen lassen.

»Bin gleich wieder da«, sagte Sam zur Kassiererin. »Darf ich das kurz hier stehen lassen?«

Wahrscheinlich hatten die Jungs vor Sam den Laden betreten, denn mit einem Polizeiwagen vor der Tür hätten sie von ihrem Plan sicher Abstand genommen und ihr Glück in einem anderen Supermarkt versucht. Sam tat eine Weile so, als betrachte er eine Werbetafel für Konserven, um nicht von ihnen bemerkt zu werden. Dann ging er von hinten zurück zum Alkoholregal. Sein Timing war perfekt. Genau in dem Moment, als einer der Jungs sich ein Sixpack schnappte, packte er den anderen am Kragen. Junge Nummer eins ließ das Bier fallen und floh aus dem Supermarkt, während Sam Nummer zwei schüttelte.

»Was soll das?«, fragte er. Er drehte den Jungen zu sich um – und blickte in das erstaunte Gesicht von Jason Wilson. »Oh, Mann«, sagte er nur.

»Hey, bitte. Ich hab nichts gemacht«, bettelte Jason.

»Das sehe ich anders«, erwiderte Sam.

Schon stand der Geschäftsführer neben ihnen. »Was ist hier los?«, wollte er wissen.

»Alles noch mal gut gegangen«, antwortete Sam. »Hier ist Ihr Bier. Der Dieb ist entwischt, und um seinen Komplizen kümmere ich mich.«

»Muss das sein, Sam? Echt jetzt …«

»Ich lasse dich jetzt los, Jason. Und wenn du wegrennst, werde ich bei dir zu Hause auf dich warten. Ich werde dir nicht durch diesen Regen hinterherjagen, aber ich krieg dich. Hast du das verstanden?«

»Ja«, sagte Jason angewidert. »Ich hab's kapiert.«

Sam führte Jason am Ellbogen zur Kasse, bezahlte Wasser und Blumen und ging mit ihm zum Streifenwagen. Allerdings schob er ihn nicht auf den Rücksitz, sondern ließ ihn auf dem Beifahrersitz Platz nehmen. Die Blumen legte er nach hinten. »Also«, sagte er zu Jason, »sollte das eine kleine After-School-Party werden, oder was?«

»Wir wollten nur ein Bier trinken«, sagte Jason eingeschnappt.

»Ihr trinkt viel Bier, was?«

»Nein, machen wir nicht.«

»Pass auf, das sind die Optionen«, erklärte Sam. »Ich könnte dich wegen eines Bagatelldiebstahls zur Wache mitnehmen. Oder ich fahre dich nach Hause.«

»Dann lieber in den Knast«, sagte Jason. »Fühlt sich eh beides gleich an.«

»Warum habt ihr nicht einfach ein Bier bei euch zu Hause aus dem Kühlschrank stibitzt? Wieso müsst ihr deswegen einen Ladendiebstahl begehen? Was wie gesagt als geringfügiges Vergehen gilt.«

»Weil Stans Dad kein Bier trinkt und Mom nur so wenig, dass es ihr auffallen würde, wenn was fehlt.«

»Aha«, sagte er und fuhr los. »Wo ist deine Mutter jetzt? Im Laden oder zu Hause?«

»Kann ich nicht einfach zu meinem Grandpa?«

»Nein.«

Jason seufzte und sank tiefer in den Sitz. »Sie ist in dem Haus, das sie renoviert.«

»Adresse?«

»Keine Ahnung.«

Sam knuffte ihn.

»Jefferson Avenue. Vierzehn irgendwas.«

Das alte Haus, dachte Sam. Er betätigte den Funk. »Zentrale, DP-35, fahre raus zur Jefferson Avenue 1450, um einen Jugendlichen seiner Mutter zu übergeben.«

»Verstanden, DP-35.«

»Vielleicht willst du zuerst reingehen und es ihr selbst sagen? Ich werde kurz nach dir reinkommen, ich empfehle dir also, bei der Wahrheit zu bleiben.«

»Du willst mich echt fertigmachen.«

»Ich doch nicht.« Er setzte ein, wie er hoffte, gemeines Grinsen auf. »Ich bringe dich zu der Frau, die dich fertigmachen wird.«

Als sie vor dem Haus vorfuhren, war Jason ganz klein mit Hut. Er schien fast im Sitz zu verschwinden.

»Komm, Kumpel«, forderte Sam ihn auf. »Bringen wir's hinter uns. Danach wird's dir besser gehen.«

»Das bezweifle ich«, sagte Jason und stieg aus.

»Pass auf«, meinte Sam. »Deine Mutter hat es nicht leicht. Also mach es ihr nicht extra schwer. Und sorg vor allem dafür, dass du ihr keinen Ärger machst.«

»Was weißt du denn schon?«

»Ich habe meinen Vater verloren, als ich noch ein Kind war. Jünger als du. Meine Mom hat mich allein großgezogen. Und das ist nicht leicht. Du hast wenigstens noch einen Dad.«

»Ja.« Jason steckte die Hände in die Taschen und ging mit gesenktem Kopf in Richtung Haus. »Und wenn sie mit mir durch ist, geht's bei ihm weiter.«

Gut so, dachte Sam. Es handelt sich zwar nicht um eine Straftat, aber es ist eine gute Gelegenheit für die Eltern zu zeigen, wer eigentlich das Sagen hat.

Jason schob die Haustür auf. »Ma?«, rief er.

Clare war zwar im Wohnzimmer zugange, hatte aber nicht mitbekommen, dass Sam mit dem Streifenwagen vorgefahren war. Sie trug eine Baseballkappe, Sweatshirt und Jeans, außerdem Arbeitshandschuhe. In einer Hand hielt sie ein Brecheisen, überall auf dem Fußboden lagen herausgerissene Fußleisten. Im Kamin brannte ein Feuer. »Jason?«, fragte sie etwas überrascht. Hinter ihm trat Sam ins Haus. »Sam?«, fragte sie noch überraschter.

»Ma, ich hab ein bisschen Ärger.«

»Was?« Sie schüttelte ungläubig den Kopf.

Sam war an der Tür stehen geblieben, die Daumen in seinen Pistolengurt gehakt. Am liebsten hätte er angesichts des Dilemmas des Jungen gelacht, aber das war natürlich tabu. Er setzte eine eiserne, finstere Miene auf.

»Hey, Mom ... Könntest du vielleicht das Brecheisen hinlegen? Das macht mich ein bisschen nervös. Könnte ja sein, dass du ausrastest bei dem, was ich dir gleich sage.«

Sie kam zwei Schritte auf ihren Sohn zu. Und legte das Brecheisen nicht weg. Sie machte ein Gesicht, das Sam noch nie bei ihr gesehen hatte. Es war der typische Mutter-Gesichtsausdruck, wenn es so etwas gab. Sehr Furcht einflößend, wenn man fünfzehn war.

»Stan und ich wollten ein Sixpack Bier aus dem Supermarkt mitgehen lassen. Aber Sam hat uns erwischt.«

»Was?«, fragte sie ungläubig. »Wieso solltest du so etwas Dummes tun?«

Jason holte tief Luft. »Weil wir es nicht kaufen dürfen.« Er zuckte die Achseln. »Ich schwöre, es war Stans Idee.«

Jetzt konnte Sam sich kaum noch beherrschen. Um nicht

die Fassung zu verlieren, stierte er auf seine Schuhe. O Mann, armer Jason, dachte er.

»Ist das alles?«, fragte sie. »Und wo wolltet ihr das Bier trinken?«

»Bei Stan. Seine Eltern kommen nie vor sieben nach Hause.«

»Was für ein Schwachsinn«, sagte sie. »Sam, was hat er zu erwarten?«

Sam schüttelte den Kopf. »Ich dachte, du könntest ihm vielleicht …« Da entdeckte er hinter Clare einen zusammengerollten Schlafsack. Größer als ein normaler Schlafsack. Er wusste sofort, was das war – zwei zusammengezippte Schlafsäcke. Es war nicht davon auszugehen, dass Clare hier ihr Mittagsschläfchen hielt oder die Nacht hier verbrachte. Er sah sie wieder an, wusste aber, dass seine Miene sich verändert hatte. »Du kannst ihn jetzt übernehmen«, sagte er kurz. »Vielleicht sprichst du auch mit Stans Eltern. Er ist mir abgehauen.«

»Darauf kannst du Gift nehmen.« Clare sah über die Schulter, um nachzusehen, was Sam so irritiert hatte. »Jason, du wartest im Auto auf mich. Ich muss noch ein Wort mit Sam reden.«

Jason schlurfte aus der Tür.

»Ich empfehle dir, ihm das nicht einfach durchgehen zu lassen«, meinte Sam. »Es ist zwar nur der typische Unfug, den fünfzehnjährige Jungs nun mal machen, und hat nichts mit einer echten Straftat zu tun. Aber er soll ja nicht auf die schiefe Bahn geraten. Wenn du jetzt relativ hart durchgreifst, ersparst du dir damit später womöglich größere Probleme. Und sieh zu, dass auch sein Vater davon erfährt. Jason sollte wissen, dass ihr diesbezüglich an einem Strang zieht.«

»Sam«, sagte sie und ging auf ihn zu. »Ich möchte dir etwas sagen.«

»Du bist mir keine Rechenschaft schuldig«, entgegnete er.

»Hör mir eine Minute zu, es ist wichtig. Mir jedenfalls. Du weißt, ich habe dich nie belogen. Als ich mit dir ausging und dann mit dir Schluss gemacht habe, gab es keinen anderen Mann als dich in meinem Leben.«

»Was spielt das jetzt noch für eine Rolle?«, fragte Sam und war sich bewusst, dass es sarkastisch klang.

»Für mich spielt es eine Rolle. Nach dem Homecoming-Spiel fing ich an, mich mit Pete zu treffen. Nachdem du und ich … Jedenfalls wollte ich nur, dass du weißt, dass ich nicht gelogen habe. An dem Tag im Park … Da haben Pete und ich wirklich über Mike gesprochen, seinen Bruder.«

»Wieso machst du dir deswegen Gedanken? Das haben wir hinter uns gelassen. Also?«

»Also? Deiner Miene entnehme ich, dass ich dich verletzt habe. Gerade eben.«

»Vergiss es, Clare. Du hast dich damals sehr klar ausgedrückt, und ich habe dich seitdem in Ruhe gelassen.«

»Stimmt, hast du.«

»Du und Pete«, sagte er und lachte hohl. Er schüttelte den Kopf. »Man musste kein Wahrsager sein, um das kommen zu sehen.«

»Ich habe es nicht kommen sehen. In der Highschool waren Pete und ich beste Freunde, Sam. Als ich mit seinem Bruder verlobt war. Irgendwie macht das alles nun auf seltsame Weise Sinn. Das Einzige, was verwunderlich an der ganzen Angelegenheit ist, ist, dass wir nicht schon viel früher zueinandergefunden haben.« Sie neigte den Kopf zur Seite. »Es hat nichts mit dir zu tun.«

»Natürlich nicht«, antwortete er. »Also – du hast gefunden, wonach du gesucht hast. Schön für dich. Ich muss jetzt gehen. Mach's gut.« Er drehte sich noch einmal zu ihr um. »Wie gesagt: Mach es Jason nicht zu leicht.«

Dann verließ er das Haus und fuhr davon. Irgendwie hatte er auf einmal Halsschmerzen, die er nicht erklären konnte. Sie hatten es hinter sich gelassen. Und was hieß das? Wenn sie die

Wahrheit sagte – und er wüsste nicht, wieso er das bezweifeln sollte, hatte er Sarah genauso schnell gefunden wie sie ihren Pete.

Aber es tat trotzdem weh. Er hatte so viele Tage, Wochen und Monate damit zugebracht, um Clare zu werben, und dieser Pete bekam sie einfach so. Ist das jetzt nur mein verletzter Stolz? fragte er sich. Mein Ego? Das war doch bescheuert. Immerhin war Sarah das genaue Gegenteil ihrer Schwester – sie gab sich ihm hin, war wunderbar anschmiegsam und entzückend. Er hatte sich nie wohler gefühlt mit einer Frau. So erfüllt. War es am Ende nicht besser so? Für alle Beteiligten?

Aber warum tat es dann so weh? Wenn es ihm schon nicht um Clare leidtat, dann um die Erwartungen, die er in sie gesetzt hatte und die so bitter enttäuscht worden waren. Und dann war da noch die leichte Sorge, dass Sarah eines Tages von ihm genug haben würde.

Fast aus Gewohnheit fuhr er zu ihrem Geschäft für Künstlerbedarf, aber er war nicht der Einzige im Laden, deswegen versteckte er die Blumen hinter seinem Rücken und tat so, als wolle er sich umsehen. Sarah kassierte, verpackte die gekaufte Ware und verabschiedete sich von dem Kunden.

Sam hielt ihr die Blumen hin.

»Was für eine süße Überraschung«, sagte sie. »Ich hol schnell eine Vase.«

Er folgte ihr ins Atelier. Während sie die Vase mit Wasser füllte, umarmte er sie von hinten. Er liebkoste ihren Nacken und atmete den Duft von Seife und Vanillelotion ein.

Sie stellte die Blumen in die Vase und stellte sie ab. Dann drehte sie sich in seiner Umarmung um. »Machst du Kaffeepause?«

»Nein. Ich hab einfach einen Scheißtag. Ich möchte dich nur ein bisschen halten.«

»Soll ich vorne abschließen?«, fragte sie.

»Nein, ich möchte dich nur im Arm halten.«

Sie lehnte den Kopf an seine Brust. »Was ist los, Sam? Stimmt was nicht?«

»Was soll nicht stimmen daran, dass ich dich einfach im Arm halten möchte? Tu einfach einen Moment gar nichts.« Er atmete ihren Duft ein, spürte sie in seinen Armen. Sie ist so klein, dass ich sie zerbrechen könnte, dachte er. Aber er wusste auch, wie stark sie war, sogar sehr stark. So stark, dass sie ihn in die Knie zwingen konnte. Er küsste ihren Hals, und sie schlang die Arme um ihn.

Leider spürte er sie nicht richtig, weil er seine Schutzweste trug. Doch was er in seinem Innern empfand, war größer. Der Anblick dieser Schlafsäcke verschwand immer mehr aus seinem Kopf, und er wusste, dass er bei Sarah richtig war. Zu Hause. Hier gehörte er hin. Sie würde nicht einfach weggehen, und da war auch kein Schmerz mehr in seinem Hals.

»Sarah«, sagte er, »mein Tag wird gerade wieder schön. Wo bist du, wenn ich Dienstschluss habe?«

»Da, wo du mich haben willst.«

Als Clare zu Hause war, rief sie Roger an, und er kam sofort vorbei. Sie öffnete ihm die Tür und war überrascht, wie wütend er zu sein schien.

»Wo ist er?«, fragte er nur.

»In seinem Zimmer. Und bibbert vor Angst.«

»Jason!«, schrie Roger. »Komm runter!«

Jason war sofort da. Als er seinen Vater erblickte, wurde er noch bleicher, als er ohnehin schon war.

»Wohnzimmer«, stieß Roger hervor und ließ Jason vorangehen.

Jason setzte sich aufs Sofa, während Roger vor ihm auf und ab ging. Sekunden verstrichen. Dann blieb Roger auf einmal stehen und beugte sich zu Jason runter. »Was zum Teufel sollte diese Aktion?«

»Es war eine blöde Idee«, meinte Jason. »Das habe ich Stan gleich gesagt.«

»In deinem Alter Alkohol zu trinken ist schlimm genug. Aber auch noch Stehlen? Jason? Stehlen?«

»Wie gesagt, es war blöd.«

»Ich kann es echt nicht fassen. Du doch nicht! Das hätte ich nie von dir gedacht.«

»Es tut mir leid.«

»Nicht so leid, wie es dir noch tun wird.« Er drehte sich zu Clare um, die sehr zufrieden mit Rogers Reaktion war. »Hast du Stans Eltern schon angerufen?«

»Ja. Sie sind gleich nach Hause gefahren.«

»Hol deine Jacke«, meinte Roger zu Jason.

»Dad …«

»Los, wir fahren zu ihnen.«

Das Treffen dauerte etwa eine Stunde und lief in angespannter Atmosphäre ab. Jason hatte sich noch nie so schlecht gefühlt. Die Eltern beschlossen, dass die beiden Jungs sich für ein paar Wochen nicht treffen durften. Stan, der vor Kurzem seinen Führerschein gemacht hatte, durfte für den Rest des Monats das Auto nicht mehr benutzen. Jason, der kurz vor der Fahrprüfung stand, musste diese um einen Monat aufschieben.

»Clare, meinst du, dein Vater hätte was dagegen, wenn Jason nach der Schule eine Weile bei ihm arbeitet?«, fragte Roger auf der Fahrt nach Hause.

»Ich denke nicht.«

»O Mann«, kam es vom Rücksitz.

»Da man offensichtlich nicht darauf bauen kann, dass du nach der Schule keinen Ärger machst, gehst du ab jetzt nachmittags bei deinem Großvater arbeiten. Und zwar so lange, bis deine Mutter das Haus fertig renoviert hat oder von der Arbeit kommt. Und zwar für den Rest dieses Monats. Dann können wir neu verhandeln.«

Zu Hause angekommen, lief Jason gleich in sein Zimmer. Als er schon halb oben war, sagte Roger: »Jason?« Er sah seinen Dad an. »Ich bin sehr enttäuscht. Ich habe darauf vertraut, dass du die Gesetze achtest. Jetzt hoffe ich, dass du aus dieser Erfahrung etwas gelernt hast. Und es in Zukunft besser machen wirst.«

»Ja, Sir«, antwortete Jason matt.

Roger nickte, und der Junge floh in sein Zimmer.

Clare legte Roger eine Hand auf den Arm. »Danke. Das hast du sehr gut gemacht. So gut hätte ich das alleine nicht hingekriegt.«

»Das denke ich schon«, meinte Roger. »Aber ich bin froh, dass du mich angerufen hast. Ich möchte eine Rolle spielen in Jasons Leben – in guten wie in stürmischen Zeiten.« Er holte tief Luft. »Und jetzt bin ich erschöpft.«

Sie grinste. »Wie wär's mit einem Bier?«

Ein fünfzehnjähriger Sohn mit Hausarrest und ein Freund, der seine Töchter fast jedes Wochenende hatte – das hätte sich ungünstig auf Clares Liebesleben auswirken können. Doch es gab ja noch Roger. Und dieser meinte es zum Glück ernst damit, dass er sich Jason wieder annähern und mehr Zeit mit ihm verbringen wollte. Vor allem nach der Ladendiebstahl-Nummer.

»Irgendwie gebe ich mir die Schuld daran«, sagte er. »Ich war viel zu oft nicht da.«

Es war zwar verlockend, Roger als Sündenbock hinzustellen, aber es war sicherlich nicht seine Schuld. Jason war ein lieber Junge, und seine Familie stand sich nah. Er hatte sich mit seinem Vater ausgesöhnt, bevor er auf Klautour gegangen war. Clare hatte viel und lange mit Pete darüber gesprochen, der sich mit Teenagern gut auskannte.

»Mach dir keine Sorgen, Roger«, meinte sie. »Jungs in diesem Alter machen solchen Schwachsinn. Sie fahren zu schnell, schwänzen die Schule und fangen irgendwelche Geschichten mit Mädchen an. Lass uns cool bleiben. Jason ist ein anständiger Junge. Wenn wir beide auf ihn aufpassen und er spürt, dass wir ihn nicht davonkommen lassen, wird schon alles gut gehen.«

Es gelang ihr, Roger davon zu überzeugen, ein paar Abende in der Woche mit seinem Sohn zu verbringen. Es war einfach nervig, einen Teenager mit Ausgehverbot zu Hause sitzen zu haben, und sie wollte Jason ungern abends allein lassen. Denn dann heckte er vielleicht wieder etwas aus oder schlich sich heimlich aus dem Haus und handelte sich wieder Ärger ein. Also würde Roger ihn an den ausgemachten Tagen nach der Arbeit gegen sechs Uhr abholen, mit ihm etwas essen gehen und dann mit ihm die Hausaufgaben machen. Um zehn ging es dann nach Hause, um elf ins Bett.

Und Clare hatte Zeit für Pete.

An diesem speziellen Abend hatte sie ihn angerufen, um zu sagen, dass sie auf dem Weg war. Da Pete ihr einen Schlüssel gegeben hatte, schloss sie selbst auf. Pete stand im Wohnzimmer an der Bar und machte zwei Drinks zurecht. Das Zimmer war nur schwach beleuchtet, im Kamin brannte ein Feuer, und Pete trug nur eine lange Hose. Keine Schuhe, kein Hemd. Sie blieb in der Tür stehen und betrachtete ihn. Die breite, behaarte Brust, der flache Bauch, die breiten Schultern, sie mochte alles an ihm und besonders seine kräftigen Oberarme und seine großen Hände.

Er reichte ihr einen Drink. Sie tranken beide einen Schluck, dann kosteten sie von den Lippen des anderen. Sie streichelte durch seine Haare an den Schläfen. »Du wirst langsam grau«, sagte sie.

»Wie soll das denn gehen? Wo ich mich doch wie ein Teenager fühle!«

»Wieso hast du eigentlich nichts an? Willst du sofort in medias res gehen?«

»Ich komme gerade aus der Dusche. Wie viel Zeit haben wir?«

»Drei, vier Stunden,«

»In der Zeit kann ich mich um dich kümmern.«

Er schlang den Arm um sie, und sie sah ihn an. »Vor einem Jahr habe ich meinen Mann verlassen. Bin ausgezogen. Ich war einsam, verängstigt und stinksauer. Und jetzt habe ich dich, die innigste Freundschaft, die ich kenne, von unserem Sex ganz zu schweigen, es ist einfach unglaublich. Ich dachte wirklich, es wäre zu spät für mich, so etwas noch zu erleben.«

»Dabei ist das erst der Anfang, Clare.«

»Ich wollte dir noch was sagen … Als Sam Jason bei mir vorbeigebracht hat, nach dem Vorfall im Supermarkt, hat er die Schlafsäcke entdeckt. Jason hat sie wohl nicht gesehen, aber Sam schon.«

Pete zuckte mit den Schultern.

»Ich hatte das Bedürfnis, es ihm zu erklären. Dass wir beide erst später zusammengekommen sind. Nachdem ich mit ihm Schluss gemacht hatte.«

»Und? Was hat er dazu gesagt?«

»Er war leicht verschnupft, hat aber behauptet, dass es ihm egal ist.«

Pete lachte, was sie überraschte. Dann küsste er sie. »Wie gut, dass es Sam war, von dem du dich getrennt hast. Ich wäre nämlich nicht so einfach aus deinem Leben verschwunden. Das hätte ich nicht gekonnt.«

»Ich bin in dich verliebt, wusstest du das?«, fragte sie ihn.

»Auf den Satz habe ich gewartet«, sagte er lächelnd. »Und es fühlt sich genauso gut an, wie ich es mir vorgestellt habe.« Er nahm ihr den Drink aus der Hand und stellte ihn, zusammen mit seinem, auf der Bar ab. Langsam zog er sie in seine Arme. »Ich liebe dich auch. Und jetzt raus aus den Klamotten, damit wir das Beste aus unserer knapp bemessenen Zeit machen können.«

14. Kapitel

Clare und Sarah hatten das neue Jahr trunken vor Glück und mit grandiosem Sex begonnen. Niemand kannte Sarahs kleines Geheimnis, aber wenn man genau hinsah, konnte man bei ihr dasselbe glückliche Strahlen entdecken, das auch Clare umgab.

Doch Maggies perfektes Leben schien zu zerfallen. Es fing damit an, dass bei der besten Freundin ihrer dreizehnjährigen Tochter Hillary Krebs diagnostiziert wurde. Die Prognose war zwar sehr gut – die Ärzte sprachen von einer neunzigprozentigen Chance auf vollkommene Heilung –, aber die arme Hillary hatte solche Angst, dass sie immer wieder hysterische Heulanfälle bekam und auf dem besten Weg war, eine Depression zu entwickeln.

Lucy bekam sofort eine Chemotherapie, und ab der zweiten Januarwoche verlor sie ihre Haare. Das machte Hillary noch mehr Angst, und sie wieder aufzurichten war für Maggie eine große Herausforderung. Hillary widmete ihre gesamte Freizeit ihrer besten Freundin. Sie informierte sich im Internet über ihre Krankheit und war besessen von den verschiedenen Behandlungsmethoden. Deswegen kümmerte Maggie sich mit all ihrer mütterlichen Hingabe um Hillary – und achtete nicht so sehr auf Lindsey.

Als Maggie in der dritten Januarwoche abends von der Arbeit nach Hause kam, sagte Lindsey etwas zu ihr, das Mütter gar nicht gerne hören. »Mom, ich muss mit dir reden. In meinem Zimmer.« Sie klang ernst.

Oh, wie Maggie das hasste. Sie zog nicht mal ihre Jacke aus. Auf dem Weg nach oben spielten ihre Gedanken schon verrückt. Bei ihren Prüfungen konnte Lindsey nicht durchgerasselt sein – sie war eine Spitzenschülerin, die bei einer Eins minus schon am Boden zerstört war. Was war also los? Hatte sie sich mit einer Freundin gestritten? Die Schule geschwänzt? War sie beim Ladendiebstahl ertappt worden? Oder beim heimlichen Rauchen? Oder bitte, lieber Gott, war zwischen ihr und Christopher Schluss?

»Ich bin keine Jungfrau mehr.«

Maggie fasste sich ans Herz. »Du bist fünfzehn!«

»Das weiß ich«, antwortete Lindsey.

»War es Christopher?«, fragte Maggie aufgebracht.

»Natürlich war es Christopher! Er ist mein Freund!«

»Wag es nicht, mich anzuschreien!«, sagte Maggie. Und dachte: Tja, dafür bin ich praktisch wieder Jungfrau. »Und jetzt bist du schwanger? Oder habt ihr verhütet?«

»Wir haben ein Kondom benutzt. Ein Mal.«

»Ein Mal? Das heißt, ihr habt es öfter getan?« Maggie setzte sich zu ihrer Tochter aufs Bett.

»Ja«, antwortete diese. »Mehr als einmal.«

»Und wie lange geht das schon?«

»Mom«, flehte Lindsey.

»Also? Wie lange?«

»Seit ein paar Monaten. Ungefähr seit Oktober.«

»Oktober!«

»Oder September«, ergänzte Lindsey etwas leiser. »Aber ich habe immer meine Periode bekommen. Und er hat auch meistens dran gedacht, ihn rauszuziehen.«

»O mein Gott. Und jetzt ist sie ausgeblieben?«

»Seit ein oder zwei Tagen«, sagte sie.

Deswegen erzählt sie es mir also, dachte Maggie. Die Sache wäre wesentlich sanfter über die Bühne gegangen, wenn ihre Tochter rechtzeitig darüber gesprochen hätte, dass sie ein Verhütungsmittel brauchte. Das Thema hatten sie oft genug besprochen. Sie sah ihre Tochter wütend an. Ihre wunderschöne, kluge fünfzehnjährige Tochter, die sich vielleicht gerade ins Unglück stürzte.

»Ich hätte dich nicht im Dunkeln vor die Tür lassen sollen!« Maggie stand auf. »Morgen nehme ich mir frei. Wir gehen zum Arzt. Ich würde am liebsten jetzt noch gehen, nur leider hat die Praxis geschlossen. In der Zwischenzeit kannst du es ja mal mit Beten probieren. Und zwar voller Inbrunst!« Sie stampfte zur Tür.

»Mom?«

Maggie drehte sich um. Lindsey hatte Tränen in den Augen, sie sah zerknirscht aus. »Musst du es Dad sagen?«

Maggie hätte gern verständnisvoll und hilfsbereit reagiert – bei Mädchen in diesem Alter spielten nun mal die Hormone verrückt und bei Jungs wie Christopher erst recht. Aber sie war wirklich auf hundertachtzig. Sie hatten über das Thema Verhütung unzählige Male gesprochen. Sie hatte ihre Töchter darauf eingeschworen, dass es keinen Grund dafür gab, in diese missliche Lage zu geraten. Wenn sie Angst hatten, sich wegen Verhütungsmitteln an sie zu wenden, sollten sie eben Kondome benutzen. Sie hatten auch über Geschlechtskrankheiten gesprochen, und Maggie hatte ihnen erklärt, dass Kondome deswegen immer erste Wahl waren, sogar wenn andere Verhütungsmittel im Spiel waren.

Hillary hatte angeekelte Kommentare von sich gegeben und Lindsey sie bloß gelangweilt angesehen. Daher fiel es ihr im Moment schwer, Mitleid mit ihrer Tochter zu haben. »Natürlich muss ich es Dad sagen«, erwiderte sie. »Und dann werde ich ihn vermutlich festbinden müssen, damit er nicht sofort zu Christopher fährt und ihn umbringt.«

»Es war nicht seine Schuld, Mom. Er hat mich nicht dazu gezwungen.«

»Aber du ihn, oder was?«

»Natürlich nicht«, sagte Lindsey, und eine dicke Träne rollte über ihre Wange.

»Also los, fang an zu beten«, sagte Maggie noch einmal und verließ das Zimmer.

Sie ging in ihr Schlafzimmer und setzte sich in den großen Sessel vorm Fenster, gleich neben dem Kamin. Wie hatte das passieren können? Sie waren so streng, und Lindsey war so klug. Sie wussten immer, wo sie sich aufhielt. Sie durfte Christopher nicht besuchen, wenn seine Eltern nicht zu Hause waren. Die beiden durften immer nur mit einem anderen Paar zusammen ausgehen. Lindsey ging nie auf eine Party, ohne dass dort für eine Aufsicht gesorgt war. Sie hatten doch alles geregelt.

Tja, da hat deine Tochter dich wohl angelogen, sagte eine Stimme in ihrem Kopf.

Wir haben Mom früher auch angelogen, dachte Maggie. Allerdings war ich da siebzehn und nicht fünfzehn. Ihre Schwester Sarah hatte dagegen mit vierzehn ihre Jungfräulichkeit verloren. Wie hatte die es eigentlich geschafft, in ihren wilden Jahren nicht schwanger zu werden? Maggie stand auf und ging zurück zu Lindseys Zimmer. Sie hatte gehofft, ihre Tochter würde weinen, aber natürlich hing sie am Telefon. »Ich gehe ein paar Besorgungen machen. Du bleibst hier und passt auf Hillary auf. Ich bin schnell wieder da.«

Maggie fuhr zum Drugstore und suchte einen passenden Schwangerschaftstest. Sie las sich die Beschreibung von mehreren Produkten durch und machte dabei eine Entdeckung – nämlich dass man eine Schwangerschaft inzwischen schon vier Minuten nach der Empfängnis feststellen konnte. Sie hielt die Packung eine Weile in der Hand. Das waren keine allzu guten Nachrichten. Wahrscheinlich würde sie ab jetzt keine einzige Nacht mehr schlafen können. Verdammt, dachte sie. Wie soll das gehen?

Sie kaufte den Test und fuhr nach Hause. Lindsey telefonierte immer noch. »Bitte leg jetzt auf.« Tatsächlich beendete Lindsey das Telefonat sofort und protestierte nicht einmal. Maggie reichte ihr den Test. »Lies dir die Anleitung durch, und dann pinkel auf den Streifen. Jetzt sofort. Ich warte in meinem Schlafzimmer.«

Damit verließ sie das Zimmer. In ihrem eigenen Zimmer ließ sie sich aufs Bett fallen und bemerkte da erst, dass sie immer noch ihre Jacke trug. »Mein Gott«, sagte sie laut. Meine Töchter haben beide eine Krise. Die eine hat Angst, ihre beste Freundin zu verlieren, und die andere könnte schwanger sein. »Gott«, stöhnte sie noch einmal.

Es vergingen ein paar Minuten, dann ertönte ein gellender Schrei. O Gott, dachte sie. Positiv! Sie rannte den Flur runter und sah Lindsey mit schockierter Miene im Bad stehen. Sie war vollkommen bleich. Maggie warf einen Blick ins Bad, dann schrie sie auch. Da stand Hillary mit kahl rasiertem Schädel.

»Was soll das denn nun wieder?«

Hillarys Blick traf sich mit dem ihrer Mutter im Spiegel. Ihre wunderschönen langen blonden Haare lagen in einem Haufen auf dem Fußboden. Aber sie strahlte eine Gelassenheit aus wie schon seit Wochen nicht mehr. »Das hab ich aus Solidarität mit Lucy gemacht.«

»Hätten wir da nicht vorher drüber reden können?«

»Genau, weil du mich auf jeden Fall dazu ermuntert hättest.« Sie rieb sich den nackten Schädel. »Es wächst ja wieder. Wie bei Lucy auch.«

Maggie warf einen Blick zur Decke. »Werde ich gerade für irgendetwas bestraft?«, fragte sie die höhere Macht. »Okay, verschwinde aus dem Bad. Deine Schwester muss pinkeln.«

»Du bist echt voll krank«, sagte Lindsey zu Hillary.

»Und du bist ein Arschloch«, meinte die Jüngere, als sie sich an ihrer Schwester vorbeischob.

»Sie werden mich verfolgen«, murmelte Maggie zu sich selbst, als sie zurück in ihr Zimmer ging. Sie warf sich bäuchlings aufs Bett – und trug immer noch ihre Jacke. Dann bearbeitete sie die Matratze für eine Weile mit den Fäusten. Wo zum Teufel steckte Bob? Der Wahlkampf in Carson City war in vollem Gang. Das habe ich davon, wenn ich mal früh nah Hause komme, dachte Maggie. Ich hätte irgendwo rumhängen sollen, dann wäre ich jetzt nicht die einzige Erwachsene im Haus.

Was mache ich nur, wenn das Kind schwanger ist? Sie denkt, sie wäre in diesen Trottel Christopher verliebt, der offensichtlich nur mit seinem besten Stück denkt. Keine Sorge, versuchte sie sich zu beruhigen, der wird schneller weg sein, als man bis drei zählen kann. Aber was wird aus Lindsey? Selbst kluge Mädchen in ihrem Alter haben diese romantischen Vorstellungen davon, ein Baby zu haben. Dabei wollte Lindsey doch Medizin studieren! Sie hatte gute Chancen, Jahrgangsbeste zu werden. Seit sie sieben war, war sie immer in der Talentklasse gewesen.

»Mom?«

Maggie lag da wie gekreuzigt. Ihre Füße hingen über den Bettrand, die Arme hatte sie von sich gestreckt. Sie hob den Kopf. Lindsey lächelte. »Alles okay, Mom. Eine Linie, keine zwei.«

»Wann hattest du das letzte Mal Sex?«, fragte Maggie aus ihrer Position.

Lindsey zuckte die Achseln. »Vor einer Woche oder so.«

»Gut, dann sollte das Ergebnis stimmen. Wir fahren trotzdem morgen zum Arzt.«

»Okay.« Lindsey setzte sich in den Sessel gegenüber. »Es tut mir leid, Mom. Es ist halt nur so, dass ich ihn wirklich liebe.«

»Darüber kann ich jetzt nicht reden«, sagte Maggie, ohne ihre Tochter anzusehen.

»Müssen wir es wirklich Dad sagen? Ich meine, es ist ja nichts. Und so was ist Frauensache. Oder nicht?«

Maggie hob den Kopf und sah sie wütend an.

»Du bist echt voll seltsam«, sagte Lindsey.

»Geh auf dein Zimmer, lernen. Du hast für den Rest deines Lebens Stubenarrest!«

Bob kam erst nach einundzwanzig Uhr nach Hause. Maggie hatte inzwischen immerhin ihre Jacke ausgezogen und war in einen gemütlichen Hausanzug geschlüpft. Sie saß in ihrem bequemen Sessel und trank ihren zweiten Scotch.

»Hallo, Schatz«, sagte Bob. »Hast du schon gegessen?«

»Ich habe keinen richtigen Appetit. Hast du die Mädchen schon gesehen?«

»Noch nicht. Bin gerade erst nach Hause gekommen.«

»Vielleicht solltest du dir einen Drink machen und gleich wieder herkommen. Wir müssen reden, bevor du sie dir vornimmst.«

»Das klingt nicht gut«, sagte er.

»Schenk dir ruhig einen Doppelten ein«, riet sie ihm.

Nicht allzu weit entfernt, in einem anderen Schlafzimmer, warf Sarah einen Blick auf das Teststäbchen eines Schwangerschaftstests. Zwei Streifen waren zu sehen. Wie war das möglich? Sie nahm schon seit Ewigkeiten die Pille, obwohl sie sie so lange gar nicht gebraucht hatte. Und seit sie sich auf Sam gestürzt hatte, war sie besonders achtsam mit der Einnahme gewesen. Aber nun wartete sie verzweifelt darauf, dass ihre Periode einsetzte, und morgens war ihr immer wieder übel.

Für einige Wochen war es ihr gelungen, diese Tatsache nicht an sich heranzulassen, aber die Übelkeit war geblieben. Also hatte sie sich den Stäbchenschnelltest gekauft – und war erschüttert über das Ergebnis.

Am nächsten Morgen rief sie leicht panisch ihre Frauenärztin an. Nach einigem Betteln und Flehen gelang es ihr, kurzfristig noch einen Termin zu bekommen. Als sie das Wartezimmer betrat, saßen dort Maggie und Lindsey. Einen Moment lang war sie peinlich berührt, dann fiel ihr ein, dass man ja nicht nur wegen einer möglichen Schwangerschaft zum Arzt ging. »Hey, ihr zwei. Was macht ihr denn hier?«

Lindsey wandte den Blick ab, und Maggie sagte: »Check-up.« Es klang nicht gerade entspannt. »Und du?«

»Auch Check-up.« Sarah setzte sich neben sie, und dann kam ihr ein Verdacht. Vierzehn. Bei ihrem ersten Mal war sie erst vierzehn gewesen. Erschrocken sah sie Maggie an.

Maggie schloss langsam die Augen und nickte grimmig.

»Krass«, sagte Sarah.

»Na danke. Das ist ja toll«, schnaubte Lindsey.

Sie kam als Erste dran. Maggie blieb mit Sarah im Wartezimmer.

»Ich frage lieber gar nicht erst«, meinte Sarah.

»Du musst nicht fragen. Du weißt es auch so.«

»Verdammt. Ich dachte immer, wenn jemand alles im Griff hat, bist du es!«

»Hatte ich auch«, entgegnete ihre Schwester. »Nur bin ich damit auf taube Ohren gestoßen.«

»Wie hat Bob es aufgenommen?«

»Besser als ich. Als ich ihm sagte, dass unsere Tochter inzwischen mehr Sex hat als wir, sagte er nur: ›Es war klar, dass das eines Tages passieren würde, Schatz.‹ Er kann echt froh sein, dass er noch lebt! Und wenn du glaubst, das wäre spannend, solltest du mal Hillary sehen. Sie hat sich den Schädel kahl rasiert aus Solidarität mit ihrer besten Freundin, die gerade durch eine Chemotherapie ihre Haare verliert.«

»Das finde ich aber sehr süß.«

Maggies Augen füllten sich mit Tränen. Das hatte es noch nie gegeben. Maggie war so tough und stark, sie weinte nie! »Ihre schönen langen blonden Haare lagen auf dem Fußboden im Bad.«

Sarah drückte mitleidig die Hand ihrer Schwester. »Die wachsen auch wieder, Maggie. Wenigstens hat *sie* noch keinen Sex.«

»Ja. Und der geschorene Kopf könnte das noch etwas hinauszögern.«

Sarah musste trotz allem lachen.

»Ja, lach du nur. Die tolle Tante Sarah.«

Sarah erschrak. »Aber sie ist nicht ...« Plötzlich hatte sie das schreckliche Bild vor Augen, dass sie gleichzeitig mit ihrer fünfzehnjährigen Nichte auf der Entbindungsstation lag.

Doch Maggie schüttelte den Kopf. »Ich denke nicht. Aber deswegen sind wir hier, damit das noch mal genau überprüft wird.«

»Habt ihr denn schon einen Schwangerschaftstest gemacht?«

»Sofort. Negativ.«

»Das ist doch schon mal was.«

Die Arzthelferin streckte den Kopf ins Wartezimmer. »Mrs. Traviston? Sie können jetzt dazukommen.«

Maggie beugte sich zu Sarah. »Sie sollten mich lieber Mrs. Travestie nennen.« Dann folgte sie der Helferin.

Dr. Corvis war eine sehr nette Frau um die vierzig mit vertrauenerweckenden Fältchen, sanften braunen Augen und einer freundlichen Art. Sie saß hinter ihrem Schreibtisch, und Lindsey, bereits wieder bekleidet, saß auf einem der beiden Stühle davor. Zwei Stühle. Eigentlich gedacht für Mann und Frau. Nicht für Mutter und Tochter.

»Setzen Sie sich, Maggie. Ich denke, wir sind hier fertig. Ich habe Lindsey gründlich untersucht, inklusive Pap-Test. Sie sollte ab jetzt einmal im Jahr zu mir kommen. Die Ergebnisse von der Untersuchung auf Geschlechtskrankheiten dürften auch gleich da sein. Für den Notfall habe ich ihr eine Pille danach verschrieben für den Fall, dass sie in den letzten paar Tagen ungeschützten Sex hatte. In Zukunft nimmt sie dann die

Pille, ich habe ihr eine sehr verlässliche und gut verträgliche verschrieben. Und trotzdem, Lindsey, sind Kondome absolut notwendig. Die Pille schützt dich nicht vor sexuell übertragbaren Krankheiten. An AIDS kann man sterben. Das ist ungeschützter Geschlechtsverkehr doch nicht wert.« Sie notierte etwas auf der Karteikarte. »Es dauert etwa zwei Wochen, bis die Wirkung der Pille einsetzt. In dieser Zeit also bitte keinen ungeschützten Sex.«

»Da können Sie Gift drauf nehmen«, murmelte Maggie.

Dr. Corvis faltete die Hände auf dem Schreibtisch und sah erst Maggie, dann Lindsey an. »Meine Damen, finden Sie sich damit ab – so ergeht es den meisten Frauen irgendwann in ihrem Leben. Wir finden es nicht gut, wenn die Frauen noch sehr jung sind, aber wir müssen in jedem Fall verantwortlich handeln. Kinder sollten geplant sein. Sind wir da einer Meinung?«

»Ja«, sagte Lindsey.

»Wollen Sie Lindsey nicht vielleicht erklären, dass sie noch ein bisschen zu jung für Sex ist?«, fragte Maggie.

»Das denke ich persönlich zwar auch«, erwiderte Dr. Corvis. »Und das habe ich ihr auch gesagt. Aber die Uhr können wir nicht mehr zurückstellen. Jetzt heißt es nicht mehr ›sag Nein‹, sondern ›vergiss die Pille nicht‹. Und glücklicherweise scheint Lindsey ja auch gesund zu sein.« Die Ärztin erhob sich. »Im Übrigen habe ich Ihrer Tochter Folgendes mit auf den Weg gegeben: Wenn sie nicht mit Ihnen über solche Dinge wie Verhütung oder Geschlechtskrankheiten reden möchte, kann sie sich jederzeit an mich wenden. Gibt es sonst noch Fragen?«

Maggie hatte keine. Fall abgeschlossen.

Aber es machte sie immer noch fertig, dass ihre Tochter diese Schwelle so früh überschritten hatte. Natürlich wusste sie auch, dass die Ärztin recht hatte – jetzt gab es kein Zurück mehr. Auch Lindsey würde weniger aktive sexuelle Phasen in ihrem jungen Leben haben. Aber wer einmal von diesem süßen

Nektar gekostet hatte, wollte immer mehr davon. Und sosehr es Maggie auch missfiel – dieser Oberstufenschüler war für Lindsey derjenige, mit dem sie ihn genoss. Hilfe!

»Lindsey, ich würde gern noch kurz allein mit Dr. Corvis sprechen.«

»Schmiede ja keine Pläne hinter meinem Rücken«, sagte ihre Tochter unfreundlich und verließ das Zimmer.

»Worum geht es, Maggie?«

»O Mann«, sagte sie und rieb sich die Stirn. »Ich weiß gar nicht, wie ich es sagen soll.«

»Ist da noch etwas, was ich wegen Lindsey wissen müsste?«

»Nein. Es geht um mich. Bob und ich haben … Es ist so … Ich weiß nicht, ob es an mir liegt, aber … Ich weiß auch nicht.«

»Wie alt sind Sie jetzt?«

»Dreiundvierzig. Angeblich in den besten Jahren.«

»Und Bob?«

»Sechsundvierzig.«

Dr. Corvis lachte. »Er soll mal zum Arzt gehen, Maggie, und sich durchchecken lassen. Und wenn es ein Problem gibt, ist dieser Zustand schneller behoben, als Sie denken.«

»Ich weiß nicht«, sagte sie und schüttelte den Kopf. »Es ist nicht so, dass er nicht kann. Er scheint nur einfach keine Lust zu haben. Er arbeitet immer so viel, und dann ist er zu müde …«

»Schwachsinn. Männer können es im Schlaf tun. Machen Sie einen Arzttermin für ihn aus.«

Sarah saß auf der Behandlungsliege, und ihr war zum Heulen zumute, obwohl sie sich vorgenommen hatte, stark zu bleiben. »Wie kann so was passieren?«, fragte sie die Ärztin.

»Wir sprechen von neunundneunzigprozentiger Sicherheit, Sarah. So was kommt wirklich äußerst selten vor.«

»Und wieso kann dieses eine Prozent dann nicht eine verheiratete Frau treffen?«

»Sie haben viele Möglichkeiten, aber das besprechen wir gleich. Jetzt machen wir erst mal einen Ultraschall. Legen Sie sich bitte auf den Rücken, und wischen Sie sich die Tränen ab. Das ist nicht das Ende der Welt.« Sie schaltete das Ultraschallgerät ein, drückte ein paar Knöpfe und rieb Gel auf die Ultraschallsonde. Sie ging vorsichtig und langsam zu Werk, das Gerät piepste. »So, Sarah, gucken Sie mal«, sagte sie leise, fast ehrfürchtig. »Da ist er. Hier sieht man sein Herz schlagen.«

Sarah sah das winzige Wesen in ihr und keuchte. »Es ist ein Junge?«

»Das können wir noch nicht sehen. Aber ich kann Ihnen sagen, dass Sie etwa in der sechsten Woche sind. Es geht jetzt schnell. Ab dem dritten Monat kann man Arme und Beine erkennen.«

Sarah war bezaubert von dem kleinen Wesen und rechnete schnell im Kopf nach. Wahrscheinlich war sie gleich beim ersten Mal schwanger geworden. Hoffentlich hatte das etwas zu bedeuten – wie Kismet oder so was. »Mein Gott«, sagte sie und streckte eine Hand nach dem Monitor aus.

»Ich mache Ihnen einen Ausdruck vom Ultraschallbild. Im Moment ist alles perfekt in Ordnung.« Die Ärztin betrachtete eine Tafel. »Was halten Sie vom fünfundzwanzigsten August?«

»Das ist noch eine Million Jahre entfernt.«

»Sie ahnen nicht, wie schnell der Tag da sein wird.«

»Im Moment mache ich mir, ehrlich gesagt, mehr Gedanken um die nächsten paar Tage.«

Endlich war die Zeit mal auf Sarahs Seite. Sam schob am Samstag Überstunden, und sie sah ihn deshalb nur, als er kurz im Laden vorbeischaute. Sie küssten sich, mehr nicht. Am Sonntag ging er mit Molly Ski fahren. Montag war sowieso Ski-Tag, und sie würden sich hinterher wie immer im Hotel treffen.

Den ganzen Nachmittag war Sam auf Patrouille, und Sarah lief Ski. Aber er wollte sie und neckte sie. Schlich sich an sie heran und gab ihr einen Klaps auf den Po oder zog sie hinter einen Baum, um sie innig zu küssen. Er schenkte ihr sein verführerisches Grübchen-Lächeln, und das Funkeln in seinen Augen verriet ihr, dass er es kaum erwarten konnte – wie üblich. Und dass er nicht genug von ihr kriegte. Wie sie es hasste, dass sie bald die Spielverderberin sein musste!

Sam schien es nicht aufzufallen, dass sie nachdenklicher war als sonst – vermutlich war die Blutversorgung in seinem Hirn gestört und hatte sich auf den Bereich zwischen seinen Beinen verlagert. Als sie zusammen im Lift saßen, strich er mit der Zunge über ihr Ohr. »Ich sterbe für dich.«

»Sag so was nicht! Was nützt es mir, wenn du tot bist?«

Diesmal empfing sie ihn im Hotel nicht auf die übliche Weise, sondern war noch komplett angezogen, als er das Zimmer betrat. Er schien es gar nicht zu bemerken, sondern rannte auf sie zu, nahm sie in die Arme und wirbelte sie herum. Dann küsste er sie heiß und innig, fiel mit ihr aufs Bett und fragte: »Soll ich dir mit den Zähnen die Kleidung vom Leib reißen?«

»Wir müssen reden«, entgegnete sie ernst.

Er erstarrte. »Wenn eine Frau das sagt, kommt meistens was Unangenehmes.«

»Ich weiß nicht, wie du das Folgende aufnehmen wirst, Sam. Da ist was schiefgelaufen. Ich bin schwanger.«

Schockiert starrte er sie an. »Wie das?«

»Ich habe die Pille genommen, aber sie hat versagt. Wieso, weiß ich auch nicht.«

»Aber … wie lange nimmst du die Pille denn schon?«

»Seit Jahren. Ich … Ich habe sie nur länger nicht auf ihre Wirksamkeit getestet.«

»Okay. Du hast gesagt, dein letzter Freund ist eine Weile her. Aber …«

»Ein paar Jahre, Sam.«

Er schluckte hörbar. »Wievielte Woche, Sarah?«

»Nach allem, was die Ärztin feststellen konnte, muss es gleich bei unserem ersten Mal passiert sein.«

Sam setzte sich auf. Er stützte die Ellbogen auf die Knie und ließ den Kopf in die Hände sinken. »Tja. Das ist dann wohl neuer Rekord. Mein Bizeps ist seitdem auch um einiges gewachsen.« Sie berührte seinen Rücken, und er sah sie an. »Ist das ätzend.«

»Ja. Es tut mir leid.«

»Du hast es ja nicht mit Absicht getan. Ich brauch nur einen Moment, um das zu verdauen.«

»Lass dir Zeit. Ich habe auch ein paar Tage gebraucht.«

»Warum hast du es mir denn nicht gleich erzählt?«, fragte er. »Als du es erfahren hast?«

»Ich wollte es dir nicht am Telefon sagen, und als wir uns am Samstag kurz gesehen haben, warst du im Dienst. Heute hast du auch gearbeitet. Ich wollte dich mit dieser Info nicht belasten – du kannst es dir in deinem Job nicht leisten, dich ablenken zu lassen. Ich dachte einfach, wir brauchen ein bisschen Zeit für uns.«

»Mein Gott. Lass mich kurz nachdenken.« Erneut vergrub er den Kopf in den Händen. »Warum habe ich nicht daran gedacht, ein verdammtes Kondom zu benutzen?«

»Weil es so spontan war. Und ich glaube kaum, dass du für diese sehr intensive erste Nacht genügend Kondome hättest dabeihaben können.«

»Ja«, stimmte er ihr zu. »Wir konnten ja echt nicht aufhören.« Dann sah er sie an. »Willst du es behalten?«

Jetzt war Sarah schockiert. »Möchtest du, dass ich es wegmachen lasse?«

Er zuckte mit den Schultern. »Es ist eine Möglichkeit. Dann könnten wir von vorn anfangen.«

Sie strich über ihren flachen Bauch. »Ich habe es gesehen. Auf dem Ultraschall. Ich habe gesehen, wie es sich in mir bewegt, wie sein Herz schlägt. Ich bin jetzt dreiunddreißig und hätte nicht gedacht, dass ich überhaupt je ein Kind haben würde. Also ja, ich will es behalten.«

»Das ist natürlich auch eine Option«, meinte er. »Nicht wirklich praktisch, aber na gut.«

Das war eine Erleichterung. Sie seufzte laut, es klang fast wie ein »puh«. »Sag mir eins – wie hättest du reagiert, wenn ich gesagt hätte, ich will eine Abtreibung?«

»Ich hätte mich dabei nicht gut gefühlt«, gestand er. »Aber *so* fühle ich mich im Moment auch nicht gut.« Als er ihren Blick sah, fügte er hinzu: »Es tut mir leid, Baby. Ich weiß, du fühlst dich auch nicht gut deswegen. Möchtest du mich vielleicht heiraten?«

»Willst du das denn?«

Er legte ein Bein aufs Bett und sah sie an. »Sarah, was ich will, darum geht es irgendwie nicht. Wir haben hier ein Problem.«

»Du hast mir ja noch nicht mal gesagt, dass du mich liebst«, stellte sie fest.

Er lächelte und berührte ihr Haar. »Ich werde dich jede Nacht lieben, und zwar so lange, bis du mich anflehst aufzuhören.«

Sie setzte sich auf. »Das ist ja wohl eh klar. Du bist unersättlich. Aber liebst du mich denn genug, um mich zu heiraten? Darum geht es nämlich auch bei diesem ›Problem‹.«

»Na klar, Sarah. Natürlich.«

Sie sah ihn lange prüfend an. »Nein, das tust du nicht.«

»Sarah, wir sind jetzt gerade mal so lange zusammen, wie du schwanger bist!«

»Aber wir kennen uns schon länger. Waren zusammen in der Kneipe. Unsere Kennenlernphase.«

»Sarah«, sagte er ernst, »das sind sechs Wochen und vier Stunden. Aber das ist nicht das Thema. Ich liebe dich wirklich. Wir können das schaffen. Ich werde dich glücklich machen. Ich mache dich jetzt schon glücklich. Ich werde dir ein guter Ehemann sein, dir eine sichere Ehe bieten. Und du brauchst dir keine Sorgen zu machen, dass ich jemals meine Meinung ändern und herumvögeln werde.«

»O mein Gott«, sagte sie und trommelte mit den Fäusten aufs Bett. »Genau deswegen verlangen wir Frauen, dass ihr Männer uns gesteht, dass ihr uns liebt, bevor wir wilden, hemmungslosen Sex haben! Weil in einem Prozent der Fälle die elende Pille versagt!«

»Hey, wir schaffen das schon«, versuchte er sie zu trösten. »Bei unserem Tempo kann alles nur noch besser werden. Stärker.« Er streichelte ihren Arm. »Wir passen gut zusammen. Es wird vollkommen okay sein.«

»Alles klar«, sagte sie. »Ich bin gespannt.«

»Übrigens hast du es mir auch noch nie gesagt.«

»Checkst du eigentlich überhaupt nichts? Hast du nicht mitgekriegt, dass ich dich gestellt habe wie ein Jäger seine Beute? Ich war total hinter dir her, du Idiot! Ich habe dich regelrecht gestalkt! Mein Gott, als ich dich das erste Mal gesehen habe, bin ich fast ohnmächtig geworden! Sam, das musst du doch gespürt haben!«

Ernst schaute er sie an. »Dann hast du es ja vielleicht doch mit Absicht getan.«

Sie riss ihn in ihre Arme. »Blöder Arsch.«

Wieder streichelte er sie. »Okay, vielleicht hab ich es gecheckt. Aber ich hatte den Frauen eigentlich abgeschworen. Und dann kamst du, und mit jeder Stunde wurdest du unwiderstehlicher. Jetzt ist es so: Du bekommst ein Baby. Unser Baby. Wir machen es so, wie du es möchtest.«

»Ich weiß nicht«, sagte sie und schüttelte den Kopf.

»Wir stecken da gemeinsam drin, egal wie du dich entscheidest. Wenn du das Kind haben möchtest, wird es auch einen Vater haben.«

»Ich will dich nicht heiraten, nur weil ich schwanger bin. Und ich heirate auch niemanden, der denkt, dass es zwischen uns schon ganz okay sein wird.« Sie schnaubte wütend und dachte: Wenn ich jetzt losheule, werde ich sehr sauer auf mich sein. »Geht es vielleicht um Clare? Hängst du immer noch an meiner großen Schwester?«

»Hör doch auf damit!«

»Das wäre doch toll. Ich heirate dich, und du siehst meine Schwester bei jedem Familientreffen an, als würdest du an deinem Herzschmerz sterben. Nein danke!«

»Ich habe gerade erklärt, es hat nichts mit Clare zu tun! Es hat auch nichts mit *uns* zu tun!«

»O mein Gott, du willst sie immer noch!«

»Nein!«

»Sam«, sagte sie flehentlich. »Sei doch wenigstens ehrlich.«

Er wollte sie an sich ziehen, doch sie ließ es nicht zu. »Was willst du? Willst du wissen, ob es wehgetan hat, Sarah? Ja, es hat wehgetan. Doch das ist Vergangenheit. Es ist vorbei, und ich mache mir diesbezüglich keine Illusionen mehr. Aus, vorbei! Du kannst unbesorgt sein, ich werde meine Schwägerin nicht mit traurigen Welpenaugen anstarren. Ich bin ein Mann. Ein Mann, der seine Verantwortung kennt.« Er holte Luft. »Vermutlich ging es bei mir auch mehr um verletzten Stolz als um alles andere. Ich bin richtig glücklich mit dir, und das sage ich nicht einfach nur so dahin.« Sie wandte den Blick von ihm ab, doch er nahm sanft ihr Kinn und drehte ihr Gesicht wieder zu sich. »Du bist auch glücklich mit mir. Das weiß ich.«

Ihr Kinn zitterte. Sie konnte nicht sprechen.

»Komm her, verdammt! Ich will dich in den Arm nehmen!«

»Ich kann nicht.«

»Wieso nicht?«

»Weil ich dann anfangen würde zu heulen, und ich will nicht heulen!«

Natürlich brauchte es nicht mehr als diesen einen Satz. Im selben Moment begann sie zu schluchzen. Sam schloss sie in die Arme und hielt sie fest, während sie hemmungslos weinte. Und weinte. Und weinte. Er versuchte, ihr die Tränen wegzuküssen, aber schließlich griff er doch zu der Taschentuchbox, die auf dem Nachttisch stand, und reichte sie ihr.

Während er sie umarmte, dachte er an ihre kurze gemeinsame Geschichte. Er fühlte sich jetzt schon wohler mit ihr, als er sich mit jeder anderen Frau je gefühlt hatte. Und das waren ohnehin nicht viele gewesen. Ihre Beziehung hatte etwas Symbiotisches – sie war genau die Richtige für ihn. Umgekehrt schien es genauso zu sein. Denn ihm war nicht entgangen, dass sie mit jedem Tag weiter aufblühte und schöner wurde. Seine Aufmerksamkeit ließ sie von innen strahlen. Ihre Wangen hatten einen rosigen Schimmer angenommen, ihre Augen funkelten, ihr Lachen war ansteckend. Und ja, er konnte nicht genug von ihr bekommen. Aber sie auch nicht von ihm.

Als sie sich endlich ausgeweint hatte, sagte er: »Sarah, du weißt, wie es damals mit Molly war. Auch sie war nicht geplant – aber sie ist das Beste, was mir je passiert ist.« Sie nickte, hatte den Kopf immer noch an seine Schulter gelehnt. »Ich möchte nicht unglücklich sein. Wir bekommen ein Kind. Ich möchte, dass wir glücklich sind. Keine Tränen mehr. Wir kriegen das hin.«

Sie hob den Kopf und sah ihm in die Augen. »Wir müssen aber nicht heiraten nur wegen des Babys. So eine Ehe ist eine ernste Angelegenheit. Wir sollten uns schon wirklich sicher sein.«

»Ein Kind zu haben ist auch eine ernste Angelegenheit.«

»Ich weiß. Und wir gehen damit auch ernsthaft um. Aber der Rest hat Zeit. Ich brauche Zeit. Auch, um mir sicher zu sein.«

»Okay, Baby. Nimm dir alle Zeit, die du brauchst. Ich bin für dich da. Ich stehe an deiner Seite.« Dann schlang er die Arme um sie und ließ sich mit ihr aufs Bett sinken. Er zog sie an sich.

»Ich glaube nicht, dass ich das heute Abend kann, Sam.«

»Schon gut, Liebling. Aber ich will dich bei mir haben. Ich möchte dir nahe sein.« Er küsste sie auf die Schläfe, und sie kuschelte sich an ihn. Es dauerte nicht lange, und sie war eingeschlafen. Sie ist erschöpft, dachte er. Vom Skifahren und vom Gedankenmachen und den Tränen. Außerdem waren Frauen in der Schwangerschaft doch immer müde.

Er küsste sie auf die Stirn und hielt sie fest. Hielt sie beide fest.

Mitten in der Nacht fuhren sie wieder hinunter in die Stadt. Sam kam im Morgengrauen nach Hause und genehmigte sich als Erstes ein paar Biere – er konnte sowieso nicht mehr schlafen. Dann rief er Sarah auf dem Handy an, um zu fragen, ob es ihr gut gehe. Sie sagte Ja, aber ihre Stimme klang belegt. Vermutlich hatte sie wieder geweint. »Ich ruf dich später wieder an«, meinte er. »Irgendwann am Vormittag.«

Er blieb in seinem Zimmer, als er hörte, wie seine Mutter Molly für die Schule fertig machte. Als im Haus wieder Stille eingekehrt war, ging er in die Küche. Seine Mutter saß am Küchentisch und las die Zeitung. Er setzte sich gegenüber von ihr hin, stützte die Ellbogen auf den Tisch und ließ den Kopf hängen. Als er ihn wieder hob, sah seine Mutter ihn an. »Erinnerst du dich noch an die beiden Frauen, die ich dir letztens beim Footballspiel vorgestellt habe?«, fragte er. »Clare und Sarah? Sarah ist die jüngere. Die Künstlerin und Kunstlehrerin. Ich bin seit einer Weile mit ihr zusammen.«

»Sie ist sehr hübsch.«

»Und sie ist schwanger.«

»Oje«, sagte seine Mutter.

»Ich habe sie gefragt, ob sie mich heiraten will, aber im Moment will sie nicht.«

Joan faltete die Hände über der Zeitung und schaute ihren Sohn an. »Tja. Immerhin bleibst du dir selbst treu.«

15. Kapitel

Sarah wusste, dass sie es ihren Schwestern sagen musste. Es dauerte ein paar Wochen, bis sie den Mut aufbrachte, und bis dahin war es niemandem aufgefallen, dass sie sich in letzter Zeit etwas sonderbar verhielt. Clare war zu beschäftigt damit, ihren neuen Freund zu vernaschen, und Maggie gluckte die ganze Zeit über ihre Töchter. Die eine sollte sich die Haare wieder wachsen lassen, die andere keinen Sex haben.

Daher erschien ihr Clares Haus die beste Option, um den beiden die Neuigkeiten mitzuteilen. George wollte sie vorerst noch nichts sagen. Dafür brauchte sie noch ein wenig mehr Zeit. Also schlug sie ihren Schwestern vor, sich auf einen After-Work-Drink bei Clare zu treffen. Jason kam ihr unbewusst zu Hilfe. Er kam nach Hause, sah die Frauen im Wohnzimmer zusammensitzen und sagte: »Oha, Ladies' Night. Ich bin weg.« Und verschwand in seinem Zimmer.

Maggie schenkte sich ein Glas Wein ein. »Wer hat dieses Gipfeltreffen einberufen?«

»Ich. Denn ich muss euch etwas sagen. Ich bin schwanger.«

Überraschtes Schweigen und aufgerissene Augen waren ihre Antwort. Sarah saß auf der Couch, während ihre Schwestern dastanden und sie völlig perplex musterten.

»Schwanger wie in ›ein Kind kriegen‹, ›einen Braten in der Röhre haben‹, ihr wisst schon.«

»Sarah«, meldete sich Clare als Erste zu Wort. »Hast du denn überhaupt einen Freund?«

»Ja, hab ich. Aber ich hab es nicht an die große Glocke gehängt.«

»Und wie heißt der Glückliche?«, erkundigte sich Maggie.

»Ich schlage vor, ihr setzt euch jetzt besser.« Die beiden gehorchten. »Sam. Sam Jankowski.«

Stille. Dann sprang Clare auf. »Dieser Mistkerl! Schwängert meine kleine Schwester! Den Kerl bring ich um!«

»Vielleicht solltest du ein paar Dinge wissen, bevor du ihn umbringst«, wandte Sarah ein. »Ich hab ihn mir geangelt. Habe ihn regelrecht bedrängt. Ihn schamlos und lüstern verfolgt und gejagt wie eine Bekloppte. Als ich ihn an dem Abend mit dir im Restaurant gesehen habe, machte mein Herz einen Satz. Liebe auf den ersten Blick! Und als du dann sagtest, du hättest nicht wirklich Interesse an ihm, dachte ich: Fein, er ist frei!« Sie zuckte mit den Schultern. »Ich wollte es nicht riskieren, dass eine andere ihn mir wegschnappt.«

»Deshalb deine Runderneuerung«, stellte Maggie fest.

»Genau. Als ich sah, wie die Lust zwischen Clare und Sam pulsierte, dachte ich: Was würde ich dafür geben, solche Gefühle auch mal wieder zu verspüren! Vor allem mit einem Mann wie Sam. Und dann warf ich einen Blick in den Spiegel. Das tat weh. Bei meinem damaligen Aussehen hätte ich niemals eine Chance bei ihm gehabt. Ich konnte mein Spiegelbild ja selbst kaum noch ertragen! Also habe ich mich aufgehübscht und mich auf die Suche nach ihm gemacht. Ich fand heraus, dass er jeden Montag in Afton Alps als Skipatrouille unterwegs ist.« Sie lächelte. »Deswegen war ich in letzter Zeit auch so oft Ski fahren. Unter anderem.«

»Das ist echt unglaublich.«

»Und seit wann läuft das?«, wollte Clare wissen.

»Es fing im November an. Nachdem es das erste Mal richtig geschneit hat. Und der Gute hat nichts geahnt.« Sie zuckte mit den Schultern. »Und anscheinend habe ich nichts von meinem früheren Können verlernt.«

»In der wievielten Woche bist du?«, fragte Maggie.

»Schon fast im dritten Monat. Er hat wohl gleich beim ersten Mal zugeschlagen, der potente Teufel.«

»Und wie geht es dir? Bist du okay?«, fragte sie weiter.

»Bisher ja. Und mit dem Kind scheint alles perfekt zu sein.«

»Weiß er es?«, wollte Clare wissen.

»Ja. Seine erste Reaktion war: wie ätzend.«

»Dieser Mistkerl! Ich bring ihn um!«

»Behältst du es?« Natürlich kam die Frage von Maggie. Nüchtern wie immer.

»Ja. Ich hätte nie gedacht, dass ich mal ein Kind haben würde. Und wenn ihr mich vor einem halben Jahr gefragt hättet, wie ich mir den Rest meines Lebens vorstelle, hätte ich vermutlich gesagt: so wie jetzt. Meine Kunst, mein Geschäft, sonntags Abendessen bei Dad. Und jetzt habe ich ein völlig neues Leben vor mir.« Sie berührte ihren Bauch. »Und in mir.«

»Liebst du ihn?«, erkundigte sich Maggie.

»So sehr, dass mir ganz schummrig wird! Und er ist so lieb zu mir – behandelt mich wie ... Gott, ich weiß nicht. Als ob ich eine Königin wäre. Er nimmt auf meine Gefühle Rücksicht. Ist sogar romantisch. Er hat mich gefragt, ob ich das Baby bekommen möchte. Und als ich Ja sagte, schlug er vor, dass wir heiraten. Es gibt nur einen Haken – er liebt mich nicht.«

»Das hat er dir gesagt?«, fragte Clare fassungslos.

»Nicht direkt. Er hat zwar behauptet, dass er mich liebt – aber es klang nicht sehr überzeugend. Ich habe ihn sofort gefragt, ob er mich denn wirklich genug liebt, um mich zu heiraten, und da meinte er: ›Na klar. Natürlich.‹ Na klar? Statt: Ich liebe dich so sehr, dass ich sterbe, wenn du mich nicht heiratest. Nein, er sagte: Na klar. Also hakte ich nach, und er druckste und stammelte herum und kam schließlich mit der peinlichen Ansage rüber, dass seine Liebe zu mir mit der Zeit bestimmt wachsen würde.«

»Was hab ich gesagt? Ich muss ihn töten!«

»Also hast du Nein gesagt«, stellte Maggie fest. Es war keine Frage.

»Genau, ich hab Nein gesagt. Besser gesagt, ich habe ihm vorgeschlagen, dass wir uns etwas Zeit lassen sollten mit der Entscheidung. Denn ganz egal, was er behauptet, er ist einfach noch nicht so weit. Und ich will nicht nur heiraten, weil ich schwanger bin. Was, wenn diese Ehe ein Fehler ist? Was, wenn ich ihm in fünf Jahren in die Augen schaue und darin nur Trübsal und Bereuen sehe?« Sie schluckte. »Ich glaube zwar, dass ich mit Sam glücklich sein könnte. Im Moment macht er mich glücklicher, als ich es je gewesen bin. Aber ich weiß auch nicht. Bin ich deswegen verrückt?«

»Du musst überhaupt niemanden heiraten, Sarah. Deine Familie ist für dich da.«

»Hast du ihn gesehen, seit du es ihm gesagt hast? Oder ist der Mistkerl schreiend davongerannt?«

»Clare, du weißt besser als jede andere, dass Sam kein Mistkerl ist. Er ist ein Engel. Sein Problem ist nur, dass er ein verdammt schlechter Lügner ist. Und nein, er ist nicht weggerannt. Er ruft mich jeden Tag an. Mehrfach. Er ruft an, kommt im Laden vorbei, fragt mich, wie es mir geht und ob ich es euch schon gesagt habe. Er hat sogar angeboten, dabei zu sein. Und sogar …« Sie unterbrach sich und versuchte, sich zu fassen, denn sie spürte, wie ihr die Tränen kamen. »Er hat mich am Samstag in Lake Tahoe zum Abendessen ausgeführt, und als wir fertig mit Essen waren, schob er mir die Keycard eines Hotels rüber. Und ich dachte nur: was soll's? Noch schwangerer kann ich ja nicht werden! Und er war wirklich …«

Sie musste die Augen schließen und sich auf die Unterlippe beißen, um nicht die Fassung zu verlieren. Sie schluckte krampfhaft. Es war eine wunderschöne Nacht gewesen. So zärtlich. Ihr ansonsten so wilder, hemmungsloser Sex ruhig und zärtlich und sanft. Er hatte immer wieder ihren Bauch geküsst – und andere Stellen. Normalerweise brachte er ihren Körper zum Schreien, aber in dieser Nacht hatte er ihn zum Singen gebracht. Und zwar in den höchsten Tönen. »Sarah, ich werde immer auf dich aufpassen, ob du willst oder nicht«, hatte er hinterher gesagt.

»… ganz liebevoll. Sanft und vorsichtig.« Und dann war es um sie geschehen. Die Tränen übermannten sie, und sie musste einfach losheulen. Sie vergrub das Gesicht in den Händen.

Sofort waren ihre Schwestern bei ihr und nahmen sie in den Arm, trösteten und wiegten sie.

»In letzter Zeit muss ich dauernd heulen«, schluchzte Sarah. »Nach den neun Monaten ist das dann hoffentlich vorbei.«

»Wann willst du es Dad sagen?«, fragte Clare.

Sarah erschauderte. »Glaubt ihr, er wird sich meinetwegen schämen?«

»Schätzchen, er liebt dich. Du bist doch deswegen kein schlechter Mensch. Das weiß er. So was passiert nun mal.«

»Aber es ist schon praktischer, wenn es jemandem passiert, der verheiratet ist. Oder wenigstens Leuten, die sich wirklich lieben. Wahrscheinlich darf ich mich künftig als alleinerziehend bezeichnen. Hat jemand von euch diesbezüglich Hinweise für mich?«

»Tipp Nummer eins: Such dir einen einfacheren Job. Als Neurochirurgin zum Beispiel.«

»Tja«, meinte Maggie und ging zu ihrem Sessel zurück. »Jetzt ist es offiziell. Alle haben Sex außer mir. Und ich bin die Einzige von euch, die verheiratet ist!«

George McCarthy saß vor dem Fernseher und war eingenickt, als Sarah ihn sanft ansprach. »Dad?«

Er wachte auf. »Was ist, Schätzchen?«

»Ich muss mit dir über etwas reden. Wenn du nicht zu müde bist?!«

George rutschte im Sessel nach oben. »Ich hab nicht geschlafen«, behauptete er. »Alles okay. Was hast du auf dem Herzen?«

»Es ist nicht ganz einfach. Ich hab Angst, dass du von mir enttäuscht sein könntest. Es geht um diesen Polizisten. Du weißt schon. Der, der immer in den Eisenwarenladen kam, weil er in Clare verliebt war. Er heißt Sam.«

»Ich weiß, wer Sam ist. Aber sie hat doch gesagt …«

»Clare trifft ihn schon lange nicht mehr. Sie hatte nur ein einziges echtes Date mit ihm. Und seit sie mit ihm Schluss gemacht hat, bin ich mit ihm zusammen. Das heißt, ich habe natürlich erst ein paar Monate verstreichen lassen.«

»Und wo ist das Problem?«, fragte ihr Vater. »Ich verstehe euch Frauen nicht.«

»Das ist kein Problem für uns, Dad. Die Sache ist die …« Sie räusperte sich. »Diese ganzen Kunstausstellungen und -projekte, die ich mir in letzter Zeit angesehen habe? Wo ich nachts immer so spät nach Hause gekommen bin? Oder ganz weggeblieben bin? Das waren gar keine Kunstausstellungen und -projekte.«

»Oh«, sagte er und verstand sofort. Er gab ein leises Brummen von sich. »Du wohnst bei deinem Vater. Da bleibt die Privatsphäre ein bisschen auf der Strecke.«

»Ich bin schwanger«, eröffnete sie ihm nun ohne weitere Umschweife und hatte sofort wieder Tränen in den Augen. Langsam wird's lächerlich, dachte sie. Ich bin ein Springbrunnen.

Ihr Vater riss erstaunt die Augen auf und verzog den Mund. »Übernimmt der Mann Verantwortung?«

»Er hat angeboten, mich zu heiraten«, antwortete sie. »Aber ich glaube, das will ich gar nicht.«

»Und was ist mit dem Baby?«, fragte George.

»*Das* will ich«, sagte sie mit tränenerstickter Stimme.

Er sah sie eine Minute schweigend an. »Komm her, Mausepiep«, sagte er. So hatte er sie immer genannt, als sie noch klein war. Sie hockte sich vor ihn und lehnte den Kopf an seine Schulter. Er schloss die Arme um sie.

»Ich bin vielleicht ein bisschen altmodisch«, sagte er dann. »Ich finde, eine Familie besteht aus Mann und Frau. Aber ich möchte auch nicht, dass du einen Mann heiratest, mit dem du gar nicht zusammen sein willst.«

Sie könnte ihm jetzt erzählen, wie es sich verhielt. Dass Sam so tat, als ob er sie liebte, sie berührte, als wäre sie die innigst geliebte Frau auf der ganzen Welt – aber sie davon überzeugt war, dass seine Gefühle für sie nicht so tief waren wie ihre für ihn. Nur wieso die Sache unnötig verkomplizieren – es war alles schon kompliziert genug.

»Kinder müssen geliebt werden«, fuhr George fort. »Ich liebe meine Töchter, und ich liebe auch ihre Kinder.« Dann hob er Sarahs Kinn. »Und auch deins werde ich lieben. Ganz egal, was.«

»Es tut mir so leid, Dad.«

»Man sollte sich nie für neues Leben entschuldigen. Es ist die Wiedergutmachung für diejenigen, die wir verloren haben.«

Jason hatte seinen Hausarrest abgesessen und kam jetzt besser mit seinem Dad klar. Es schien doch etwas dran zu sein an dem alten Spruch, dass Kinder Grenzen brauchen. Also hatte Roger, der sehr zufrieden mit seinem Sohn war, ihn angerufen und gefragt, ob Jason am Wochenende mit ihm Ski fahren gehen wolle. Und Jason, der nach dem Ausgangsverbot etwas unter Lagerkoller litt, war sofort dabei. Er fragte, ob seine Mutter auch mitkommen könnte. »Na klar, wenn sie will. Aber wundere dich nicht, wenn sie Nein sagt.«

Doch Pete hatte am Wochenende seine Töchter, und Clare hatte am Sonntag nichts anderes vor. Damit Roger nicht auf den abwegigen Gedanken verfiel, sie würde seinetwegen mitkommen, rief sie Sarah an und erkundigte sich, ob sie noch Ski fahren dürfte. »Die Ärztin hat gesagt, für die nächsten paar Wochen geht es noch. Aber ich soll es ruhig angehen lassen. Falls ich mich dabei verletzen sollte – was ich nicht vorhabe –, ist die Gefahr für meine Gebärmutter doch relativ gering.«

»Das Problem ist nur«, informierte Clare sie, »sie wollen nach Afton Alps fahren.«

»Ich kann nicht mit nach Afton Alps, Clare. Nicht, dass ich Sam aus dem Weg gehe – er lässt mich ja kaum aus den Augen. Aber ich möchte ihm lieber nicht begegnen, wenn er mit seiner Tochter unterwegs ist. Er hat mich ihr noch nicht vorgestellt, und ich will auch nicht zu sehr Teil seiner Familie werden, bevor die Dinge geregelt sind. Lasst uns doch nach Squaw Valley fahren.«

Also entschuldigten Clare, Sarah und Jason sich bei George wegen des sonntäglichen Abendessens und fuhren mit Roger in die Berge.

Roger war ein ziemlich guter Skifahrer, aber Clare war besser. Allerdings ging sie wegen ihrer Hüftverletzung lieber auf Nummer sicher – ein zweiter Hüftbruch musste nicht sein. Dafür konnte Sarah ja Gas geben. Jason, der sich als Extrem-Snowboarder betrachtete, tat sich mit seiner Tante zusammen. Zusammen wagten sie sich auf die schwarzen Pisten und meisterten sie mit Bravour und Tempo, allerdings war Sarah immer noch schneller als Jason. Es tat ihr leid, dass sie erst durch Sam wieder zu diesem tollen Sport zurückgefunden hatte, denn draußen auf der Piste, mit dem Wind im Gesicht und dem Speed unter den Brettern fühlte sie sich leicht und unbeschwert. Und sorgte sich nicht um das, was vor ihr lag.

Sie nahmen zum Warmwerden eine der Fortgeschrittenen-Pisten in Angriff, dann wechselten sie auf die Expertenhänge.

»Lass uns da rübergehen, wo der frische Pulverschnee liegt«, bettelte Jason.

»Keine Chance, Kumpel. Die Piste ist gesperrt.«

»Ist doch kein Ding«, meinte Jason. »Jetzt komm schon, Tante Sarah. Sei nicht so ein Weichei. Die schaffst du doch locker.«

Sie packte ihn vorne an der Jacke. »Hör zu, Kleiner. Das ist kein Spiel, die roten Flaggen und Warnschilder. Da drüben fährt keine Skipatrouille. Auf der Piste könnten Hindernisse sein, die man nicht sieht, oder es ist Lawinengefahr. Auf gesperrten Pisten fährt man nicht. Vergiss es.«

»Memme!«

»Ich sag dir eins: Wenn du diese extreme Abfahrt hier schaffst, dann ist das toll!« Sie setzte ihre Skibrille auf. »Wer zuletzt unten ankommt, ist ein faules Ei!« Und dann war sie weg. Sie nahm Fahrt auf, glitt auf den Skiern gekonnt den Berg hinab, hielt ihren Körperschwerpunkt unten, drückte sich mit den Stöcken ab und gab alles. Sie verlagerte gekonnt ihr Gewicht, fuhr um einen Buckel herum, aber den nächsten nahm sie und sprang, flog ein paar Meter durch die Luft und landete wieder sanft. Perfekt. Sie ging in die Hocke und raste weiter. Dann wagte sie einen Blick nach hinten. Zu ihrer Freude war Jason gleich hinter ihr. Er kurvte geschickt um die Buckel herum – das war nichts für Snowboarder. Sie hatte eigentlich langsamer machen wollen, damit er gewann, aber das konnte sie jetzt doch nicht über sich bringen. Sie gab noch mal Vollgas. Fünfundsechzig Stundenkilometer. Es fühlte sich an wie Fliegen.

Als sie unten ankam, tauchte Jason neben ihr auf. »Tante Sarah, echt heiß!«

»Aber ich habe dich um Längen geschlagen!«

»Um ein paar Zentimeter vielleicht.«

»Okay. Aber der Hügel ist doch gut, oder? Keine gesperrte Piste nötig.«

»Ja, ist ja gut.«

Jason machte sich auf in Richtung Lift, und Sarah hörte plötzlich hinter sich das Geräusch von herannahenden Skiern. Dann wurde sie mit Schnee geduscht. Die Person, die den

Schneeschauer verursacht hatte, schob ihre Skibrille hoch. »Was zum Teufel tust du da?«, fragte Sam.

»Was machst du denn hier?«

»Sarah, um Himmels willen! Weißt du, wie schnell du gerade unterwegs warst? Und gesprungen bist du auch! Meine Güte, was denkst du dir nur dabei? Wenn du stürzt …«

»Ich hatte nicht vor zu stürzen, und die Luft ist deutlich weicher als der verharschte Schnee – deswegen springe ich. Aber was machst *du* hier, frage ich noch mal.«

»Ich bin mit Molly unterwegs. Wir Leute vom Rettungsteam kriegen Pässe für alle Skilifte in der Gegend. Molly hat gerade eine Skistunde. Aber verstehst du denn, dass ich nicht möchte, dass euch etwas passiert? Dir und dem Baby?«

Sie zog einen Handschuh aus und legte ihm die Hand auf die frostige Wange. »Sam, ich gehe so lange Ski fahren, wie ich kann und darf. Dem Baby passiert nichts.«

Tief atmete er ein. »Ich glaube, ich bin zu alt für so was«, sagte er. »Du hast mir einen Riesenschrecken eingejagt.«

»Komm, lass uns noch mal hochfahren«, schlug sie vor. »Und dann machen wir ein Wettrennen.«

»Nein! Ich komme gerne mit für eine weitere Abfahrt. Aber nur, wenn du mir versprichst, dass es kein Wettrennen gibt. Denn erstens, wenn ich mir anmaßen darf, das zu bemerken, werde ich dich sowieso schlagen. Und zweitens: Falls du stürzt, könnte das ernste Folgen haben.«

»Okay, dann machen wir es so. Du kannst ja mit Jason um die Wette fahren – er ist noch nicht ganz so gut.«

»Ich habe ihn gesehen. Ich finde, er ist ziemlich gut.«

Also fuhren sie zu dritt wieder hinauf. Jason und Sam rasten los, und Sarah ließ es zunächst etwas langsamer angehen. Doch dann konnte sie nicht anders, stieß sich kräftig ab und raste ebenfalls los. Als sie die beiden einholte, gab sie einen Jubelschrei von sich, überholte sie links, nahm einen kleinen Hügel, den sie unerschrocken überwand und die beiden in einer Schneewolke hinter sich ließ. Sie hörte noch, wie Sam hinter ihr rief: »Verdammt noch mal!« Sie wusste, was jetzt passieren würde – er würde hinter ihr herjagen. Weil sie so lachen musste, hätte sie das verbotene Rennen am Ende fast verloren. Aber sie kamen alle drei gleichzeitig an – Sarah, Sam und Jason.

Sam schob seine Skibrille hoch. »Du bringst mich noch ins Grab.«

Sie musste lachen. Mit Zeigefinger und Daumen zeigte sie ihm das »L« für Loser. Da schnappte sich Sam sie und küsste sie. Fest und lang.

»Hey!«, protestierte Jason. »Tante Sarah! Was geht denn hier ab?«

Sie ließen sich los. »Nur eine kleine Wiedergutmachung für den Verlierer«, meinte Sarah.

Am Dienstagnachmittag trat Sam – natürlich in Uniform – seinen Dienst an. Als er auf dem Weg zum Briefing war, nahm ihn sein Sergeant beiseite und sage: »Hier ist eine Rechtsanwältin, die dich sprechen möchte.«

»Um welchen Fall geht es?«, wollte Sam wissen.

»Ich weiß es nicht. Ich habe sie ins Verhörzimmer gesetzt. Die Infos aus dem Briefing kannst du dir dann von den Kollegen holen.«

Sam kam gar nicht auf den Gedanken, dass etwas nicht in Ordnung sein könnte. Als Polizeibeamter war er regelmäßig bei Gericht, um Festnahmen zu bezeugen, und hatte daher immer wieder mit Anwälten zu tun. Und natürlich auch mit Staatsanwälten, die die Polizisten auf ihre Rolle in Verhandlungen vorbereiteten.

Doch um so etwas handelte es sich nicht. Denn als er die Tür zum Verhörraum öffnete, saß Maggie da. In ihrer Anwaltsrobe. Sie wirkte überaus ernst und dennoch attraktiv. Sofort musste

Sam an George denken. Wie hatte der Mann das nur gemacht? Diese wunderschönen, eigensinnigen Töchter großgezogen und dabei nicht den Verstand verloren?

Er schloss die Tür hinter sich. »Aha. Die Familie weiß es jetzt also.«

»Ja, die Familie weiß es«, wiederholte sie. »Ich bin froh, dass ich darauf bestanden habe, alleine mit Ihnen zu sprechen. Denn Clare würde Sie am liebsten umbringen.«

»Bitte richten Sie ihr aus, dass das für ihre Schwester derzeit eine Katastrophe wäre. Sosehr sie sich auch dagegen sträubt, Sarah wird auf meine Hilfe bald nicht mehr verzichten können.«

»Setzen Sie sich doch. Es gibt nämlich ein paar Dinge, die Sie über meine kleine Schwester noch nicht wissen.«

Er setzte sich und berührte seine Unterlippe. Er konnte immer noch spüren, wo Sarah ihn gebissen hatte, als sie beim ersten Mal in seinen Armen diesen wunderschönen Orgasmus gehabt hatte. Und er dachte bei sich: Und ich wette, es gibt eine Menge Dinge, die du über deine kleine Schwester auch nicht weißt. »Schießen Sie los«, forderte er Maggie auf.

Maggie verzog das Gesicht zu einem Lächeln. »Ob das die richtige Wortwahl ist, wo Sie gerade meine kleine Schwester geschwängert haben? Vielleicht sollten Sie eher formulieren: Nicht schießen!«

»Sind Sie hier, um mir einen Verweis zu erteilen? Denn wenn das so ist, kann ich Ihnen versichern, dass es mir mit der Sache auch nicht besser geht als Ihnen. Das war nicht geplant.«

Sie sah ihn aufmerksam an, dann schüttelte sie enttäuscht den Kopf. »Was haben Sie sich nur gedacht?«

Er beugte sich zu ihr. »Maggie, ganz offensichtlich habe ich mir nichts gedacht, das ich Ihnen mitteilen möchte.«

»Das ist mir klar. Okay. Ich bin hier, um Ihnen zu sagen, dass Sarah komplizierter und verletzlicher ist, als Sie vielleicht denken. Sie ist äußerst zerbrechlich. Also gehen Sie bitte vorsichtig mit ihr um.«

»Ich tue alles, was in meiner Macht steht, um Sarah zu unterstützen. Ich werde sie nicht im Stich lassen.«

»Hat sie Ihnen eigentlich von ihrem Nervenzusammenbruch erzählt? Ihrer erstaunten Miene entnehme ich, dass sie es nicht getan hat. Unsere Mutter ist recht überraschend an Krebs gestorben, als Sarah erst einundzwanzig war. Davor hatten Sarah und Mom immer wieder heftige Auseinandersetzungen – wie das nun mal so ist, wenn eine junge Frau ihre Unabhängigkeit austesten will, ihre Mutter aber verlangt, dass sie sich wie eine echte Lady benehmen soll. Diesen Konflikt haben die beiden vor dem Tod meiner Mutter leider nicht mehr lösen können, und Sarah bekam eine schwere Depression. Sie musste stationär behandelt werden.«

Das war für Sam schwer zu glauben. Sarah wirkte überhaupt nicht verletzlich – bis auf die Heulanfälle, die aber eher mit der Schwangerschaft zu tun hatten. Klar war sie am Anfang etwas zurückhaltend gewesen, doch das hatte er ihr nicht als Schwäche ausgelegt. Und sie war immer verwegener geworden in den letzten Monaten. Selbstsicherer. Ihm kam es sogar so vor, als sei sie stärker als die meisten Frauen. Sie wusste, was sie wollte, und traute sich auch, es sich zu holen. Immerhin hatte sie sich ihn geholt – ihm einfach so lange nachgestellt, bis er ihr nicht mehr widerstehen konnte. Und im Bett war sie auch alles andere als scheu oder zaghaft. Sie war eher wie ein Komet. Allein der Gedanke daran ließ einen wohligen Schauer durch seinen Körper laufen.

»Damals hat sie eine komplette Persönlichkeitsveränderung durchgemacht«, erklärte Maggie weiter. »Als Jugendliche war sie ein echter Wildfang. Sexy, abenteuerlustig, risikofreudig.«

Seine Brust weitete sich. Das ist meine Sarah, dachte er.

»Als sie ihre Depression schließlich überwunden hatte, verlor sie sich in der Kunst. Sie ließ sich davon völlig vereinnahmen. Machte ihren Hochschulabschluss und eröffnete den kleinen Laden und das Atelier, aber sie verlor mehr und mehr das Interesse an der Außenwelt. Ich weiß nicht, ob es an ihrer Kunst lag oder an der Vorstellung, sie könnte im Nachhinein noch Moms Anerkennung bekommen, aber sie wurde immer trutschiger – was Clare und mich ganz verrückt gemacht hat. Irgendwann haben wir dann aufgegeben, sie darauf anzusprechen und ihr zu raten, dass sie mehr Wert auf ihr Äußeres legen sollte. Denn immerhin schien sie endlich glücklich zu sein, wenn auch ziemlich einsam.«

Sam runzelte die Stirn. Eine trutschige Sarah konnte er sich nicht vorstellen, Sarah war sexy und eine echte Verlockung. Hinreißend.

Maggie lächelte ihn an. »Erinnern Sie sich nicht mehr, wie sie aussah, als Sie sie zum ersten Mal gesehen haben? Okay, damals hatten Sie nur Augen für meine Schwester Clare. Aber Sarah war ja auch praktisch unsichtbar. Wenn ich Ihrem Gedächtnis auf die Sprünge helfen darf – sie trug ein weites graues Kleid. Ihre Haare hingen platt herunter oder waren streng nach hinten frisiert. Kein Make-up. Und ihre wunderschönen grünen Augen waren hinter einer dicken, schwarz umrandeten Brille verborgen, die auf einer Seite mit Klebeband notdürftig repariert war.«

»An die Brille erinnere ich mich«, sagte er langsam.

»Ich sage Ihnen, was dann passiert ist. Sarah hat Sie und Clare zusammen gesehen – und das inspirierte sie. Sie betrachtete sich im Spiegel und kramte ihre Kontaktlinsen wieder hervor, ließ sich eine neue Frisur verpassen, kaufte sich seit Jahren mal wieder Make-up und neue Klamotten – und zwar deutlich schickere und attraktivere als vorher. Eine totale Generalüberholung sozusagen. Und zack – bemerkten Sie sie.«

»Das stimmt«, sagte er. »Sie ist sehr schön.«

Maggie beugte sich zu ihm. »Ich will einfach nur vermeiden, dass Sie ihr das Herz brechen. Machen Sie es nicht schlimmer, als es jetzt schon ist. Denn sie hat uns erzählt, dass sie Ihren Heiratsantrag abgelehnt hat, weil Sie sie nicht lieben.«

»Mit allem Respekt, Maggie. Das geht nur Sarah und mich etwas an.«

»Verstehen Sie nicht, was ich Ihnen vermitteln will? Wenn meine Schwester Ihretwegen wieder in eine Depression verfällt, weil Sie sich dieser Herausforderung nicht stellen, lasse ich meine Schwester Clare auf Sie los.«

»Die McCarthy-Weiber«, sagte er. »Sie nerven, alle miteinander. Ist Ihnen das klar? Ich tue bereits alles, um mich der Herausforderung zu stellen.«

»Aber irgendwie nicht sehr überzeugend.«

»Sie sind es ja auch nicht, die ich überzeugen muss«, sagte er kurz angebunden. Dann stand er auf. »War's das?«

»Eins noch, Sam. Clare. Dieses Zögern, das Sarah so nervös macht – hat es irgendwas mit Ihren Gefühlen für Clare zu tun? Denn bei Schwestern ...«

Sams Miene verdunkelte sich. »Sarah kriegt ein Kind von mir«, sagte er. »Ich kann Ihnen versichern, dass ich über Clare hinweg bin.«

Sam sah, dass in Sarahs Geschäft noch Licht brannte, und hielt mit dem Streifenwagen vor der Tür. Er stieg aus und klopfte an die Tür. Sie kam aus ihrem Atelier, um ihm zu öffnen. »Hi. Kaffeepause?«, fragte sie.

»Ich wollte nur kurz nachsehen, wie's dir geht.«

»Sam, du musst nicht dauernd vorbeikommen. Ich bin nicht krank, ich bin schwanger.«

»Okay«, meinte er. »Aber einen Kuss wollte ich auch.«

»Ist das alles?«

»Für heute Abend ja«, antwortete er. Natürlich hätte er durchaus Lust auf mehr, aber in ihrem jetzigen Zustand wollte er keine heißen Nummern mehr im Atelier. Er wollte Rücksicht auf sie nehmen, es war ihm wichtig, dass sie es bequem hatte. Und alles sicher war. Außerdem gefiel ihm der neue Rhythmus ihres Liebesspiels auch gut. »Ich hab nicht viel Zeit«, log er. »Darf ich sehen, woran du arbeitest?«

Sie lächelte und nahm ihn an der Hand, ging mit ihm nach hinten. »Du bist so ein schlechter Lügner. Das interessiert dich doch gar nicht.«

»Doch, natürlich«, widersprach er. Aber kaum waren sie im Atelier, riss er sie in seine Arme und küsste sie stürmisch. Sie schlang die Arme um ihn und erwiderte seinen Kuss ebenso innig. Rascher Atem, heiße Küsse. Er wurde sofort hart. Das war das Einzige, was ihm nicht gefiel, aber sie erregte ihn nun einmal so dermaßen. Heute Abend war da aber wohl nichts zu machen.

»Diese Weste«, sagte sie und klopfte gegen seine Schutzweste. »Damit siehst du viel größer aus, als du in Wirklichkeit bist.« Sie legte ihre Hand auf seine Erektion. »Oh, Sam, was tust du nur?«

»Ich glaube eher, das tust *du*!«

Sie kitzelte ihn unterm Kinn. »Ich wüsste, wie man bei so was Abhilfe schafft.«

»Das weiß ich. Am Samstagabend kannst du es mir zeigen. Wir gehen schön essen, und ich buche uns ein Zimmer.«

»Immer diese Hotelzimmer – das kostet doch ein Vermögen.«

»Du wohnst bei deinem Vater, ich bei meiner Mutter. Das Geld ist gut investiert. Glaub mir.« Er küsste sie wieder. »Hast du noch mal drüber nachgedacht? Übers Heiraten?«

»Ich denke ständig darüber nach.«

»Und? Hast du es dir anders überlegt?«

»Das tue ich ein paar Mal am Tag«, erklärte sie.

»Das will ich dann mal als Fortschritt werten«, meinte er und küsste sie noch einmal. »Ich muss jetzt wieder.«

»Okay. Und übrigens: Es macht mir gar nichts aus, wenn du mal eben hier reinschneist und mich scharfmachst und dann unverrichteter Dinge wieder abziehst. Aber ich persönlich finde, man sollte zu Ende bringen, was man begonnen hat.«

»Mmh. Das finde ich auch.« Er nahm sie an der Hand, damit sie ihn nach vorne begleitete und die Tür hinter ihm abschloss. Als sie aus dem Atelier traten, drehte er sich kurz um. »Ach so. Woran arbeitest du?«

»Daran«, antwortete sie und streckte den Finger aus. »Ein weiteres Stillleben.«

»Schön«, meinte er und wollte gehen. An der Tür gab er ihr noch einen Kuss. »Mir gefällt es nicht, dass du nachts allein hier bist.«

»Ich wurde heute erst ein Mal belästigt. Und jetzt zisch ab!«

»Bitte schließ die Tür ab. Und wenn es Probleme gibt …«

»Rufe ich die Polizei. Schon klar.«

»Mach das.«

In Wirklichkeit hätte Sam mehr Zeit gehabt. Aber er wollte ganz sicher sein, dass Sarah noch im Atelier beschäftigt war, bevor er zu George nach Hause fuhr. Dort klingelte er, und als George ihm öffnete, verzog der alte Mann das Gesicht. Okay, dachte Sam, er ist sauer auf mich. Kein Wunder. Aber er ist Mitte sechzig. Falls er handgreiflich wird, werde ich locker mit ihm fertig.

»Sir, wenn Sie eine Minute Zeit hätten«, bat er.

George ließ ihn hinein und lief vor. Sam folgte ihm. Im Wohnzimmer setzte sich George in seinen Lieblingssessel. Sam sah sich um und entschied sich für einen Sessel ihm gegenüber. Er hockte sich auf die Lehne.

»Sir, ich wollte Ihnen nur mitteilen, dass ich Sarah nicht im Stich lassen werde. Ich übernehme die volle Verantwortung für die Vaterschaft und habe Ihre Tochter gefragt, ob sie mich heiraten will.«

»Hab ich gehört«, meinte George.

»Aber sie scheint noch nicht so weit zu sein. Es ist ihre Entscheidung. Aber egal, wie diese Entscheidung ausfällt: Ich stehe zu ihr. Ich möchte, dass Sie das wissen.«

»Ich hoffe, dass Sie das tun«, entgegnete George. »Waren Sie nicht erst mit meiner anderen Tochter zusammen?«

»Nun ja. Das war schon vorbei, als ... Es hat sich herausgestellt, dass zwischen Clare und mir nicht mehr war als Freundschaft. Nicht ... Ich möchte festhalten, dass zwischen Clare und mir nichts mehr war, als ... Bitte glauben Sie mir. Ich habe mich nicht mit zwei Schwestern gleichzeitig getroffen.«

George nickte. »Gut. Denn sonst hätte ich Sie womöglich umgebracht.« Sam richtete sich überrascht auf. »Okay, vielleicht nicht wirklich. Ich hätte vielleicht Beschwerde gegen Sie eingereicht. So was ist doch bei der Polizei sicher nicht gerne gesehen.«

»Da haben Sie recht«, pflichtete Sam ihm bei und erhob sich. »Ich wollte Sie nur wissen lassen, dass ich verantwortlich handeln werde, was Ihre Tochter angeht. Ich hoffe, dass wir irgendwann Freunde sein können.«

»So weit bin ich noch nicht«, sagte George. »Sie ist immer noch mein kleines Mädchen.«

»Ich verstehe.« Sam scharrte mit den Füßen. Mission erfüllt, dachte er. Er hatte gar nicht erwartet, dass ihr Vater erfreut war über die Situation. »Dann sage ich mal Gute Nacht.«

Sam drehte sich um, um zu gehen, als George zu ihm sagte: »Vielleicht eines Tages.«

Er drehte sich noch einmal um.

»Im Moment muss sich noch einiges einspielen. Aber wenn sich der Staub erst mal gelegt hat, werden wir sicher gut miteinander zurechtkommen.«

»Danke, Sir«, sagte Sam. Und dann ging er wirklich.

16. Kapitel

Bob schenkte Maggie zum Valentinstag eine Diamantkette. Sie war zu Tränen gerührt. Seit Lindseys und Hillarys Eskapaden war sie zunehmend emotionaler geworden – und auch, seit Sarah von ihrer Schwangerschaft erzählt hatte. Und, dachte Bob, da war vielleicht auch noch etwas anderes im Spiel.

Maggie hatte Bob darum gebeten, wegen seines mangelnden Interesses an Sex einen Arzttermin auszumachen, wusste aber nicht, ob er es getan hatte. Bob – ganz Mann – ging äußerst ungern zum Arzt.

»Ich war übrigens beim Arzt«, erklärte er. »Ich bin absolut gesund.«

»Das hast du ja gar nicht erzählt«, meinte sie.

»Ach nein?« Natürlich nicht, dachte er. Außerdem war es gar nicht so, dass er keine Erektion mehr bekam. Gut, es kam zwar relativ selten vor und handelte sich dabei um die typische Morgenlatte, die dann genauso schnell wieder verschwunden war. Aber da Maggie in letzter Zeit so weinerlich war und Bob auch vor sich selbst zugegeben musste, dass er tatsächlich kein Interesse an Sex mehr hatte, hatte er schließlich doch einen Termin bei seinem Hausarzt gemacht. Allerdings fand er die Vorstellung, dem Arzt von seinem Problem zu berichten, ziemlich gruselig. Viel gruseliger, als auf einem Kongress einen Vortrag zu halten.

Beim Arzt wurden seine lebenswichtigen Organe einem Check-up unterzogen, er pinkelte in einen Becher, und ihm wurde Blut abgenommen. »Sonst noch etwas, das Sie gerne überprüft hätten?«, fragte der Arzt.

»Na ja«, stammelte Bob. »Ähm …«

»Oder was Ihre Frau gerne überprüft hätte?«

Bob seufzte. »Sie beschwert sich darüber, dass wir zu wenig …« Er konnte es nicht aussprechen.

Der Arzt sah sich seine Krankenakte an. »Wie wenig?«, fragte er, ohne ihn anzusehen.

»Eigentlich nie«, gab Bob zu. Was soll's, dachte er. Irgendwann wird es ja doch rauskommen.

»Hmmm«, murmelte der Arzt. »Ich verschreibe Ihnen mal einen anderen Blutdrucksenker als den, den Sie seit Jahren nehmen. Sollte dann immer noch keine Besserung eintreten, überweise ich Sie zum Urologen. Sie sind zu jung, um keine Erektion mehr zu bekommen.«

Die Vorstellung, zum Urologen gehen zu müssen, erfüllte Bob mit Grauen. Wenn ein Mann eine Sache nicht gerne zugab, war es die: keinen mehr hochzukriegen. Alles andere – egal. Aber nicht das. Die ganze Sache deprimierte ihn, ließ ihn still werden. Nur langsam konnte er sich damit abfinden, dass es wahr war. Aber es lag nicht am Job, an der vielen Arbeit, dem Druck. Das sorgte höchstens für erhöhten Blutdruck, mehr nicht. Er nahm das neue Medikament ein, doch insgeheim wusste er, dass er sich bald vor dem nächsten Arzt würde ausziehen und das zugeben müssen, was ein Mann nicht gerne zugab.

Doch wenigstens lief es zu Hause etwas entspannter. Bei Hillary wuchs der erste Flaum nach, und sie kündigte an, sich als Cheerleaderin ausprobieren zu wollen. Lindsey kam mit einem Fortschrittsbericht aus der Schule nach Hause, der ihr in allen Talentklassenfächern Bestnoten bescheinigte.

Er dachte viel darüber nach, wie sehr er seine Frau liebte. Er fand Maggie unglaublich attraktiv, und sie war seine beste Freundin. Egal, wie schlimm die Situation war – er musste Abhilfe schaffen. Er verschwand schon mit seinem Buch im Bett, während Maggie sich noch im Bad das Gesicht wusch und die Zähne putzte. Er hörte, wie sie sich umzog. Es war kalt im Schlafzimmer, deshalb schaltete er mit der Fernbedienung den Gaskamin ein. Als seine Frau aus dem Bad kam, trug sie ihr gemütliches Flanellnachthemd, das alles verhüllte und kein bisschen sexy war. Sie hat es aufgegeben, dachte er. So wie ich auch. Bald wird sie sich wohl eine Affäre suchen, falls sie es nicht schon längst getan hat.

Und dann hatte er plötzlich eine Idee – zum ersten Mal seit einem Jahr. Maggie schlüpfte ins Bett und löschte das Licht. Dann beugte sie sich zu ihm herüber, küsste ihn auf die Wange und kuschelte sich, ihm den Rücken zugewandt, unter ihre Decke.

Bob legte sein Buch weg, schaltete seine Nachttischlampe aus und schmiegte sich neben sie.

»Schlaf nicht ein, solange der Kamin brennt«, sagte sie schläfrig.

»Keine Angst«, sagte er. Sein Puls beschleunigte sich. Hoffentlich kriege ich keinen Herzinfarkt, dachte er. Nein, das hier war kein medizinisches Problem. Im Gegenteil – sein jetziges Herzrasen wurde durch ein ihm noch vage bekanntes Gefühl ausgelöst.

Er kuschelte sich an seine Frau, schlang den Arm um sie, und sie erwiderte das Ankuscheln. Dann begann er ihre Brust zu streicheln, küsste ihren Nacken und – voilà! Sein alter Kumpel war wieder am Start!

»Bob?«, fragte Maggie ungläubig, als sie etwas Hartes an ihrem Hintern spürte. Etwas, das sie sehr lange vermisst hatte. Sie rollte sich auf den Rücken. »Bob?«

Er küsste sie. Erst einen der typischen Ehemann-Küsse, kurz und leidenschaftslos, die ihnen zur Routine geworden waren. Doch dann besann er sich eines Besseren und küsste sie voller Inbrunst. Sie erwiderte seinen Kuss nur allzu bereitwillig.

Er rollte sich auf sie und sagte zu ihr: »Ich war beim Arzt. Vermutlich lag es an meinem Blutdruckmedikament. Seit einer Woche nehme ich ein neues.«

»Du hast mir gar nichts erzählt«, sagte sie überrascht.

»Ich hätte nicht gedacht, dass diese Maßnahme so schnell anschlagen würde.«

»Mein Gott, Bob! Das hast du für mich getan?«

Er küsste sie wieder. »Für uns«, korrigierte er sie und schob seine Hand unter ihr langweiliges Oma-Nachthemd. »Ich glaube, wir sollten uns mal wieder mehr Zeit füreinander nehmen.«

Ende Februar war Pete zum ersten Mal zum Sonntagsessen bei George eingeladen.

»Tante Clares Freund«, sagte Hillary ehrfürchtig.

»Es ist so krass, wenn du siehst, wie deine Mutter den Football-Coach küsst«, stellte Jason fest, woraufhin Pete ihm den Kopf rubbelte und Jason lachen musste.

Als die Schwestern einen Moment allein in der Küche waren, legte Sarah die Hand auf ihren immer noch flachen Bauch. »Ich muss meinen Freund wohl auch bald mal vorstellen«, meinte sie. »Die Kinder sollten ihn kennenlernen, bevor man etwas sieht.«

»Was nicht mehr lange dauern wird«, kommentierte Clare.

»Wusstet ihr eigentlich, dass Sam hier war und mit Dad gesprochen hat?«

»Wann war das?«, wollte Maggie wissen, die gerade die Teller aus dem Schrank nahm.

»Vor ein paar Wochen. Kurz nachdem ich Dad erzählt hatte, dass ich schwanger bin. Wahrscheinlich wollte Sam sichergehen, dass Dad ihm nicht ans Leder will.«

»Und wie lief es?«

»Zumindest haben sie sich nicht geprügelt«, sagte Sarah.

»Gehst du montags eigentlich immer noch Ski fahren?«, fragte Clare. »Ich glaube nämlich nicht, dass das eine so tolle Idee ist.«

»Sam macht sich deswegen auch Sorgen. Und ich höre bald auf.«

»Irgendwie ist es doch süß, dass er sich Sorgen macht.«

»Na ja. Er ist ein bisschen überfürsorglich.«

Ist er wirklich fürsorglich und aufmerksam? Oder zeigt Sam einfach nur, dass er sich seiner Verantwortung bewusst ist? fragte sich Clare.

»Ich glaube, ich sollte es tatsächlich etwas ruhiger angehen lassen. Wahrscheinlich werde ich morgen zum letzten Mal die Skipatrouille die Hänge runterjagen.«

»Ich könnte Dad um einen freien Tag bitten«, schlug Clare vor. »Letzte Woche habe ich sechs Tage am Stück gearbeitet – und das, obwohl ich wegen der Renovierung eigentlich nur noch Teilzeit arbeite. Ich könnte doch mitkommen zum Skifahren, oder? Wenn ich dabei bin, fährst du nicht ganz so wild.« Und dann, dachte Clare, könnte ich sie auch endlich mal zusammen sehen. An der Art, wie sie miteinander umgehen, könnte man bestimmt ganz gut sehen, was die beiden für eine Beziehung haben.

»Bist du denn nicht mehr darauf aus, ihn zu töten?«, erkundigte sich Sarah.

»Ich denke, ich habe mich mittlerweile unter Kontrolle.«

»Okay, dann komm gern mit«, meinte Sarah. »Aber es könnte gut sein, dass ich nicht mit dir nach Hause fahre.«

Maggie spielte mit Sarahs Locken. »Bist du glücklich, Süße?«

Ohne zu zögern und aufrichtig lächelnd antwortete Sarah: »Sehr.« Sie zuckte mit den Schultern. »Mein Timing könnte besser sein, aber mein Leben nicht. Sam macht mich sehr glücklich.«

Clare nahm sich also tatsächlich am Montag frei und holte

Sarah morgens um zehn Uhr ab. Sie fuhren auf den etwas einfacheren Pisten und waren ein paar Stunden unterwegs, ohne Sam zu begegnen. Clare hielt nach ihm Ausschau und sah jede Skipatrouille genau an. »Hast du dich auch schon mal gefragt, ob sie diese Jungs wegen ihres Aussehens einstellen?«, fragte sie Sarah.

»Skipatrouille und Feuerwehrleute«, antwortete ihre kleine Schwester. »Alles Pin-up-Jungs. Da ist er!«, rief sie und zeigte nach oben. Sam fuhr in großen, eleganten Schwüngen den Hügel herunter, und der Pulverschnee hinter ihm stiebte auf wie eine weiße Wolke. Es war großartig anzusehen. »Der Coolste von allen.«

Mit einem gekonnten Schwung kam er vor ihnen zu stehen. Er schob die Skibrille hoch und grinste sein verführerisches Grinsen. »Hi, Mädels«, sagte er und küsste Sarah auf die Wange. »Du benimmst dich ja. Das freut mich.« Und dann: »Clare. Wie geht's?«

»Gut. Und Sarah benimmt sich nur, weil ich dabei bin. Ich bin dieses Jahr einfach noch nicht fit genug, um wilder zu fahren. Eigentlich bin ich jetzt schon erschöpft.«

»Das kommt alles wieder.«

Leises Vogelgezwitscher erklang. Clare zog einen Handschuh aus und fingerte ihr Handy aus der Skihose. Es war Pete, und sie ging ein Stück von den anderen weg, um seinen Anruf entgegenzunehmen. Mit der einen Hand hielt sie das Telefon ans Ohr, mit der anderen hielt sie sich das andere Ohr zu. Während sie zuhörte, beobachtete sie Sam und Sarah. Er sah ihre Schwester an – und sie hatte seine volle Aufmerksamkeit. Clare konnte Sams Augen nicht sehen, aber sie ging davon aus, dass sie darin nicht mehr dieses Gefühl von Traurigkeit lesen würde. Jetzt zog er einen Handschuh aus und streichelte Sarahs Wange, hob ihr Kinn sanft an und sagte etwas, das sie zum Lachen brachte.

»Was?«, fragte sie Pete. »Was hast du gerade gesagt?«

»Ich habe gesagt, dass Jason die Schule geschwänzt hat. Angeblich soll er Snowboarden sein.«

»Wie sollte er das machen?«

»Stan ist heute mit dem Auto zur Schule gefahren. Hattest du Jason gesagt, dass du heute mit Sarah Ski fahren bist?«

»Nein. Und weil wir den Kindern noch gar nichts von Sarah und Sam gesagt haben, kann er gar nicht wissen, dass sie montags meistens hier sind. Aber ich habe ihn auch noch nicht gesehen.«

»Falls er dich gesehen hat, hat er vermutlich schnellstens das Weite gesucht.«

»Das gibt Ärger«, kündigte sie an. »Danke für den Hinweis.«

Sie steckte das Handy wieder ein und ging zurück zu Sam und Sarah. »Ein vertrauenswürdiger Informant von der Centennial High hat mir soeben mitgeteilt, dass mein Sohn die Schule schwänzt. Angeblich ist er hier. Snowboarden.«

»Ich habe ihn bisher nicht gesehen«, sagte Sam. »Dienstags werden die Pisten neu präpariert, deswegen ist es montags meistens ziemlich leer. Nicht viel los heute.«

»Diese Pisten würden ihn aber auch langweilen«, stellte Clare fest.

»Der kleine Satansbraten«, meinte Sarah. »Ich kann mir vorstellen, wo er ist. Bleib kurz hier, Clare. Bin sofort wieder da.« Damit verschwand sie in Richtung des Skilifts auf der anderen Seite der Fortgeschrittenen-Piste, auf der sie mit Clare gefahren war.

»Sei vorsichtig!«, rief Sam ihr hinterher.

»Ich bin immer vorsichtig!«, rief sie zurück.

Sarah bewegte sich rasch auf den Lift zu. Jason war garantiert auf den schwierigeren, langen Abfahrten unterwegs, wenn nicht sogar auf den Expertenhängen oder im Snowboard Park.

Aber das war eigentlich Sams Einsatzgebiet. Wenn er Jason also auch nicht gesehen hatte, gab es eigentlich nur zwei Möglichkeiten. Entweder hatte Jason einen von ihnen – Clare, Sarah oder Sam – gesehen und war abgehauen, bevor sie ihn entdecken konnten. Oder er war auf einer der gesperrten Pisten unterwegs, wo ihm niemand begegnen würde.

Während der Lift sie nach oben transportierte, warf sie einen Blick zurück auf Clare und Sam. Gut so, dachte sie. Sollen die beiden sich eine Weile unterhalten und alles, was noch zwischen ihnen steht, klären und hinter sich lassen. Denn sie hatten alle eine gemeinsame Zukunft vor sich – als große Familie. Vergangene Liebeleien sollten da keine Rolle mehr spielen. Und Sam musste sich endlich darüber klar werden, ob er nach vorn blicken wollte, ohne dass ihn seine Gefühle aus der Vergangenheit verfolgten. Clare und Sam waren die Menschen, die Sarah am meisten liebte. Und sie brauchte beide in ihrem Leben – aber am liebsten ohne Komplikationen.

Oben auf dem Berg angekommen, sprang sie aus dem Lift. Die Piste hieß »The Crown« und war eine anspruchsvolle Abfahrt für Ski- und Snowboardexperten. Sie sah sich um, doch Jasons auffällige lilafarbene Mütze war nirgends zu sehen. Links von ihr flatterten rote Fahnen, und ein Warnschild informierte darüber, dass hier keine Skipatrouille mehr fuhr. Sie selbst hatte keinerlei Intentionen, auf einer gesperrten Piste zu fahren – sie wollte einfach nur nachsehen, ob sich nicht vielleicht ein gewisser Jemand auf der Piste befand. Vorsichtig ging sie auf dem Kamm an einer kleinen Baumgruppe entlang und suchte die Landschaft ab. Nichts. Gott sei Dank. Vielleicht war Jason doch vernünftiger als gedacht.

Gerade, als sie zurück zur normalen Piste und zu Sam und Clare fahren wollte, entdeckte sie aus dem Augenwinkel etwas. Und dieses Etwas war lila. Zwei Personen kamen aus südlicher Richtung von einem gesperrten Hügel, der als Big Bear bekannt war. Dieser Idiot. Sie würde ihn sich schnappen, und sobald sie ihn erwischt hätte, würde sie ihn grün und blau schlagen. Er war schon halb unten, als sie sich abstieß.

Als Sarah zum Lift fuhr, warf Sam einen Blick auf Clare. Da war sie wieder, diese Wehmut in seinen Augen. O nein! dachte Clare. Das darf ja wohl nicht wahr sein, dass er immer noch an mir hängt. »Meine Schwester ist sehr glücklich mit dir, Sam«, sagte sie.

»Ich glaube, das macht die Schwangerschaft. Wollen wir uns kurz hinsetzen?«

»Ich will dich nicht von der Arbeit abhalten«, protestierte sie. »Alles gut, ich warte einfach hier.«

»Du siehst zufrieden aus. Glücklich.«

Richtig zufrieden bin ich im Moment nicht gerade, dachte sie. *Ich weiß nicht, wie ich mit dieser Situation umgehen soll.* Sie blickte in die Richtung, in die Sarah verschwunden war, und sah, wie ihre Schwester aus dem Lift stieg. »Ja«, erwiderte sie abwesend. »Mir geht's super.«

»Okay, aber so ganz happy bist du auch nicht. Ich finde, wir reißen uns alle ganz gut zusammen, wenn man bedenkt, wie seltsam die Situation eigentlich ist. Ich und Sarah. Du. Maggie. Euer Dad. Hat Maggie dir eigentlich erzählt, dass sie bei mir war? Auf der Arbeit?«

»Ja, ich wusste, dass das passieren würde. Und, wie war's?«

Er zuckte mit den Schultern. »Es war einerseits nett gemeint und andererseits eine Art Warnung, dass Sarah womöglich nicht so stabil ist, wie sie wirkt. Maggie hat mir von ihrem Nervenzusammenbruch erzählt. Das ist für mich schwer zu glauben. Bei mir ist Sarah so völlig anders.« Seine Stimme war weicher geworden, beinahe beschwichtigend.

»Sie hasst es, wenn man sie für zerbrechlich hält. Es macht sie wütend. Hast du ihr erzählt, was Maggie dir gesagt hat?«

»Ja. Es stimmt, es macht sie wütend, wenn man so über sie redet. Aber ich konnte sie beruhigen. Sie weiß, dass Maggie es nicht böse gemeint hat. Ich bin froh, dass ich mit dir darüber reden kann. Sarah hat mir alles erzählt – von ihren wilden Teenagerzeiten und ihren Spinnereien und von der Zeit nach dem Tod eurer Mutter. Sie hat eine Menge durchgemacht, aber ich glaube, dass sie inzwischen stark ist.« Er lachte. »Sie muss echt ein ganz schön heißer Feger gewesen sein damals. Das wiederum kann ich mir gut vorstellen.«

»Spannend, dass du ihr von Maggies Besuch erzählt hast.«

»Natürlich habe ich das getan! Wir haben mehrfach über ihre Probleme aus jener Zeit diskutiert, aber ich vertraue darauf, dass es ihr gut geht. Ich glaube, ihr braucht euch diesbezüglich keine Sorgen mehr zu machen. Das ist – wenn überhaupt – jetzt meine Angelegenheit.«

»Sam, sie ist sehr verliebt in dich. Es ist kaum zum Aushalten! Wenn du ihr wehtust, weiß ich nicht, wie ich reagieren werde.«

»Ich werde ihr nicht wehtun, Clare. Das musst du mir glauben. Ich werde das Richtige tun. Ich will das Richtige tun.«

»Gut«, sagte sie.

»Irgendwie habe ich das Gefühl, du willst mir etwas mitteilen. Raus damit!«

»Nein, da ist nichts.«

»Tu es Sarah zuliebe, Clare. Sie vergöttert dich. Wenn du irgendwas wissen willst, spuck's aus.«

»Na gut«, sagte sie zögerlich.

»Worum geht es?«

Sie holte tief Luft. »Dass du dich mit Sarah triffst … Das hat nichts mit mir zu tun, oder?«

Fragend schaute er sie an. »In Bezug auf was?«

»Das ist kein Versuch, es mir heimzuzahlen? Indem du dich auf meine kleine Schwester einlässt?«

»Was sollte ich dir dadurch heimzahlen? Verstehe ich nicht.«

»Du dachtest doch, du wärst in mich verliebt. Und dann habe ich dich verletzt. Es kann doch sein, dass du in deiner Not oder, was weiß ich, in deiner Wut ...«

Er fing an zu grinsen. »Oh, Gott. Was ihr Frauen euch immer ausmalt!«

»Du musst zugeben, dass es schon ziemlich krass ist, dass wir gerade mal einen Monat oder so nicht mehr zusammen waren, als du ...«

»Als ich in die Falle getappt bin, die Sarah mir gestellt hat?« Er lachte. »Clare, du bist ein guter Fang, echt, aber wenn du mich nicht abgeschossen hättest, wäre ich jetzt nicht mit Sarah zusammen.« Er stieß einen Pfiff aus. »Und du kannst dir nicht vorstellen, was mir alles entgehen würde!«

Anscheinend hatte sie seinen Blick fehlinterpretiert. Es geht gar nicht um mich, dachte Clare auf einmal. Es geht die ganze Zeit um Sarah! »Das klingt ja fast so, als wärst du doch in sie verliebt.«

»Ach ja?«, fragte er. »Weißt du, ich habe dir nicht eine Sekunde lang geglaubt, als du behauptet hast, da draußen gäbe es jemanden, der perfekt für mich wäre. Aber mit mir Schluss zu machen war im Nachhinein das Beste, was du tun konntest! Denn ich hätte Sarah nie eines Blickes gewürdigt, wenn wir beide noch zusammen wären.« Er zuckte die Achseln. »So ist das bei mir. Wenn ich eine Frau habe, dann habe ich nur Augen für sie. Und ich hätte nie gedacht, dass man so glücklich sein kann!«

»O mein Gott«, sagte Clare. »Sam!«

»Du hattest recht. Das mit uns, das war nicht das Richtige. Aber mit Sarah ist es das.«

»Sam, das ist ja wunderbar!« Sie umarmte ihn vor Freude. »Das ist wirklich wunderbar!«

Er wäre fast von der Bank gekippt bei ihrer spontanen

Umarmung, konnte es aber gerade noch verhindern und lachte sie an. »Du bist also nicht enttäuscht, dass ich über dich weg bin?«, fragte er.

»Du hast ja keine Ahnung …«

Sein Funkgerät meldete sich. »Skifahrer auf gesperrter Piste Big Bear.«

»Sarah!« Sofort hakte er die Skischuhe aus den Skiern.

»Sie würde nie in einem abgesperrten Bereich fahren!«, rief Clare.

Sam legte sich die Skier über die Schulter und lief los. »Doch, wenn Jason da unterwegs ist.«

Einige seiner Kollegen rannten in diesem Moment aus dem Ski-Shop zu den Schneemobilen. Andere begaben sich auf den Lift, den auch Sarah benutzt hatte. Sie würden von oben die abgesperrte Piste sichern, aber nicht hinunterfahren. Die Skifahrer wussten, dass sie auf eigene Gefahr dort unterwegs waren. Sam rannte ebenfalls zu einem Schneemobil, steckte seine Skier in die Halterung und startete den Motor. Der Fortgeschrittenenhügel gleich neben Big Bear war zu steil für das Schneemobil, besseren Zugang bot der Kamm oberhalb des Hangs für die fortgeschrittenen Anfänger. Weil ihm Skifahrer entgegenkamen, hielt er sich ganz rechts und so nah an den Bäumen wie möglich. Als er oben angekommen war, fuhr er auf dem Kamm entlang und dann einen weiteren Hang hinauf zu einem höher gelegenen Hügel. An der Expertenpiste nördlich von Big Bear angekommen, stieg er aus und legte die Skier an. Auf der von roten Flaggen gesäumten Strecke machte er sich rasch auf den Weg zum Big-Bear-Hang.

Auf halber Strecke nach unten entdeckte er einen Skifahrer und einen Snowboarder. Sie standen da und unterhielten sich. Sarah hatte Jason also gestellt. Er beschloss, ihnen nicht hinterherzufahren, sondern nur zu beobachten, dass sie sicher unten ankamen. Sobald sie außerhalb der Gefahrenzone war, würde er über die Expertenpiste abfahren und ihr unten ordentlich was erzählen.

Doch da hörte er auf einmal ein lautes Knacken und ein gewaltiges Donnern.

Jason wedelte nach rechts und links, als er plötzlich die Jacke seiner Tante Sarah erkannte – die hinter ihm den Berg hinunterschoss. Er gab noch ein bisschen mehr Gas und fragte sich dann: Wieso eigentlich? Sie holt mich doch eh ein. Und dann ist die Kacke am Dampfen. Also kam er nach einer Rechtskurve zum Stehen. Stan fuhr weiter. Er würde dem Unheil entkommen.

Mit Leichtigkeit hatte Sarah ihren Neffen eingeholt und jagte ihm einen Schneeschauer entgegen, als sie anhielt. Mit ihrer behandschuhten Hand gab sie ihm einen Klaps auf den Schädel. »Du Idiot«, sagte sie. »Echt, wie doof kann man sein!«

»Hey, Tante Sarah, jetzt entspann dich mal!«

»Du spinnst wohl! Sobald wir unten sind, kannst du froh sein, wenn ich deine Mutter davon abhalten kann, dir den Hintern zu versohlen!«

»Ich hab euch gesehen – aber weil wir schon so viel Kohle für den Lift bezahlt hatten, dachten wir uns, wir fahren einfach da, wo uns keiner sieht, statt unverrichteter Dinge wieder nach Hause abzuziehen.«

»Ihr habt die Schule geschwänzt! Und fahrt auf einer gesperrten Piste! Das war's für euch!«

In dem Moment gab es einen lauten Knall. Die beiden drehten sich um und sahen, dass ein großes Schneefeld abgegangen war und auf dem Abhang rechts oberhalb von ihnen gelandet war. Wenn sie blieben, wo sie waren, würde die Lawine sie verschütten.

»Los, los, los!«, schrie Sarah, obwohl sie wegen des lauten Grollens kaum zu hören war. »Wir müssen schneller sein als die Lawine! Los!«

Sie mussten fliegen. Sarah rammte die Skistöcke in den Schnee, stieß sich kräftig ab und raste los. Für Jason konnte sie nichts tun, ihm nichts von ihrem Tempo abgeben. Sie konnte nur beten. Hoffentlich wusste er, was zu tun war. Jeder für sich, lautete jetzt das Motto. Die Lawine rollte rechts den Berg hinunter, also bog sie nach links und schickte ein Stoßgebet zum Himmel. Sie näherte sich der Baumreihe, die die Pisten voneinander abgrenzte, und wagte sich so nah wie möglich an die Bäume heran – und so weit weg von der Lawine wie möglich. Sie raste nach unten, aber schon bald standen die Bäume zu eng zusammen, und sie musste wieder auf die Piste ausweichen. Zu viel Bewuchs, zu viele Felsen und andere Hindernisse versperrten ihr den Weg hinüber zum anderen Abhang.

Sarah manövrierte geschickt um die Bäume herum, doch die Lawine donnerte unaufhaltsam heran. In ihrem Innern schrie sie: »Jason, bitte, bitte! Fahr, fahr, fahr! Sei schneller als sie!« Sie bog nach links, rechts, links, rechts, raste dicht an den Bäumen entlang. Sie spürte den starken Wind, den der Druck der mächtigen Staublawine erzeugte – das Teil musste jetzt fast neben ihr sein, hatte sie aber noch nicht erreicht. Doch das Ende der Piste war immer noch nicht in Sicht. Und da passierte es – der Schneestaub blendete sie wie bei einem Whiteout. Sie konnte kaum noch sehen und geriet zu nah an die Bäume, um weiterfahren zu können. Also bremste sie ganz ab und klammerte sich an einen Baumstamm. Dann blickte sie nach rechts. Entweder die Lawine verschonte sie, oder das war das Ende. Das Donnern der Naturgewalt war mächtig und ohrenbetäubend laut.

Offensichtlich war nur die Hälfte des Schneebretts abgebrochen, und die Lawine sparte den äußersten linken Rand der Piste aus. Sarah hoffte inständig, dass Jason sich in Sicherheit hatte bringen können, aber sie bezweifelte, dass er sich in die Nähe der Bäume begeben hatte. Und falls doch, war er dort vermutlich nicht so gut klargekommen wie sie. Er fuhr zwar gut, aber so gut nun auch wieder nicht. Sie musste dringend nach unten und herausfinden, ob er es geschafft hatte.

Aber sie konnte kaum noch etwas sehen. Mühsam tastete sie sich auf ihren Skiern nach unten, sie musste unbedingt weg von den Bäumen. Sie stieß sich mit den Stöcken ab, um offenes Gelände zu erreichen, als sie über etwas fuhr – vielleicht einen Stein, der unter dem Schnee nicht zu sehen gewesen war. Ihr linker Ski wurde zur Seite gerissen. Sie spürte, wie in ihrem Knie etwas ein hässliches Geräusch machte und etwas riss. Sie fiel hin. Eine Sehne, dachte sie sofort. Vermutlich das vordere Kreuzband. Die typische Skiverletzung.

Wenn die andere Hälfte des Schneebretts abbrach, saß sie in der Falle, Die Bäume boten keinen Schutz, und sie konnte sich nirgends in Sicherheit bringen. Sie versuchte ruhig zu atmen – vielleicht sollte sie versuchen, auf nur einem Ski nach unten zu fahren? Oder sie könnte sich auf ihre Bretter setzen und hinunterrutschen – nur leider konnte sie ihr Knie nicht beugen. Musste sie den Rest der Strecke kriechen? Ging das überhaupt? Ihr tat alles weh, und außerdem konnte sie immer noch nichts sehen. Langsam, nur ganz langsam legte sich der Schneestaub, den die Lawine aufgewirbelt hatte.

Sam beobachtete, wie Jason und Sarah losfuhren, so schnell sie konnten, aber schon nach wenigen Sekunden konnte er sie wegen der heruntertosenden Schneemassen nicht mehr erkennen. Noch einmal leuchtete Sarahs pinkfarbene Jacke links unten auf, auf Höhe der Bäume, aber Jason konnte er in der weißen Wolke nicht mehr ausmachen.

Nachdem das Donnergrollen nachgelassen hatte, setzte er einen Funkspruch ab. »Control, ein Skifahrer und ein Snowboarder am Big Bear gesichtet, die versuchen, vor der Lawine davonzufahren.« In der Luft hing immer noch der Schnee, der sich nur langsam setzte, sodass er nichts sehen konnte. Es schien ewig zu dauern, bis die Sicht besser wurde. Es waren die längsten Minuten in Sams Leben, aber er musste warten, bis er endlich einen kleinen Pfad am oberen Rand ausmachen konnte. Inzwischen waren seine Kollegen neben ihm aufgetaucht.

Sein Funkgerät rührte sich. Sam neigte den Kopf nach links, um dem an seiner Schulter befestigten Receiver zu lauschen. »Hier unten sind sie noch nicht.«

»Verdammt«, murmelte er.

»Ein Junge auf dem Snowboard und eine Frau auf Skiern«, informierte er die Kollegen. »Die Frau ist nach links abgebogen, von dem Jungen habe ich nichts mehr gesehen. Vielleicht hat sie versucht, Schutz unter den Bäumen zu suchen. Ich fahre runter.«

»Die Lage ist immer noch instabil, Mann«, sagte eine der Patrouillen. »Das würde ich nicht riskieren.«

»Aber falls ich sie finde, kann ich sie da rausholen, bevor die andere Hälfte des Schneebretts auch noch runterkommt«, stellte er fest.

»Wir fahren runter zu ›The Crown‹ und arbeiten uns von dort mit Schlitten und Suchstangen nach oben«, sagte sein anderer Kollege.

Sam antwortete nicht. Der Schnee hatte sich jetzt so weit gesetzt, dass er nur noch wie dichter Nebel wirkte. Also fuhr Sam los. Auf dem Weg nach unten betete er. Er fuhr so langsam, wie er konnte, weil er weder Sarah übersehen noch gegen einen Baum prallen wollte. Diese Bäume, dachte er, sie sind so dicht, dass man kaum etwas ausmachen kann. Der Pulverschnee war tief und sehr weich und die Luft immer noch weiß von der Lawine. Er hielt sich dicht an der Baumreihe. An der Stelle, an der er gemeint hatte, sie gesehen zu haben, hielt er kurz an und sah sich um. Er hatte Angst zu rufen, weil er wusste, dass ein Echo eine weitere Lawine auslösen könnte.

Wenn ich sie verliere, ist mein Leben zu Ende – das war alles, was er denken konnte. Ohne sie kann ich nicht weiterleben. Nicht mehr.

Die frische Schneeschicht hatte eigentlich sämtliche Spuren zugedeckt – aber dann sah er doch welche. An einem Baum, am nächsten. Verdammt, sie war gut. Bei dem Tempo die Bäume sicher zu umrunden, noch dazu mitten in einer Lawine, das war eine Meisterleistung. Und dann auf einmal sah er etwas leuchten. In Pink. Das pinkfarbene Etwas kauerte an einem Baum.

»Skifahrer an Baum«, sprach er in sein Funkgerät.

Er fuhr vorsichtig in die Baumreihe hinein, bewegte sich ganz langsam vorwärts. Sie ließ den Kopf hängen, hatte ein Knie angezogen, das andere Bein ausgestreckt. Beweg dich, dachte er. Ich will, dass du dich bewegst! Es dauerte ihm viel zu lange, bis er sie endlich erreicht hatte, aber dann war er endlich bei ihr. Er kauerte sich neben sie. »Sarah!«, flüsterte er.

Sie sah ihn an, Tränen der Schmerzen strömten ihr übers Gesicht. »Das wird auch Zeit«, presste sie hervor. »Der Service hier lässt wirklich zu wünschen übrig.«

Er legte seine behandschuhten Hände auf ihr Gesicht. »Mein Gott, Sarah! Was hattest du denn bloß vor?«

»Ich wollte zu meinem Neffen. Bitte sag mir, dass er es geschafft hat.«

»Ich habe euch beide aus den Augen verloren. Zum Glück habe ich dich aber noch in Richtung Bäume fahren sehen. Ich bin tausend Tode gestorben! Bist du gegen einen Baum geprallt? Hast du dir den Kopf angestoßen? Irgendwas?«

»Nein. Ich war ziemlich gut unterwegs, aber dann hab ich mir das Knie verdreht. Ich vermute, ein Sehnen- oder Bänderriss. O Mann, das tut vielleicht weh.«

»Zum Glück ist es nur das Knie. Wir holen dich jetzt hier raus. Die Hälfte von einem großen Schneebrett ist abgebrochen. Es ist nur eine Frage der Zeit, bis die andere Hälfte hinterherkommt.«

»Ich kann nicht mehr fahren. Was machst du eigentlich hier, Sam? Das ist doch viel zu gefährlich!«

»Glaubst du, ich lasse dich im Stich? Komm, steh auf. Mit dem gesunden Bein. Wir haben nicht genug Zeit, um auf die Kollegen zu warten – das muss jetzt auf altmodische Weise gehen.« Er half ihr hoch und lehnte sie gegen einen Baumstamm, versuchte auf ihrem unverletzten Bein zu balancieren. Er löste ihre Skibindungen und hielt sich an einem Baum fest.

»Leg deine Arme um meinen Hals, und lass mich lieber alles allein machen. Wenn du mithelfen willst, stürzen wir.« Dann hob er sie hoch. Sie gab einen leisen Schmerzenslaut von sich, als sie ihr Knie bewegen musste. Sam stützte sich weiter mit der Schulter an den Baum. Rasch küsste er sie auf die Wange. »Vertrau mir, Sarah. Bitte beweg dich nicht.«

»Du bist echt verrückt! Du bist dem Weg einer Lawine gefolgt!«

»Ich bin verrückt? Wenn wir von diesem Scheißhügel runter sind, sag ich dir eins: Dann wirst du solche Dummheiten in Zukunft unterlassen! Ich halt das nicht aus.« Leiser sagte er: »Du hast mir einen Riesenschrecken eingejagt, Baby.«

»Sam, lass mich runter. Wir können doch irgendwie runtergleiten. Oder rollen.«

»Wir tun es so, wie ich es sage, Sarah. Ich bringe dich runter.«

»Aber man kann fast nichts sehen!«

»Dann guck nicht hin. Ich kenne diesen Abhang in- und auswendig. Halt dich einfach fest, und versuch dich nicht zu bewegen. Ich will nicht die Balance verlieren.«

Sie vergrub das Gesicht in seiner Jacke. Endlich herrschte kein Wind mehr, die Luft klarte langsam auf. Vorsichtig ließ er den Baum los. Mit seiner Last war Sam jetzt doppelt so schwer wie vorher und musste ohne seine Stöcke auskommen. Im weichen Schnee sanken seine Skier tief ein, sodass er nur langsam vorankam.

»Ich weiß wirklich nicht, was du dir dabei gedacht hast«, murmelte er. »Weißt du denn nicht, wie sehr ich dich liebe?«

Sie hielt das Gesicht weiter in seine Jacke vergraben. Einmal verlor er fast das Gleichgewicht, aber Sarah bewegte sich nicht einen Zentimeter. Und er fing sich auch wieder.

»Ich weiß, du brauchst Zeit, um es dir zu überlegen. Aber ich kann nicht ohne dich leben. Den Kurs kann ich jetzt nicht mehr ändern. Ich brauche dich. Ich habe noch nie …« Er kam kurz ins Wanken und musste seine Balance wiederfinden. »Wir sind schon halb unten, Liebste. Bleib ganz still. Braves Mädchen.«

Sie schlang die Arme fester um ihn.

»Ich hätte nie gedacht, dass ich so etwas je erleben würde«, gestand er ihr. »Wenn ich dich verloren hätte, ich hätte nicht gewusst, was ich tun soll. Denn du bist meine Welt, Sarah.«

In diesem Moment tauchten die beiden Skipatrouillen auf, die von unten mit dem Schneemobil losgefahren waren. Sie hatten einen Rettungsschlitten dabei, doch Sam wollte sie lieber in seinen Armen ganz nach unten bringen. »Sie ist schwanger«, erklärte er. »Das Herumgehüpfe im Schlitten oder im Schneemobil wäre nicht so gut. Folgt ihr uns bitte einfach nach unten?«

»Wir müssen ganz schnell von diesem Hang runter«, gab einer der beiden Männer zu bedenken.

Sam fuhr langsam und vorsichtig weiter. »Wenn ihr schneller fahren wollt, kann ich das verstehen«, sagte er.

Doch die Kollegen blieben hinter ihnen – für den Fall eines weiteren Lawinenabgangs. Sam fuhr so vorsichtig, wie er konnte, und wurde nicht schneller. »Gleich sind wir da, Sarah«, flüsterte er. »Gleich sind wir da.«

Unten angekommen, hielt er sofort an. Einer seiner Kollegen sprang aus dem Schneemobil und löste Sams Skibindung. Sam ließ seine Skier liegen und drückte Sarah fest an sich. Endlich hatte er festen Boden unter den Füßen und verließ so schnell, wie es ihm in den Skischuhen möglich war, den gefährlichen

Abhang. Die Schneemobile fuhren an ihnen vorbei, eines von ihnen hatte Sams Skier im Gepäck.

»Dass du das gemacht hast, Sam!«, sagte sie zu ihm.

»Du bist das Beste, was mir je passiert ist. Ich konnte gar nicht anders.«

Sam sah, dass das Gebiet geräumt worden war und die Skifahrer sich unten vor der Lodge versammelt hatten. Dort stand auch schon ein Krankenwagen, das Blaulicht flackerte vor dem Weiß der Berge. Ganz vorne in der Menge konnte er Jason und Stan mit Clare ausmachen.

»Die beiden Jungs haben es nach unten geschafft, Liebling. Es geht ihnen gut.« Er beschleunigte seinen Schritt.

»Gott sei Dank«, brachte sie seufzend hervor und sah ihn an. »Wir sind jetzt in Sicherheit, Sam. Bitte lass mich runter. Ich bin doch zu schwer.«

»Ich lasse dich nicht runter.« Er küsste sie auf die Stirn und ging weiter. »Ich habe Todesängste ausgestanden.« Er betrachtete ihr tränenüberströmtes Gesicht. »Tut es sehr weh?«, fragte er.

»Ich spüre keine Schmerzen mehr.« Sie berührte seine eiskalte Wange. »Ich liebe dich auch. Und ich kann ohne dich auch nicht leben.«

Er drückte sie fester an sich. »Wieso lässt du mich dann betteln?«, fragte er.

»Ich mag es, wenn ein Mann bettelt.«

»Dann müsstest du dich eigentlich in einem Zustand der Ekstase befinden. Ich verzehre mich nach dir, und ich will nur eins: für den Rest meines Lebens jede Nacht mit dir verbringen. So sehr liebe ich dich, Sarah!«

Sie legte wieder ihre Hand auf seine Wange und genoss es, ihn anzuschauen. Doch Sam ließ sich nicht ablenken. Kein verträumtes Einander-in-die-Augen-Gucken. Er beeilte sich lieber, die Hütte zu erreichen.

Und da ertönte erneut ein ohrenbetäubender Knall, ein lautes Krachen. Sam drehte sich um und sah, dass sich nun auch die andere Hälfte des Schneebretts gelöst hatte und sich mit brachialer Wucht ins Tal bewegte. Die Schneemassen krachten in die Bäume, in denen er Sarah eben noch seine unendliche Liebe gestanden hatte. Die vor der Lodge versammelten Skifahrer kommentierten lautstark die heranrollende Naturgewalt.

Sarah zog kurz an Sams Jacke, damit er sich ihr zuwandte. Und dann küsste sie ihn. Lange und innig. »Okay. Gut. Heirate mich«, sagte sie dann. »Und zwar sofort! Ich will es jetzt tun! Bevor du deine Meinung wieder änderst!«

»Ich werde meine Meinung nie wieder ändern, Baby«, versprach er ihr. »Nie mehr.«

Epilog

November

Football-Spiele haben eine besondere Bedeutung, wenn man in den Coach verliebt ist. Außerdem empfand Clare Homecoming als eine Art Jahrestag, auch wenn das Fest nicht auf genau das gleiche Datum fiel wie im Jahr zuvor, als ihre Liebesbeziehung zu Pete ihren Anfang genommen hatte. Und was für ein Jahr das gewesen war – so ereignisreich und am Ende so erfüllt.

Vieles hatte sich schließlich von selbst gelöst. Roger erwies sich als engagierter Vater und machte seine Sache sehr viel besser als zu der Zeit, als sie noch verheiratet gewesen waren. Sam und Sarah sorgten mit Sohn Casey für Familienzuwachs. Jason ersetzte seinen besten Freund Stan durch ein Mädchen namens Beth, das einen positiven Einfluss auf sein Benehmen, seine Schulnoten und sein gesamtes Erscheinungsbild hatte.

Doch für Clare war das Schönste des vergangenen Jahres, dass sie Pete ganz neu kennengelernt hatte. Er liebte seine Arbeit, war fleißig und absolut engagiert. In der Schule und in der ganzen Stadt war er sehr beliebt – nicht nur während der Football-Saison. Die Schüler, das Footballteam und die anderen Lehrer waren auf ihn angewiesen, die Gemeinde war stolz auf ihn. Doch Pete war bescheiden geblieben und führte seine Jungs von einem überragenden Sieg zum nächsten. Und jeder einzelne wurde gefeiert, als wäre es der erste.

Die gesamte Familie McCarthy, inklusive Roger, saß bei jedem Spiel voller Stolz zusammen auf der Tribüne, gleich unten in der ersten Reihe. George lebte sowieso für Football, und sogar der kleine Casey war immer mit dabei, im Baby-Tragetuch fest an die Brust seines Vaters gekuschelt. Man hätte fast den Eindruck bekommen können, alle wären so stolz auf Pete wie Clare. Aber das war natürlich vollkommen unmöglich. Sie liebte es, ihn in Aktion zu sehen. Sie liebte es, wenn er das Spielfeld verließ und ein Lächeln zu ihr herüberschickte. Inzwischen wussten alle, dass sie die Frau an seiner Seite war, seine große Liebe – und das ließ sie strahlen. Und ihre Familie und Freunde freuten sich mit ihr.

Als sie in diesem Jahr miterlebt hatte, wie sich die Stadt anlässlich von Homecoming herausputzte, hatte sie dies mit neuer Begeisterung erfüllt, denn Pete stand im Mittelpunkt der Feierlichkeiten. Das angespannte Knistern in der Luft, die Ausgelassenheit der Teenager, der Spaß und das Glücksgefühl, das die ganze Stadt erfasst zu haben schien – es erfüllte auch sie und machte sie froh. Und damit schloss sich für sie ein Kreis. Ihr gemeinsames Leben mit Pete hatte einst auf der Highschool begonnen, und auch wenn sie sich beinahe zwei Jahrzehnte lang aus den Augen verloren hatten, machte die Intensität ihrer Liebe diese verlorene Zeit mehr als wett.

Ein neues Homecoming-Fest, ein neues Jahr, neue Familientreffen – und bei jedem Spiel stand sie am Spielfeldrand und brüllte sich beim Anfeuern und bei jedem Touchdown die Seele aus dem Leib. Ein wohliger Schauer erfasste sie jedes Mal, wenn Pete sich zu ihr umdrehte und – wenn auch nur für einen kurzen Moment – den Blickkontakt zu ihr suchte. Eine wunderbare Nostalgie erfasste sie, als in der Halbzeit die Umzugswagen ihre Runde drehten, als das Homecoming-Paar an der Tribüne vorbeistolzierte, als die Marschkapelle das Feld übernahm und die Hymne des Clubs gespielt wurde.

Und auf einmal stand Pete unten vor der Tribüne und sah zu ihr hoch. Er war schneller als sonst aus der Umkleide wieder aufs Spielfeld gekommen – normalerweise kehrte er erst nach der Halbzeit zusammen mit dem Team zurück. Doch da stand er, die Hände in den Taschen, den Kopf zu ihr gereckt, und sah sie an, während hinter ihm die Marschkapelle spielte.

»Clare«, sagte Maggie hinter ihr. »Clare, sieh mal!« Sie deutete aufgeregt auf die Anzeigetafel.

CLARE – HEIRATE MICH!

Sie musste sich erst mal setzen. Vor Überraschung stand ihr der Mund offen. Aber dann guckte sie hinunter zu Pete und nickte.

Da rannte Pete auf die Tribüne zu, sprang über das Geländer und lief zu ihr. Er nahm ihre Hand, zog sie in seine Arme und küsste sie glücklich. Die Fans brachen in lauten Jubel aus, doch er ließ sie nicht los. Sein Kuss war so innig, als wären sie ganz allein und nicht mitten in einem ausverkauften Football-Stadion. Als er sich schließlich von ihr löste, hielt er sie weiter im Arm und flüsterte ihr zu: »Das nehme ich mal als ›Ja‹!«

»Ja«, flüsterte sie zurück. »Natürlich! Ja!«

»Wunderbar. Wir sehen uns nach dem Spiel!«

Ein letzter Kuss, dann verschwand er aufs Spielfeld – in Siegerpose, während seine Mannschaft das Spielfeld betrat.

Auf der Anzeigetafel erschien ein neuer Schriftzug: SIE HAT JA GESAGT!!

Lesen Sie auch:

Robyn Carr

Erfüllte Träume in Thunder Point

Aus dem Amerikanischen von
Barbara Minden

9,99 € (D)

ISBN: 978-3-95649-809-1

Der Haushalt der Banks hatte sich etwas vergrößert, wenn auch nur wenig. Neu dazugekommen war eine Reinigungsmannschaft, die eine Frau namens Shauna Price leitete. Die Truppe bestand aus drei Frauen, die zweimal pro Woche vorbeikamen und zwei Stunden lang das Haus von oben bis unten hingebungsvoll sauber machten. Sie waren freundlich, ohne viel zu reden, berechneten eine Menge Geld, brachten ihre eigenen Reinigungsprodukte mit und verschwanden wieder. Einmal pro Woche fragte Shauna pflichtschuldigst bei Lin Su nach, ob alles in Ordnung sei. Sie fragte nicht Winnie. Lin Su vermutete, dass Winnie ihr Angst einflößte.

Dreimal pro Woche kam Curtis Rhinehold morgens zwischen zehn Uhr und Viertel vor elf – der Physiotherapeut. Er machte mit Winnie eine Serie von Übungen, um ihre Stärke und Balance zu erhalten, obwohl fraglich war, ob sie tatsächlich etwas bewirkten. In seiner Abwesenheit fuhr Lin Su mit diesen Übungen fort, weil es nicht schaden konnte. Vielleicht ermöglichte es Winnie, ihre Körperfunktionen noch etwas länger aufrechtzuerhalten.

Das Ende des Sommers war erfreulich warm und trocken. Charlie genoss den Umgang mit seinen neuen Freunden in Thunder Point und freute sich schon voller Hoffnung auf den Beginn der neuen Schule. Sein Kumpel Frank Downy, ein MIT-Student im zweiten Studienjahr, der Charlies Leidenschaft für Onlinenachforschungen teilte, war Mitte August wieder zum College zurückgekehrt. Coopers jüngerer Schwager Landon war ebenfalls wieder an die Uni von Oregon gefahren, um mit dem Footballtraining anzufangen. Kurz vor Beginn des neuen Schuljahrs an der Thunder Point Highschool steckte Spencer bereits knietief im Footballtraining mit seiner Mannschaft. Er schimpfte und knurrte über die jungen Männer, die seinem Rücken und den Knien so einiges abverlangten. Troy war, wenn er Grace nicht gerade im Blumenladen aushalf oder sich im Haus nützlich machte, damit beschäftigt, sich auf den Unterricht mit seinen Klassen vorzubereiten. Charlie langweilte sich keine Sekunde. Er hatte Winnie und Mikhail und war sehr unabhängig.

Außerdem hatte er einen weiteren neuen Freund – den Triathleten von nebenan. Charlie sah Blake jeden Tag. Manchmal unterhielten sie sich nur kurz am Strand. Manchmal spielten sie Volleyball oder werkelten an seinem Rennrad herum. An einem Nachmittag entdeckte Lin Su ihren Sohn dabei, wie er Blakes Terrasse mit dem Schlauch abspritzte, während Blake sie mit einem Schrubber bearbeitete. An einem anderen warmen und sonnigen Nachmittag unternahm Charlie mit Blake einen Spaziergang, um ihm die Anhöhe des Hügels am Strand und den Aussichtsplatz zu zeigen, von wo aus er in einem Monat die Wanderungen der Wale beobachten könnte.

Lin Su war glücklich, dass Charlie einen Freund gefunden hatte. Ein gutes männliches Vorbild konnte nicht schaden. Ihr wäre es jedoch lieber gewesen, Charlie hätte sein Herz an Troy, Spencer oder Cooper gehängt – nette, gefestigte, verheiratete Männer. Es wäre gefährlich, wenn Charlie glaubte, dass ein Mann wie Blake eine ständige Rolle in seinem Leben spielen würde. Er war ein wenig zu frei und lässig für Lin Sus Geschmack. Und ihre eigene Situation – die Arbeit und das Wohnen – war auch nur vorübergehend. Mit ein bisschen Glück würde das alles noch eine Weile anhalten. Aber vielleicht mussten sie auch bald weiterziehen.

Sie hatten immer weiterziehen müssen.

Sich um Winnie Banks zu kümmern war ideal für Lin Su. Zwar arbeitete sie viele Stunden, aber wenn Winnie ihren Mittagsschlaf hielt oder sich mit Charlie oder Mikhail beschäftigte, hatte sie eine Menge Zeit. Lin Su versuchte, ihre Rolle als Angestellte und Krankenschwester gut auszufüllen, aber dennoch eine höfliche Distanz zu wahren, weil sie weder Mitglied der

Familie noch Bewohnerin der Stadt war. Doch genau das erlaubten Familie und Stadtbewohner ihr in diesem speziellen Fall nicht. Sie arbeitete seit Juni bei Winnie, und sie und Winnie fingen an, sich einander nah zu fühlen und eine Beziehung zueinander aufzubauen. Charlie gegenüber fühlte sich Winnie sogar noch verbundener. Die beiden hielten mittlerweile wie Pech und Schwefel zusammen. Die ganze Familie bezog Lin Su und Charlie überall mit ein und empfing sie mit offenen Armen. Sie aßen gemeinsam mit der Familie, klatschten und tratschten und spielten miteinander.

Lin Su versuchte dennoch, niemals ihre Rolle zu vergessen. Und es fiel ihr immer noch schwer, sich daran zu gewöhnen, dass sie und Winnie sich jetzt duzten.

»Ich möchte keine Krankenschwester von einer Agentur«, sagte Winnie. »Denk mal darüber nach. Du kümmerst dich darum, mich ins Bett zu bringen, hilfst mir beim Baden, bringst mich auf die Toilette, hilfst mir, mich anzuziehen. Wir – du und ich – sind sehr vertraut miteinander. Wenn du nicht zu dieser seltsamen Mannschaft, die ich jetzt meine Familie nenne, passen würdest – zu meiner Tochter, einem Lehrer und einem alten Trainer –, müsste ich mich nach jemand anderem umsehen. Ich fürchte, du hängst bei uns fest.«

Drei Frauen, die ungefähr in Lin Sus Alter und miteinander befreundet waren, hatten Mitte August hübsche Babybäuchlein. Grace, Iris und Peyton. Iris Sileski arbeitete als Beratungslehrerin an der Highschool und hatte Grace den Blumenladen verkauft. Sie waren seit dem Tag, an dem Grace vor ein paar Jahren nach Thunder Point gekommen war, befreundet. Peyton Grant, die Arztassistentin, die praktischerweise den Arzt geheiratet hatte, kam genau wie ihr Mann Scott regelmäßig vorbei, um nach Winnies Gesundheit zu sehen. Da war es nur natürlich, dass diese drei Frauen sich regelmäßig trafen. Manchmal erst am Ende eines Tages, manchmal zum Mittagessen, manchmal auch schon morgens, um gemeinsam Kaffee zu trinken, und manchmal zum Abendessen. Alle drei Frauen sollten ihr Kind noch vor Weihnachten bekommen.

Wenn sie sich bei Winnie oder in der Nähe ihres Hauses trafen und Lin Su gerade nichts zu tun hatte, baten sie sie, ihnen Gesellschaft zu leisen. Winnie genoss es sehr, die Frauen um sich zu haben. Mit Lin Sus oder Graces Hilfe konnte sie sogar dabei sein, wenn sie sich in Coopers Strandbar oder irgendwo in der Stadt zum Essen trafen. Winnie genoss diese kurzen Ausflüge in den Diner, was ihrer Tochter ein herzliches Lachen entlockte, weil es ungefähr das erste Mal war, dass Winnie einen Diner betrat.

»Stimmt. Wenn es mein Diner wäre, wäre er ganz anders eingerichtet und würde mehr wie ein Wohnzimmer aussehen. Aber es ist in Ordnung für mich«, erklärte Winnie und reckte die perfekt geformte Nase ein wenig nach oben. »Erst einmal.«

Lin Su wusste, dass sich Winnie weder vom Diner noch von dessen Einrichtung angezogen fühlte – es waren die Frauen in Winnies Alter, die Winnie dort von Zeit zu Zeit traf. Carrie vom Feinkostladen, deren Tochter Gina tagsüber dort arbeitete. Carries beste Freundinnen Lou, eine Lehrerin, und Ray Anne, Immobilienmaklerin, waren häufig im Diner. Winnie hatte vorher nie darum gebeten, in den Diner gebracht zu werden, aber wenn die Frauen anriefen, um ihr zu sagen, dass sie sich dort zu Kaffee und Kuchen treffen wollten, fuhr sie ebenfalls gern dorthin. Noch besser gefiel ihr jedoch, wenn sie sich im Cliffhanger trafen, um ein Glas Wein zu trinken. Dann sorgte Winnie dafür, dass sie auf jeden Fall dorthin kam, auch wenn sie Troy oder Mikhail bitten musste, sie hinzufahren – und selbst, wenn sie sich im Rollstuhl zeigen musste.

»Ich hatte noch nie im Leben Freundinnen«, gestand Winnie ihrer Krankenschwester Lin Su flüsternd. »Du kannst dir gar nicht vorstellen, wie neu diese Erfahrung für mich ist.«

Doch das konnte Lin Su. Ihre Adoptivmutter Marilyn Simmons hätte sich niemals mit einem Haufen Frauen in einem kleinen Diner getroffen. Lin Sus leibliche Mutter hatte die Flucht aus Vietnam nicht lange genug überlebt, darum war Lin Su mit drei von einem wohlhabenden weißen amerikanischen Paar aus Boston adoptiert worden. Sie bezeichneten es gern als eine Adoption aus Mitgefühl. Marilyn, eine sehr bekannte Anwältin, sah sich gern als Dame der Gesellschaft. Ihre leiblichen Töchter besuchten die besten Schulen und Universitäten, während Marilyn im Vorstand verschiedener Wohltätigkeitsorganisationen saß, Bridge und Golf spielte, an namhaften Veranstaltungen teilnahm, politische Kampagnen unterstützte und shoppen ging. Nein, sie wäre niemals mit normalen Frauen in einen Diner gegangen.

Das gehörte auch zu den Dingen, die Lin Su an Thunder Point schätzte – die Leute trafen sich, ohne auf Status oder Einkommen zu achten. Lin Su wusste, dass es Winnie finanziell sehr gut ging. Den meisten ihrer Patienten ging es gut. Wer sich eine private Pflegeschwester leisten konnte, hatte keine Geldprobleme. Winnie wirkte weitaus eleganter als die Frauen, mit denen sie sich zum Kaffee oder zum Wein traf. Doch sie behandelten Winnie genauso, wie sie sich untereinander behandelten.

Auch für Lin Su war es reizvoll, sich mit all diesen Menschen anzufreunden – den jüngeren, schwangeren Frauen genauso wie den älteren, die sie als bodenständig und klug empfand. Doch sie versuchte weiterhin, professionelle Distanz zu wahren, die ihr den Job sichern und sie vor einer Enttäuschung bewahren würde, wenn der Tag kam, an dem man sie daran erinnern würde, dass sie lediglich eine Angestellte war. Trotzdem …

Ihre größte Herausforderung war der Triathlet von nebenan. Er machte ihr gleichzeitig Angst und faszinierte sie. Ihre Angst vor ihm rührte nicht daher, dass etwas mit ihm nicht gestimmt hätte. Im Gegenteil, er schien einfach zu richtig. Er erinnerte sie an einen Jungen, den sie geliebt hatte, als sie auf die Highschool gegangen war. Er hatte Rugby gespielt, mit Bestnote abgeschlossen, einen wohlklingenden Familiennamen und war monatelang mit Lin Su zusammen gewesen. Seine Eltern waren mit ihren Adoptiveltern befreundet. Marilyn hatte die Mutter des Jungen sehr bewundert, und es begeisterte sie, dass Lin Su mit ihm zusammen war. Irgendwann hatte sie ihr heimlich zugeflüstert, dass es doch für die Familie sprach zu akzeptieren, dass ihr Sohn sich für eine Asiatin entschieden hatte.

Doch als Lin Su ihm mitgeteilt hatte, dass sie schwanger war, hatte er nur erwidert: »Tut mir leid, Baby, aber ich gehe nach Princeton.«

Lin Su war mit Winnie auf der Terrasse, als Gelächter und Unterhaltungsfetzen aus dem Nachbarhaus drangen. Dabei war überhaupt niemand auf der Terrasse zu sehen. Winnie saß am Tisch und genoss den Sonnenschein, während sie Solitär spielte, um ihre Finger beweglich zu halten. Lin Su schaute zur Nachbarterrasse hinüber und sah, dass Charlie auf einem von Blakes Fahrrädern saß, während Blake eine Schraube am Rad anzuziehen schien. Dann stand Blake auf, und Charlie fuhr die Strandstraße hinunter.

Wie ein geölter Blitz.

Ihr Sohn flog auf diesem Rad nur so dahin. Flog, als ob er sich in einem Rennen wähnte!

»Winnie, kannst du es einen Augenblick allein aushalten? Ich muss mal mit Mr. Smiley über Charlie und das Radfahren sprechen.«

»Mir geht es gut«, erwiderte Winnie. »Ich laufe nicht weg.«

»Ich bin gleich wieder da«, versprach Lin Su, schon auf dem Weg zur Treppe, die zum Strand hinunterführte. Als sie die Stelle erreichte, wo Blake auf der Straße stand, war Charlie bereits außer Sicht.

»Mr. Smiley, es ist sehr nett von Ihnen, dass Charlie eine Runde auf Ihrem Rennrad drehen darf. Trotzdem ist das keine so gute Idee.«

»Bitte nennen Sie mich Blake. Und warum halten Sie es für keine gute Idee, Lin Su?«

»Erstens ist das ein sehr teures Rennrad. Zumindest hat Charlie das gesagt.«

»Stimmt. Es ist aber nicht mein Hauptrennrad.« Blake warf ein Werkzeug in die offene Werkzeugkiste. »Es passiert ihm schon nichts. Er trägt einen Helm. Wir haben über die Regeln auf der Straße gesprochen, und er hat sie verstanden.«

»Hat Charlie zufällig auch erwähnt, dass er Asthma hat?«

»Nein. Muss er Medikamente nehmen?«

»Ja.«

»Hat er einen Inhalator?«

»Er sollte ihn immer bei sich tragen. Manchmal bekommt er von körperlicher Anstrengung Asthma.«

Blake hob kurz die Schultern. »Wenn es ihm zu steil wird, hält er vermutlich an.«

»Wo ist er hingefahren?«

»Ich habe keine Ahnung, Lin Su. Ich habe ihm gesagt, dass er nicht zu lange fahren soll. Ihm gefällt das Rad. Er fährt vermutlich noch ein Weilchen damit herum.«

»Er könnte aber zu weit fahren!«, warf sie ein.

Blake wischte sich die Hände an einem Lappen ab und dachte nach. »Er ist ein großer Junge. Er weiß, wie er mit seinem Asthma klarkommt, oder?«

»Manchmal ist er aber nicht so vorsichtig, wie er sollte«, erklärte sie mit Nachdruck.

Blake legte ihr einen Arm um die Schulter und drehte sie in Richtung Stadt, die am anderen Ende des Strands lag. Er deutete mit dem Finger auf ein Gebäude. »Sehen Sie das Gebäude da hinten?«

»Welches Gebäude?«, fragte sie.

»Das Gebäude, auf dem das Klinikschild steht. Falls er einen Asthmaanfall bekommt, ist das ein Ort, wo man sich gut und schnell um ihn kümmern kann. Aber ich wette, er bekommt keinen Anfall. Und wissen Sie, warum? Weil ich wette, dass er nicht gern Asthma bekommt. Charlie ist vierzehn – er schämt sich vielleicht dafür. Machen Sie sich keine Sorgen. In ein paar Minuten radelt er entweder in einem atemberaubenden Tempo über den Strand, oder er ist fix und fertig und schiebt.«

»Für meinen Geschmack nehmen Sie das alles ein bisschen zu sehr auf die leichte Schulter, Mr. Smiley. Sie scheinen nicht zu begreifen, wie schlimm so etwas ausgehen kann. Und ich bin hier der Elternteil – ich bin Krankenschwester und seine Mutter und sehr gut mit Charlies Gesundheitszustand vertraut.«

Blake holte tief Luft und kniff die Brauen zusammen. »Lin Su, ich bin Blake und nicht Mr. Smiley. Soweit ich weiß, gibt es hier keinen Mr. Smiley. Und ich nehme solche Dinge sehr ernst. Letztlich könnte es für Charlie besser sein, Respekt vor seinem Asthma zu bekommen. Er muss lernen, mit seinem Asthma umzugehen, sich nicht davon behindern zu lassen, und seinen Körper kennenlernen, falls er das nicht schon tut. Ihn vor allem schützen zu wollen wird ihm nicht helfen. Wissen hilft. Angst nicht.«

Lin Su spürte, wie sich ihr die Nackenhaare sträubten. Sie schürzte die Lippen und bekam ganz schmale Augen. »Großartige kleine Lektion, Mr. Smiley. Sie sollten eines Tages mal einen TED-Talk halten. Haben Sie eine Ahnung, wie es sich angefühlt hat, die ganze Nacht bei ihm zu sitzen, als er drei war und ich alle paar Stunden Atemübungen mit ihm machen musste? Ich hielt ihn in den Armen, wenn er nach Luft rang, beobachtete, wie er blau anlief, brachte ihn in die Notfallambulanz. Er muss vorsichtig sein!«

Sie entdeckte in seinem Blick etwas, das ganz eindeutig nach Sympathie aussah. »Das hat Ihnen sicher furchtbare Angst gemacht«, räumte er ein. »Die gute Nachricht ist, dass er nicht mehr drei ist.«

Lin Su wurde immer wütender, obwohl er ganz freundlich mit ihr sprach.

»Ah, da ist er«, sagte Blake. »Er ist ziemlich schnell.«

Charlie raste in geduckter Haltung auf sie zu und trat wie ein Wilder in die Pedale. Dann verlangsamte er die Fahrt, grinste breit, was bewies, dass er die gleichen schönen weißen Zähne hatte wie seine Mutter.

»Das war toll«, sagte er ein wenig atemlos zu Blake. »Mom, was machst du denn hier? Ist mit Winnie alles in Ordnung?«

Deutsche Erstveröffentlichung

Robyn Carr

Zeit der Liebe in Thunder Point

Hank Cooper ist ein Abenteurer, den es nie lange an einem Ort hält. Auch in dem idyllischen Thunder Point ist er bloß auf Durchreise. Sobald er sich um das Erbe eines Freundes gekümmert hat, will er weiterziehen. Doch Hank erwartet eine Überraschung in Gestalt der attraktiven Pilotin Sarah. Seit Langem hat er sich nicht mehr so zu einer Frau hingezogen gefühlt. Ohne es zu wollen, steht er am Scheideweg: Kehrt er in sein altes Leben zurück – oder lässt er es zu, dass sein Herz ein Zuhause findet?

ISBN: 978-3-95649-286-0
9,99 € (D)

Deutsche Erstveröffentlichung

Robyn Carr

Frühlingsgefühle in Thunder Point

ISBN: 978-3-95649-303-4
9,99 € (D)

Schon seit Langem ist Gina mit dem attraktiven Single-Dad Mac McCain befreundet. Zusammen haben sie Sorgen, Nöte und fröhliche Moment bei der Erziehung ihrer Töchter geteilt. Das vielleicht einmal mehr aus ihnen werden könnte, hat Gina selbst überrascht. Aber plötzlich tanzen Schmetterlinge in ihrem Bauch. In Macs Nähe fühlt sie sich wieder wie ein Teenager und kann einfach nicht genug von ihm bekommen. Doch ihr junges Glück wird jäh bedroht: Nachdem Macs Exfrau jahrelang verschwunden war, taucht sie nun ausgerechnet in dem Küstenstädtchen Thunder Point auf. Und wie es scheint, will sie Mac um jeden Preis zurückgewinnen!

Deutsche Erstveröffentlichung

Robyn Carr

Herzenszauber in Thunder Point

In einem Akt der Verzweiflung verlässt Devon McAllister mit ihrer kleinen Tochter ihr Zuhause, in dem sie sich nicht mehr sicher fühlt. Sie will nur eins: ihrer traumatischen Vergangenheit entfliehen und irgendwo untertauchen. Unerwartet landet sie in dem Küstenstädtchen Thunder Point, wo sie mit offenen Armen aufgenommen wird. Vor allem der attraktive Spencer unterstützt sie tatkräftig – und berührt ihr Herz. Doch wird es ihr gelingen, ihre schmerzvollen Erfahrungen hinter sich zu lassen?

ISBN: 978-3-95649-615-8
9,99 € (D)

Deutsche Erstveröffentlichung

Robyn Carr
Sehnsuchtstage in Thunder Point

Nachdem FBI-Agentin Laine Carrington bei einem Undercover-Einsatz angeschossen wurde, nimmt sie sich eine Auszeit und kommt nach Thunder Point. Sie braucht die Sicherheit, die nur eine Kleinstadt bieten kann, und viel Ruhe, um zu entscheiden, wie es mit ihrem Leben weitergehen soll. Und vielleicht, ganz vielleicht kann sie in Thunder Point das finden, was sie in ihrem Leben sehnlichst vermisst: echte Freundschaft und möglicherweise sogar die Liebe.

ISBN: 978-3-95649-631-8
9,99 € (D)